·张昌山 主编·滇云八年书系·旧刊文存·

今日评论
文存 六

JINRI PINGLUN WENCUN

张昌山 ◎ 编

云南出版集团

云南人民出版社

目 录

第三卷第十期（1940年3月10日）

时评 　　　　　　　　　　　　　　　　　　　　　1
　　悼蔡孑民先生 　　　　　　　　　　　　　　　1
　　斋藤事件 　　　　　　　　　　　　　　　　　2
　　人事行政会议 　　　　　　　　　　　　　　　3
　　四行积极办理农贷 　　　　　　　　　　　　　3
五五宪草的权利义务章 　　　　　　　　罗隆基　　5
美国当前的外交政策 　　　　　　　　　钱端升　　10
宪政运动中的劳动组织问题 　　　　　　林良桐　　14
工商业劳工检查的组织 　　　　　　　　陈　达　　17
宜山杂忆 　　　　　　　　　　　　　　胡庆钧　　19
杂货铺 　　　　　　　　　　　　　　　姚　芳　　22

第三卷第十一期（1940年3月17日）

时评 　　　　　　　　　　　　　　　　　　　　　25
　　威尔斯访欧 　　　　　　　　　　　　　　　　25
　　苏芬媾和 　　　　　　　　　　　　　　　　　26
　　敌国政党离解 　　　　　　　　　　　　　　　27
美国对欧亚局势之动态 　　　　　　　　燕树棠　　28
中日战争与美国今后的行动 　　　　　　钱端升　　34

一个国民对于汪贼的认识	顾谦吉	39
农村土地权的外流	费孝通	42
诗	赵瑞霁	49

第三卷第十二期（1940年3月24日）

时评		51
希特勒与莫索里尼会谈		51
国民教育会议与教育财政		52
农贷与合作		53
欧战与美国今后的行动	钱端升	55
汪逆绝不配称政治家	王赣愚	59
评修正《合作社法》	陆季蕃	62
推行保荐制度	郭　铎	67
海	杜连燮	70
诗	赵瑞霁	74

第三卷第十三期（1940年3月31日）

时评		77
日来的欧战局势		77
加紧团结		78
改进考绩标准		79
养士与政治	王赣愚	80
平衡物价与统制需要	伍启元	84
博大与坚贞		
——敬悼蔡孑民先生	罗常培	90
推行公库制应注意实践上的问题	喻明高	92

国营金山庄与华侨前途	刘锦添	95
夜，小冰片缀成的衣服	曹卣	100

第三卷第十四期（1940年4月7日）

时评		107
苏联重申中立政策		107
傀儡登台		108
高米价的影响		109
论傀儡政权	王迅中	110
再论宣传不是教育	潘光旦	114
雇工自营的农田经营方式	费孝通	120
谈行政计划	毛树清	125
诗		129

第三卷第十五期（1940年4月14日）

时评		135
英法新经济攻势		135
充实地方金融机构		136
考绩与奖惩		138
日敌灭华的政治策略	徐敦璋	139
再论养士与政治	王赣愚	143
日本民族的悲哀	邹文海	147
中国法律往哪儿去	吴传颐	150
爱与憎	唐嗣霖	153
期　待	卢　静	156

第三卷第十六期（1940年4月21日）

时评   161
    北欧战事   161
    意大利在地中海集舰   162
    倭国染指荷属东印   163
文化的体与用   贺　麟   165
平衡物价与统制供给（下）   伍启元   174
汪逆的主和与卖国   朱驭欧   181
死   汪　雨   185

第三卷第十七期（1940年4月28日）

时评   190
    巴尔干与战局   190
    国军逼近南昌   191
    整饬官常   192
欧战的推演与中国的地位   钱端升   194
论民主国家统制私产的办法
    ——介绍伊黎教授《私有财产的社会学说》   李树青   198
关于种族名词及民族政策   胡体乾   202
土地继承和农场的分碎   费孝通   205
战时运输的统制   符泽初   210
我们的小庭院有什么   姚　芳   213

第三卷第十八期（1940年5月5日）

时评 　　　　　　　　　　　　　　　　　　　　217
　　蒋兼主席劝蜀绅服务地方 　　　　　　　　　217
　　今年的青年节 　　　　　　　　　　　　　　218
　　"茶叶争夺战" 　　　　　　　　　　　　　　219
在朝与在野 　　　　　　　　　　　　王赣愚　220
今日财政及经济 　　　　　　　　　　钱端升　225
改善战区行政的几个建议 　　　　　　谷宗瀛　229
如何组织管理蔗糖工厂 　　　　　　　冼子恩　233
石庭之夜 　　　　　　　　　　　　　聂　清　240

第三卷第十九期（1940年5月12日）

时评 　　　　　　　　　　　　　　　　　　　　246
　　挪　战 　　　　　　　　　　　　　　　　　246
　　意大利会参战么 　　　　　　　　　　　　　247
　　汪逆伪组织内幕 　　　　　　　　　　　　　248
汉奸与气节 　　　　　　　　　　　　罗文干　250
论战时的行政机构 　　　　　　　　　钱端升　254
略论研究中国法律的方法 　　　　　　吴传颐　258
救济滇西米荒 　　　　　　　　　　　周叔怀　261
谈地图 　　　　　　　　　　　　　　杨克毅　263
战地的春 　　　　　　　　　　　　　孙　陵　267
发　现 　　　　　　　　　　　　　　林　婧　271

第三卷第二十期（1940年5月19日）

时评		274
豫南鄂北大捷		274
德侵荷比卢		275
英阁改组		276
今后的外交	钱端升	277
所谓教师的思想问题	潘光旦	284
评定价格的原则	伍启元	289
患土地饥饿症者	费孝通	295
生　活	木　枫	300

第三卷第二十一期（1940年5月26日）

时评		306
欧战日趋严重		306
豫鄂大捷		307
教部注意文法理工人才的分配		308
论公开政权	罗隆基	309
制宪与行宪	钱端升	314
从心理的观点谈第二次欧洲大战	陈雪屏	319
一种典型	江　篱	322

第三卷第十期（1940年3月10日）

时评

悼蔡孑民先生

中央监察委员中央研究院院长蔡孑民先生于本月五日在港逝世。中国丧失了一个政治家教育家，人群丧失了一个最合理的人，弥可珍惜。

蔡先生以名进士而早年即吸收西学，以旧礼教中人而早年即从事革命，良为近代中国不可多见之人。他对西学不特能贵之，而能知其所可贵。他对革命不特能力行，而能窥其流弊而免之。这是常人所不能及者。

蔡先生是政治家。他自参加革命起，前后问政不下三四十年。于国府定都南京的前后，倡导规划，排难解纷，拥正义，护有为者，其丰功伟烈有不可掩没者。无蔡先生，民国十六七年的局面必有不堪设想者。

蔡先生也是大教育家，他毕生尽瘁的教育事业难以枚举。就其功劳大者，则北京大学的发扬光大与中央研究院的创办扶翊尤为不可没之功。世人皆知有蔡先生然后有二十年来的北京大学。诚然，诚然。但蔡先生之功决不止此。有蔡先生的北大，而后有近年来比较像样的大学。有蔡先生的北大，而后有二十年来比较刚劲的士气。这种功勋实比整兴北大一校更大。又高深学术工作本最不易组织，中央研究院，就其性质兴规模，在全世界为创举为特有。今虽成立不过一二十年，而各项工作已能作正常的进行。苟继起主持者得人，则此后的一二十年内其成绩必可形成大观。后人追怀首创者，亦必将佩其见识的宏远，基础的坚固。

蔡先生更是最合理的人。他律己严而待人厚。他对思想学派能兼容并收，而可不为邪说异端所炫。他提倡合理的生活，而能兼采中西文化中的最合理处。他对小处可以随俗，而对大节则凛然不可侵犯不可移动。他所以能成大政治家大教育家，良因他有合理的操守与最合理的人生观。但他虽是大政治家大教育家，而后代却最应注意他的合理处。（端）

斋藤事件

敌国议会自二月一日复会以来，迄今悠已一月有余，百亿巨额预算已经毫无异议通过，施政质问也都敷衍了事，议员既无追问的勇气，更谈不到批评抨击。惟一值得赞扬而替政党争口气的，便是民政党议员斋藤隆夫的关于"中国事变"的质问。他批评了军阀官僚们奉为臬圭的"东亚新秩序"，怀疑了平沼内阁以来一贯崇扬的"近卫声明"，点穿了树立伪新政权的枉费心机，暴露了军部政府对于"解决事变"的无能与欺骗人民！

年来敌国人民在军阀的重压下，已经开始怀疑战争的目的，对于军部及政府"结束事变"的能力，更丝毫没有信心。报章杂志整天宣传"伟大战果"，但战事结束反而遥遥无期。军阀官僚们开口闭口"东亚新秩序"，树敌却愈来愈多。人民牺牲了无数血肉与财产，换来的是苦痛与失望。空泛的宣传不再能引起人民的热情，欺骗的政策更增加人民的怨愤。齐藤的质问不过传达了民意的一小部分，却已惹下一场大祸。

大凡做贼的心虚，最怕人说，军部闯下的乱子，自己无法收拾，心中虽也未尝不着急苦闷，表面仍得逞强装样。斋藤的质问既针对了贼人的弱点，军部不得不恼羞成怒，咆哮起来反噬，所以在斋藤发言后，军部巨头立即聚议应付方策，藉口侮辱"圣战"，要求严重处分。这本是意料中，毫不足怪。所可异者是政党方面不但不趁机引伸斋藤的质问，表达人民的苦闷，反而自相残杀，助纣为虐。无耻至此，良可慨已！

斋藤是民政党中的有名议员，他的爆弹质问，按常理推测，事先必得干部同意，但出事后除少数议员外，均主令斋藤引咎辞职，未免令人有"无骨"之感。至于政友会中之中岛派，社会大众党及时局同志会推波助澜，要求惩罚委员会开除斋藤议席，并攻击议长及民政党，更属无赖之至。中岛本系飞机制造业之军需工业财阀，战事对他有利无害，加以和久原派争取政友会总载，不惜丑态毕露，献媚军部。社会大众党本是独立一帜的社会主义政党，战后也变而投降军部，声明放弃阶级利益主张，转变为国家主义政党，一度曾计划与法西斯走狗中野正刚所领守的东方会合并。时局同志会则系国民同盟联合东方会份子及其他右翼份子组织而成，本系道地的军部走狗，年来因为军部声威跌落，政党势力渐趋抬头，想不到仍是权欲熏心，毫无"品格"，敌国人民不知将作何感想？（迅）

人事行政会议

本月四日中央人事行政会议在重庆开幕。在今日军事方殷方急的时候，中央政府还能顾到人事行政的改进，这确是一面抗战一面建国精神的表现。

人事行政的重要，为现代国家所公认。在近十年来，我们当局为对于这个问题也已加以深切的注意。近年来所行的考铨制度，虽然尚未能达到一个健全文官制度，然最少已为文官制度奠定了一个基础。如何使在萌芽中的文官制度发育长成，确是今后努力于人事行政改进者的目标。人事行政会议的重要性也不外在于此。

然而人事行政的改进，实有两方面：一方面是制度，另一方面是精神。调整行政机构和成立文官制度等等都是制度一方面，没有制度，固然是无所倚藉。然而只有制度而缺乏精神，就等于只有躯壳，没有灵魂，制度也就是会变成具文。制度比较容易建立，精神则比较难于养成。精神的养成，不能只责成于普通公务人员本身，而更要注意于政府中负责的高级官吏，我们现在理想不必太高，我们只求政府上下人员对于政府机关的服务看为一种崇高的职业，而不是仅仅"做官"而已。我们相信精神革新的重要，恐还在制度革新之上。任何一个会议的工作，类多偏于制度的讨论，然而我们希望政府对于精神方面也不要疏忽。（山）

四行积极办理农贷

最近中央信托局，中国，农业，交通四机关在渝开会，通过了廿九年度四机关及农本局《农贷办法纲要》。目的在求统一组织，提高效能，扩大资金等。拟定的办法，内容为，一，贷区力求普遍，二，贷款数额的提高，三，手续力求简捷，四，农民团体未成立的区域亦先行贷款，五，各行局积极参加生产指导。至于贷款的项目共分为生产供销，储押，农田，水利，运输，工具耕地购置，副业推广等八大类。贷款推行的区域暂以后方之川，康，黔，滇，陕，甘六省为限。

这是最近很值得注意的一个有关农村的消息。政府之向农村贷款，在过去已有相当的经验。过去放出的总款已超过一万万元以上，不过这次有关机关之统一办理，改善办法，一方面表示当局建设农村的决心，一方面又表示主持其事的各机关已从短短的数年中得到丰富的经验。徒有救济农村的心愿还不够，要得知道如何去做，方可使农人得到最需要的帮助。后方六省共有五百五十六县之多，除了四省数十县之外，都是即在平时也需赈济的地域，如果贷款的范围像从前一样，只限于靠近都市，交通便利的地方，那实在是不切实际。现在有关机关有鉴于此，第一个新原则即为贷区力求普遍，很有见地。

中国公共机关办事常失之迂缓，借贷方面手续尤其繁重，这些对于一般农民自然感到诸种困难和不便。现在能在"手续力求简捷"之原则下，办理农贷，我们相信对于一般农民将有无上的方便。这两点看起来很简单，但我们觉得是主其事的几年来得来的宝贵经验。我们希望从事的人能认真去照原则去做，能为农民多做一点事，我们对农民在良心上少惭愧一点。（长）

五五宪草的权利义务章

罗隆基

许多人对五五宪草的权利义务章不甚满意。我个人却以为五五宪草全文应重加斟酌的考虑之点甚多，而权利义务章却是全文中比较完备的一部分。

社会对权利义务章最不满意点，即本章关于人民权利的一切条文，都有"非依法律不得限制"等字样，换言之，即人民一切权利，依法律都得加以限制，都可用法律来剥夺，似此，则人民之自由何在？例如"人民有言论著作及出版之自由，非依法律不得限制之"，这似乎是保障人民的自由。但政府对言论著作及出版都可用普通法律来限制，自由又在哪里？例如"人民有集会结社之自由，非依法律，不得限制之"，这又似乎是保障人民的自由。但政府对集会结社，都可用普通法律来限制，自由又在哪里？于是有人又说："非依法律不得限制之"是宪法上的戏法，政府对人民的权利，左手予之，右手取之，所谓自由者到头依然不自由。

对上面这类批评，我在吴经熊黄公觉两位先生所著《中国制宪史》上，找着了这样一段回答：

"欧美的宪政运动，是人民各个人争取自由的运动。我们现在的宪政运动，乃是集中国力去救国的运动。从前欧洲的人，他们争自由，是以个人为出发点。我们现在争自由，是以团体为出发点。我们所争的自由，是国家民族的自由。……我们要救国家，要救民族，则不得不要求个人极力牺牲他所有的自由，以求团体的自由。因为这个原故，我们的宪法不得不于规定权利各条，加上'非依法律不得限制'的条件。"（见《中国制宪史》六〇九页一六一〇页）

吴经熊先生是立法院宪法起草委员会委员长。五五宪草，吴先生是负责起草人之一。他这段话总算是对批评者的一个正式答复。

我个人对这段答复，公开地说，并不十分满意，人民的自由应为绝对的，抑为有限制，那是另一问题。若谓中国宪政运动是民族国家对外争自由，而欧美宪政运动是为个人对内争自由，那是误解宪政的话。宪法是规定政府组织及职权，规定人民与政府关系的法律。宪法作用总是对内而非对外。拿"对外争自由"一类话来解释宪草权利章上"非依法律不得限制之"这类条文，未免过于牵强。

复有人拿中山先生"团体有自由，个人无自由"的遗教来回答上面的批评。唯其"个人无自由"，所以权利章上不得不加"非依法律不得限制之"这个条件，"团体有自由，个人无自由"，中山先生诚有这样的遗教。不过国民党政纲对内政策第七条规定"确定人民有集会结社言论出版居住信仰之完全自由权"。这亦是中山先生的遗教。这里"完全自由权"几字，似又予批评宪政条文者以口实。

我个人的见解，与前两说，略有不同。我个人认定人民的自由，应该尊重。国家宪法，对人民的一切自由，若身体安全，言论，著作，集会，及结社等权利，应予以严密的保障，不然，则宪法失去了一个重大的作用。同时，绝对的自由，无限度的自由，在任何国家，当前还没有这个事实。英国实行宪政最早，英国人民享受的自由权利比较充足。英国人民在言论出版上，不须登记，不受检查，真是人民愿说什么就说什么；人民要说什么就说什么。但英国人民的自由对法律依然要负责任。似此，英国人民的自由权利不是绝对的，不是无限度的。因此，我个人认为中国宪法条文，加上"非依法律不得限制之"这条件，并不是为害。加上这个条件，宪法未必将人民的权利已尽之剥夺；没有这个条件，人民未见得真有了绝对的自由。

拿中国的宪政历史来说，《中华民国临时政府组织法》对人民之一切自由，只有保障的条文，绝无限制的条件。该法第六条只说"人民自由言论，著作，刊行，并集会结社"。该法第七条，只说"人民自由通信"。照条文上看来，这是世界上最宽泛的法律。这是无限度的自由，绝对的自由。然在当时的事实上，人民这些权利真有了保障吗？此后，中国一切宪法及约法，在人民权利章上都加上了"非依法律不得限制"的条件。这些年来，政府对人民这些自由，果又做到了"依法律"而后加以限制吗？照这样说来，人民的权利有无保障，宪法条文之宽泛与狭窄是第二个问题。宪法有无效力，政府是否尊重宪法，是第一个问题。

宪法怎样才能发生效力，人民怎样才能使政府遵守宪法，这些问题不在本文范围之中。不过站在中国人民的地位，为人民自己打算，与其争绝对的自由权利，毋宁足踏实地，先获取有限度的自由权利。绝对的自由权利，在任何国家，是空的理想。任何自由，对国家法律，总有责任。诚如此，政府对人民自由，真能做到"依法律"而限制，人民就幸福无量了。

以往及现在，中国人民一切自由权利之失落，其症结并不在政府"依法律而限制"。中国官吏对人民的自由权利，可以"无法无天"的加以剥夺。任何一个排长连长，任何一个警察分局局长，他的命令就可以限制并剥夺人民的自由权利。这是以往及当前的事实。果真能做到人民一切自由，非依法律不加限制，果真能做到条条宪法生效，人民幸福就无量了。

一切人民自由权利，加上"非依法律不得限制"，这不是五五宪草的缺点。不止如此，宪草第一三九条，规定"宪法所称之法律，谓经立法院通过总统公布之法律"。宪草第二十五条，规定"凡限制人民自由或权利之法律，以保障国家安全，避免紧急危难，维持社会秩序，或增进公共利益所必要者为限"。第一三九条为"法律"下一定义，第二十五条更为限制人民自由或权利之法律规定一范围，则"非依法律不得限制"的条件，更成有条件的条件了。此确为五五宪草独到之处，此可以补世界其他宪法条文之不足。此又不能不特为指出，以唤醒研究五五宪草者之注意。

照上文说来，五五宪草的人民权利义务章，果尽善尽美？果一无缺点？是又不然。

西方各国宪法有权利义务章，自有他们的历史背景。谈民主宪政者，都推英国为先进，而谈到英国的宪政历史，就马上要提到英国一二一五年的《大宪章》。简简单单来说，《大宪章》就是当年英国皇帝与英国贵族权利义务关系上的契约。大宪章说明哪些事皇帝不许做，哪些事皇帝做起来要经过某某种手续。这是英国贵族们权利的保障。大宪章中的一切条文，在当时英国的贵族看来，都是补救时弊的，都是他们在时代环境中所必要的一切生存条件。其后，英国政治日进于民主。以往那些贵族们权利义务的法律保障，后来却成了普通人民权利义务的保障。法国革命的《人权宣言》，其起源与其性质，亦是如此。那亦是法国人民补救时弊解除痛苦的一些必要条件。其后美国人民在宪法上提出修正案，加上许多权利义务的保障，意义亦如此。那是他们补救时弊，解除痛苦的一些必要条件。其后各国宪法，开宗明义，都有人民权利义务章，命意亦在此。这不是陈饰品，这是人民补救时弊，解除痛苦的一些条件。唯其如此，所以各国人民在权利义务上所须要的保障，是因地制宜的，不能全部抄袭，不必全部雷同。不止如此，此国对彼国故不能抄袭，固不必雷同，即在同一国家，因时代的变迁，人民需要的自由权利，此时期与彼时期亦不能抄袭，不必雷同。英国一六二八年的《民权请愿书》与一六八九年的《民权案》都是适合时代需要的条文。试又就欧美各国宪法中权利义务章加以比较，有的着重宗教自由的保障，有的着重民族语言文字自由之保障。从这些条文不同点，就可看出各国人民在自由权利上各有不同的需要。五五宪法却忽略了这一点。五五宪草的人民权利义务章，一看即知其为从西方宪法中抄袭而来的装饰品。这些条文未必尽数适合今日中国人民的要求，而今日中国人民所需要的自由，又未必都已备载。五五宪草的人民权利与义务章，忽略了当前的事实。

举例来说，宪草公布后，即有人批评，在今日中国，宗教上信仰自由，绝无问题，而政治上的信仰自由，却遭受严重的干涉。政治信仰没有保障，则所谓集会结社自由成为空文。（见《宪法草案意见书摘汇编》六〇页至六二页）这种批评，我个人认为扼要中肯。西方新宪法中即有增设此项条文者。故西方民主国家的宪法有增设此项保障的必要。我个人亦认此点值得中国制宪者的注意。而五五宪法对此却付阙如。这不过一个例子而已。这是一点。

其次，五五宪草人民权利义务章除第九条身体自由有比较详确的规定外，余均取概括列举式，余均以"非依法律不得限制之"一类笼统文字了事。此亦为缺点之一。有许多权利的保障，依据政治经验，实应有比较详确的规定。"非依法律不得限制"，难道法律可以限制一切？又举一个实例来说明这点。言论著作及出版自由，国家可以制定事先检查的法律吗？言论，著作，及出版果须事先经过检查，则宪法保障，成了具文。关于这点，一切新宪法，大部分有详确的规定。比利时宪法第十八条即规定"言论自由，永不得设立检查机关"。波兰宪法第一〇五条规定"出版物检查或刊物注册之制度，不得采行"。据个人所知，荷兰宪法第七条，罗马尼亚宪法第二十五条，埃及宪法第十五条，捷克宪法第一一三条，爱斯多尼亚宪法第一三条，土耳其宪法第一○五条，丹麦宪法第八四条，巨哥斯拉夫宪法第一三条等均有类似规定。这种规定十分重要。言论，著作，及出版，其或事先经过检查，其或事后向法律负责，同为"依法限制"，然此中分别极大。而欧洲宪法对此所以有比较详确之规定，实亦根据政治经验的需要。倘无此项规定，则法律万能，而宪法徒成具文了。对人民权利义务保障，缺乏直接详确之规定，此亦为五五宪草缺点之一。

综结起来，我个人认人民权利义务章为五五宪草全文中比较完备之一部分。五五宪草其他部分应加修正之处甚多，然不在本文讨论范围，故存而不论。至于人民权利义务章，"非依法律不得限制之"一语，实不是重大缺点。我个人认为此章之重要缺点有二：（一）全章多是抄袭的条文，未顾及当前中国人民之需要，未能收补救时弊的功效；（二）全章多系笼统的条文，有"普通法律万能，而宪法徒成具文"的危险。这是我个人对五五宪草人民权利义务章的见解。

美国当前的外交政策

钱端升

美国的长期外交政策本可以三大口号来做代表。第一对欧洲避免和旁的国家牵混在一起。第二对美洲实行门罗主义,不许美洲以外的国家插足于美洲。第三对中国维持门户开放主义。这个长期的三原外交政策美国至今犹在遵守中。上次大战最后有美国参加。这件事大多数美人引为失策。故对此次欧战,美国确有永守中立的决心。对于远东,则美国至今不放弃九国公约。这样做法是与门户开放主义吻合的。至于门罗主义则更是牢不可破。方式尽可常换,对拉丁美洲各国的态度亦尽可日趋客气,但无论在何种情形下美国决不能容许任何美洲以外的国家有危及任何美洲国家的可能。

为贯彻这个三原外交政策,兼为保障本身的安全起见,美国年来又致力于海军空前的扩充。要真能维持中立,必须得到交战国两方的尊重。一有不尊重,因而一有过分蹂躏美国权益之时,则美人便不免因愤怒而加入战争。这样,中立便无法维持。要真能维持门罗主义与门户开放,实力也须充实。因此,不论在哪一方面,海军俱有扩充的必要。而且日本的海军是大得可怕的。同时,欧洲极权国家如一旦得胜,他们也有威胁美国的可能。为自卫计,海军更有扩充的必要。此所以美国的和平主义者与共和党中的进步派虽素向反对大海军,但最近一年来反对的声浪几乎细微到了极点。

如果我们参考美国民意测验所最近若干次的测验,与美国最近报章杂志所发表的言论,我们也可以看到人民对于上述外交政策的拥护。美国人固然绝大多数同情于英国,但绝大多数仍不以参战为然,美国人固然要维持中立,但同时又要运用其经济及工业的优势以压迫扰乱国际秩序并破坏门户开放的日本，并对中国与英法为某种程度以内的援助。

美国一部分的和平主义者尝极力劝告总统出面作和平的斡旋。他们的理由表面上是人道主义。他们说：如英法与德国继续作战下去，则归根必是两败俱伤，而欧洲的文化也扫地以尽。但他们实际的理由或许仍是中立的维持。他们深恐欧战如延长下去，美国或仍会加入。要使美国根本无加入战事的可能，则釜底抽薪的办法当然是使欧战终止。我国不晓得罗斯福之派泰勒奉使教廷与威尔斯遍访意德法英，是否因为受了和平主义者的压迫，或是他自己要这样做，或是两者都有；我们可说的是：罗斯福的和平运动与他的中立政策是相辅而行的。两者俱含有避免参战的作用。

但是，守中立以免战，压日本以维持九国公约，增强海军以实行外交政策且以自卫，虽为美国朝野的共同主张，但美国的舆论却复杂到了万分。上面说过，美舆论大多数同情英法，但赫斯特系的报纸却又喜骂英国。他们不助德，他们也骂德，但他们不觉得英国是好人。美舆论几乎全体同情于中国而不同情于日本，但是斯克利浦霍华德系报纸又常对中国作不利的暗示。他们每谓中国已势穷力竭，故中日间如获和平则与两国都有好处。推其意，若谓美国应劝两国言和。他们并言如中日停战，美日关系好转，则日可与民主国家共同应付苏联。这种议论固然是隔靴抓痒，不切时弊，但我们藉此也可窥见美国舆论复杂的一斑。

如果舆论是相当的复杂，则国会内部情绪或则更要复杂。国会无论上下院俱缺乏有力的兼收并容的领袖。民主党的最大领袖，无论在国会内或是在国会外，无疑的是罗斯福。参院的领袖白恩斯与众院的领袖板克赫德（即议长），俱是听命于总统的。民主党中的孤立派他们无从指挥。共和党在上下院的领袖，其权威或比民主党的固要大些。但共和党本身虽不是孤立党，孤立派却大都是共和党人。共和党领袖如主张孤立，则违背了党的精神及传习。如不主张孤立，则对孤立派便失了领导的权威。因为国会领袖的权威不大，国会遂呈五花八门之象。因主义而主张孤立者有之，因国家利益而主张孤立者有之，为政治地位而作这样主张者亦有之。且共和党议员难免有对人的反对。总统的主张及行动他们往往加以反对，祇为有陷美国入战争漩涡的可能。大致的分析起来，国会议员有政府派，反政府派，与孤立派之分。政府派的议员惟总统的马首是瞻。反政府派的议员，其主张与立场不见得一定与政府的相反，但他们每喜对政府的主张加以批评甚或阻挠。孤立派则主张愈少问外事愈好。他们以为以美国之大，可以不问外事而独立，也可以不问外事而发展美国特有的文化。他们离政府最远，离多数美国人的主张也远。他们去夏反对修正中立法，取消禁运军火至交战国的条文，去夏如此，去秋中立法最后修正时，他们仍如此。他们也反对将海军扩大，并反对对日本施以压迫。但他们多数也知道人民愿政府助英法助中国，也愿海军扩大，所以他们也渐渐失去对于孤立主义的自信。结果，总统的外交政策常得通过国会。

总统的外交政策，除了比人民及国会要坚定外，在大体上原和美国的传统政策相符，和大多数人民的企望也相符。总统之反对极权主义比较在先，初时人民颇有疑其别有用心，有好大喜功的企图者。所以当一九三七年十月五日总统发表芝加哥演说，主张"隔离"独裁时，人民即大起反抗。但到了今日，反对极权主义已成为几乎全国一致的情绪，总统的言论不复为大多数人民所怀疑。又罗斯福多言好动，又属大海军派，前时人民常有疑其对中立无诚意，而对参战有兴趣者。但自去夏总统力主修改中立法，俾美国可以军火援助英法，使英法得有力战胜的机会以来，人民对总统确保中立的诚意已不复疑虑。欧战爆发，中立法获修正，总统对欧事复处处谨慎，尽力避免卷入战涡。至是，人民对他更有信用。所以就大体上讲，总统（即政府）与人民的外交观念是相同的。孤立派的言行仅足以使政府格外谨慎小心，使政府予中国英法的援助稍为迟缓，但他们不能根本变更总统及人民同意的政策。而且最后他们也须尊重民意。

然而，这总统和人民同意的政策究是什么？在本文开端，我们已胪举不和欧洲国家牵混，对美洲国家行门罗主义，对中国维持门户开放三大传统口号。讲得更具体一些，美国对一切与美洲安全无关的战争决将避免参加。对一切极权国家及破坏条约的国家，美国将永永厌恶，但决不到与之作战的程度。因为不想作战，所以美国也将避免与之有敌对的行为。对英法，美国是要援助的，但以不引起德国的敌对行为为限。对远东美国有长期的权益存在着。要远东有和平有秩序，且有正常的均势，美国才可以通商，才可以不受威胁。年来日本的侵华破坏了和平与秩序，并予美国以相当的威胁，所以美国必须助华抑日，以打破日本独占亚陆的企图。但这种援助也必须以不激怒日本，不使日本铤而出险为限度。

要贯彻上述的政策需要第一流的政治家与第一流的技术和手腕。稍一下不慎，便有顾此失彼，不是牺牲了中立，陷美国于战涡，便是坐视英法中国被暴力摧毁。至于美国目下用何种技术以贯彻他的政策，以及这种技术是否可以贯彻这种政策，或是不是最善良最易取的政策，则当另文讨论。我们此刻应注意的，就是我们要虚心地领会美国所采行的外交政策。能客观地领会他的外交政策，然后能懂得美国何以采这个或那个具体的外交步骤。至于政策的良不良则当然是一件主观的事，本文不加以讨论。

宪政运动中的劳动组织问题

林良桐

我国的言论界有个特征。这个特征就是当一个问题"时髦"起来的时候，大家都发言。你来谈谈，我也来谈谈，谈来谈去不必谈出什么结果，只要问题的时髦性一过，大家自然而然地屏声息气，不但不谈而且不想，如果将来再有机会，仍旧把那一套老话重新说了一遍。所以平时一切都没有问题，而有时成为问题的问题，也永远没有得到相当完满答案的机会。

宪政问题，在我国的政治园地里，发现过好几次，在我国的文坛上，也热闹过好几阵，现在似乎又轮到它出风头的时候了。报章杂志以及街头的壁报，学术的座谈会，都是宪政问题在走着红运；然而我们如果留心大街小巷老百姓的舆论，又似乎宪政问题在他们是若无其事的。是文士们酷爱摩登呢？是民众不要宪政呢？还是要宪政的人们不注意到民众呢？

知识阶级对于各个时事的感受性，本来要比一般民众灵敏些，知识阶级视为问题的，一般民众可以漠不关心，但是宪政的目的，简单说来，在使全国国民共同担负国家的责任，民众漠不关心，宪政就不会完成。宪政的实施，不单是开放各样给各党各派，是要叫大多数的民众积极地参政；不然，纵有约法宪政的颁布和参众两院的设置，充其量不过是统治阶级的宪政而已！

漫无组织的民众，绝不会积极地参政，绝不会发生有效的政治作用，绝不会造成真正民有民治民享的国家。要使人民负起国家的责任，必须经过相当时期的组织，必须经过相当时期的训练。孙中山先生在手订《建国大纲》时，所以要规定训政，而事实上国民党也施行了好几年的训政。其实到了现在，执政的国民党想开放政权，想实施宪政，而一般的民众仍然漠不关心，而一切的政党，不是根本没有民众，就是缺乏积极的民众。这种的现象，我们不能说是民众不要宪政，我们也不能抱怨国民党在训政时期把民众参政的热诚湮没了；但至少我们可以说国民党没有充分地握住训政的机会，没有克尽其褓母的职务。这些往事，我们可以不必重提，我们应该注意未来的机会。

我不反对现在开放政权实施宪政，我更赞成蒋委员长在四次参政会所说的："我们尽不妨在训政没有完成以前，来颁行宪法，而同时仍可以贯彻训政的精神，一方面训练人民，提高他们对于国民责任和国家政治的认识，一方面训练政府，来提高各级民治的效率。"因为我希望宪政的实施，因为我希望在训政没有完成以前实施宪政，所以我联想到怎样组织民众，尤其怎样组织劳动群众的问题。

劳动群众占全体民众的极大部分。他们在经济上是弱者，在知识上是愚者。他们为自身的利益最需要严密的组织，然而他们又最缺乏组织的能力。没有组织或缺乏健全组织的劳动群众，不但不能为其自身谋福利，更会做成社会不宁的主要因素。如果我们真想使全国民众共同负担国家的责任，则对此一群的劳动者，非想法使他们安居乐业足衣足食不可，非想法使他们有健全的组织不可。我国的立法院虽曾制定过几个保护劳动者的法规，例如最低工资法，工厂法等等；然而到现在法律自法律，事实自事实，劳动者所受的实惠究竟有几？法律不能施行的理由，一方面固由于这几年来我国处于非常的时期，一方面也由于劳动群众缺乏组织，不能发出有力的呼声。宪政的实施，宪政的完成，必使劳动群众的利益有相当的保障；劳动群众利益的保障，又必须使劳动群众有健全的组织。那末，执政和论政的人们，在此宪政期成的时候，就不得不切实地想一想健全的劳动组织，不得不把劳动组织视为整个国家的社会政策的一部。

劳动组织和宪政实施的关系，确是如此密切，不幸得很，在宪政问题顶出风头的时候，劳动问题却引起很少人的注意。大家都以为我国尚没有大规模的工厂，没有大批在工厂中操作的劳动者，所以尚没有劳动问题，尚无须于急急地组织劳动群众。不但普通人这样见解，就是一般研究劳动问题的学者，有时在那里也会发出疑问。我国真没有劳动问题么？我国的劳动群众真不急切地需要组织么？我国之无大规模的工厂及有组织的工人，诚然是事实；然而我们却不能因此否认劳动问题的存在，否认劳动群众急切地需要组织。抗战以后，到处感觉精工的缺乏，粗工的过剩，这是否劳动问题？上海日人开的纱厂，有许多中国工人请求进厂做工，不收工资只要津贴少许的膳宿费（根据《纽约时报》亚朋氏的通讯）。他们不会愿意这样做，只因内地来就须挨饿。这又是否劳动问题？报纸上常看见招雇店员或雇员的广告，每日工作达十四小时。这又是否劳动问题？劳动问题的内容和性质，纵使和西方各国的不同，仍不失为劳动问题。问题之所以成为问题，本来须有客观的事实和主观的认识。我们现在说没有劳动问题，并非没有客观的事实，只是缺乏主观的认识。并且西洋各国劳动群众的组织，多半靠劳动者自身的努力，为劳动者自身谋福利，所以事实上组织的严密确在大规模工厂发生了以后，因为工人集中，组织容易。现在我们从人道的观点，站在国家的立场，觉得劳动组织不但于劳动者有益，于国家民族亦有益，所以须帮助劳动者从速有健全的组织，不必等到大规模工厂产生以后，不必等到劳动群众发出有力的呼声以后。

工商业劳工检查的组织

陈 达

(The Organization of Labor Inspection in Industrial and Commercial Undertakings International Labor Office, Geneva, 1939)

促进劳资的感情,其方法不一,但最普通而最直接有效者实推《劳工法》,惟《劳工法》的施行,如无适当的检查制度,则法律往往等于空文。以英国的经验论,虽在一八〇二年,业已颁布《健康与道德法》,但此种法律实际无效,直至一八三三年工厂检查制度实行以后,《工厂法》才能逐渐的施行。

自此以后,欧美各工业国对于工人们的保护,已有多方面的进展,检查的制度亦逐渐完备。惜一国有一国的法律及办法,各国间缺乏共同的标准及制度。自一九一八年欧战告终,国际劳工组织成立以来,对于各会员国的劳工保护,拟创立共同的标准;对于劳工检查,亦拟采用一致的原则及办法。关于后者,一九二三年的国际劳工大会,并已通过"建议"一种。惟"建议"实无拘束力,因此国际间对于劳工检查,近年来有"公约草案"的运动,其结果将劳工检查,列入一九四〇年国际劳工大会的议事日程。

国际劳工局理事会,曾于一九三九年五月,召集专家会议,讨论劳工检查问题。该局并于事先调查各国劳工检查制度及办法,提出要点,以便专家会议讨论时有所依据。此种比较的研究,近由国际劳工局印行,名曰"工商业劳工检查的组织"(The Organization of Labor Inspection in Industrial and Commercial Undertakings）。本报告在序文里，略述劳工检查的历史，并讨论劳工问题的国际关系。第一编讨论各国的《劳工法》及其施行情形。共分九章：（一）劳工检查制度的组织，如行政机构，分区组织，安全与健康博物院及联邦国的检查制度等。（二）检察员的人选及训练，如资格，录用办法，训练及检查员的地位等。（三）检查员的职员，如入场权，检查权等。（四）检查员行使职权的方便，如雇主的责任，工人的责任，第三者的责任，及妨碍检查员行使职权的惩罚等。（五）施行诉讼。（六）检查员的责任，如私见的避免及商业秘密的保守等。（七）雇主与工人对于检查员的合作。（八）检查的方法及标准，如检查的方法，检查的效率及检查的次数等。（九）检查报告。附录内并列一表，比较各国的《劳工法》施行机构及办法。本报告第二编讨论关于劳工检查国际立法的基础：（一）略述国际劳工局对于劳工检查拟由国际处理所提出的结论。（二）去年五月专家会议对于本问题的报告。末附国际劳工局分发各会员国政府的咨询表。

本报告对于我国，有显明的重要性，因我国近年来，决意实行社会政策。并自国民党十八年《工厂法》颁布以后，政府特别注意《工厂法》的施行，乃颁布《工厂检查法》，设立中央检查处，并一度设立检查人员训练所。前述报告的内容，有许多方面，可供我国的参考。以材料的急迫性言，第一编内讨论检查制度，检查人员的训练及检查员私见的避免各章，应为我国主管机关及劳工问题研究者所尽先注意。

此外尚有一点，易为吾人所忽略者，即本报告与我国战时劳工行政的关系。目下国难当前，我们必须集中各种力量，一致抗敌。工人是经济力基本元素之一，因此我们要在这个时候，提倡劳资亲善，以增进工人们对于政府及资本家的好感，藉资唤起工人们的爱国心，及增进工作效率；以便提高工农业的生产量及商界的服务精神。我们如能特别注意劳工检查，无疑的工人们可以得着比较公平的待遇，那是促进劳资亲善的一种简易办法。一九一四年欧战时，交战国对于劳资都有调整的法律及办法。如英国即于是时推行任意仲裁制，以增进劳资双方的感情。我国在抗战期间，不但对于军事要设法增进力量，即于经济生产亦必须于可能范围内设法增加，才能长期抗敌以取得最后胜利。由此我们必须在此时推行及改善劳工检查制度，以期促进劳资间的感情，增加工农业的生产效率，及提高商界的服务精神。

宜山杂忆

胡庆钧

书箧里捡出一张《宜山全影》，挑起我对这烟锁笼城的回忆；十六种疟蚊，一CC水包含两万细菌，像泡在苦酒缸里，我在这笼城一间阴暗的茅房里，六十个人挤过了七个月——这七个月于我正如七年。虽然那儿有我敬爱的师友，有剥过了皮带棕黄色的便宜甘蔗，终于在七月底我离开了宜山。汽车载着我作"高原运动"，让凉风拂着道衣，撇却满身的暑气，喘着气越过若干险峻的山头，经过贵阳，再爬到海拔一八九二公尺的昆明。

回忆往往是苦中有甜的，来昆明后又叫我想起宜山的好处。那一派山水，那各个矗立而又连绵的石山，像无数五寸来长的春笋密排着。山上没有树，岩石风化后的新生土敷着山腰，长一层凤尾草，和密布在岩石上的绿苔，构成一幅翠绿的图面。一个学地质的人可以随时在山上找到许多珊瑚化石，看湍流的龙江成V字形的河谷，和河底两边的小石洞，便可揣测这儿地质生成期的先后。

十月的太阳仍是一团火，见面时便得脱下棉衣，好些女同学们索性穿着夏服，裸两条臂膀。初夏的太阳早赛过江南盛暑，雨过天晴的山头闪着颗颗水珠，炎阳照着水汽升腾，润绿的苔草渐渐干了，最后整个山头像晒发山火，显着赤光。人们不住的挥着扇，找不到一个兜风的去所。水棚里储着半个人深的水，在微笑着向人们招手；一个浪花打得分外有劲，海滨生长的儿女们只好大材小用。

叫我们苦怨的是一月到四月的梅雨，潇潇的一天到晚落个不停，这当儿往往还有一次警报，滑着满身泥，去龙江边的小岩洞中藏躲。浙大的住在乡下的教授们，便以上课为惟一苦事，滑过泥泞五寸的田塍，一个不当心便要跌交子。国文老师赋诗感怀，总爱用"瘴乡""带愁"等字眼。早晨起来看近山浓雾化黑云升腾是常有的事，户外广场里的翠草上有一个个面盆大的白霉，告诉你宜山浓湿的气候。要不相信，武汉测候所已迁到宜山，他的干湿球湿度表天天给你准确的数字，每天的相对湿度平均总在八十以上。

到过宜山的人总得钦佩这地方女性的能干，四五十岁的老妈子抬着一袋谷包过市并不希罕。二三十岁的妇人背着一个不上周岁的婴孩，还挑着大担菜上街发卖。十六七岁的姑娘则是十八般武艺样样皆精，担水做菜都是她们的看家本领。天足并不曾"掀掉塘基大半边"（注一），我想八三五年前（宋徽宗崇宁四年）被贬死在这里的大诗人黄庭坚只好望着她们叹气，因为"三寸金莲""弱不胜衣"等类的形容词在这儿恐怕一直是用不着的。

山谷（庭坚）先生当日在宜山的处境是可想而知的，柳子厚贬柳州还是刺史，山谷却是"贬宜州安置"。据《宜州家乘》（注二）所记，山谷当时除棋，酒，吃，游而外，别无事事。崇宁四年二月廿六他写了首词给离宜归去的阿兄元明，题名《青玉案》，原词如次：

烟中一线来时路，极目送，归鸿去，第四阳关声不度。山胡新转，子规初语，正在人愁处。忧能损性休朝暮，忆我当筵醉时句。渡水穿云心已许，晚年原景，小轩南浦，共卷西山雨。

这首词写出了宜山山景，也写出了诗人当时心绪。迄今山谷祠和衣冠冢仍在宜山西城，祠内供着儒袍宽服的山谷石刻像，任人凭吊，现在祠已成了负伤将士息养之所。七月中敌机第二次袭宜山，山谷祠中空场落一弹，祠却无恙，"山谷先生有灵！"

大头颈是宜山居民的通病，比昆明所见的还要利害。五六十岁的老妈子十有九颈上挂着个"大葫芦"，这葫芦往往比自己的脑袋还大。可是男性得此病者要比女性为少，这在生物学家恐怕也不能研究出个道理。

家家的大门两侧贴着抗战春联，"杀敌救国"的红字条粘贴在门口是表示这家有壮丁出征。两人打架，理胜者往往骂理屈者："这精神为什么不去打日本鬼？"叫被骂者哑口无言。摆摊上有种食品名叫"红烧日本鬼"，原来便是油炸面条鱼，吃着时倒也痛快！

人老是一副硬劲，不大高兴和颜悦色，连说话儿也是粗声粗气的。在大都市看惯了低眉顺眼的生意经纪人，到这儿准有点不经意的感触。一般居民的现象是穷和病（疟疾占着很大的成份），阴郁的气候助长着深鸷个性的发展。酷热地方的居民本来是易流于怠惰的。可是土质的硗薄和产物的限制，使人们非辛勤工作不能得一饱，所以这一份勤俭是挺辛苦的。最可称道的是山民的倔强特性，几年来经过广西当局的严密征训，得到正常的发展，野性收敛了。"一致御侮"的心苗早已发芽生长，枝叶蓬勃，现在且开出了灿烂的花。

人们若想游山玩水，中间村和白龙洞是两个好去处。中间村在北门外离城十五里，一道潭水，澄清见底，两边是沙滩，堤上长着一丛翠竹，野草闲花，构成一幅秀丽的景色。浴罢卧在沙滩晒太阳后看全身毛孔舒展，随手拾两个蚧壳，唱一个歌，是最惬意不过的事。白龙洞在城郊北山腰，站在北城门便可望见。从热昏了的城内出来，抵洞口顿觉凉风习习，心神清爽。燃着火炬进洞，钟乳石石笋等天然奇迹，足够一个异乡人饱添眼福。洞长约里许，是宜山的最大岩洞。洞外有庙宇，庙旁峭壁有翼王题诗石刻，是翼王离洪秀全后军过宜山时刻的。目下流传的翼王诗本多伪制，据简又文先生的考证，这首诗是真品，不过简先生也没见到石刻。本年三月笔者随同向达王庸诸先生往游，得见原刻。刻字并非翼王亲笔，满心想看真迹，这一来扫兴不少。究竟此诗为真为伪？笔者不敢断定。现将翼王原序及诗转录于次，以供参考。

宜山翼王亭石刻（翼王作诸员和）

太平天国庚申拾年，师驻庆远（宜山洞名）。时于季春，予以政暇，偕诸大员，巡视芳郊，山川竞秀，草木争妍。登兹古洞，诗列琳琅，韵著风雅。旋见粉墙刘之青句，寓意高超，出词英俊，颇有斥佛思邪之概，余甚佳之。爰命将其诗句，勒石以为世迷仙佛者警。余与诸员，亦就原韵，立赋数章，俱刊诸石，以志游览云。

翼王题：挺身登峻岭，举目照遥空。毁佛崇天帝，移民复古风。临军称将勇，玩洞羡诗雄。剑气冲星斗，文光射日虹。

楚南刘云青原韵：异境从天辟，登临眼界空。万家遥带雨，一水怒号风。古佛形容怪，奇人气象雄。回看腰上剑，飞去作长虹。

（诸员略）

注一：俗有"大脚婆行路掀呀掀，掀掉塘基大半边"之谚。
注二：为山谷在宜山所作日记，收入《知不足斋丛书》。

杂货铺

姚 芳

阴沉沉的天气，不雨，不吹风，可是一切都显得闷人，到了亮灯的时候，酝酿着的雨点儿还没有飞下来，街上的行人都懒洋洋的，偶然无所为，无所谓，回窝的黑老鸦，加速度地飞，横横的从街上低空掠翅飞过时，翅膀拍着怪响的，引起两个过路人的关心，抬头一看，自嘲似的说道："飞机排队回家！"一面说，一面进了茶馆喝茶，是他们唯一可作的事。

这时候天已经快全黑了，可是张鸿发杂货铺对面两个站着看壁报的人，还舍不得离开。恰好柜台上的电灯亮了，一片黄光直射到那边墙上，当中隔了一条不十分窄的石子路，光自然很弱，看报的人得了"光明"伸长了颈子几乎把脑袋贴着墙，重新欣赏那上面的漫画。

"嘿！大飞机，刚贴出来的，真好看，……"扎着一根小辫子的小姑娘也从那边看过了，跑回来很兴奋喊着指手画脚地，小辫子随着前后摆动。

柜台边上摆着两碗菜，老板正和老板娘端起碗吃饭。他老穿一套青布衣服，是有名的老实人。内掌柜的可能干得多，虽然不会记账，却能记得隔壁李嫂子赊了两包金鼠牌香烟，卢大拿去了三块肥皂，还没有给钱，她能预测什么东西会涨价，嘱咐她丈夫多买一点货囤留下来；她决不会多给主顾一分钱，因为她的心算比别人的算盘子儿还厉害。在这条街上，她是一个数一数二的精细人。这天穿了件黑直贡呢夹袄，蓝竹布单背心，背上还背着一个不满两岁的孩子，用两根蓝布带子和一块印花布兜着。孩子睡熟了，颈子细细的，小脑袋像葫芦一般下垂着，黑洋绉和尚帽，全离了头，只是一条银练子还套在小颈子上，她一动，背上的小脑袋和帽子也随着摇晃，柜台外面摆一口大锅和一个煤炉子，锅中黑砂子里炒着半熟的栗子，炉里的柴火旺熊熊的。老板不放心怕火老了，栗子焦糊，一手端饭碗，一手忙着拨铲子。一股热香四溢，行路人老远被这香气钻入鼻孔里，觉得口里酥酥甜甜的，怪不好受。柜台上一只黑白小花猫蹲着"相食"，立起四只腿，缩起身躯，背弓得高高的，做起要走路的架子，可是颈子上的麻绳拉住了它，于是咪咪地叫将起来，不只是表示它饿了，还是想跑，不甘心忍受这种长期的束缚，如左拉小说上所谓"梦想自由"。小姑娘靠在柜台边打盹儿，她已经先吃过饭了。

张鸿发杂货铺，是这条街上最小的一个，也是生意最好的一个。只有夫妇俩支撑着，店务却也料理得有条不紊，自从重庆被炸后，这小镇市上人口顿增，生意红了。门面也由一间扩到两间，货色也添了许多，原先靠右手的一间铺子，贴墙放着两排带框子木架，一排整整齐齐摆着香烟，洋火，肥皂，僧帽，红的蜡烛，作纸媒的草纸，一排并放着几个粗瓷罐子和洋铁箱，这里面都是吃的，糕，饼，茶叶和糖，靠门一排柜台，靠里是一排上绿釉的小瓦罐子，里面是各式各样的酱菜，白木盖子不用漆，已经白得黑了，靠外是一排大大小小的玻璃瓶，和一个玻璃匣子，都是盛糖食的，夏天隔着玻璃，可以听得见贪食迷路的苍蝇在里面撞着响。墙上杂乱无章的挂着麻绳和棉线，白的已变黄了，黑的成了赭色，可是这些货物不愁卖不出去，有时你跑去买，也许会空手回来呢。靠左手的一间，居中放了一个盛油柜子，分好几格，分盛着各样的油。靠里面墙，并排着放好几个上黑釉的大坛子，拭擦的光光的，腹大口小，四平八稳同世间许多有福气的人差不多。这是他们店里有名的泡菜坛子，靠店门是一行筐子，筐子里的东西却不是固定的，可是木耳和干辣子总是满满的占了两筐子。

"给我上一灯油！"一个人力车夫提着一盏方车灯伏在柜台上。

"一角半。"老板娘放下饭碗，在那边上好了油。

"嘿，又贵了两分，老板娘，你们要赚多少才甘心？"

"别说了，你们拉车不也涨了多少价？这年头，一样贵百样贵。五十多块钱一担的米总要吃的。唉！还是要怨飞机，要不是它乱炸，怎么会把这些人都赶到这儿来，连米都不够吃。"

坐着打盹的小姑娘一听见"飞机"精神忽然振作起来了，指手画脚的说壁报上大飞机。

"八分钱花生。"洋车夫刚走，柜台边又站着一个老妈子，放着一张脏角票在台上，随意欣赏着铺子中一切货物，且随口问："你们糖卖几毛一斤？"

"你买糖？"老板娘只得又放下刚端起的碗做生意。

"要八分钱花生，找我两分。"

"八分，一毛怎么算账？就买一毛钱，省得找零。"

"不，我只要八分。"包花生时，那女人从包中取了两颗咀嚼。

"哼，做老妈子的不赚主人的钱真少有，你瞧这两分钱又上口袋了！"她看见老妈子走远了，指着说。锅里热砂中的栗子已经熟了，拍拍小炮仗一般的爆着响，老板将空碗交给老板娘，忙着把锅中栗子捞出盛到木桶里去。一会儿小摊边买栗子的人已围满了，灯光被遮住，对面墙一片黑影子荡动，壁报看不清楚了。两个看壁报的人已不知什么时候走了。

本期撰者：

　　罗隆基先生是《益世报》主笔，在本刊第二卷第二十二期曾撰《期成宪政的我见》一文。钱端升先生新从美国归来，特为本刊撰成关于美国内政与外交的三篇文章，本期所登的《美国当前的外交政策》一文，是值得国人细读的。

　　陈达与林良桐二先生俱是西南联大教授。陈先生是国内知名的劳动问题专家，固不待我们详细介绍。

第三卷第十一期（1940年3月17日）

时评

威尔斯访欧

美国国务卿威尔斯所奉总统命赴欧，遍访意德英法四国，于二月十七日离美，二十五日抵意，在四国各停留三五日不等。本期发行日，他或已首途返美复命。

威尔斯不是一个普通的外交次长，而是总统的亲信。欧战开始不久，他曾奉命赴巴拿马主持泛美会议临时会议，劝导美洲各国一致通过三百海里中立地域的决议，于是声威更大著。这次赴欧，他当然是罗斯福的耳目，也是罗斯福的喉舌。但他究竟闻了些什么话，究竟说了些什么话，局外人是无从揣测的。他说，只总统可以宣布他所闻他所说的话。这是当然的。他的使命是在观察欧战有无议和的可能，在寻觅两方可以同意之点。在总统有所决定以前，任何公开的表示只是有害而无益的。

我们也无从悬揣威尔斯此行的结果如何。我们所敢深信者，即罗总统一定将抓住一切可护和平的途径，不轻易放过。我们至今尚不能明晰何以总统要于此时谋和。但无论其原因为增进他自己的政治地位，或为延援德方的进攻，或为保全欧洲的元气及文明，无论为何种原因，总统既已作初步的和的工作，他当然将进行第二步和的工作。威尔斯复命后，总统必不肯一点没有举动，他必将请两方考虑停战言和的问题。

但两方言和实在是一件难事。英法固不肯轻易放弃其作战目标，德方也不愿低首下心。如非美国能提出一个比较合理的资源分配方法及合理的国际贸易制度，要两方同意于一个共同讨论的基础几乎是不可能的。但一线的曙光也不是不存在着。威尔斯过法时，报载他曾以一个经济说帖交给法财长莱诺。据威尔斯自己事后告人，他曾以同样的说帖交给各国当局。这里或者就包括一个合理的资源分配方法及合理的国际贸易制度。如果双方均能同意以此为讨论重建和平的基础，则双方也未始不可暂且停战，静观中立国调处的结果，再定和战与否。关于停战，毕德门方由此呼吁。关于经济制度的调整，美国外交当局早已与各国有所谈洽，且原则上已获五十五国的同意。和平的曙光也许就在此处罢。舍此以外，我们还想不出罗斯福可以觅取成功的途径。（端）

苏芬媾和

关于苏芬战事，本刊"时评"屡加论列。自曼纳林防线攻破后，我们早预料苏芬双方，均想适可而止，以结束此无多大意义之战事。近日报传芬兰已派遣代表赴莫斯科，举行媾和谈判，关于苏联要求的内容，迄仍严守秘密，但就各方面揣测，此次和议的成功，当无疑义。

苏芬战事发生，本是出人意料之外，我们当初以为苏联对芬坚索所求，靠外交就会达到目的，原不必引起战争，后来双方各执立场，互不退让，武力冲突由此而起，其实谁为胜者，局外人颇难判定。苏联趁欧局之混乱，拟积极巩固西陲的安全，谋以应付未来局势的转变。讵知波罗的海诸小国中，独有芬兰一国，拒却苏联的联防计划。原来芬兰的情形稍有不同。上次欧战后，它对苏一向存有戒心，对英法则拼命拉拢，尤其是在纳粹德国崛起之后。我们凭情论断，这个路线并非完全可靠；因为此前英法实行均势外交，为了保全自身利益，也往往不惜牺牲弱小国家；再到了欧战爆发后，它们自顾不暇，更难赴全力以援芬，实际上亦不过给予间接的援助而已。英法纵使倾力援芬，恐怕终久莫由收效，因为挪威瑞典二国既不轻予"假道"之便利，而且通芬的海道又为苏德所截断。芬兰处在孤立的情势下，毅然为独立自由而奋斗，我们极表示钦佩。但芬兰本是蕞尔小国，虽有外援可期，然倘若继续作战，亦难使苏联改变方针，所以为自身安全计，此时从速媾和，未始不是上策。

此次苏联对芬提出要求，是完成波海联防之最后一着，而芬兰却以有损主权而予以拒绝，实在有相当理由。苏芬媾和谈判，现在仍在进行中，我们对苏方所提出的要求，不知其详，但深望其能持以宽容，切勿引起他国猜疑，倘能在不妨碍对方生存的原则之下，完成波海联防的计划，则于人于己均属有利。据现势观察，芬兰当生存可以保持之时，其天然之愿望，自然是维持和平。这个战事，我们预测不久可以结束，并且结束之后，苏联或能集中目光于远东的局势。（予）

敌国政党离解

自五一五事件以来，敌国的政党政治早已名存实亡，军阀横施压迫，议员噤若寒蝉。近来因对华战事无法结束，国内危机解除无望，军阀声威渐趋跌落，官僚无能完全暴露，政党因缘时会，势力渐趋抬头。否极泰来，物之常情，政党利用人民厌战恶军之心理，未尝不可重整旗鼓。前任总理阿部躬亲茅庐要求党首合作，而恢复政党内阁的传说虽然无实现可能，但至少也说明了政党的地位渐为一般人所重视，想不到这次议会开幕后，政党所表现的，不但仍是懦弱无为，简直是卑鄙龌龊！

斋藤的质问不过表达了民意的一小部分，想不到各政党，连民政党也在内，竟逢迎军部，助桀为虐。现在斋藤已经正式被除名。就他个人言，直言无忌，威迫不屈，牺牲了一个议员空衔，换取了举国崇敬，求仁得仁，毫无遗憾。但就整个政党政治言，庸懦卑鄙，自私腐败，不但不知振作自重，反而趋炎附势，甘作走狗，未免太使人民失望了。

据电讯所传，各党中因有不少正直分子对于斋藤同情，将引起离析运动。政友原本已分裂为久原及中岛两派，现在久原派中政务委员主席卢田均牧野良三等将声明脱党；民政党干部执行委员依孙一，小川还太郎博士，书记长内崎住三郎，政务调查委员会主席前田房之助等将联名辞职，其余反对党当局之懦弱态度者亦将继起引退；转向法西斯之社大党亦将强迫怀有异议之党员九人退党，党首安部矶雄亦有被排斥之危险；道地军部走狗的时局同志会闻亦将举行清党，以便进一步法西斯化。走狗当道，当直之士引退，敌国政党政治之不幸，整个国运亦将无法挽救矣。（迅）

美国对欧亚局势之动态

燕树棠

美国近两月来，对欧亚两大洲现局，外交姿势转趋积极，它"制倭"及"调和"德国与英法之战争这点尤为显著。

现在世界上有能力左右国际局势的国家只有英，法，美，德，俄，日，意七个强国。这七强之中，已经有五国卷入战争漩涡，只有美意两国的手脚还保有行动的自由，而在美意两国之中也只有美国关心天下人类福利之事。人类也幸亏有美国罗斯福总统这样伟大的人物。现在这七强的当权的领袖：英国首相张伯伦真是大英帝国难得的忧深虑远，老谋深算，忠诚谋国的老臣；希特拉，墨索里尼，二人不愧为德意志意大利杰出的爱国志士，史达林是俄罗斯罕有的有勇有谋，眼明手快的英雄；法国不幸，党派分歧，又无伟大的领袖，而却有开明的民众；倭寇只有非驴非马的军阀，没有有鼻有眼的领袖，又无开明的大众，可鄙之至！罗斯福总统在这七强当局之中堪称贤能，有谓罗斯福氏兼有前总统罗斯福之雄才大略及威尔逊之高尚理想，诚非过誉。现在世界大乱，前途的安危系于他一人之处，实在不少！但是美国是民主国家，政府当局受民意及法律之限制，不像极权主义国家那样无限制的自由。罗斯福业已不失时机的几度努力，这次他的努力究竟有多大的成功，很难预测。但美国跨临两洋，即就其国家利益而言，国际局势演变到现阶段，亦已使美国不得不使用高度的努力。所以我们对于罗斯福总统这次努力的希望也比较的大。兹将美国现在制倭，反俄，调和欧战三点分述如左。

一，制倭。近三十年来，美国政论家及关于国际关系的著作差不多一致认定美日两国的和或战取决于太平洋亚洲大陆问题之调和或冲突，这问题的对象就是太平洋中的海洋及适用于中国的门户开放主义这两件大事。第一次欧战的时候，日本要想在中国施行关门主义，压迫美国承认了日本与中国的特殊关系，缔结了个所谓兰莘石井协定，同时两国海军发动了造舰竞争。所以欧战中及欧战后那几年美日两国的关系相当的恶化。直到一九二二年华府会议，缔结了海约，停止海军竞赛，缔结了九国公约，重申门户开放，两国已经恶化的关系才化险为夷，暂告小康。但日本发了欧战一笔横财，贫儿暴富，不自量，要想大事扩充军备。一九二七年英美日三国海军会议及一九三〇年伦敦海军会议，俱因日本作梗失败。华府海约失效，两国又开始海军竞赛。九一八事变，日本积极在亚洲大陆推行关门主义，美国正式宣布不承认主义。从此，美日两国的关系又重新恶化起来了。七七事变以后，美国几次声明九国公约的立场，坚决主张门户开放，尊重中国领土及行政的完整。日本总是以"树立东亚新秩序"为辞。美国不耐烦了！去年十月美国驻日大使格鲁，于述职回任之后，在东京的欢迎宴会席上，发表演说，打破外交官的辞令，坦直的坚决的否认日本的"东亚新秩序"，重申美国维护门户开放政策之决心。这一席话是美国对日的态度之转变，制倭下了决心，方法亦由消极转为积极了；经济的进攻与军事的准备，同时并进起来。

美国对日经济方面的进攻，第一步是废止本年一月廿六日满期的商约。欧战爆发以后，日本在国外的大市场只有美国一个大顾主大买主。日本小气得很，见英国加入战争，金磅跌价，即刻把它在伦敦的存金，一块一块的都搬到美国去了。美国当然看得清楚，要利用无约状态的自由权，摧毁日本对美的商业。第二步是美国对我们中国信用放款，国会已经通过了两千万美元的数额，这个数额虽不大，但表示了援华抗日的决心。第三是对倭禁运。现在这个问题在国会中仍为悬案，随时可以讨论通过。这都是美国在经济方面制裁暴日，加紧实施事迹。

美国近来以经济手段对日进攻，犹嫌不足，对于军备更加紧扩充，尤其是海军。自从前年十一月，日本外界名人芳泽谦吉等所组织的太平洋学会公开宣言主张进兵荷印；去年二月日本又在我们的海南岛登陆，到三月又抢去了法国的新南岛；四月间又在东海的南部夺取了我们的许多小岛；因此，日本海军又一步一步的逼近荷属东印度群岛了。

这些事情就曾引起美国国务院的特别的注意，因为亚洲大陆多是经济的关系，而太平洋上的事却有关美国切身的利害。因此，美国众议院完成十三万万美元的所谓文生海军扩充预算案，要增添海军四分之一的力量，虽经削减，原案犹存。

但是日本在本年一月二十六日美日商约废止之前，它对美国多方献媚，希望续约，及至续约无望之后，这一个多月以来，它却陆续表示日本在太平洋发展之具体计划，要在拓殖省及外务省增设机关，专办南洋群岛及南太平洋的事务，并由其递信省增辟海空航线之具体办法，外相有田也表示日本对菲律宾要"共享繁荣"及利用天然资源之野心，它的舆论界也发表对美备战之言论，台湾岛及太平洋日本代管地各群岛为据点而推行所谓"东亚新秩序"于太平洋上，这原是它所谓南进政策早已施行之事，而现在所以公开发表，其用意在威吓美国的孤立派，希望阻挠美国扩军之计划。但是结果适得其反！近一月以来美国全国反倭之声浪高涨。国会及政府也加紧实施制倭之办法。言论方而，公开以对日本为扩充海军之目标，适才退职的美国亚洲舰队司令颜鲁尔氏力称，美军远东海军力量不足，若一旦在太平洋发动战争，美国须"以阿拉斯加，夏威夷，巴拿马之三角形为第一道防线"。众议院陆军委员会主席梅斯氏，在院中发表激烈演说，主张关岛设防。谓"美国之国防，除重立两洋海军外，当以关岛设防，为最有力之办法。关岛之空军根据地足以监视日本舰队之行动，绝无遭受突袭猝不及防之虞。日本虽不宣战，但该国正在开始酝酿战争之中，美国苟准备退出菲律宾，关岛设防，更有必要。欲使日本尊重美国，最佳之方法，即美国公开表明在远东有自由行动之权。美国在华之利益，虽不值得引起对日战争，但美国必须保持足以保卫权利之地位，并严密注意日本舰队之行动，盖以夏威夷之位置实无监视日本行动之可能"。

梅斯氏这几句话表明了美国在太平洋上的制倭军备之整个计划美军作战部长斯氏在众议院报告时，称"目下中国沿海各埠及所有重要交通已悉在日本控制之中。日本为确立对华经济及政治上之独霸计，正对在华租界施行压力，但日本最终之目的，显然在消灭一切不利于日本计划之西方利益。日本计划为何？即控制东亚是也。此外，就世界一般情形而论，美国亦应保有实力雄厚之海军，随时准备应付非常之事变"。美国特派华军考察员卡尔逊氏在中国服务十七个月，辞职回国以后，对新闻界发表讲话，称"日本军阀之最终目的，乃欲利用中国之资源与人力，以发动侵略世界之战争，而建立日本帝国。日本对华战争如告成功，则拉丁美洲或将成为其侵略之第二目标。既得拉丁美洲之后，而将以该地作进一步对美之根据地"云云。此极言美国对日须有远大之眼光，美国当局一月以来亦已随着制倭之言论作积极的计划与设施。众议院海委会已通过六万万续造新舰之海军预算案，政府已经决定拨款四百万元，作暂时改良关岛军港之费用。罗斯福总统一面发表意见希望国会于下届财政年度中，恢复海军预算款案，一面亲赴巴拿马运河视察防区，并已公开表示扩大巴拿马防区，东连加勒比海的西部，西至太平洋上六百哩内的跨连两大洋面积广大的海防区域，并要续造大批战斗机及高射炮，以作远距离之国防计划。美国这种扩充海军之计划，已使日本朝野发生很大的惊恐。日本新闻界海军专家伊藤正德，发表论文，说明美国海军将为日本之"大害"。并谓"美国造舰计划，苟一旦完成，而海上又设有船坞，则美国军舰在威克岛或中途岛装足煤量后，尽可在日本附近海面作战一星期，将将使美国海军之实力攻守自如。在此种环境之下，日本不得不采取对策以资应付"，云云。本月一日日本众议院质问外相有田是否对美屈膝？有田氏答称："即令美根本反对日拟建立东亚新秩序，完全不了解日本在华之目的及坚决主张，而仍贯彻美国之立场，日本亦无所恐惧。余（有田）固不知美政府意向之所在，惟若美国根本推翻日本在华'圣战'之目的，即日美邦交将无法调整。日本绝不撤回其作战目的；反之，将以坚决之态度予以实施"，云云。日本舆论界已有表示，认定现在的美日关系，已有"不和平"状态，而入于"敌对"状态。

美国月来制倭计划之推进，经此方法之运用，已使日本"不安"，军事方面之准备，更使日本发生"恐惧"。

二，调停欧战。美国这次发动和平运动，很曲折迂回，不像前此和平呼吁那样简单，拍发几个电报，就收场了。这次罗斯福总统尚没有讲过一句话，只由赫尔国务卿于二月十二日及二十八两日发表过两次谈话，说明这次美国和平运动之目的。据赫尔氏称：美国政府最近之和平尝试，目的在求经济上的久远和平之目的，非在求战争之立即停止。一面派副国务卿威尔斯访问意德法英，一面令外交代表与各驻在之中立国政府进行谈话，目的在研究"战后之问题"，即经济与军缩两问题，以求战后国际关系之安定与健全之根本方案；军缩及自由商务政策，即属方案中之重要部分；其目的在一反目下极权国家之倾向，并预防各极权主义于战后再行得势，云云。这是这次美国发动和平运动关于发动之目的所作的正式的正面的表示。美国的动机当然不会这样单纯，于是欧美各国言论界对于美国的用意就有不少的揣测。有的说：若干中立国家首向美国提出意见，主张于数星期后，继请各交战国停战，并有的主张召集各中立国会议而由美国参加。有谓：欧洲战事今春有扩大之危机，罗斯福氏怕影响美国对外贸易，故非常关怀，力求于可能范围内设法避免。有的谓罗斯福氏明知此次和平运动不能发生效果，他所以这样做，其用意在利用和平运动之无效借以镇压国内和平主义者之反对扩军。

美国外交代表与其驻在之各中立国所进行之谈话，尚未发表。威尔斯氏聘欧之举，其与德意之谈话，就日来已揭露之消息看来，交战国双方均未变更原来之立场，停战言和，似希望甚少。但就全局看来也不是那样无望。英国首相张伯伦于威尔斯氏二月二十五日抵意之前一日发表演说，首先说明英国之立场，重申英国作战之目的与媾和之条件，谓德国之目的，在毁灭英国，独霸世界；反之，英国正为反对德国之独霸世界而战，但英国殊无毁灭任何民族之心，吾人之所以英勇作战，端在欧洲小国俱可获得安全，不致时受侵略之威胁以危害破坏其独立及生存。此种目的究如何始得具体实现，曰：（一）波兰及捷克之独立；（二）吾人必须有若干确切之证据，庶几吾人可知对方所提之担保，必可完全付诸实施。在目前德国情形之下，将来之安全，难以担保。故当今之事应由德国首先表示其确已从此放弃其强权即正义之主张。至于英法两国，不能不亦欲创造新欧洲，其他国亦谅必与吾人合作。而最重要者，则为裁军之实现，此为持久和平之重要事件，云云。张伯伦氏说英国要恢复波兰与捷克的独立，这并不是英法的苛求，其余的话都是广泛的主张，亦不复从前所说的取消国社主义事改组德国政府那样具体。希特拉氏于威尔斯氏抵德之前演说：作战到底，不胜不止；戈培尔氏亦讲德国作战之唯一目的厥为战胜西方财阀政治；德国舆论界亦言打到英国，但皆为广泛的强硬辞调，均避其具体的要求。威尔斯氏离德之后，路透电载：希特拉氏向威尔斯氏声明六点：（一）德国永久占有波西米亚，摩拉维亚，及波兰；（二）英国放弃其对斯堪的维纳亚之阴谋；（三）取消英国在马尔泰，直布罗陀，及新加坡等地的海盗行为；（四）德国在欧洲实行门罗主义；（五）恢复德旧有殖民地；（六）美国应立即派驻遣德大使。合众电载：德外长里宾特罗甫及外次朵才克就德和战之态度，向威尔斯氏提出详细之说明，约有几点：（一）德国不愿以恢复去年九月以前之情形为条件而实行停战，反之，德国要求英国就"生存空间"问题，实现平等之原则；（二）德国认为英国独霸国际之时间，已失之过长；（三）德国亦应有其势力范围，一如美国可以根据门罗主义而拥有势力范围；（四）德国认为英法同盟一日不放弃其武力独霸国际之理论，则和平一日无实现之希望；任何和平必须承认德国与任何国家处于平等之地位，德可有平等之权利，以便取得原料和市场。但德国权威方面随即于本月四日发表声明，否认一切传说。足见德国此次对美国之言和极力表示欢迎之意，予美国以努力之机会。

美国这次和平运动，极力拉拢意大利，意大利对于威尔斯氏之招待，礼貌上也极为客气。墨索里尼氏关于威尔斯氏的谈话，对外也一言不发，免生误解，只由他的喉舌盖达氏公开表示一点：如欧洲战祸延及巴尔干，意大利必将参加。此实有警告俄德两国之意。

美国当然知道意大利对这次英法德之战争向无参加之决心，所以也当然知道它若参加则必与它不利。欧战爆发以后，去年十月意大利的国王向法国驻意大使声明：他在位期间之内，意绝不对法作战。随着意驻英大使公开演说：意大利要反共到底。一九三八，一九三九，世界上七个强国的军备预算以意大利的数目为最小。意大利不参战，还可以做交战国双方的生意，讨些便宜，若一旦参战，就要吃英法的眼前亏。

美国也当然知道英法同盟的势力优于德国；财力固显然的优于德国，人力与武器也不亚于德国。最近英国海军对北欧之警备，英法联军在近东之集中，英军又在东非集中，这样的对德，对俄，以至于对意，各种军事的布置，都表现英法在军事上充分的准备，希特拉及国社党其他领袖虽天天做强调的喊叫，实不能掩盖德国外强中干的情势，最近又与俄国缔结了商约，可以得到俄国原料食料之援助，毕竟有延长欧战及使欧战扩大之可能，并且可能甚大。但美国深知德意两国之虚实，故一面派遣其代表和他们两国谈话，而同时仍表示民主主义之立场及反对极权主义之态度。这种外交姿势实含有压迫德意之意。美国也当然知道欧战之延长及扩大交战国及北欧与东南欧各中立国都将受害，只有俄国必将占军事，政治，经济各方面之优势。关于这一点，不但欧洲各国（连德国在内）都害怕，即在国际上不参加欧洲政治的美国，现在也表现极大的担心。

所以，这次美国向欧洲发动和平，新闻方面虽有不少的悲观论词，就我们看来，欧洲各国，尤其是英法德意四国，已经表现了许多觉悟与进步。但是话又说回来了，美国的切实之大患是日本，所以美国这次的"和欧"是在"制倭"，"制倭"是在"扩军"。美国"扩军"之需要或不需要，要看欧洲之能媾和或不能媾和。我们切望美国的副国务卿威尔斯氏之聘欧，不虚此一行，切盼罗斯福总统这次所倡导的和平运动成功，为世界造福！

中日战争与美国今后的行动

钱端升

一个国家在某一个时期采取何种外交行动,当然一面要看那个国家的基本外交政策,一面要看当时的政治情形。外交的行动必不能违反基本的外交政策,但某一时的政治情形却足以使外交行动有缓和,急进,等等的区别。反过来,一时的政治情形虽足以使外交行动有缓急,却不能与基本政策背道而驰。

在本刊前二期中,我尝先后论及美国今年的政治情形与美国当今的外交政策。我尝说明,美国一面要守中立,一面又要援助英法;一面要援助中国,一面又要避免和日本发生剧烈的冲突。我尝说明,今年为美国的大选年,两党主要目的在获得选举的胜利,两党均须在外交上避免可被反对党指摘的行动。所以美国的外交行动虽然绝不会和基本政策冲突,但也难望十分积极。

美国对中日战争的意义已有深切准确的认识。美国不特希望日本的企图完全失败,不特希望中国获得胜利,恢复领疆及主权的完整,而且必想种种方法以助完成这些目的。美国绝不望此时中日间有和局。我们知道,美国当局也同样知道:在日阀没有失败或至少筋疲力尽以前,日阀所主张的或是能接受的"和平"一定是牺牲我国独立完整的妥协,而决不是公道的和平。美国看透了这一点,所以日方无论如何诱他出任调节之责,他毅然置之不理。不特美国对日方的和议置之不理,即别的方面如有关于和的试探,他也是取不理的态度。

美国也不愿对中日实行中立法。如果实行中立法,则中日向美购货需用现款自运的办法，实际上，实行与不实行中立法，究竟于我们害多利少，或是利多害少，殊不易言。但我政府素向反对美国对中日战争实行中立法，美之拒绝实行中立法，在道义上总不失为对我一种声援。参议员奈埃于去年八月五日曾提一议案，略谓美国对中日应守绝对中立，不应联英助华。此案参议外交委员会始终不予讨论。又参议员杰来特于本年一月十六日提出议案，请总统对中日战争实施中立法。此案外委会亦未予讨论。

美国既然希望我们抗战下去，至胜利为止，他自然不能不予我以相当的援助，我们很希美日一九一一年商约满期后，美国会能通过禁运法，禁止可以助日为虐的货物运往日本，美国国会上下两议院也先后有过五个议案，涉及关于中日战争的禁运事宜。在上院者有毕德门案及雪华伯罕案。在众院者有立崔案，可非案，及费希案。毕德门案规定总统对于因破坏九国公约而危及美国人民权益的国家，得下令禁止美货输入该国或该国货物输入美国。何种货物应该在禁止之列则由总统规定，但出口农产品不得禁止。禁运以保护美人权益为限度，权益得保护时，此项禁止即应停止。在国会开会期中，禁运的命令须在总统将有关文件移送国会十日后，才得实行。雪华伦案规定总统为保存国防需要的物品起见，得下令禁止足以资助破坏美国会以条约担保独立的国家的独立的货物（农产品除外）出口。此项命令，国会两院可以要求取消。立崔案最直接彻底，规定在日军侵占中国领土期内，总统应禁止美国与日本间一切出入口商务。可非案亦非常彻底，它规定日军在侵华期中，美人不得售给日本军火及军需品，美船不得运军火及军需品至日，美人不得坐日船，不得直接间接资助日本。费希案禁止钢铁运至日华。我国向美购买钢铁的数量既极微小，费希案的唯一作用自在禁钢铁去日。除此五案而外，尚有参议员托马斯的案子。托马斯提议，总统为保护美国的安全及和平起见，得下令禁止军火及军需品售予交战国，但被侵略的国家不在此限。换言之，总统得禁军火及军需品出口至日，却又得准许出口至华。此案本为对旧中立法的修正案。今新中立法既于去年十一月成立，此项提案自然已告结束。但托马斯仍可以另一种方式将此案再行提出。

以上各案之中，立崔案及可非案自然最足满我们之意，但通过的可能性最小。毕德门案最谨慎，所以通过的可能性最大。但最近参议院外交委员会已决议暂不讨论毕德门案和雪华伦伯罕案。同时声明外委会随时可以将此二案再议，参院外委会所以未将二案及时通过的原因甚多。委员会中有人反对固是一个原因，但最大的原因是政府方面反对将毕德门案和雪华伦伯罕案通过。政府何以反对呢？又不外两种原因，第一是顾全自身的利益，万一禁运之后，日阀恼羞成怒，对在华美侨有无理行为，或对菲岛有压迫行为，或对荷属印度有抢油行为，则美国势必大窘。如袖手旁观，则体面攸关。且失禁运原意。如振臂而动，则或竟不免以干戈相见，无论如前者或是后者，俱为美国舆论所不许，在大选之年亦为智者所不为。政府反对的第二种原因是替中国考虑的结果。美政府认为日方所贮军需品，如钢铁汽油之类颇为充裕，既实施禁运，亦未必于短时期内能生影响。但中国则此时务须依赖海防仰光输入大宗货物。万一因美行禁运，日对中国宣战，于海上搜索中立国商轮，不许中立国向中国运入违禁品，则于中国抗战前途颇有妨害。此约略为政府反对禁运的第二理由。依我们的看法，日本之不宣战容是颜面问题，日本不能因禁运而不要颜面；日本之攫取荷属印度是时机问题，时机一到，美国即无禁运，日本也会攫取。我们仅可觉得美政府的理由不成为理由。但美政府也确有他的见地，我们尚无法劝其变更。各人有各人的主权，主权本是不易迁就的。

　　但参议院外委会之暂不讨论禁运案，与永不讨论及永不通过是两件事，与美政府绝不做禁运的活动也是两件事。窥美政府之意，似将先就行政权能所及，对日军需品做零星的禁运。前年广州大炸后，政府曾劝告美飞机商勿以飞机及其零件售予轰炸平民的国家。去冬政府又劝告制造飞机精油者勿以制油机器，制油方法，及制油专家资助轰炸平民的国家，这两种道义上的禁运已完全实行。近来美国钢铁业也以需要废铁，正要求废铁不出口。自今而后，废铁亦大概不至出口。又美国近来以扩军之故，军需工业大振。一方为适应工业需要起见，一方又为抑制侵略国起见，政府或会于最近期间成立一种特许制度，若干货品的出口需得特许机关的特许。这样一来，政府大可上下其手，而不准日本需要的军需品运日，如果这些零星的办法实行而后，日本敢怒而不敢有所行动，美舆论有赞成而无反对，政府或再考虑进一步的办法。或如日本竟因怒而动，对美侨有无理行为，则政府视舆论为转移，如舆论觉得不应该冒险，则政府便适可而止。好在舆论不能诋政府犯了挑衅的过失。如果舆论愤激，则政府也可取进一步制裁日本的办法。换言之，美政府觉得缓进的办法优于急进的办法。

　　我们也很希望美国予我们以巨额的借款。借款方式不外两种，政治的与商务的。政治的务须通过国会，不然钱无所出。国会中孤立派既有相当势力，而美国舆论又不赞成自陷太深，以政治借款给交战中的中国向少可能，在大选年度更少可能。商务借款为一种营业性的往来，绝非有来无往的交易，如向商业银行贷款，担保品便不可少，且银行处处受政府法令的限制，稍一松懈，便为法所不许。所以在一国政治情形未变以前，最可能的借款仍是向进出口银行请求。进出口银行本为建设银公司的一个支流，但对职权的行使则具独立性质。建设银公司为政府一机构，资本雄厚，专以振兴国内工商业为目的。设立进出口银行的用意则在贷款于进出口业，鼓励对外贸易，因而增进美国的繁荣，但进出口银行究为政府所主持，所以政府总有几分抑此助彼的余地。如日德进出口商人要向进出口银行贷款，纵使确可增进美国的对外贸易，也必在不许之例。反过来，美国所援助的国家，则必尽先贷款。此所以前年进出口银行以二千五百万美元信用贷款给我，而我则允以桐油运美。此所以最近该银行又以二千万美元信用借款给我，而我则允以大锡运美。有此信用借款，我虽不能以此在美购买军火，但其他抗战必需之品，如交通工具等等，固可源源而来。

原来我国此次本有获得较大数额的借款的希望，但因借款方有成议时，芬兰也要告贷。芬兰意在借得大宗款项以购买军火，因此引起很多人的恐惧，恐惧不免走进参战的危途。结果，国会只允增加进出口银行的资本，俾芬兰于筹借千万元之外，得再借二千万。苏芬战事起后，美国对芬本有极大同情。芬兰既只能加借二千万，中国因此亦不能加借至二千万以上。

与借款性质相近者，为各项捐助。自七七以来，美人对于赈济难民，捐施医药，募送图书等等，向称热心，然总数已有多少，迄难查明。大概，此总数，如和上次大战时美国捐赠比国人民之数相比，则必渺小之至。美国近年的不景气固为一大理由，但我方的处置不得其当，各方竞想立功，有时且争功，因此功半事倍，亦所难免。手续不清，呼号不为人所注视置信，或为更大理由。

美国对我物质上的援助虽不甚厚，禁运法虽至今未获国会讨论，但美国既认识日本的真面目，既知日本之独霸东亚可威胁美国在太平洋上的安全，则在政治上，美国仍将竭其全力以支持中国的抗战，并以阻止日本的成功。美国对不承认主义至今未作丝毫的放松，当去年七月底美国通知废约后，颇有人讽示华府，华府欲承认日本在东四省及天津的既成地位，而以日本退出中国的其他部分并尊重美国的权益为交换条件，且望美国根据这种"互换"

而调解战事，这种鬼主意究来自日方或来自英国的妥协派，颇不十分明了。但美国则根本置之不理。不特如此，美国一方继续告诉日本，说他对条约的尊严决继续重视，一方对英法做种种的表示，反对英法对中国有不利的行为。此外，美国在先固对汪贼不予重视，但以后知汪贼的傀儡政府，如一旦竟获成立，则或足以淆乱若干不明是非的听闻，所以近亦正做种种活动，以阻止伪政府的成立。美国方面的压力有多大，日本当首先知之。

美国对中日冲突的真性质既有准确的了解，他必尽其力援我而抑制暴日，揆诸实际，除了足以使美人恐惧有进入战争的可能行动外，美政府确在做最大的努力。此种恐惧在我们看来多半是假想的，多半是一班神经系的和平主义者及孤立派政客所制造。但今年既为大选之年，则这些人所制造的恐惧颇可以左右选民的爱憎而影响到选举的结果。迄今年十一月大选过后，美人的神经当可镇定强固些，而较切实的行动亦当可有实施的可能。

一个国民对于汪贼的认识

顾谦吉

大凡每一个人,到了切身危急的关头,往往会撇开了同国家社会的联系,而打算自己的出路。这种卑贱的下意识,是人类兽性遗留的弱点,无论哪一等绝顶坚强的人,有时往往也免不了一刹那的犹豫。不过人类之所以高出于禽兽,尤其是文化水准较高的民族,便靠用理智及修养来克服这种自私的污浊的劣根性,牺牲一己的安全与享受,遵从国家社会的意志来服务。所以这一念的差别,便决定这人是救世的英雄,良善的国民,或下流的汉奸,敌人的走狗!

两年多的抗战,并非偶然之事,我们的领袖岂有不感觉到内中的困苦艰难,所以抗战之前的一再容忍,也无非本着仁者之心,求取不致血刃的路子。不过暴敌由强盗行为进而为奴婢我中华民族的急剧步骤,使得我中华民国的每一个国民不能再受,明知拿血肉来抵抗钢铁是暂时不会占到便宜的事情,却毅然的作殊死战。无论哪一地的乡村,无论哪一处的城市,民众都想乘机而起,来牵制,削弱,消灭敌人;而自诩谓以前有功党国,受若干年民脂民膏供养的汪逆兆铭,竟甘为汉奸的首脑。初看起来,似乎这是不可思议的怪事,其实也不过是上述劣根性的懦弱表现而已。

在无论哪一个时期,在无论哪一个国家,到了大战争大政变的时候,总不免有这种败类,因为抑制不了寻觅自身安全的下流心理,同时更为其他私欲所牵制,出来不顾民意,为非作恶,以求称快于一时,敌人也乐得利用这种不肖之徒,以贯彻其侵略和奴化我们的工作。汪伪的悍然不顾一切,为虎作伥,也许是由民脂民膏的长期供养,不能再受艰难困苦而致,我们国民对于这一类的丧心病狂者，应该认识清楚，他们已经失去文化社会中的人格，而返于禽兽的行为，他们不过是敌人拿几千万金钱所购去的一件东西，或用高官厚禄引诱去的一堆事物，就是日本浪人的一喜一怒，日本艺妓的一颦一笑，也可使他们失掉了人类应有的灵魂。

从一个国民的立场来讲，我们对于汪逆及其党羽，既无党派权利之争，又无宿嫌旧怨，而一向期望他来救国救民的心却相当的大。不曾想到他数年前做行政院长的时候，已经措置颠倒，儿戏国事，一到抗战局面已定，第一个明令正法的汉奸，竟是他推荐的心腹，他出走之前，我们仍旧希望他能积极的协助政府，策划抗战，而他的行为却恰巧相反，暗中破坏，扰乱政纲。这种懦弱自私的表示，与每一个平民尽其汗血，踊跃轮捐来相互对照，我们也为他羞愧无地了。

不过倘使日本人以为得到了汪逆，就能削弱了我国抗战的决心，或者汪逆的心中，以为还可以拉拢一部分国民来拥护他悖逆的谬见，那便是错误又错误的思想，我们大家都十分了解，就沦陷区域之内，除了汉奸之外，没有一个国民不在期待着抗战的成功，没有一个国民不在积极或消极的做抗战工作。时期一到，汪逆可以亲眼看到沦陷区域的国民，如潮一般的起来裁制他们。

我曾经在某本书上看到这样两句话："奴在身者，其人可怜；奴在心者，其人可鄙。"我们为着不愿奴及于身，才来抗战，抗战更为救出沦陷区域内不幸的奴在身者的同胞的唯一办法。我国近十年来，最大的成就，还不是机械化或科学化，而是在领袖指导之下，国民都已明了"奴"的可恨可鄙，这是抗战最重要的中心，也是日本所以失败的因子。倘使我们在南京失陷之后，照着敌人的预料屈膝求和，那便是甘为奴化的表示，将不齿于现代的人类。所以我们到底抗战，实为中华民族有史以来最光荣的一件事情，更是举世所称谓"老大民族"更新复活的起点。前线几百万忠勇军士浴血作战，并不曾听见一句怨言；到处是人民的自愿游击，也没有向政府要求酬劳；后方民众积极建设，唯一的目的无非求抗战胜利；就是从沦陷区域流离颠沛跑出来的难民，总是为着不愿"奴在其身"，宁可扶老携幼来暂时忍受切身困难，希望有那么一天自由的回到故乡去。汪逆及其党羽，倘使协助抗战，非但绝不致"奴在其身"，而且他们物质上的生活，还是应有尽有，不必像普通一般国民顾虑到生活的痛苦。乃竟因为种种私欲的驱使，甘于出卖自身，连累祖国，这种"奴在其心"的东西，真属可鄙之至了。

而且，他以为"奴在其心"的人，在敌人势力所及，还可以支使我们最同情的沦陷区域的同胞。他不曾了解到，"奴在其身"的同胞，心底里还是热烈的以中华民国的国民自居，汪逆们要想执行傀儡办法及其卑劣手段，充其极不过加重我们沦陷区域同胞物质上与内心的痛苦，使积极抗战者更加努力，消极抗战者变为积极，因此可以提早胜利的时期，反激起国民自尊的心理。

　　我极端相信，沦陷区域的同胞是不愿而且也不能奴化的，底下便是一个例子："九一八"以后，我曾在东北小住，有一次经过称为交通枢纽的四平街，在车站附近闲走，遇到一个乡村老人担菜进城，因为他在街上蹒跚的走着，触了暴敌士兵之怒，日兵把这老乡踢了几脚，随后便问他："你是哪国的人？"当时那老者毫不犹豫的回答道："我是中国人。"因此虽受到极端的侮辱，但我们很可以证明，中国国民的心理，并非可以奴化的。即使暂时在敌人的铁蹄蹂躏之下，不得不容忍待时，然而要奴化他们的心却是绝不可能之事。无论用如何卑鄙狡巧的手段，汪逆及其党羽的奴化工作，可以说毫无成功的希望，所以日本军阀对于汪逆估价的错误，也同预料打下了南京便可和平的错误是一样的。

　　至于汪逆等同日本军阀订立的卖国条约，请问有没有一个国民愿意忍受？天下绝没有一个无国民的国家，更不能有块无人民的土地。汪逆的作为，仅能由暴敌同汪逆领导下的汉奸互相酬唱，其他的人看来不过是些废纸。而且汪逆向日本军阀最迫切的要求，无非是钱的供给而已。汪逆也明明知道，他们所订的条约，根本是骗钱的工具，以前用甘言蜜语向民众骗取脂膏为自身的逸乐，现在更用最无耻的奴膝来向敌人讨钱挥霍，其实汪逆等岂不料到他们的命运有如朝露，才想急急的弄到一笔款子，尽情享受一下，我们很可以断言，要不是汪逆愚弄了日本军阀，不久日阀就会看出他们的毫无能力，而解决他们的！

农村土地权的外流

费孝通

一、江村的土地权如何流出农村的

民国二十五年，我在江苏省太湖边上的一个农村中（以后称作江村）调查该地人民的经济生活。当时使我十分惊讶的就是这村子里有百分之八十以上是租别人田来耕种的佃户，这村子有一半以上的地权是握在我一个本家的手里，他是住在城里的，连他自己的田在什么地方都不晓得。我曾想，江村一般的农村简直可以说是个佃户的村子了。农村土地权已大部外流到住在都市里的地主们手上。

农村土地权怎样会流到都市里去的呢？换一句话说：农民们怎样会把田卖到城里去？我在江村见到一只可怕的手在那里活动，那就是高利贷。说起了江村的高利贷，那真把初到农村里去调查的人吓住了，我当时曾记下这可怕的事实：

> 一个不能交付地税的人，假如他不愿意在监狱中过冬，就非借钱不可。高利贷者的门户，对他是开着的。从高利贷者那儿借来的钱，是以桑叶的数量计算。在借贷的时候，根本便没有桑叶，也没有桑叶的市价。高利贷者，以己意断决桑叶的价格为7毛钱一担。譬如借七块钱，就说借了十担桑叶。借款在清明便要还清，至迟不能在谷雨之后。借款者要付还的钱，其数目的多少，决于当时桑叶的市价。譬如市价是三块钱一担罢，那么在十月借了七块钱或

十担桑叶的人，到了第二年四月，便要还三十块钱。在这五个月之内，这位债户所付的利息，是每月六分五。到了清明的时节，丝季才开始，村里的人，是拿不出钱来的。在冬季要靠举债度日的人，到了这个时候，大约也没有力量还债，因为在冬季的几个月内，村民并没有生产的工作，除却做点小本生意之外。在这种情形之下，债户可以请高利贷者延长借款的期限，所借的钱又用稻米的数量来折合。不管市价如何，稻米以五块钱三"蒲式耳"计算。还债的期限，于是延长到十月。到了十月，米价便以七块钱三"蒲式耳"计算。总计起来，在十月借七块钱的人，到第二年十月，要还四十八块钱。平均起来，借贷的利息每月五分三。假如债户到了这个时候，还不能把债还清，期限可就不能延长了，他只能把田契移交给高利贷者。田地的价格，是三十块钱一亩。从此他不是债户而变为永久的佃农了。（见《江村经济》，二七七，二七八页。用吴景超先生译文见《新经济》第十一期三〇六页）

在这一段叙述中，我们可以见到农村土地权的外流和都市资金流入农村是一回事的两方面。高利贷的泼辣不过是加速这一个过程罢了。

二、R.H.Tawney 的一个解释

当我想要解释都市资金向农村中流入，农村中土地权向都市流出的现象时，就记起 Tawney 教授在他所著 *Land and Labour in China* 一书中所提出的意见来了。他说："至少有些地方，正发生着一种现象，就是离地地主阶级的崛起，他们和农业的关系纯粹是金融性质。"（六七—六八）这种现象常见于都市附近的农村中，他说：

"住在地主在大都会附近的地方最不发达，那些地方都市资本常流入农业中——广州三角洲上有百分之八十五，上海邻近地带有百分之九十五的农民据说全是佃户——住在地主最普遍的是没有深刻受到现代经济影响的地方。在陕西，山西，河北，山东及河南，据说有三分之二的农民是地主。这些地方是中国农业的发祥地，工

商业的影响很小，土地的生产力太低，不足以吸引资本家的投资，而且农民也没有余力来租地。"（三七—三八页）

江村是离上海很近的一个村子，太湖流域又是江苏有名的肥沃地带，因之，我觉得我在江村实地的调查，正可以用当地的材料来证实 Tawney 的说法。于是，当我写《江村经济》时就把他的意见引用了（一八五—一八六页）。在那本书上我说过：农村吸收都市资本的能力是倚于土地的生产力和农民一般的生计。生产力越高，农民生计越好，吸收资本的能力也越大，住在地主越少，离地地主越多——这也就是 Tawney 的意见，用以解释都市附近农村土地权外流的现象。

后来我到了云南，在离昆明一百多公里的一个村子里调查（以后称作禄村），见到了一个和江村可以对比的农村型式。在禄村虽则有一半人家是租着些田耕种的，但是自家有田的却占全村户数的百分之六十九。自家农田不够维持生活而租田的只有百分之一十八。禄村经济结构的中心是一辈住在村里的小地主。最大的地主只有六十五工农田，约合二十五亩，禄村村子里的人很少把田租给人去种（约占全部私家的田的百分之八）。佃户们所租得的大部是团体的公田。城里地主们在禄村所有田也很少（约占全部经营面积百分之四）。换一句话说，这是一个离地地主最不发达的地方，农村的土地权绝少流到市镇中去。我在禄村既得到这一个和江村相反的型式，正可用以校核 Tawney 的意见来看看江村是否比禄村土地生产力较高？

三、J.L.Buck 的数字

若是没有机会在云南农村里实地调查的人，要回答上述问题，最简单的办法是去查一查 Buck 教授最近的巨著 *Land Utilization in China*。在这本书里，他详列中国各地农村所植农作物的产额，可以给我们很方便的参考。可是在学术工作上想贪图方便，时常要吃亏的。我在这问题上就引起了很多麻烦，不妨在此一提。

据 Buck 调查，中国各地农田产米量相差很大，最低的有一英亩 acre（合六·五九市亩，或十七·一三禄村当地工）只出二二蒲式耳（一蒲式耳合三六·三六公升），最高的出一六九蒲式耳。最高的数量发现于西南水稻区（包括云南，贵州及广西西部）。该区平均产额每英亩九七蒲式耳（二二三—二二五页）。这个数目对于外国度量衡单位不太熟的人，也许不觉得太惊人，若是我们和自己调查所得的数目一比较，就不能不疑心其中一定另有蹊跷了。依我在江村的调查，普通的田，一英亩只出四〇蒲式耳（据Buck调查，扬子水稻小麦产米量一英亩六三蒲式耳）。江村水田，在中国不能不说是好的了，和西南水稻区相差如是之甚，竟增加至一倍。若以一六九蒲式耳最高额计算，竟超过四倍。也许Buck在编这表格时也觉得数目太大了一些，所以附一小注说："有两个地方产米量特别高，因土地特别肥。"接下去又说："当地农田面积丈量不甚正确，折合英亩时或有错误。"（二二五页）这个小注并不能减少我的疑虑。一英亩若能产一六九蒲式耳的米，一枝稻穗上要多少谷粒？依我的估计至少要六百粒。在我经验中最多一枝稻穗能带三百粒谷子，这种多产的稻穗已经不容易直立。六百粒谷子一穗，乡下人见了准会认作神仙显灵。事实上这是不可能的，因为稻秆决不能载这重量。不论Buck说是因为土地怎么肥，天下决没有肥到这个程度；即使肥得如此，也不宜于种稻了，因为当谷没有熟，就会载量太重，稻秆折断，倒在泥里一粒也收不起，这结果乡下人全明白。

我记住了这数目来和禄村的产米量相比较，却发现了Buck的错误并不在折合农田面积而已，重要的是把Rice和Grain混成一物所致。禄村上等田每工（约二·六市亩）每年产谷一个当地石（合三·五公石），碾米四个当地斗。合成英制是一英亩收谷子一六五蒲式耳，收米六六蒲式耳。根据我实地调查的结果。很可猜想Buck的"雇员"在云南调查时把谷子当作米了。我在云南各处调查时，若问农民：你们的田能收多少？他们没有不以谷子的产量作答的。我从没有遇见过有直接以产米量作答。所以以谷作米的错误很容易发生。Buck似乎没有注意到这种可能的错误，而且对于谷子一词好像不太了解，在翻译农谚时，每逢谷子全译为Millet。当然，我对于英语造诣极浅，但总觉得Rice，Millet和Grain应当加以明白的分义。不分的结果，铸成"奇迹"，似乎不能太容易原谅过去。

四、为什么靠近都市的农村佃户特别多

回到正题。Buck的数字虽则有错误，但若果把他的数字看作产谷量，则

和我们实地调查的结果很近，而且禄村是云南公认产米丰富的区域之一。若以每英亩产米六六蒲式耳计算，则较江村的产额四〇蒲式耳为高了。这样一比较，Tawney 的话却成了问题。为什么农田生产力高的地方，反而在地地主特别发达呢？于是我们不得不再检讨一下 Tawney 的见解了。

我在第一节里虽则叙述了江村土地权如何流出农村的情形，但是并不能从此见到为什么江村的农民会穷到要借高利贷，以致最后出卖田契。依 Tawney 的解释，好像是说都市附近的田地总是特别肥沃，都市里资本自然会向农村中流，而且那里的农民也是有余力来接受这笔钱，自处于佃户的地位。Tawney 自然没有这样说穿，因为若是这样一说，谁也会觉得说不过去了，但是他的意思至少是很容易使读者引起这种误解。

Tawney 的意见可以批评的第一点，是在他似乎以为农民借钱（引起都市资本的流入农村）是为了农业上有利用资本来增加生产的机会，因之土地生产力愈高，愈能吸收都市资本。而事实上农民们为生产需要资本而举债，是绝无仅有的。因为农业借款的利息很少比农业利益为低的。江村的高利贷且不提，即是我们在禄村所见到普通的借款利率是以三分二为标准，而雇工经营农田可得的利益，据我的估计只有一分三（详见《禄村农田》第十一章）。若是借款来经营农田，在农民看来自是"憨包"无疑。

农民借钱是用来嫁女儿，娶媳妇，办丧事，抽洋烟……总之，是用来消费的。生计的穷困，入不敷出，才不能不"饮鸩止渴"的借债了。生计穷困和近不近都市有什么关系呢？这问题也许是要解答近都市地方离地地主多，远都市地方离地地主少的关键。我将根据江村和禄村两地的比较，提出一种对于农村土地权外流的解释，以供研究中国农村经济的朋友们讨论。

农村土地权的外流是出于农村金融的竭蹶。为什么靠近都市的农村金融容易竭蹶呢？引起农村金融竭蹶的原因不外两个：一是农村资金输出的增加，一是农村资金收入的减少。靠近都市的农村是不是容易发生上述两种现象呢？我们这里所谓都市究竟是什么意思？都市普通的定义是指人口密集的社区。人口密集的原因固然很多，若是以现代都市来说，是在工商业的发达，因之我们的问题等于是说，工商业发达和农村土地权外流有什么关系了。

工商业发达无疑的会在农村市场上增加工业品，靠近工商业中心的地带，因为运费低，工业品更易充斥。农民购买工业品的数量增加，农村资金外流的数目也随之增加，可是用工业品去吸收农村资金却有个限度，因为农民对于工业品的需求富有伸缩性。在他们生计穷困时，可以拒绝或减少他们工业品的消费；除非是像鸦片一般的嗜好品，决不会因工业品输入农村而把农村金融吸枯，以致农民要卖田来维持生计。

农民的消费品依赖都市供给的种类及数量的增加，是农村自给性降低的指数。自给性降低，就是说以前可以自己供给的消费品，现在不再自己供给了。都市发达促进农村生产的专门化，使它成为食料及其他制造品原料的供给者。在农村自给性降低的过程中，有一个危机，就是以前农村持以吸收外界资金的家庭手工业会因之崩溃。这种在减少农村收入上的金融压力，当是农村土地权外流的主要因子。

我时常这样想（虽则还没有事实材料来证实）：我国传统的市镇和现代都市不同，它不是工业的中心，而是一群官僚，地主的集合所，和农村货物的交易场。在传统经济中，基本工业，如纺织，是保留在农村中的，因之在传统经济中富于自给性的农村是个自足的单位，它在租税等项目下输出相当资金，而藉家庭手工业重复吸收回来一部分，乡镇之间似乎有一个交流的平衡。这平衡在现代工商业发达，农村手工业崩溃中打破了，农村金融的竭蹶跟着就到。

这样看来，农村土地权的外流和都市确有关系，可是这关系并不像 Tawny 所说的是因为靠近都市的农田生产力高，而是在靠近都市的农村，凡是有传统手工业的抵挡不住现代工业的竞争，容易发生金融竭蹶。换句话说，土地权外流不一定是靠近都市的农村必遭的命运，若是一个原来就不靠手工业来维持的农村，他遭遇到都市的威胁，决不会那样严重。关于这一点，我自己还没有材料来证明，因之很想得到一个都市附近没有传统手工业的农村，加以调查，用来校核我这个假设。

若根据我这种说法很可用以解释为什么以丝业为基础的江村，在都市工商业发达程度中沦为佃户的原因，以及为什么内地以经营农田为主要业务的禄村，至今能维持以自营小地主为基础的结构。

五、工商业发展一定会引起农村土地权外流么？

让我们再回到 Tawny 的话：土地生产力低的地方土地权不致外流，是不是因为土地生产力低的地方不易发展手工业，所以不易受现代工业的威胁么？事实却适得其反，我们为了这问题，又在云南选了两个农村来调查，我们的结论是传统手工业常发生在农田面积较小，地力较瘠，农业生产力较低的地方，关于这一点，我希望将来还有机会详论。若是我们的分析没有大错误，则 Tawny 的见解似乎不能再维持了。

Tawney 的见解一加修改，我们就要为内地一辈有传统手工业而农田生产力太低的农村的前途担心了。现代工商业在内地发展起来会不会使这些农村的土地权外流呢？在这考虑上我们却又看到了这问题的另一方面，就是都市资本向农村流入是否一定会引起土地权的外流？

都市资本用来买田可以说是一条大路，买田出租，依我们的计算，利息总是在一分五左右，而农村中借款的利息则至少在三分以上，所以即使都市资本因农村贷款的利息高而进入农村，并不立刻引起农村土地权外流的。有钱的人希望能放债收高利不愿买田，只有在债户没有清理债务的力量时，债主为避免本利双失，采取收买抵押的农田，或是有钱的人找不到债户，有空着的资金才去买田。换一句话说，在农民有力维持支付利息时，土地权不易很快的转入城里放债者手里，若是城里有钱的人能有其他利用他资本的机会时，他们也不会让资金自然的流到乡间去的。

这样说来，若是现代工商果真能发展起来，都市里投资的机会加多，工商业的利息能超过一分五以下，都市资本不易流向农村，土地权外流的趋势可以减少。这当然还要有一个条件，就是农村中金融不竭蹶而非大量靠都市资金的接济，或可以得到不必用土地权去换取的资金，好像现在政府提倡的农村小本贷款等办法，确可防止江村的覆辙。

工商业的发展，若不同时减少农村原有的收入，很可以发生农村收复已失土地权的趋势。这是我们在云南某处所见到的现象。因为近来商业利益的日增，有田的人很有愿意把土地卖给农民，把钱去经商。在夷汉杂居的地方，有所谓"水田上山"的情形，就是说夷人向地主买水田，把土地权带到山上去的意思。我们是这样想：若是政府在工商业发达过程中，能采取适当的政策，不但可以防止土地权从农村中流出来，而且可以把农村已失的土地权慢慢的收回去。

诗

赵瑞霟

Arlettes Oublie'es——赠L.Y.

法国十九世纪象征派诗人维尔伦（Paul Verlaine）有首小诗叫做《遗忘了的歌曲》，前年春在蒙自湖畔读之，我爱好它格调的温柔而明丽，凄艳动人，像从深山间带着紫色的秋雨流下来的小溪，或像是那些怀着多情心意的杨花沉浮在江南三月飘荡的春光里。我比之于两宋的小令，或马东离的散曲。一夜，在摇曳的烛光下，哼哼它的调子，颇有所感，于是写成下面这首诗，不是借用维尔伦的诗意，只是由此得了一个启发，并非拟模，是为记。

  如今还有这样的心情
  静听庭院里晚桂的恋语
  轻吟一首忧郁的调子
  踟蹰在古城黄昏的街头？

  倚着那座古城的旧石桥
  展读满湖丹枫的萧萧
  （呵，少年的梦幻滋长在秋光下）
  醉饮秋晚云霞的迢迢
  我穿上草履，挥着柳枝的手杖
  去寥阔的海上拜访仙岛

（那时候，心灵的野兽终日逍遥）
于是想着烟长日圆大漠的寂寂……
年代的留恋终有一天要死灭吧
多少热情摇着芦苇船，采折菱花
撑入绿的心窝里，自己的眼睛
也变成绿色了，记着下雨的日子……

如今这些雨点滴进往日的记忆里
你是否还有更明媚的水样的心情？
　倚枕遥听邻鸡底啼鸣，
我知道将是黎明的时分了。

本期撰者：

　　美国的外交动态是国人当今最关心的问题之一。燕树棠与钱端升先生在本期均有文章讨论这个问题。

　　钱先生说明美国内政外交的三篇文章中，末一篇本定为《美国今后的外交行动》。今以篇幅过巨，分为二篇。本刊所载者为《中日战争与美国今后的行动》，下期再登《欧战与美国今后的行动》。

　　费孝通先生是国立云南大学社会学系教授，曾有得 *Peasant Life in China* 一书，由英国伦敦某书局出版，颇待读者的批评。

第三卷第十二期（1940年3月24日）

时评

希特勒与莫索里尼会谈

自从美副国务卿威尔斯访意德后，即引起意德方面的外交大活动。德为交战国，未来的和平于德影响特大，故德更形活动。德外长本月十日十一两日在意京遍晤意国当局，更谒教皇及其国务卿。德意外交当局本常会谈，里宾特罗甫之访意本不一定与和议事有关。但此时访意，无不涉及和议之理。加以访问教廷当局之举，更足以窥见德外长此行的任务。

德外长访意不数日，又有希特勒与莫索里尼在两国交界的会谈。两人各于十八日晨到边境，又各于当日下午离边境返京，两国的外长亦均偕行。因为两党魁有会谈，所以威尔斯且在罗马多留数日，以便和莫索里尼作最后的谈话后，才动身返美。

里宾特罗甫谒教皇后，外面即有他曾提出和议条件的传说。《纽约时报》及合众社在十八日均有电讯，谓所提出者共十一项。两方所传大体相同，而略有参差。德方为自己要求殖民地，要求原料，要求在中欧及中南欧的牛耳权，为意大利要求突尼斯的公民权，及杰布替铁道的优遇权，为大家申裁兵及打破关税壁垒的主张；他自己则仅能容小捷克及小波兰存在。按合众电，则匈捷及斯洛伐克民族且应合成一国。又据报传，此次希特勒及莫索里尼之会，后者的动机即在劝前者修改条件。

究竟德方曾否提出如许的和议提案，我们无从知道。但显然的，希特勒现在要想做到的是进可以胜和退可以胜战的双重政策。希特勒所企望者是获得胜利避免失败。苟和可以获胜免败，则和。如和而不能获胜免败，则战。如必败，亦宁战。美国做调人，便宜必落不到希特勒的手中；美国的和是德国必败的和，希特勒当然不要这种和，但美国既言和，希特勒在原则上即能拒绝。所以希特勒势须将和就和，采取和的政策，暗中一面诱莫索里尼做他的声援，一面调和苏芬苏意，使苏更能专心一志的拥护德意言和。

但希特勒也知道美国不能接受德国的意旨，为讨论和平的基础，英法更不能接受。他日如美国拿出英法的条件做讨论基础，则他又必不接受。和平既少可能，他的第二目的便在如何团结德意，如何诱土罗远英法而亲德，如何把握住东南欧的富源。希特勒的真正注意点便在此，而他会见莫索里尼真意也在此。

希特勒不是凡夫，是绝顶聪明人。且看罗斯福有何妙计，足以击破希特勒新阵势，而进行他自己的和平计划。（端）

国民教育会议与教育财政

我国自光绪廿八年推行普及小学教育，至今已有三十八载了，结果文盲尚有百分之六七十强。四千五百万学校学龄儿童之就学者，据一九三七年统计有一千九百四十万，失学者尚有百分之五十六。但就学儿童绝大多数，仅有机会享受一二年最粗浅的书本符号之教育，这有事实来证明。如云南省小学一年级学生为数三十四万，到了二三年级只有十二万；到了四年级退学的就有三分之二强，只余十万到了五六年级，只余百分之六能继续入学。可见国民最低限度之四年义务教育，仍是少数人可以完全享受，距宪草所规定教育机会一律平等之理想甚远。苏联能在第一个五年计划之内，普及小学教育，而我国经过三十八年的运动，其成绩不过尔尔。虽曰民穷财匮，然岂非人事哉！此次中枢召开国民教育会议，集合对此问题学验俱丰之专家，重振旗鼓检讨过去的成败因素，厘定崭新的切实方案，下最大的决心务期在最短时期，普设百余万所之保国民小学及中心小学，洵为造成必胜必成之基本大计。全国民众期望之殷，自不待言。然一切方案中，例如国民教育之目标内容与方法，从如何能适合民主经济，社会需要与夫儿童之切身要求，行政机构纵如何完善，师资训练及辅导制度纵如何计划周详，若不从根本问题——财政下手,而且大刀阔斧的有计划的下手,则必仍是画饼充饥,望梅止渴。换言之,教育专家们所能解决的,似只限于技术问题,历次的普及教育方案,凭良心说,他们已尽了最大的力量,其实施成绩如此,实在是因为巧妇难为无米之炊。我们坚决的相信,此次国民教育会议,如果要收实效的话,要须再开一次全国教育财政会议,由最高当局召集全国公共财政学专家,经济学家,普通行政者及各级政府财政当局,与教育行政当局共同厘定,"由战时财政转为建国财政"之教育财政方案,特别着眼关于国民教育之财政计划,同时建设一套现代化的合理的公平的教育财政宪章,将其基本原则,编入五五宪草,交国民大会审查通过,然后国民教育经费能继续不断地得着保障。此实一劳永逸之计。此次国民教育会,虽有关于经费,如基金等之议决,似未能与财政当局共谋,是一个缺陷。彼此的困难,不相闻问,一切财政上的基本统计事实之不能齐备,又不能公开讨论。教育当局每处在客体地位,以是从来未有过一次的通盘筹划的教育收入及其担负支出及其分配的切实计划,例如教育专家们要求以遗产税为各省市县普及教育经费的主要来源集中于中央,而财政家因忙于筹措每年二三十万万的军费,早把遗产税和战时利得税,并划入军费收入了,谈何容易!专家们要求二十万万庙产,及十万万亩荒地及森林为基金,他们引美国为例,在树立公共学校制度之始,指拨了比湖北面积大三倍的学田学地为基金,然而打不动财政当局的心。专家们要求指定有稳定性,独立性之税收为专款,然而财政当局则坚持着统收统支原则。专家们要求各级政府预算,应指定成数,然而财政当局向例是先顾到政费军费。在抗战时期也许改变了许多。换而言之,国民教育的厉行,其根本的责任,还是在财政当局的肩上,他们必须要如胡适之先生所说:"坚决信仰五千万失学儿童的救济比五千架飞机效力至少要大五万倍!"(松)

农贷与合作

最近中央政府筹发一笔巨款,作为农村贷款,指定由中中交农四行,及农本局负责办理。凡各项农村合作组织皆得按规定手续向上列各负责机关请求贷款。农业为我国,尤其我国内地的经济基础。辅助农村即所以健全内地经济的基础。在长期抗战中这个工作确是重要。

农贷的办法是以合作机构为沟通贷款机关与农民的中间人。在原则上,我们认为这个办法是适当的。我们并且以为农贷之成效如何大部分要看这个沟通机构——合作社是否健全。国内办农村合作社的历史，也有二十年了。有的是私人机关创办的，有的是政府创办的。成效稍著者固然有之，而一无成就的亦复不少。我们暂且不涉及合作社内部组织各技术问题，而只先注意合作社本身的立场。我们以为合作社之是否健全是以合作社是否为真正农民自身的组织为前提。换言之，合作社应该是农民自己互助的组织，而不是政府或其他公家机关的附属品。我们过去农村合作成败的经验完全证明这个看法。在华北某一二省区中农村信用合作社是较为有成绩之一。这一个合作社系统是由私人慈善机关提倡举办的。虽然指导的责任是属于提倡的机关，而开办的合作社是以合作社员为主体，没有政治，没有党争。至于东南一二省区所办的农村合作社，在这一点上，便大不相同。说好一点，合作社变为政治的工具，而失去应以本身为目的的立场。说坏一点，合作社不过为政府机构中之一附属小衙门，与社员无关系，与农村经济的改善更无关系。我们相信这次政府在财政困难的时候，毅然发巨款来办理农贷的事业，确然是为农村经济着想。我们希望办理农贷事业的要体悉政府这个意思，努力把合作社这个组织放在健全的基础上，不但不要把合作社看做衙门，并且不要把合作社看做政争的工具。如果合作社果能用政府的贷款为农村造福，岂但是一般农民所旦夕祷祝者，抗战建国的大业也因之增加不少的力量。（岱）

欧战与美国今后的行动

钱端升

一个国家的外交行动不能违背其长期外交的政策，亦不能不与其所处的政治情形谋适应。美国对于远东问题所可有的行动须顾到这双层的考虑；他对于欧战所可有的行动自然也须如此。我在本刊上期已有文论美国今后在远东的行动；此文当专论他今后对于欧战的行动。

美国对欧战的态度本是含有矛盾性的。他偏向英法，嫉恶极权，却又不愿参战。既不参战，便应守中立；既守中立，便不应有所偏袒。既有所偏袒，则偏袒到底的结果，又不免是参战。由此可见美国欧洲政策所含矛盾性之大。但我们如虚心研求美国大多数人的心理，则中立或不参战只是一种相对的而不是绝对的主张。如没有美国参战，英法要被德国所败，则参战仍是可能之事。如英法能获胜或战争可早日停止，则美国当然以参战为得计。

当欧战初起时，美人颇有为英法危者，政府更作这样的看法。所以中立法卒获修正，而旧法中禁运军火至交战国的条款卒被取消（十一月四日）。原来孤立派人坚持反对这种修改。他们说，如果交战国可以在美购军火，一则军火商必得步进步，利之所趋，不使美国步步卷入战祸不止。再则遭德方仇恨，亦易滋生事端。他们的反对，使修正案在战前（一九三九年七月）被众院所否决，而参院亦置而不议。及九月初欧战爆发，一班人民对英法的同情既充分表露，而对英法遭蒙不利的忧惧又至普遍，于是除了极端的孤立派仍坚持己见外，其余的议员，均随风转舵，投票赞成罗斯福修改中立法，取消军火禁运条款，准交战国在美以现款自运办法买军火。

现款自运办法在表面上虽不歧视德国，但在实际上则只英法多现款，亦只英法的商船通航大西洋，显然的是援助英法的行动。欧战初起，大多数美国人相信英法的陆军不弱于德国的陆军，英法的海军绝对比德国的为优，英法方面只空军不如德方。只要英法能向美国购造飞机以补不足，然后再利用其经济上及海洋上的优势，用长期封锁的办法，则不特最后的胜利必属于英法，而剧烈的战祸以及因此而起的文化上的灾殃，或均可幸免。所以中立法于十一月初修正后，美国人良心上颇得着一种安慰，而对于英法之能获得最后胜利亦颇乐观。

美国工商业对于中立法的修正更存有一种期望。这就是：英法将在美大购军火，美国军火工业将大繁荣，而其他工商业将随之繁荣。这本是上次大战时的现象。美国今番欲避免因与交战国通商，欲避免纠纷，但仍希望做大宗有利的交易。到现在为止，美国工商界此种希望却是没有实现。除了飞机外，英法并未在美国订购大宗其他的军火。上次大战时交战国在美购有军粮，军衣，军被甚多。此次亦无同样的现象。推原其故，当然一因英法等国对战事较有相当的准备，二因英法愿多与自治地，殖民地，及土耳其等盟国通商，故无须在美采办。换言之，自中立法实行后，美国与交战国的商业已受了无可补救的损失。同时，美国与欧洲中立国间的商业也并未增加。不但没有增加，且英国怕开往中立国的船只实际为德方运货，常有勒令美船开往英国之事。此本为中立法所不许，美国也曾多次抗议，但总未得着圆满的答复。再加上英国之干涉美邮，法英之禁德货出口，及英法之不承认沿美洲大陆三百里尽为中立地带之新说，均足以美国人对英法（尤其是对英）发生不快之感。但不痛快尽管不痛快，反英法以助德又决无可能。同时，孤立派虽力言美国可以自给，实际上则国际贸易是美国繁荣的一大因素。如美国因欧战延长而商业大衰，则绝无永守中立的可能。罗斯福的主和，这容是一大理由。

关于国际贸易，国务卿赫尔本有一个大法宝。美国国会于一九三四年通过一个叫做《贸易协定法》的法律，授权总统与各国成立互惠贸易协定，并以打破关税壁垒。总统成立协定时，得将一九三〇年的法定税则减低至百分之五十。这就是赫尔沟通国际贸易的大法宝。根据这个法律而与美国成立贸易协定者，到现在为止，已有二十一国，包括英法在内。究竟这种贸易协定对美国发生何种影响，则言者人人殊，赫尔认为美国国际贸易已因此大有进步，农工业亦并无受损失者。反对者则认为这种贸易协定并未促进国际贸易，而农产品的价格则已大跌。贸易协定法令今春即满期，故今岁正月国会一开会，赫尔即以重行通过该法，使该法继续有效为第一大政。总统鉴于反对该法之人声势浩大，而赫尔或将为最有希望的总统候选人，因亦不能不以全力助之。结果，贸易协定法固获于二月底通过，但国务部几因此无暇（亦无力）要求国会对中国与芬兰为进一步的援助。

贸易协定法不是一个恶法，多成立几个贸易协定也不是坏事，但在欧战期内及实施中立法期内，要单靠贸易协定来维持美国的繁荣是不敷的。也等于说，所失于欧洲的买卖是不能以与日本及其他国家的买卖来补偿的。所以因国际贸易衰退而发生的商业上的危险仍是存在。

如果国际贸易的衰退可以使美人失却姑息自满之态，则德国势力的雄厚更可以使他们失去了这种态度。上面已经说过，美国人在战事初起时，对于德国力量的估计，除了对于陆空军（尤其是空军）甚高外，对海军，经济支持力，及精神支持力均似失之太低。战事延长了数月后，德国海军作祟力之大，贮藏之富，及人民之一致（无论是由于民族性或由于国社党的宣传），均逐渐显著起来。美国使领官及商人记者的报告均谓德实力不可轻视。英政府要员之屡次告诫英人不轻敌并预备久战，也坐实了此点。德国力量既大，则除了早和外，战祸必长必大。固然英法及美国人民仍信最后英法必胜，而德国人除了党员及军人外亦不敢信德国必胜，但是久战与大战俱非美人之福，对速战与小战，美国必可守中立。久战或又会牵连美国入战团。美国既不愿战，也不能不在调和方面致力。此为罗斯福主和的又一大理由。

苏芬之战也增加了美国对于调和的兴趣。美国一班人对苏的印象不会比对德的为佳，而对芬的同情且过于对英法。苏军入芬的前后颇引起了美人热烈的爱憎。惟芬战起后的一句后，美人的观感一变。他们深恐苏芬与英法德之战合而为一，迅至向与美人亲善的北欧各小国均卷入战涡。果然，则美国为情感关系，商务关系，及均势关系，均将更难袖手旁观。为使美国免战起见，调和更有其必要。

美总统第一步行动是派戴勒为驻教廷的他的私人代表。这是二月二十三日的事。在这里，我们应当说明，美国与教廷自一六八八以来无外交关系。在美国现时宗教势力的分布下，恢复外交关系亦无可能。故罗斯福只派私人代表，而不派正式代表。戴勒且非公教教徒。罗斯福之先与教皇接洽，颇引起了一种所谓反苏神圣联盟的猜测。以后威尔斯使欧，遍访意德法英而不及苏联，更加强了这种猜测。但这是不必有的结论。罗斯福之派使教廷只能说是他重视教廷及罗马，而不能说是他有意歧视苏联。至于他之重视教廷及罗马则实是最平常之事。教皇最中立亦向倡和平，言和当然须和他合作。意大利为欧陆举足轻重的中立国，言和当然也少不了他。

罗斯福发表戴勒为私人代表时，兼发表他致教皇及美国其他各教领袖的呼吁和平函。各教领袖对于此函反响极好。舆论虽怀疑和平的可能性，但在原则上仍表赞成。于是罗斯福的胆更壮。

罗斯福调和的第二个步骤是派副国务卿威尔斯访意德法英四国当局，交换关于和战的意见。威尔斯于二月十七日出发，二十五日抵意，嗣后遍访四国当局，将于三月二十日由意返美。他和各国当局间有何种接洽，至今仍在秘密之中。惟自他离德后，德外长曾有罗马之行，不特见了意国当局，且进谒了教皇。最近更有希特勒和莫索里尼在德意交界的会谈。合众社及《纽约时报》且传德意将取和平攻势，希特勒已提出十一点，请莫索里尼协助。

美国既为此次和平运动的主动者，在威尔斯没有返美报告以前，和平运动决无分晓的可能，姑不论希特勒是否已提条件，或条件是否苛刻。威尔斯返美报告后，罗斯福必有一番动作。但和平成败关键仍在两方作战目的的调和。苟目的能调和，则两方必可有收场之法。苟目的不能调和，则两方势均力敌，均可久战。就目的而论，英法接受德方的较易，而德方接受英法的目的极难。德方的目的在维持德意志民族的统一，维持德国在中欧优越的地位，并要求"有"的国家以殖民地还给他，或给他原料。英法的小目的在恢复捷波，而大目的则在除去希特勒对欧洲安全的不时威胁。英法决不愿再受希特勒甘言所骗。但如希特勒不倒，他的诺言又如何可信呢？言和的基本困难即在于此。我不敢说和平必不成功，但实现和平的困难实在太大了。

如果言和失败，则较烈的战事当然是免不了，而较大的牺牲当然也是免不了。美国人当然不愿看见这种牺牲。这点对美国政策容或尚少影响。但美国的对英法难民的同情，及美国所受因战事而起的商业上的损失，将使美国希望战事早日停止。这里便伏有危险性，便伏有美国参战的危险。

换言之，如果言和失败，大选以前的数月，美国殆将于抗议中过生活，抗议两方的损害中立国权益的行为。这种抗议将使政府免不了不中立之谤。但是抗议仅抗议，美国的权益将继续被损害。如果两方势力继续不相上下，则美国于大选后或当继续抗议及调和的工作，再待变化。万一英法有失势的模样，则美国或可加入英法方面作战。

汪逆绝不配称政治家

王赣愚

汪精卫通敌卖国，人证物证俱全，百喙莫辩。现在成了敌阀豢养的一个丑奸，我们既无从执法严惩，只有口诛笔伐，加以道义上的制裁，使其诡计不能实现于光天化日之下。过去似乎有人把汪逆与政治家相比拟，暗中无异替他辩护，抬他身价；到今我们洞烛其奸，实不得不一致痛驳，听任如此混谈，足以淆乱真伪。汪逆绝不是政治家！汪逆绝不配称政治家！

政治家为国家的柱石，身系安危，举足轻重，其心目中没有不以国家利害为前提，而断不假地位或权势，以自牟其私利。今日国中为政者，除汪逆一派外，试一抚心自问，其自身果具备此条件与否，此条件未具备，怎么样配为政治家呢？姑从民国以来观察，政治舞台上，本不乏反复无耻的角色，丑剧一演再演，总是表露着他们爱国心的缺乏。当国难严重的时候，往往有人假借外力，逼异己屈膝；勾结敌人，与政府为难。求荣逐利之心切，而不惜供人玩弄，出卖国家。这是民国历史上的大污点！政治家不论在朝在野，始终以本国利害为准绳，任凭自行其是，于国皆有益无损。所以站在政争以外的人民，尽可袖手以观其进退，可不必忧虑到国家的兴亡。哪知在中国所谓政治家者，类多忘却了自己是公仆，其竞私利，则知有小我而不知有大我；其争权势，则知有身家而不知有民族。为政治欲所支配，对手段急不暇择，于是乎自觉国内一无可恃，竟昧然倚附外人，甘心做人傀儡，故于国家的盛衰兴败，漠然不少动于心。汪逆此次卖国求荣，就是因为这种心理在那里作祟。徇私忘公，丧心病狂，乃至出此卑污行为，而不知赧愧自尽！

政治家处世谋国，不求急功，又不望近利，做一事，立一说，总把国福民利通盘筹虑,毋使以小害大,以今妨后。有了尚公的态度,有了远大的眼光,虽一时不见谅于国人,然国人终久必深悉了解肃然起敬。我不说政治家不宜有权位的思想,不过在他们权位是手段而非目的。一身既负国家重任,怎得弃权位而不争?得权位于光明正大中,藉权位以行其定策,其着眼公重于私,其擘划事先于利,以比一般盗窃名器以遂卑欲者,诚不可同日而语。我亦不说政治家不宜乎有手段,不过所谓手段也者,决非阴险倾轧,决非僭窃篡夺,更决非通敌卖国。我们且莫认为政治只顾目的,而不择手段;其实主此说者,不外崇奉国家利害为目的,任何手段只为国家利害着想,无不值得称羡的。当代的怪杰枭雄,倡欺世盗名之术,但危害己国的行动,仍知趋之若浼,其私中有公,倒是很显明的。

汪逆诱和目的,实为求荣,求荣未成,乃不惜在敌阀的指使之下,进行卖国的勾当,直欲将国家主权民族利益,一概拱手让人。为了私欲薰心,自弃人格,自毁历史,真是可恨又可笑!从汪逆扮演的丑剧中,可以见其在政治上是无耻的投机者,卤莽的冒险家。此人自然无所谓民族国家,其动机只在显贵,其目的只在夺位,此外盖非其所知。有人或以为汪精卫做汉奸,不仅仅要满足升官发财欲望,因为他以党国先进的身分,早是踞要津握重权之人,何必降志辱身以求"小朝廷"痴梦之实现?我们似乎不必把他当哑谜来猜。原来他就是一个欲壑难填的鄙夫,平时用尽心思,以扩张自己权势,保持之惟恐失。在国则必求自揽大权,在党则必求自居高位,大权高位只限此数,遂起嫉妒之心。在以前他倒算是时代的幸运儿,在国在党,其地位之所以进,不恃能,不恃勇,不恃忠职守法,实恃排他人以自伸。此人得志了,国运必在不定之天。总之,汪精卫做汉奸,虽具复杂心理,然为功名,为权势的动机,却居其他之上。这点我们毫无疑问。

汪逆是十足的巧宦滑吏,升官以外无伟志,发财以外无宏谋。真正政治家绝不如此,其目光集中于任事,而不集中于做官。当然,任事与做官,并不互相冲突;政治家做了官,始终不忘任事;巧宦滑吏没有不把事摆在一旁,只做官而不任事,坐而食禄,于国尚无大害;但他们常受患得患失的心理所支配,不得不玩弄种种手段,捭阖纵横,波谲诡诈,寡廉鲜耻之风,因以助长。此风不早除,所以出个汪精卫。

汪精卫二十余年来,演出一套又一套的把戏,所求的是什么,谁也瞒不住。他在得志时,自己身居中央,惟恐他人之不附己;一到失意之时,便东奔西跑，挑拨离间，又惟恐叛变之不成功。其人算做一个聪明的漂亮人物，平日写文说话，都表露着书生的本色。中国文人的传统毛病太深了，而汪逆不但全然染到，而且变本加厉。言多事少，口是心非，标高论以惑众，造谣言以伤人；殊不想政治家一言一行，必须信实可靠，才能博得大家信仰。"言顾行，行顾言"，这是极要紧的。但汪逆太自负了，竟误认全国皆愚，惟己独智，所以滥发谬论，粗造名词，专以蒙欺国人；到了被人拆穿，无法自圆其谎，便成众矢之的了。他毕竟是个文人，以为作文说话是万能，写篇文章，发个通电，来一演说，便可收到全效，此外有事有物，尽可一概不管。他貌似良善，而心实冷酷，一方讲主义，谈是非，对人和蔼可亲；一方却玩手段，设陷阱，不知多少人暗中上当。这种卑鄙的做法，他自己认是天下之至巧，其实谁都知道是天下之至拙！

我们理想中的政治家，是个胸襟宽大的人。对人必着真去伪，以招互信，所谓妒才忌能，是他所避免；对法必尽力遵守，不敢轻犯，所谓目空一切，是他所不齿；对事又必切实负责，所谓求功推过，是他所不愿为。汪精卫根本不是这样人，常以能用人为得意，骨子里却想集精英供其驱使，一失欢心，就要一脚踢开，弃如敝履。现今在其卵翼下的一班文人政客，到了"狡兔死，走狗烹"的一天，只得懊悔无已！汪逆居心阴险，度量狭窄，满心想掌权，把持一切，大权在握，就颐指气使，接近者都要受亏。但此人在不得志时，亦何尝不逞意气以梗败团体，又何尝不竞私利以破坏统一，如此放荡无纪的政棍，怎样教他不出乱不闯祸呢？往事昭彰，至今仍是历历不爽！

当代的怪杰枭雄，恣睢成性，咄咄逼人，然毕竟还具着过人的气节，异人的性格，而汪逆却根本比不上了。坦直地说，他根本是个柔媚无骨的文人，抗战以后，见自己地位之日下，生歪邪之念，乃至弃职潜逃，甘心附敌，降身为傀儡，让敌阀为幕后牵线之人。奉此庇人宇人主义，诚不知世间有羞耻的事！他对抗战失信心，自始断断于主和。和战是国家大计，只要出于为国之至诚，主和主战均无不可。我想国中主和者也不是他一人，但像他那样为主和心切，而泄漏国家机密，树立非法政权，甚至签订卖国条件，这是国法人情皆所不容的。抗战开展以来，全国上下都同仇敌忾，而不想这个党国先进，竟做了"妓女政客"。到今国人当已憬然大悟，如梦初醒。

汪精卫是彻底的汉奸，绝不配称政治家！现在处境穷蹙，树权有阻，登台难成，所谓"千夫所指，无疾而死"，汪敌同归于尽，只是时间问题而已。

评修正《合作社法》

陆季蕃

我国合作社之勃兴，是十年前事，而统一法规却在二十三年三月一日方才公布，这种先有合作运动，后有法规的现象，各先进国家亦莫不如此。《合作社法》公布不久，同年八月十九日有施行细则之公布，二十五年六月三十日修正细则，同年九月一日施行，去年十一月十七日重加修正，屈指不过三年又两个月。在此短短时期中，遭遇空前未有之国难，旧有合作社随着军事失利，残存无几。在此不幸中，又有工业合作社之建立，益使合作社之残缺内容，暴露无遗，乃有最近之修正。这次修正：一方为适合工业合作社需要，他方为补葺旧法内容之缺欠。究竟是否达到上述目的，我们应逐渐检讨，不容遽断。

一，第三条存废问题。未谈到本问题前，对各国合作立法例不能不略加介绍，以为说明本条存废之根据，归纳言之，约有三种：（一）"英国型"：适用于消费合作社，它的母法是友谊社法，对于以小本经营工商业而不能适用公司法者非常适合，英美及其属地都采此制；（二）"中欧型"：以德奥为代表，是十九世纪的典型立法，远胜于前者，适于都市和农村消费合作社及信用合作社的需要，特别着重合作社的本质，使其不商业化；（三）"拉丁型"：无统一立法，多适用民法或商法中之一部规定，此外则公布许多命令，以满足特殊合作社的需要，法国意大利比利时及南美诸国都属此型。在此三型中，比较完备，且适于合作社本质的，就是"中欧型"。我国推行合作社固守合作主义，采用"中欧型"，就立法政策言，不容訾议。"中欧型"中之德国法对合作社种类均就其经济功能，予以列举规定。

（德合作社法第一条）我旧法第三条仿之，但稍有不同，即于列举合作社种类外，更有"其他不违反第一条之规定"一款，不免画蛇添足。这次修正对此毫无变动，实有考虑余地。

原来德国《合作社法》所以限定合作社种类者，有其历史因素。又当一八七一年公布之初，正社会运动方兴未艾之际，社会党人常利用合作社做党的活动根据地，德政府为防止计，除对合作社定义加以明确规定外，于合作社种类也予列举，使人民在法定种类内，任意组织，其余一概禁止，故无类似我《合作社法》"其他不违反第一条之规定"一款。回顾我国现实与德国当时迥乎不同。无人利用合作社做社会运动，而政府却准备用合作社为实现民生主义经济政策之工具，自然不怕种类过多。是以仅有第一条明定合作社性质，以表示政府对合作社态度外，种类规定毫无必要。纵立法者认有规定必要，"其他不违反第一条之规定"一款，亦应删除，不然南辕北辙，难达立法者之目的。或谓本条规定有统一合作社各种作用。然事实上并不能完成这种任务，否则，二十五年二月实业部合作司又何须有"统一合作社名称"的规定？

二，第五条之新规定。本条系仿照日本《合作社法》第一条第五项规定，准许信用合作社收受非社员存款，并限制其最高额，以保证非社员存款的安全。而社员存款独不在内，不无商榷余地。按日本旧法第一条第五项与本条第二项规定相同，该国新法已改为收受存款总额之限制，社员存款也包含在内（该国法典于去年九月被敌机炸毁，故不能引证说明），确有见地。盖合作社因现金准备不足，或存款运用失当，不能兑现时，受害者不仅非社员，即有存款的社员，也不能例外，所以这种限制应包括信用合作社总存款额。

或谓社员对合作社原负有责任，不能和非社员同日而语，存款危险应自己负担。笔者以为不然，社员对合作社责任除无限责任外，并非漫无限制，故合作社破产时，社员存款仍视为破产债权（《破产法》第八九条第一一四条参照）与非社员存款相同。况且合作社存款原是一体，社员方面存款若发生变动，非社员方面存款也受影响，所以单纯保证非社员存款，始终未能发现其理。

三，第十条之改正旧法。第十条规定合作社成员应有两种资格：（一）中华民国人民年满二十岁者；（二）有正当职业者。新法在"年满二十岁"一句下，更加"或未满二十岁而有行为能力"一语，想为适应现实工业合作社实况而设，使未成年人已有熟练技能者，也可加入，多一更生机会。但"有行为能力"一语，过于术语化，徒增烦琐。譬如十六岁十七岁十八岁三人同来入社，绝非无法律常识之理事能即时判断是否准许。因一般民众只从人之年岁判断个人知识能力是否健全，不问其有无行为能力。如强依这项规定，必须以该三人是否结婚为准（民一三条）。结婚本不足表示人之知识能力已经健全，这是民法为救济划一成年制之流弊所设之权变规定，与合作社毫无关系。况且会中未结婚而有熟练技能的童工很多，如必有行为能力始能加入，与减低入社资格的本意，相去径庭。同时，《合作社法》为社会法之一部，更应民众化，以达到法律民众化的地步，不应因一术语，增加经营合作社者许多困难。故笔者主张应规定一确定年岁，比较简单明了。

应附带一言的，即未成年之社员是否可做社中职员？无明文规定。笔者认有限制必要，因此辈未成年人在经济上固有允其加入合作社之理由，然其知识经验多不丰富，如许担任职责经营业务，有害及合作社整个利益之危险，所以应仿英国《合作社法》第三十二条，规定"未成年社员不得任合作社职员"或较妥帖。

四，新法第十三条"破产"之规定，应仅适用于无限责任合作社。破产是人生一大不幸，其原因大多系客观经济状况变动之结果，所以经济破产不足代表人格之优劣，如果因此而就剥夺入社资格，和合作社谋社员经济利益及改善生活之目的，相去径庭。所以不应排斥破产者入社。苟能筹得股金或保证金，即应许可入社，否则，纵准其入社，也无力认购社股，又何取限制乎？至若破产于入社后，更无强迫出社必要，因其股金或保证金业已缴纳，对合作社存在毫无影响。在实际上较有限制必要者，就是无限责任合作社，对于有限责任或无限责任合作社不应适用。

五，第十八条第二项之改正新法列为第二十条第二项，即"社股受益人或继承人应继承让与人或被继承人之权利义务"。除对旧法略加文字修改外，更添"继承人""被继承人"两语，从改正本意来讲，异常赞同，从立法技术讲，不免稍有瑕疵。因本条第一项仅规定一般让与，社员死亡其权利是否由继承人继承，并无明文，而本项突有继承人继承被继承人权利义务的规定，不觉突然其来，所以在本项前，应有"社员死亡时，其社股由配偶子女或指定之继承人继承之"规定，方算合理。

六，第二十条第二项之增订，新法列为第二十三条第二项，较旧法增有

"社员对于公积金不得请求分配",将往日社员退社时,是否得请求退还公积金的疑问,完全解消,自属可喜。不过还嫌不足的即公益金之未动用者,是否退还,未予规定。按合作原理言之,公益金是宣传合作教育,举办有利于社员事业之用,雷发珍原则对公积金公益金,均不主张退还。新法对公积金既采取雷氏办法,公益金何能例外,亦应予以规定。

七、一点补充意见。现在新法虽已施行,而新施行细则还未公布,愿就管见所及,对新法内容之不完备处,再略述几点,聊供起草施行细则人之参考。

(一)不能分割之财产(如公积金公益金等)在合作社清算完了,尚有盈余时,应准用民法第四四条第二项规定,不论从雷氏原则或公同共有理论言之,公积金等财产在合作社存在中,不准分配,但清算终了后,应有处分之规定。在一般社团于章程无规定,或大会无决议时,其剩余财产属于法人住所所在地之自治团体(民四四Ⅱ)。笔者以为合作社也应准用此项规定。不然,清算人无法处置剩余财产。

(二)退社社员退还股金之时期应予规定。新法对退社社员之请求退还股金时期,漫无限制,无论何时均可请求,遇合作社无准备时,不免发生困难,故应规定自准予退社时起三个月内支付之。

(三)关于社员大会社员代表大会召集手续及决议事项违法应加规定。旧法第七十三条施行细则第三十一条仅对召集时间,决议人数,表决权和代表权违反规定时,有处罚及宣告无效之规定,对召集手续及决议事项之违法,不同意社员能否申请主管机关宣告无效,法无明文,例如不在七日前用书面载明召集事由通知社员时,或无全体社员四分三以上出席,三分二以上之同意,而决议解散时,其召集或决议是否无效,不无疑问。即负责理事应否受行政处分,亦无明文,均应规定,以期防止。

再者旧法对决议人数违法等项,虽准予社员得请求宣告无效,但于请求期限并无规定,如在违法事项发生后,无期限的可以请求主管公署宣告无效,那么,决议案时有被推翻可能,阻碍社务进行,莫此为甚。新法对于这点也无明文,应在新施行细则中,加以规定。

(四)联合社代表大会代表人数之决定,除现有规定外,应增加"依合作社或合作社之交易额定之",以促进社员对社务的热心。联合社的经营与合作社相同,但是它的事业规模,较大于单位合作社,能健全发展与否,要视各单位合作社与联合社的联系如何,唯一促进联系的方法,就是按各单位合作社的交易额,增加代表权,使利害关系较多的社员发言权,也随着增加,虽有资本化之嫌,但为联合社事业的发展,确有必要,兰格兰批发社(S.C.W.S.)就采这种方法,很值得注意。

(五)旧施行细则第二十九条(代表大会)应予修正。第二十九条规定:"合作社社员人数超过二百人以上时,社员大会得就地域之便利,分组举行,并依各组社员人数推选代表,出席全体代表大会"。法文意义稍欠明了,应予改正。各国对社员众多,集会困难之救济方法有二:(甲)是分组举行;(乙)是设置代表大会。前者系就社员住区分为若干组,同时分别开会,其性质仍为社员大会,不过分别举行而已。后者是由社员中推选代表,组织代表大会,它的形式与国家议会正同。第二十九条既称就"地域便利,分组举行",又说:"并依各组社员人数推选代表,出席全体代表大会",显然采用上述两种办法。但是从同细则第三十一条看来,是采代表大会办法,足证第二十九条规定错误,在新施行细则中应加修正。

(六)立法技术的再改进。新法对立法技术已经相当注意,条文能合并者即予合并。但也有不应合并,而勉强合并的,反显立法技术的笨拙。譬如第九条第二项末"合作社章程有修改时,应经社员大会决议"一点,即不应规定于本条中,因第九条全文是登记规定,突然加以章程修改要件之规定,从立法技术讲来,不如另定一条,放在第十一条后。第十二条"法人仅得为有限责任及保证责任合作社社员,但其法人以非营利者为限",本项规定在文字上过于累赘,不如"非营利法人得为有限责任及保证责任合作社社员"之简当。第三十八条"不能清偿储金之债务时……"之"储金"二字,应改为存款,因第三条第二项第四款将旧法"与储金"二字删除,第五条也只称存款,而无"存金"字样,所以无保留必要。凡此数点虽无关大体,但足为贤明立法者之累,望起草新施行细则时,能注意及之。

推行保荐制度

郭 铎

中央人事行政会议，本月六日所通过的议案中，内有"在考试制度未普及前，拟定保荐办法，以资补救"一案，此不独是适应我国环境的一种妥帖的办法，亦且是着手改革人事行政的有力表示。此特拟略抒所见，以供当局参考。

我国古代，对于官吏的选任，除开科举考试以外，亦有保荐办法先例。保举取才，起于周时，而盛于两汉，孝武之世，首举贤良方正之士，开我国保荐制度的滥觞。迨至宣帝，更能招选茂异，群才济济，可称全盛时代。到了唐宋元明各朝，虽偶有举行，但已不如汉代的严格重视人才。民国以来，录用官吏，无论系经考试或保荐，并不以人才为重，多靠着私人"情感"与"势力"为定，故一人做官，旁亲近戚，便登仕途，选贤任能，已成过去之事。我国考试制度，有悠久历史，惜未适当施行，致迄今未树立。近虽有举行高考及普考，但录取的数目有限，杯水车薪，无济于事。各机关用人，既不能全赖于考试，遂不得不靠私人介绍，在机关上已司空见惯的，所以保荐办法，仍有其存在的价值。此次人事行政会议所通过的保荐制度议案，固系过渡办法，但如无缜密的研究，与适当的规定，仍不免有下列种种不好的现象发生：

第一，保举人若依"情感"或凭"势力"荐人，则真才未必能登用，遂使在职者多为幸进之徒，而真正有为之士，反有被其摒弃而不用之憾。

第二，私人的"面子"与"势力"大可左右被介绍人员的官阶，因被介绍者的机关长官，往往视与被介绍者私人交情之亲疏，或其势力之大小，作为被介绍者敲定薪级之标准，遂使资历不高之人亦得设法擢级，致铨叙办法不能划一。

第三，机关的长官，每因顾全保举人的情面，或畏惧其权力起见，明知被介绍者并非上乘之才，亦勉强任用，滥竽充数，此种"因人设事"的行政办法，足使行政机构难以调整。

第四，用人既多系私人关系而来，则原介绍人如有失势之一日，而被保荐的人员或因其失势而被退职；又因原主管长官易人，新任之长官与原介绍人素乏交情，遂而被裁汰或"疏散"者亦有之。这样"一朝天子一朝臣"的习惯，不特使整个的工作计划受其影响，且使他日要实行保障法时，必将感到困难。

第五，后台力大的人员，晋级加薪可占便宜，如中央银行即是一例。反之，未有渊源之人，要想按序升迁，诚非易事。如此则考绩亦可随私人情感与势力殊异，而生不公平的结果，那么，根本没有什么价值。

第六，情感与势力的作用，无异鼓励得意之人不必努力于工作，并使失意之人只敷衍于工作。此种因素自可减低行政效率，无待讳言的。

以上几点，仅举其荦荦大者，推行保荐制度之时，应特加以注意的。补救的办法，有如下各点：

第一，个人保荐——所谓个人保荐，所指的是由私人方面介绍人才，保举人除受资格规定外，更应抱定人才主义，以公正的态度，适合社会的需要，切实负责保荐。

第二，团体保荐——所谓团体保荐，系指一个机关专门为介绍人才而设立的，如英国技术人才均由团体厘定标准，发有证书为凭。如我国上海中华职业教育社所主办之职业介绍所，以及该社最近分设在昆明各地之分所等皆是。以往各机关委托该所介绍人才，与各校毕业生以及失业人员前往登记其介绍成功者，颇不乏人，但该项目介绍机关，其范围似嫌太小，其力量亦嫌薄弱，此后应积极扩充设立于全国，并须与政府中有关系之政教机关联合组织起来，藉可充实力量，以收普遍之效。除地方设立职业介绍所之外，中央亦应设立登记机关（过去学术工作咨询处之取消是不当的），以总其成，另将中央及地方每年所需要的各项人才，分别作一统计，以供政府作为养才用士之参考。故团体保举之功能，至少可减少私人情感和势力作用的成分，其高明之处，非私人保举所可比拟。

在吏治制度最健全的英国里,全国公务员均系考试合格出身的,故他们都有相当的保障,即升迁办法亦有定序,政府中各部的行政长官,尽管随时变动,而事务官毫无受政党的影响,故官吏能够切实执行职务,行政因而得能发挥其最大的效率,最近廿余年,文官制度中,所产生的怀德莱会议(Whitley Councils),普遍全英国,这个会议由政府各部会长官代表,和全国公务员代表,组织而成。通过了许多保障及考绩等法案,其行政成绩之卓著,尤显而易见。

我国在不能完全实行考试制度前,要仿采英国制度,一时当属不易,故拟定保荐办法,同时尤须早日制定保障法,与严格施行铨叙及考绩办法,当予实行保荐制度以莫大的辅助。这样一来,始能避免用私人情感及势力作用的危险,中国目前考试制度未普及前,其实只有这一条路走得通。

海

杜连燮

试想忽然有一天
遇了只
雪白的海鸥
翅尖蘸上一点天空碧与灰
万里长空
落下了一饼黄色圆月
望着清凉的天外
飘然乘风归去

试再想有个时候
留下一切忧烦
在海边独自徘徊
偶尔捡了枚日色的白羽
在浅水之底
看一只孤禽
哀声落在天外
忆起水晶蓝的海水
那年遇到了细砂
濯过少女的脚
偷藏了鲜艳的花

更有春晴云彩的刺绣
秋幕的晚霞

惦念那泛银的浪花
几曾失去了颜色
见海燕尖削的双翅
轻奏云间声音
有星眼的失望
夜夜落在波心
待团圆佳期
却见湖色满镜子
那一点灰尘

  有人以为来自海边的都该带一份美丽的记忆。海水如何拥抱抚摸那绵软软的沙滩，带虹彩的贝壳，如何忽然为高风卷入了海底；水面，白昼闪银，夜晚闪金，星星渔火明灭于水天之交，月光来得迟了，依旧给远屿画一个优美的轮廓，旁边挺立着削瘦而劲拔有力的灯塔，放射出多芒的青光和红光，让归晚的倦帆，得路回家。海天流云，千变万化，便是东西奔走，也不比陆上，安步当车，行得缓慢；它们多如乘长风，驾一叶扁舟，悠然间轻航过数万朵浪花。住在陆上的，也难得见到红艳艳的日轮，每天水面上来，水面下去，永远生气勃勃，鲜明照眼。雷雨将来，必先遣五彩的北极光，时隐时现于灰尘的天壁，夜欲来前，也照例升起了温暖的晚霞，而后现出了一粒黄昏星，一饼清凉完整的明月。
  有人会哭我坐在山城里，不该叨叨于辽远的往事。明白说，我来自海边，我自幼喜爱她，我不能不日夜念着她。这些日子，多浴过一些风尘多听过许多异乡语言，闻嗅过许多异乡气味，更愿意有时候，允我静静坐在大海滨，让悠悠白云抚慰，天风轻吹起细语，消化消化数年来的人事，温习温习二十年来的人事。
  该先说记忆，它从未离开过我，虽是有时也曾迫我心灵受苦，但觉得始终是美丽的，可爱的，甜美的。许多年以前，我就确信记忆之甘多于苦，正如青果。世事有时固不免透出涩味，而且有些人还以为太多，神经受不住它的重压，但一经温习，总觉有无限挂念，喜欢于静静的一隅，独自轻抚它，咀嚼它。

"唉，假如这世上缺少了这一点记忆，人们该如何生活啊！"

一个没月没星的深夜，在一间离海不算远的江村小屋里，我对友人喟叹。

诗人的眼里，一切是诗，他深思地低头右手抚着下颔："你的话是一句好诗。其实，人事就无一不是好诗。你是从海水里长大的，海色教育了你，海风抚爱了你；海的神秘赠你以沉思，海的浪花赠以你活泼，但，且问你，也曾爱过海吗？海就是记忆——是收容一切的地方，在那一碧浩瀚里，也收容了你的过去，凡欲寻觅过去，面对它时即将获得满足。然而，在我又有了神迹，每当遇到她的目光，我便失了一切记忆，浑身安宁，终于忘形于无垠。"

"你的话就是我的话，不过让你先讲了。你试想，有谁不爱恋他的母亲，而且海是格外喜爱我。唱给我的歌，自始就格外悦耳，送给我的贝壳，就没有不是晶莹可爱，合我心意的。我常常喜欢从沙滩上的零乱足迹里，寻找一些奇异的小物件，一枚生了锈的小钥匙，一颗缺了一角的鱼鳞扣，半页字迹模糊的好信笺……而这些须是来自辽远的天下，我将都大为动心，仔细用两指捡起，放入水里洗净，再在没有一丝模糊的日光下晒干，这才带回珍藏。看到上面自以为是的物主眷恋，想着从此一切应尽的义务，都将成为过去，辄自深感有无限的安慰。我没有一丝惆怅。小小的物件同堂堂七尺的丈夫，一样应尽的义务完了，悄悄退往静谧的一隅，作永恒的休息，我同样感到伟大的完成。所能尽的力或大或小，有什么关系呢，但再念及渺茫的大海，竟又使他们遇到人类，不禁泛起亲切的温情。"

"这些话不是离题太远了？"

"是的，但你且再听下去。这世界上，你是经过多年的跋涉，该明白，微小的事物，时常会有伟大的成就。我所说的小物件，你别小觑他们，终使我日渐想起不可知的远方，发觉这些原有的海面太小，于是我在海滨沉思的时间遂更长久了，在此，猜得到，或许你会提起梦，以为该可聊慰我的忧郁，但我告诉你，事实往往同理想有一程距离，我梦到海，天，蓝，然而总归说不了无垠，缺少我所渴望的无垠，空溟的境界。"

"让我问，是不是可以不想那么远，就在这世界小圈里，找个什么比一比呢？"

"这就可以骄傲了。海,我亲受她的抚慰,她的教育,她的倾诉,她的赠与,我至今有一份不平凡的宁静,藉以过些有意思的日子。我永信她是这世界上伟大之表率。美丽之源,诗的宝藏,记忆之都……"

风在室外,掠过屋顶与地面,万穷齐鸣,一片和谐。

灯火之后,下弦月的青光,缓缓从西山峰顶,涉过闪烁的滇池,与满身朦胧的田野,轻喟于翠湖之间。朦胧里复有朦胧,夜里的湖光,只是片太重的晚烟,而丛树的倒影,正如沉沉欲睡,于是云絮遂如市间嚣声,揉为奇怪的一团,模糊不可辨了。我由水边的石椅上立起,走向浓影里。树与树的阴影,一重接一重,安排了夜间的路,犹如树间泻下的月色,纵横交错,织成宁静的阴凉。我有无限话在心里说不出,只好大声叫道:"啊——"

没人知道我的意思,我也不希望为人知道。然而,我却听到别人的声音了。

"瑟!"

浓影里一个更浓的人影,两眼如宝石,在黑暗中闪光。

"啊,是你吗?我吓了一跳。"

我原是拙于讲话的,他亦一样,于是我们便沉默着。星光揉着月色,足底移过。道旁秋虫唧唧,曲调单纯而凄凉。树顶与远山一样静。

"故乡的船,日渐少下去了。渔火也不会再如旧时的温暖,亮在海水上。红光满沙滩时,也不再见有远帆飘在水天之交,里面驮着强壮的汉子与天真的野女孩。往昔吃饭睡觉的地方,今日是颓墙瓦砾,以及烧成炭的栋梁。昔年追逐喧哗的海边,现已溅满强盗与乡人的血,强盗来时三十余,却没有一个生还,那些厉鬼,听说某日深夜都回到他们的故国了。我们的家现搬在荒山里,看机会好把强盗们的血都渗在海水里……"

湖风渐冷,夜长无声。

想像中的海水还是水晶蓝,海面比以前大得多,大得多。

诗

赵瑞霖

SOUVENIR（1）

在立体上描摹文字的水彩画
一座桥，星子，猎猎的秋风，圆周内的三角形：
春日，黄昏茜色的云华
沾染上香草味，摇曳着金铃
我想钓获一尾江湖的家族
乘着晚霞放自制的锦绣的风筝
（那一根青丝寄托多少种心意）
于是，有人带着雨雪来敲柴门
我说：不要豆荚和茄色的荼蘼
河岸畔有疏淡的光，是夜航的幻灯
敬谢主人意：今秋可过来饮三杯家酿酒
灿烂的俄罗斯，干吗不披着红风帽去？
满足江南的烟霞，云里有迷恋的山川
（累了吗，请坐下来先喝这杯浓咖啡）
听说城中明日有夜舞的茶会
你可别去，那会迷惑少年心
调情的桃枝招展更明媚了
黄金色的稻田抹着阳光，（这诗神）

三岁会吹春笛，五岁上山捉野鹧鸪
十岁酿酒，岁春，你会背唐诗读经
那时候是绛色的温暖，绿色的花房

而花房里有天却埋伏着只黑猫
妈说西域国有最甜蜜的苹果
日本富士山的樱花开得最富丽
孩子却不信，只懂园圃里的油菜
三月里开的黄花才懂得我的感情
设想十五夜圆月在琉璃瓦上轻抚
这多神秘，多奇异，你不要骗我
我能用清泉盛绿芷养金色鱼
赤着脚，下水田捉青蛙，蛤子
清明，下种，编制杨柳枝的皇冠
你知道河虾什么时候产虾子？
蟹长脚的日子，月下水莲花的茁芽？
昨天远方来信说：大姑母死于战争
桃杀士，满街爬过虎狼虫豸
老乡绅送长孙上大英帝国念翰林
这里天浑，雾黄，人讲究礼貌
青衫上沾着了巴黎的金粉
唉，夜晚提着红灯笼走黑路，你想像

想像"十"记忆"二"种蜂蜜味的调色
（鹅黄的和着蓝的，你说，化成什么样儿？）
圆周内是涓涓的流水，沉浮，荡漾吧
一颗三角形的赤心，我留恋爱着那些
愚蠢的往日，多情的，跳跃的年岁……
你说喜欢紫色的寂寞，于是秋阳下
宁静地攀登莽莽的秋山，探寻一朵藤花
怀念呵，那些真实的影子，热情的，朴素的

豆油灯色下，你展读校点汉书酌着热醇
田园的欢乐，夏夜，炉火：IL Decamerone……

于是，水彩画里流动着海洋的春水
闪着青春的灵光，学会了沉默，像条冬蛰的蛇
（而蛇也成为风景，我是山水红绿的主人。）

本期撰者：

　　钱端升先生讨论美国内政外交的四篇文章，已由本刊分期登载，《欧战与美国今后的行动》是其中最后的一篇。

　　王赣愚先生近在国立云大"讨汪大会"担任讲演，兹将其大意撰成一文，以飨读者。陆季蕃先生是国立湖南大学教授，以前在本刊已发表过一篇文字。郭铎先生毕业于清华大学，对行政问题素有兴趣。

第三卷第十三期（1940年3月31日）

时评

日来的欧战局势

近旬余日，欧洲外交界极形活跃，大概将有重大变化。变化如何，当事的人守口如瓶，局外的人只能从现势窥测。

现势的主要点是：英法与德的战争胶着，胜负难测，苏联的乘机施展，威胁日张。最近苏联战胜芬兰，迫他接受条件，从此在波罗的海上势力巩固，是苏联的又一步胜利。近日外交的活跃，可说是以苏芬战事的结束为出发点。

在苏芬战事未了之前，已有美国遣威尔斯访欧，探试和平的行动。战事结束后，外交使节更紧，里宾特洛甫访意之后，有希特勒墨索里尼的会晤，还有莫洛托夫访问柏林的谣传，德意苏三国之间，关系至堪注意。同时东南欧很觉紧张，罗马尼亚最感威逼，德国已对他提出经济要求，匈牙利觉得形势与他不利。总理跑到罗马，求助于意，土耳其，保加利亚，南斯拉夫，对于外交也有所表示。在这样形势下，我们的窥测，系于三个问题：（一）英法与德的战事，目前有无妥协言和的可能？（二）如暂不能和，德意苏是否将联合成一集团？（三）如德意苏三国携手，东南欧诸小国命运将如何？

英法与德的开战，本非所愿，乃是为势逼成。战事既起，苏联趁势巩固边防，扩张势力，英法自然嫉视，德国也何尝能无疑惧，只是苦衷不能宣之于口罢了。苏芬战事结束，难保他不再向别方面发展，所以赶快结束战事，妥协言和，这是时候了，但是以什么样的条件言和呢？德国提出的条件，英法不能接受，英法所期望的条件，德国亦不能容忍，本来在胜负之势未分的时候，谁也不肯认输，所以想在战中妥协言和平，十次有九次不成。这次仍难逃此例，威尔斯已然返国，而欧战转有加紧趋势，和平并非完全无望，可是目前还是要继续作战。战事既不能就了，德国惟有继续拉拢苏联，用他的资源，藉他的威势，一同抗英法。苏德合作，还有意大利，意为德苏助不多，为英法患则有余，继续抗英法，则拉入意大利，是意中的一着。不过意苏在东南欧，很有利害的冲突，就是说意德之间，利害也未见得一致。所以虽有勃伦纳的会晤，意大利必不肯放弃有利的中立，作冒险的参加，所以这三国一时合作有可能，联合成一集团则未必，三国联合也好，合作也好，东南欧的小国，免不了很受压迫。为三个虎视眈眈的大国所包围，还有波兰芬兰的榜样在前，除了惟命是从，还有什么办法。强权世界，唯利是谋，国际信义既不讲，当其冲的弱国，徒悲命蹇罢了。（寿）

加紧团结

近来外间颇有些谣言。虽然报纸上没有登载，似乎某一方面目前一个通电，颇为一般关心时局者所注意，而且前赖辉煌的通电，在报纸登载之后，更似与谣言以具体的事证。在军事方亟的时候，当然有些新闻不能自由登载。远道传闻，实相更难辨明，凡事总有曲直，一般国民的态度，当然非曲便是直。但在今日严重局面之下，斤斤于非曲而是直，似还是迂阔的。

三年来，在最高统帅领导之下，前方将士前赴后继，后方人民茹辛甘苦，与敌人搏斗，以争取最后胜利者，还不是为求国家的独立与民族的生存，虽然在这斗争过程中，我们屡经挫折，而敌人力量已成强弩之末，最后胜利的曙光已渐发现。这是全国上下引为欣幸的事。然而"行百里者半九十"，我们既以长期抗战为国策，则此后岁月将更为此生存胜负的关键。我们应该更须一心一德以全力赴之，以竟一篑之力。

我们政府，自从抗战开始以来，以团结一致外御其侮，以召号国人。这种真诚苦心为举国人民所共仰；各方面地方负责人士，都是公而忘私的志士，其强敌在前义无反顾的态度，也是全国人民所共信，我们相信一切谣言都是无的之矢，不足轻重。至于地方一二政务上的误会，容或有之，误会当然也有曲直，然而我们希望理直的，一方面能处之以极端容忍的态度，勿以小不忍而乱大谋。至于理由方面，我们更希望能扪心自责，让过去成为过去。三年抗战的经验应该告诉我们，如果我们不自亡，敌人不能亡我的，而自亡的捷径，便是自己阵线的分裂。（山）

改进考绩标准

本月初，中央人事行政会议，议决要案甚多，其中有所谓《改进考绩标准案》，我们对此亦有一点意见。

我国过去所谓考绩者，可说漫无标准，照例是由各机关的主管官，按表填造，随意评定，徇私误断，势难避免。以此不甚可靠之资料，作为升降奖惩的标准，欲求公允合理，殆成不可能。老实来说，规定考绩标准，并非容易，因为考核对象，往往因职而别，所以对每一考绩所含的要素，不得不详加分析。考绩与考试不同，后者重"才能"，而前者重"成绩"；所谓成绩，当然是指工作的实际结果而言。不过行政工作上，量，质，时三项，常有交互的关系，这其间应如何分别轻重取舍，就是在考核技术范围之内。同时，因为工作的性质不同，其所需要的品格未必一律，所以就发生如何估量品格问题。所谓品格，本属抽象事项，倘纯凭长官的好恶或偏见，即加评定，未免失所依据。我们虽不主张单以品格为考绩的对象，然绝不能否认品格对于特定工作的结果，有其相当的影响。其次，公务员的学识，也应在考核之列，因为只依照在职的成绩，未必断定其擢升后胜任愉快，故考核学识可使在职人员求深造，图上进，其结果对于整个行政有所裨益。

我国《考绩法》，规定"工作"、"操行"、"学识"三项，为考绩的标准。从原则上言，这种规定大体无疵，但最值我们注意的，是如何使每项标准的分数，依职位而分别规定，以求切合实际。有人或以为现在所用的标准太简单了，所以不但考核不准确，并且会发生种种流弊。我最初也作如此想，后来细思之后，又认为这三大标准尽可不必修改，只要在每一大标准之下，应该再分别列举详细项目，并规定其不同分数。本来考绩不必嫌其复杂，但在我国人事尚未上轨之时，标准若使太复杂了，实行起来流弊必多。大概说来，在创办时期，实际工作的结果，应该格外重视，殊不宜像我们前此专重平日请假之多少，及任职年限之久暂，作为赏罚的依据。（真）

养士与政治

王赣愚

我国历来为政者,似乎很讲究用人,而用人的一大目标,即在于养士,以为士一失养,祸乱终不可免。求治之道,即在使士得其所,尽其长,所以开国创业之主,先之以兵事,必继之以养士,求贤访能,以为己佐,命意不外在此。养士问题为国家安危所系,倘使治国者都懂得如何养士,那历史上就没有朝代兴替的事了。养士不得其法,不如不去养,养之又有何益?考诸过去史实,尽够我们借鉴。

中国人民大多愚昧;一向只有士出来问政,其消极的力量,倒有不可侮者。士虽为四民之首,但不事生产,故无以自养,在战国时代争相求养于权贵,以后此风止息,只得求养于朝廷,朝廷分禄设职以养士,势不能无限制,于是乎有科举制度,一切官吏均由此出。士安其养则国治,否则危而且乱。其实,政治上忽略养士之道,只是近几十年来的事,而民元改制以后为尤甚。政治未上常轨,待养之士,失其所依托,而相与皇皇惴惴,不知置身立命于何所,此乃全社会杌陧不宁之象所由生。当年军阀是扰乱的产物,而扰乱大抵是士所造成。挑拨离间的政客是士,煽动叛变的份子也是士。士一失养了,立刻成为机会主义者,这非国家社会之福。谈实际政治者,应着重事实,则如何养士以求相安,的确是个大问题。

士之所以失养,显然由于政局不定,因为政局不定之故,政府对于社会事业,只加阻挠摧残,而不能推进扶植。社会无可以养士之事业,于是才智之士,弃其所长,争入政界,莫由独立谋生。政界销纳人才,本有一定限度,旧员不裁汰,新职何从来,仕途长此壅塞,势必弃贤于野。人才不能为国所用，其影响极深大，岂只可惜而已。原来现代进步的国家，不必以政治养士，其社会事业能自养以养士，故政界以外的士，不难向社会谋安顿。个个既可以自辟出路，活跃而有生气，何必坐待国家以养活呢？我国今后进入建国的时代，凡百生产事业，亟待积极创办，从此献身社会之士，似不怕无事可做了。不过我们的士本是寄生阶级，对于生产知识和技术，向来不加重视，结果只配做着官。国家增一职位，无非为士谋安插；添一机关，亦无非为士找出路；政府为士择官，士则为身择利，悠悠风尘，类皆奔竞钻营之辈，列官千万，又于国计民生何补？所以要替国家减少养士的负担，非从改变士气入手不可。

中国的士把政治看得太重了，而不知国事本不限于政治，因此大家都向政治路上走去，结果贻误了不少的专才。无论什么事业，专才必有自己园地，在自己园地里，各得自由发展，独立谋生。但在我国，生产不振，科学落后，专才也很难大量产生，他们要到工厂里去，试问全国有几个？要入农村里去，试问政府有何建设计划？要进大学里去，又试问像样的多少？专才不得其所，不安其职，只得纷纷挤上仕途，做个时代的官僚而已。我们都说国内缺乏专才，这责任与其归在士的身上，不如归在政府的身上。须知专才是培养出来的，而不是从天而降的，为什么别国偏多专才，而独我国缺乏呢？这值得我们彻底反省。

现代与从前不同，从前很多人，主张专才应与政治隔绝，可以不管政治，现在这说已不切实际。专才也是公民之一员，怎能于技术知识以外，没有一点政治的兴趣和理解？况且"专才"的定义本广，凡有卓越的政治知识和才能，亦何尝不是专才？这一班人果愿献身政治，国家倘不设法安置，从实际政治上观，显然是失策。当今国人似乎有个失常的观念，就是以为士不应从政，一入仕途，便是大开其倒车。社会人应加以轻视。这种观念是亟应纠正的，"学而优则仕"，本是中国士出身的直径，不过在过去的时代，政界几乎全是"学而不优"的人，所以把政治弄得一团糟。我不说一切"学而优"者非仕不可，因为我们须看他们所学的是什么？所优的又是什么？如果他们果具有政治才能，在上者抑之斥之，而不保育之奖进之，那种危险比什么都大。事实告诉我们，这班人是有用的，到了无发挥才能之时，也会变成有害的。治国的"能臣"会转成乱世的"贼子"，就是这个道理的引伸。政治人才是诱致而来的，有此人才而不用，只添国家许多麻烦。我国当前政治上，论关系不论才，仕途庞杂是必然的结果。今后不可无澄清之术。

我们中枢当局虚怀若谷，早有集中人才的表示。原来所谓集中人才，大致是延揽党外的人才，使其分担一官半职。这似乎是最实际的。就现状观，所谓养士之道，几乎就是养之于仕途。此办法之得失，我们不能无疑。国中文官制度尚未确立。在上者滥授名器，用意虽未必俱恶，然其所生弊端，实足以阻仕途之澄清。以党养士，官由士出，这是一般政务官的行径；倘使事务官均由此出，我们未免看做官太容易了。做官太容易，鸡犬俱可同升，则仕途安得不杂，安得不滥？我们对几个党外人士从政，当然不能存奢望，果尔则把他们看得太有魔力了，或许把政治看得太简单了。

政治事业决非一党一派所能胜任的，要在全国范围以内，征集各方人士，不拘有无党籍，俾使人无弃才，政可具举。党内常有杰出之才，但杰出之才未必尽在党内。为国求才，非泯除党的畛域不可。以党籍为取士的标准，其弊必然是许多人误认党为猎官之阶梯，此与"党员不要心存做官"的箴训相违背。当今用人的症结，是论党不论才，所以士不投闲置散之处，官有党同伐异之病。此种恶现象是应立求革除者。

在政治上，使士有事可做，人尽其才，我们只有树立文官制度。文官制度的妙处，即在铲除政党分赃的恶习，除政务官以外，用人论才不论党。欧美各国为澄清吏治起见，设法禁止事务官作政治活动，使其安心供职，不受政潮影响。此制施行以后，无党无派的人士，都愿在公务中贡献其心力于国家于民族。他们从录用以至升迁，从升迁以至退休，其所费的时间很长，其所用的心力很多，国家对这班人士，实在不得不养。以制度求士，以制度养士，使贤者洁其身，使能者用其长，这是当前整饬吏治的要义。抗战中的各政党，在理论上已无分歧，在行为上亦当一致，所以政治人才选拔，更应破除党的畛域，树立一个制度的基础。现在集中人才的呼声高极了，中枢似乎也正在努力适应这个要求。

政府本此方针而行，非但要养士于朝，并且要养士于野。目前国家所急需的人才，似是促进各方面建设的"专家"。专家固然是人才，然所谓能文善辩的"通人"，亦何尝不是人才？他们果能各得其所，各尽所长，其贡献于国家社会，实在不在专家之下。各国推动政治的生力，多半在这班人中求得，尤其民治的运用不能离乎这班人。

今后我国政治的归趋，大致是民治。民治的成败系于舆论者极大。舆论是什么？这里不细说，依常识推论，它是士所促成的意见，其所以有力量，无非因它是比较正确的具有见识而又深虑的见解。士多是能文善辩的"通人"，关于政治实况和政府的措施，类皆洞若观火，发起议论来，确有相当价值。所以在现代民主国家里，要促进健全的舆论，不得不尽量使这班"通人"充分发表意见，而政府不加无端干涉。现在国中人士，极力要求言论，集会及结社等自由，其命意当即在此。政府养士，本未必要给予禄位，使其有官可做；更重要的是允许相当自由，使其有发挥才能之途径。政府倘一方杜之以禄位，一方又禁之以自由，这非养士之道！这绝非养士之道！

在眼前过渡的时代，我们为求相安以对外计，势不得不大规模的养士；先由国家养士，再谋由士养国家；先以政治养士，渐求以社会事业养士。在中国，士的分类太杂，士的定义亦难，所以此时所应养之士，未必须为有技术有专门知识的"专家"，也应包括能文善辩的"通人"。前者是经济建设中的主要推动者，而后者是政治建设中不可或缺的助手。二者相协力共擘划，则我国任何方面都会产生新现象。治国不离乎人才，如何使人才各有所养，各有所安，这是实际政治问题。凡当国家重任者，绝不容于此有所疏忽！

平衡物价与统制需要

伍启元

一、防止物价上涨与减低物品需要

在统制物价时，统制机关不但应该规定官价统制供给，而且应该对需要也要加以管理。倘使只干涉价格而不干涉需要，则有效需要的数量必较多于或较少于市场上供给的量。在官定价格较自由价格为低时，需要的量会"过大"；在官定价格较自由价格为高时，需要的量会"过小"。无论有效需要的量是"较大"或"较小"，结果市场都会失去平衡，价格统制都会发生困难的。

在战争已经进展到相当高的阶段的时候，物价统制的主要目的是在防止物价的暴涨，所以官定的价格总比放任的价格为低。在这种场合之下，物价统制的机关应该设法限制市场上需要的数量，使需要能够适应和供给物价。

限制物品需要数量的办法，可分直接方法和间接方法两种。所谓直接方法，是指直接干涉消费者的购买数量或消费数量所用的各种方法。所谓间接方法，是指各种减少消费者的消费支出的办法。只有能把消费者的消费支出减少了，消费者所能购买或所能消费的数量自然不能不随之减少。因此任何减少消费者的支出的办法，都有间接减少需要的数量的作用。

对于限制需要，统制机关可以有几种直接方法：

第一，统制机关可以鼓励消费者自动节减消费或自动限制消费。例如统制机关可以向汽车使用者宣传汽油之珍贵，劝导汽车使用者少使用汽油。又统制机关或政府可以产生一种公共舆论，对若干物品的浪费给予舆论的制裁。此外政府并且可以发动一种舆论运动，特别提出若干种物品来做节约的目标。就中国现在的情形来说，这种方法所能收到的效果虽是很微，但也不是完全没有影响的。

第二，统制机关可以限制物品的用途。一种物品通常可以有各种不同的用途，统制机关可以不许被统制物品用于次要的用途，而只允许它用于最重要的用途。例如米，它的主要用途是食料，它也可以作酿酒及其他用途。因此统制机关为着维持米粮的供需平衡起见，常常有禁止以米粮酿酒之必要。

第三，统制机关可以强制消费者局部使用"代用品"。例如在米粮缺乏的区域，政府可以规定凡买米一元的应同时购买杂粮若干，否则米店掌柜拒绝出售。这种办法结果可以使大部分的人多消费杂粮，因此可以减轻米粮缺乏的严重性。又如在西洋各国，统制机关常规定在制造面包时，制造者必要把其他货物之粉料，按照一定的比例，与小麦之粉料混合使用。

必需的物品，通常不能完全用"代用品"来替代原有的物品。但对于非必需品，则应该尽量使用"代用品"来代替缺乏的物品。倘使缺乏的物品是进口的物品，而代用品是本国的出产，则更有提倡使用代用品之必要。

第四，统制机关可以采用"强制定量制度"来限制消费者的购买数量。凡用计口授粮，定额分配等方法去限制购买数量的都是我们所说的"强制定量制"。在强制定量制度之下，每一个消费者在一定时期之内所能购买的数量是固定的，他绝不许超过这个数目。用这种方法一方面可以限制消费者为消费而购买的数目，而另一方面更可以防止投机者为投机而发生的购买。但要实行这种制度，也有很多困难。首先，统制机关要先调查清楚消费者的实在消费情形。在中国现状之下，这点并不是很容易做到的。其次，就物品分配本身来说，也有很多困难。例如物品的质地有好坏的不同，我们应怎样地分配质地不同的东西？比方米，什么人应有权购买上米？什么人应该买下米呢？又，各人的消费习惯不同，我们应怎样地适应这些习惯上的差异，各消费者购买物品的能力不同，我们是否要考虑及这一点？在实行强制定量制度时，这些问题都要顾及。

通常在采取强制定量制度时，统制机关会给予合法的购买者以一种购买许可证，倘使统制机关采取购买许可证的制度，则凡欲购买在这个制度的范围以内的物品，都必要先得统制机关所发的许可证。例如在出售米时，统制机关可以规定非持有购米证者不许购米。这个购米证就是一个购买许可证，在这里，我们应该注意一点，即采取购买许可证的制度不就等于采取强制定量制度。有时为着要采用限制物品用途的办法或为着要采用其他统制需要的办法时，也有采取购买许可证制度之必要。

统制机关并且可以扩大强制定量制度和购买许可证制度所包括的原则，把它应用于消费者的整个购买力中。办法是这样：统治机构对每一个消费者发给一张有限期的购物证（假定购物证的有效期限为两个月），购物证上一方面说明每证只能购买若干（假定为二十）单位的物品，而另一方面规定各种物品折成"单位"的办法（例如可以定米十斤等于一个单位，香水一瓶等于十个单位）。因此每一消费者除了购买个别物品会受到那种物品的特有限制外，并且总购买额也受到一般的限制（每两个月不能超过二十单位），统制机关在规定物品折合单位时，对奢侈的不必要的物品应该定得很高，而对必需的物品应该定得比较低。必要如此，然后才可以使人民对不必要的物品加以节约。倘使统制机关能够采取这种办法，则对消费的统制是最有效的一种办法。但在中国现在社会经济组织之下，除了政府能够下最大的决定和作最大的努力外，我们认为是不能实行这种办法的。

上面只是一般地提出几种直接统制需要的办法。但各种物品因性质的不同，所应采用的方法亦不同。因此我们可以按照物品的种类再分别论述统制需要的办法。

先说农产品，农产品包括粮食和原料品两大类。这两大类所需要的统制办法不同，粮食是一种必需的物品，消费者的数目极多，社会上的每一份子都是粮食消费者。因此若对每一个消费者都加以干涉（如果取"强制定量制度"），则干涉的范围太大，除了政府有极大的决心外，我们可以说不容易办到。在中国现在情况之下，对于粮食的统制，在需要方面，我们以为应该注重于上述的第二种和第三种办法。但尤其应特别注重的，就是防止投机的买卖。政府应该用明令规定，凡储存粮食其数额在自己实在需要一个月以上者，都应罚若干元的罚金，并处若干年的徒刑；其案情重大的并得处以更严厉的刑罚。政府倘能有这种决定，并且切实执行则投机的购买可以停止。投机的购买停止了，则为了消费而购买的数量自然会有一定的限制。因为粮食的需要是缺乏弹性的，每个消费者在一定时期内所能消费的数量是没有多大伸缩性的。

至于原料品则可以依照其性质之重要与否，而决定是否应该统制，凡被统制的原料品，在需要方面，可以按照其性质，而可分别采取上述的第二，第三，或第四种办法。无论采取哪一种办法，统制机关对于重要的——特别是与军事有关的——原料品，都应在需要方面，实施购买许可证制度。

农产品的性质与原料品相似，我们以为在需要方面所应采取的办法与上述所说的相同。

工业制成品则可以分成两类：一类是"再生产"用的物品（如机器，工具）；一类是为消费用的物品。对于机器，工具等物品，统制机关应该用购买许可证的制度，来加以限制。对工业制成品中的消费物品，则统制需要的困难最多。在行政权特别集中而且组织健全的国家（如德国俄国），政府可以把强制定量制度应用于整个购买方面，因而对工业品也一并加以限制。在舆论具有很大制裁力的国家（如英国法国），政府可以采用上述的第一种办法。在现在中国环境之下，对于工业制成品（消费品）的需要方面，我们以为政府能够做的工作有一种，即防止投机的购买。除此之外，政府所能做的工作是很少的。

上面所说的是限制需要的直接方法。除了直接方法之外还有各种间接的方法。我们在上文已经说过，所谓间接方法就是各种减少消费者的支出的方法。减少消费者支出的办法，可大约为两类：

第一类办法是减少消费者的收入。通常一个人的支出是跟着他的收入走的；收入增加了，支出也随之增加，收入减少了，支出也随之而减少。因此，减少消费者的收入，是减少消费者支出的最好办法。减少消费者的收入，应着重于如次的三点：

（一）减低通货膨胀的速度——政府一方面应该限制法币的流通数目，一方面设法减低货物的流通速率和限制信用的膨胀。

（二）取缔暴利——在物价高涨的时候，暴利的数目常常是很惊人的。暴利的收入者，因暴利取得容易，所以支出也易变成浪费，因此只就限制需要方面来说，政府也有取缔暴利之必要。

（三）调整消费者之租金收入及其他收入——政府对于租金，利息及其他收入也有设法限制之必要。在这方面，政府要特别注意采用租税的方式，如增加所得税，增加房租，增加或调整田赋，举办土地增价税等。

第二类办法是各种对消费者收入之分配发生影响的办法。其中最重要的是如次的两点：

（一）发行及推销公债——例如政府可以对国内有流资的人，用劝导的或强迫方式使他们认购公债。

（二）提倡节约及储备——政府除应继续举办节约建设储金外，应对收入较丰的阶级，实行强迫储蓄的办法。如能强迫储蓄，则可大大地减少消费者的购买总额。

二、防止物价下跌与增加物品需要

在资本主义经济制度之下，通常物价下降的问题，远较物价上涨问题为严重。在战争已到达现阶段的今日，当然不会发生物价暴跌的现象，但在将来战争停止的初期，或在经济已经恢复到自由主义经济及价格经济的时期，则物价下跌的问题会常常发生的。因此政府对防止物价下跌的办法，也应该加以注意。

倘使物价统制的目的在防止物价下跌，即官定的价格总比放任的价格为高，结果需要的量会较供给的量为小，因此物价统制机关应该设法增加市场上需要的数量，使能适合于供给情况和官定价格。

怎样增加物品的需要？办法也可以分为直接方法和间接方法两类。直接方法包括如次的几种：

第一，统制机关可以联合生产者用广告及其他方式去引导消费者对若干种物品增加购买和消费。

第二，统制机关应该设法推广物品的用途。一种物品的用途多了，需要自然会增加的。

第三，统制机关在必要时，应把物品购买来存在仓库里，以增加一种人为的需要。

第四，倘使一种物品是有"代用品"与它竞争，而这种"代用品"又是从外国输入的，则政府应该设法用明显的或非明显的办法，禁止或阻止这种非"代用品"的一部或全部输入。代用品的供给减少，原来对代用品购买的人都不能不转而购买本国出产的物品，因此对这种物品的需要自然增加了。

第五，倘使一种物品是出口的物品或有出口可能性的物品，则统制机关应该设法增加它的出口，增加它的国外需要。

第六，统制机关对于若干种物品，可以强迫原来的购买者购买若干数目。例如丝厂丝的主要购买者，统制机关在丝价下跌时可以强使丝厂购买一定数量的丝,以资救济。这是增加原料品的需要的良好办法之一。

除了直接方法之外,还有各种增加需要的间接方法。所谓间接方法就是指各种增加消费者的收入和支出的方法。消费者的支出增加了,就等于使物品的需要增加。增加消费者的收入和支出的方法,包括如次的几种:

(一)实行温和的通货膨胀——政府应该一方面增加货币和信用的流通数目,一方面设法增加货币和信用的流通速率。

(二)增加公共支出——政府应该用增加公共支出(如充实国防,修筑道路等)的办法来增加消费者的收入和支出。

(三)少向人民发公债和多向洋行借款——政府如发行公债,则人民购买公债的数目越多,人民对购买一般物品的能力便愈减少,所以对防止物价下跌会发生相反的作用。因此政府在物价下降的时候,应少向人民发行公债。政府所需的款项,可以向银行借款,在若干情形之下,银行并且应该有权以政府的欠款为准备,作通货膨胀的基础。

(四)保持劳动的雇佣及维持或增加工资和他种收入——政府应该用种种方法解决失业问题,增加劳动者的工资收入。此外对地租收入及其他收入,也应加以注意。

(五)设法减少储蓄的数目——政府可以用减低利息或其他方法,使储蓄者停止或减少储蓄,而多用些钱去购买消费物品。

上面所说的只是一些纲要。在实行的时候,应该按照当时当地的情形,按照被统制物品的性质,按照统制范围的广狭久暂,而分别决定统制时所采用的方法。

博大与坚贞
——敬悼蔡孑民先生

罗常培

三月五日下午八点多钟由清华大学无线电研究所传来香港广播消息，我突然得到了先生逝世的噩耗，当时好像听见晴天的霹雳，又疑心身在梦幻中！急忙跑出去看了几位中央研究院的同事和几位知道先生较切的朋友，希望得到这个消息的反证，好解除我们的迷惘；然而事实告诉我：无忌兄在四日下午和当天上午连接四个电报，不幸的消息已经在最后一个电报里证实！这时我才悲从中来，痛哭失声！

先生生平对于学术文化的贡献和对于国家民族的功绩，卓著彪炳举世同钦，用不着我来喋喋。我所痛悼先生的就是正当国家民族亟需振拔自救的时候，我们丧失了这样一个具有博大坚贞两种盛德的师表！

凡是见过先生的，不论是匆匆的一面，抑或长久的深谈，只要一经晤对得瞻风采，立刻被他那休休有容，恢宏宽恕的气概所涵盖，把鄙吝的念头，狭隘的胸襟完全涤除的一干二净！回想先生长北京大学的时候，对于新旧师资则兼容并包，对于各派思想则听其自演，对于学生课外活动则竭力匡扶。所以当时的教授中关于政治主张，有赞成复辟的，有参加筹安会的，有提倡无政府主义的，有服膺共产学说的，有笃信总理遗教的；关于文学派别，有崇尚沉思翰藻的《昭明文选》的，有墨守神理气味格律声色的桐城义法的，有鼓吹八不主义的文学革命论的；关于个人私德有以挟妓饮酒为倜傥风流的，有标榜不嫖不赌不娶妾不作官吏不作议员的。只要各人对于所教的课程能有学术上的贡献，个人行为不妨碍学校大局，先生便任其殊途并进，自生自灭，不加干涉。至于学生组织的集体生活，像书法，音乐，造型美术，世界语，平民夜校，校役夜班，骑术游泳之类，五光十色，会社繁多，只要有益于身心，利人利己，先生也无不热心倡导。这种自由主义的学风，一直延续了二十多年，且将流传于不替。这都是先生博大的人格所感召的结果。

然而先生责人虽宽，律己却严，小事可通融，大节决不苟假；虽不干涉旁人的思想自由，自己却有始终不渝前后一贯的信守。当五四运动发生后，先生一方面营救被捕的同学，奠定北大的危局，一方面愤政府压抑实情，处置失当，遂于五月九日毅然离开北平，走了以后才宣布了"杀君马者道旁儿，民亦劳止，讫可小休"的启事。民国十二年春因为当时的教育部长摧残教育，干涉司法，先生不屑与之合作，再度离开北平，走的时候除去亲信秘书员外，并没有第二个人晓得。自国民政府定都南京以后，每逢临大事决大议的时候，先生总是廉隅不苟，风骨凛然，从最高当局至全国民众，无不钦仰下风，心悦诚服。往迹昭然，更无待我来赘述。这种岁寒后凋，晚节无比的坚贞，是并世贤达，举国后进，都应当举为楷模的！

我提出博大和坚贞两种盛德来，实不足以表现先生的全人格于万一，然而当这精诚图治，全面抗战的时候，举国上下，自领袖以至于国民，对于这种种德性，却一致的迫切需求！惟其博大，乃不偏狭；惟其坚贞，乃不变节。汪逆精卫所以丧心病狂，认贼作父，主要的病源，即由禀赋偏狭，不宽不恕，领袖欲炽，有己无人，加以性不坚贞，无所信守，老而不死，数变其操。变来变去，遂为人类所不齿！他在三十年为何尝不是和先生同办《旅欧杂志》的人？为什么到现在一位是盖棺论定海内共仰的典型，一个是死有余辜举国共弃的国贼？圣贤和禽兽的分野，所争的本来就是在那几希的一点！

所以我们要纪念蔡先生，应该认清博大和圣贤两种盛德，而时时有以自勉自惕！

推行公库制应注意实践上的问题

喻明高

一国之财政，若求其健康和清明，论者莫不以为非先确立主计审计公库三制不克为功。主计者，所以编制预决算及会计帐册，以明收入之来源而探支出之所归也。审计者，严实预算决算而计核用费之靡约也。而公库之任务，则在掌管财产现金，免于"过手三分肥"之弊也。此三制皆超然独立，相互牵制，而又分工合作者也。果能认真推行，其使狡黠之徒，销声匿迹，无从中饱，而廓清财政上之弊端，殆毫无疑问也。在其理论之上无疵可议，论者多矣，毋待赘言。第理论终属理论，惟若求良好之效果，则胥在人事之推动耳，溯夫清末民初，亦尝有公库制之创试，而皆未能收其宏效，岂理论之不足邪？致败之症病疢，乃人事上之问题也，是知人之问题较理论为重要者。今公库推行伊始，鉴往抚今，是必全力注意，克服其困难，以底于成，而严其事。兹者，主计审计两制，经政府之努力，已日臻稳固，循理应推行无碍，然事实上，不良情事之发生，在在皆是。谨就个人所见，略举数点，俾作改进之借鉴已耳。

一，手续之艰繁。一制度之完善，固需多方牵制，以防弊端。第手续艰繁过甚，致影响行政之效率，亦非所当。所谓"矫枉过正"者，绝应避免。公库支票，不能填写来人或持票人，公库无法证明受款人无误时，则非行庄担保不能提取。此点极为不近人情。试问零售商人与小包工之流，公库固不能保证其无误，而若辈又鲜与银行有往来，则何得而委托行庄担保。至流通之行商，更无论矣。倘该项支出，既制定额之零星支出，又不在月份经费预算之内者，（如雇工临时修理费为数较巨者）受款人固无法领取，而法定甚严，该机关又不能向公库具领自行支付，（参阅《公库法》第五条）则办事人员将何以应付？影响所及，小足以减轻行政效率，大足以阻碍政府任务之完成，此公库法实行以来，体现行的困难，应予改善者一也。

二，公库办事人之越权。自超然主计制实行以来，各级政府机关之财政系统，多按法组织。会计方面由主计处委任。事前审计人员，则由其主管机关特派。每项支出，无不通过合法之手段，然后始能动用。支票之签发，即由主管长官，会计人员，事前审计人员，出纳人员，会同签章。即无审计人员，亦有该机关上级机关之派驻稽核员盖签。在法理上言，公库应即照付。但事实上公库办事人员，有谓科目不同，或谓应具单据，多方留难，而拒绝支付，或延缓支付者。余以为政府既委任主计审计人员掌管其事，自当全权负责。如公库尚须计核科目单据，则何用主计审计人员，悉由公库处理可矣。则国家之所以将主计审计公库三权分立之用意何存？若能恤言之，是为公库办事不谙事理，头脑昏庸，否则是侵蚀主计审计之权限。破坏国家法定之统一也。中国人多有置他人于己下为荣之心理，不多方挑剔不足示公库办事人之权威。此种劣根性，有足以阻碍公库制之推行者诚多，须即予革除者二也。

三，公库办事人之常识太差。法定之规章，固应遵守，而事实上之困难亦不能毫不顾及，如××路以工程报销向昆明代国库领款，公库办事人则谓"何谓工程报销？记载欠明，应行另立科目"，此实不必要之挑剔也。按会计科目，无应千百计，即以铁路会计而言，专载会计科目之会计则例一书，即厚达一吋，且开具支票之先，每一支出必经事先审计人员之核对，尚不及公库办事人核阅支票所列之科目为详尽邪？其不能直接审核单据，又何从知其科目之误列，之欠明？必欲使会计科目合乎公库办事人员口味，宁有斯理？揆诸何法？而用款机关为求领款迅速计，又不得不勉遵其意，另改科目。是驱人作伪也。余以为公库办事，实有"再读三年书"之必要。且值兹抗战期中，一使命之完成，关系国家者甚大。公库方面，无谓之挑剔，致辗转更改，宕延时日，上峰之期限极促，实际工作之低级员司嗷嗷待济，款项延缓不发，诚足以打击办事者之精神，而阻碍事务之进行，直接上间接上，其影响于整个国家者均大。此实践上发现之不良情形，应切实改善者三也。

四，拨款之缓慢。此中国财政之一般通病也，固与国库帑藏之虚实有关，而行政之效率太差，亦是疾疚所在者。各级机关之经费，例当压欠一二个月不等。而在现社会下,任何工作,赖金钱以推动。举凡工程之推进,材料之采购,人工之召集种种,无一不待金钱以推动。东亏西补,何克有济,上峰之命令促切,而经费之拨付缓慢,是逼任事者束手也。矧经费即到之后,代国库人员之多方留难,提取困难,尤令人与末路之感矣。此行政效率之太差,应亟谋改进者四也。

五,公库办事人之官场习气太重。公库办事人之官气十足,社会上无不有此同感。领款者伫候多时,而公库办事人(中央银行之职员亦是如此),则吸烟喝茶,不少之顾,一若无其事者。胥知延误他人之时间,亦即浪费国家之力量也。彼一人之耽搁,各机关之事务延误矣。而"要来便来不来便罢"之神气,尤令人望之气短也。尤有进者,倚其权势,以为吾乃某长官之亲戚,之同乡,尽可任性而为,他人无可奈何也。要知今日之中国,已非昔日之中国,官僚主义,封建势力,绝无存在之余地。当局者若求公库制之真正实行,此种恶势力歪思想之铲除,实乃迫不容缓之事,其五也。

上述种种,皆在实践体验得来,或昆明一隅之情形,然他处未始不无发生之可能。此种情形,不惟各机关对公库制感其不便,即各银行亦莫不有此同感。如在昆明各银行对公库支票之不即行入帐是。如此则公库支票信用卓著,可以活泼金融云云,乌能实现,而旧有银行周转之途反为闭塞矣,此各机关之掌财政者,其所以对公库之推行无不有末路之感者也。然此非谓以任事者不便,即行废止,乃求下情得以上达。故率直言之,俾执政诸公深悉个中情形,有以改革,以确达公库制之真谛。而对公库办事人员,尤应多所训练,使公库制得以顺利推行,则国家财政之清明有利赖焉。

国营金山庄与华侨前途

刘锦添

记得民国二十五年暑假，我由菲律宾回国，在船上偶然和一个姓陈的侨胞谈起话来，我先前看他的举止，听他和别人说话的内容，知道他是相当富有的。他对我提及许多在南洋经商的趣事，又谈论他三十五年来侨外经商的艰苦情形。其中有以下的几段话：

"现在我自己的光景虽然不错，可是像我这样稍有积蓄的侨胞，已经一天比一天少了！……在南洋经商的侨胞，并非不能吃苦，也并非没有杰出的人才来和日本人竞争，只因为我们没有组织，没有政府做后盾！政府在国内忙个不了，对侨胞一点帮助都没有，单就我们经商的人来讲，那就困难极了……一个电报到香港的金山庄订货去，运来的货物常常不对样本，好丑不分，有时却把日本货当作国货；交易要现钱，资本少一点的人，简直不能进展！你和香港的庄口若不是熟识，又不能赊贷，不但不能赊贷，他对你是不负责任的；有时拿次等的货物来搪塞你，资本既短少，货物又赊不到来，自己的账目也说不定全数能收回来的，那时你说怎么办？正是青黄不接，业务却无形中停顿了，有时机会一失，到处碰壁，那时真个痛苦，苦到了不得！像这样明显的当前问题，祖国的政府尚不能替侨胞着想，这种工作侨委会是应该做的，我以为政府能设立一个专门供华侨需要的机构，那就好极了，那就好极了！"

这段话虽在四年前听见过，现在回忆起来，给我很大的感触，这是代表一般侨胞的呼声。我们是不能忽视的。我当时曾想：日本的移民政策，好像水银泻地，无孔不入，日本不惜用种种外交手段来解决他的移民问题，我们如今有七百八十多万的侨胞在海外，难道我们任他们各自发展下去便会有好的结果吗？现在我们所眼见到的华侨情形是怎么样？我国不是强有力的国家，又不是人口过剩的国家，当然谈不上海外的移民政策，可是我以为移民政策虽谈不到，但对于人数众多的海外侨胞，政府总应该组织一个有力的机关，给侨胞一点经济上的助力；这个机关，我暂时拟称它做"国营侨胞供应局"或"国营金山庄"之类。我以为这个机关能够针对侨胞的问题而设立，则华侨必能逐渐中兴，断不致一天天衰败下去。

我们首先要知道侨胞从启程离开之日起至回国之日止，和香港的各金山庄有莫大的关系，最明显的我可以举出四点来说：

（一）往返手续。侨胞要到一个地方去，除自己事先把该地的"入口纸"办妥外，其他如领取护照，定船票，检验体格及防疫注射等等，均由金山庄一手包办。

（二）汇款。侨胞汇款回国，十之八九要经过金山庄之手，因为外国有很多地方没有中国银行，必要由外国银行直汇到香港的金山庄去，再由金山庄转寄到各侨胞的家乡去。（现在虽有许多人购买汇丰银行的支票直寄回家里去，但不大通行，因兑现时需觅商店担保。）

（三）采办货物。在南洋澳洲一带经商的侨胞，为数不少，他们要向香港各金山庄采办货物。这项货物出口，单就国货来讲，每年虽无精密的统计，然为数甚大。据笔者所知，广东增城的丝苗米，生油，酱油，四川和云南的药材，东莞的炮竹，香港各线织场的线织品，皮制品，这都算是大宗的。此外，如上海各种国产用具，咸鱼，荔枝干，文房用具，以及各地的土产品都完全畅销在南洋一带，远及澳洲之悉尼（Sydney），昆士兰（Quessenland），新南威尔斯（New South Vales），新西兰（New Zealand）及Fuji等地。

（四）国内消息的传出。距离香港较远之侨胞侨居地方，缺乏中文报纸及祖国消息，多赖金山庄报告。金山庄因想多方联络顾客，亦乐于做这种工作。

上述四点，便可明了金山庄和华侨的关系是怎样的深切；可是目前的私营金山庄，因办理不善，其目的又专在谋利，故产生三种通常的弊病，这三种弊病，影响于华侨前途非常之厉害。

（一）私营金山庄不负责任，侨胞在国外，金山庄在香港，主客既不相识，彼此不能信任，侨胞不敢汇巨款回来采办货物，金山庄亦不轻易放账出去，于是只有小数的现钱交易；有时金山庄利用彼此不相识的缘故，用次等货物来搪塞，或随机耽搁，以图别利；甚至有骗款私逃的！遂使远处国外之侨胞，即使业务有点起色，因货物来源不善，裹足不前，终究无法进展。

（二）私营金山庄既以图利为目的，对侨胞之出入手续，汇款佣金，采办货物等等，图利甚深。货物成本既因金山庄图利太深而增高，则在海外销路随受影响。

（三）私营金山庄资本短少，侨胞有大规模采办货物者，多不能应付。

本着上述几个原因，我国政府实有迅速组织国营金山庄之必要。国营金山庄能在经济或侨委会之下组织起来，对政府本身有利无害，对侨胞至少有下列几种益处：

（一）侨胞往返手续，国营金山庄本服务性质，收费尽量低廉，并详加指导，使初出国门之侨胞事前明了一切。

（二）在外经营商务的侨胞，如有在香港采办货物，国营金山庄特别留意选择上等货物，且因国营之故，有政府做后盾，侨胞必能信任；若侨胞有资金短少而无法发展业务者，国营金山庄准许他们将国内之产业证据拿来按货赊账，在一定期限内不算利息。侨胞有旅费无着者，国营金山庄亦同样扶助之。

（三）国营金山庄除负责供应华侨一切需求外，更负宣传及报告消息之责，使海外侨胞得常闻祖国消息，并明了祖国之各项建树的概况。

此外，国营金山庄对于国货之推销海外，有极大的帮助。我们既知道南洋及澳洲一带，每年推销国产不少，如今国营金山庄不妨用政府力量，联络国内各厂商，设法将出口国产的成本降低几成，使侨胞在外畅销不甚吃力，那么国货的畅销海外，必有起色。关于此点，从前国民政府实业部曾另设过商务专员，驻扎海外各重要城市，以调查及指导国货的推销。唯结果收效不大，国货的推销不见得比从前进步。我想国货之能否推销海外，非一商务专员的指导所能为力，必要我们在国内有一个有计划有组织的统制机关方可。

我们研究今日华侨逐渐衰败的原因有好几点：

（一）现今侨胞侨居的地方，市况衰落，这是自世界经济恐慌之年起（一九二九），为全世界各地市况之普遍情形，故影响于华侨业务很大。

（二）国际排华潮流的汹涌，有许多地方如暹罗如墨西哥等地，使侨胞不能立足。

（三）日本人之积极向南洋一带移民，取南洋一带的华侨势力而代之。

以上这三点，可说是华侨衰败之外因，至于华侨本身，也有其衰败的内因：

（一）侨胞组织散漫，以致雄厚的资本欺侮微薄的资本；自己分帮分派，忘记了团结的力量。

（二）缺乏人材，这是由于侨胞多数未受过高等教育，其结果是眼光限于一隅，无久远之计。

（三）我国政府向抱漠视态度，未从实际上给侨胞以通盘筹划。

（四）中国国产幼稚，以致不能与日本货竞争于海外各地。

由上述的几种情形，可见华侨问题的症结。是多么可怕！然而细心考虑一下，我们不但不要害怕，我们不是没有办法的。日本近来的移民，何尝不受到各地政府的排斥，然而他们却用了种种方法来解决这个困难，到今天，南洋的日本人势力早已超过华侨势力之上了，我们只要政府出来领导，组织国营的华侨供应机关，办法不是没有的。

我国自孙中山先生领导革命起直至今天，无论在政治上经济上，都少不了侨胞的助力。从前华侨最盛的时候，侨胞每年汇回来和自己带回来款项约有一万万三千多万元，这个数目，弥补我国的入超很大。要是我们这笔款渐次缩小，则我国财政便更形凋敝了。我们不希望这匹巨款逐年减少，我们不希望侨胞的生活一天比一天苦，那么我们必要设法来帮助这七百八十多万的侨胞发展下去，万不能像从前一样不理会他们了。在侨胞本身，政府要指导他们集中财力，调练专才，组织健全的海外团体；祖国的厂商方面，必要划一国货，把出口国产的成本降低，更要有计划的放账，予侨胞以便利。这些计划，都非靠一个供应侨胞的中枢机关实行不可。我们以一个"华侨供应社"来推行我们的华侨政策，我想是再好不过的事情。

华侨的热心爱护祖国，任何人都胜过，他们不但对国内的建设，抗战，多方捐助，对国民革命的赞襄也是很重要。华侨激于义愤而为祖国牺牲者很多，如从前南洋侨胞温生才烈士之行刺孚琦，留美侨胞王昌之刺死袁世凯所派遣美借款的汤化龙，这都是铁的事实。如今在抗战期内，侨胞除将汗血之资，按月捐助祖国外，还要一批一批回国服务，这都是侨胞们爱护祖国的表征。我们希望政府对侨胞的好意，要回答以一种实际的助力。一九三四年三月，我在火奴鲁鲁（Honolulu）考察时，又曾遇过一个富有的侨胞，对我说过一句很伤心的话,他说:"我们真要比国内的工人还要吃苦,不过靠外国的汇水要比中国的较高,才挣到一点钱回去,这是出卖儿女的钱!要是我在祖国,虽然清苦一点,可是朝见妻儿,晚见父母,还可以多得几个孩子,精神上多么快慰呀!"

我这篇文章就希望引起政府及社会人士对华侨问题的注意,我们的侨胞景况,现在已远不如从前的优裕了,但他们还不断地在努力,难道我们能仍袖手旁观吗?

夜，小冰片缀成的衣服

曹　卣

蜥蜴的眼球样，黝黑幽邃的深巷，一个同样黝黑的身影在熹微路灯光下升起来，着魔样的它去追蹑一对行人，许是氛围很隐秘遂认为可放肆罢，这对男女互拥着腰温习白日的谈话，正有他们的缱绻。但后面的蟋蟀终于使他们愀然立住，女的先旋回身子，头发挥开如一只黑色毒菌伞，接着她神经质的惊叫一声跑出巷口，男的没有主意的跟从她。

巷子里，一个体格丰满的女人裹在一件丝织品里，她凝结了，附带那身好衣服光亮得小冰片样的。

大街上有明亮与温暖，走过一篓橘子又一篓柑子，桐油与石灰筑的路和他们现在的心境同样平坦，于是女的闭口了。

"好怕人，今天又碰到她了……"她又改成急匆匆的口气，"……刚才在巷子里我们谈什么来？"

"……"

"忘了？"

"鬼，到底怎么回事？"男的责罚了他的额头："拍！"

光亮得小冰片样的衣服，体格丰满的女人，只不过是过分黑暗的一部分罢了，黑影又升起来又去追蹑第二个人，这次是两个年青人，便利的是讲话声音又相当响亮：

"今天枪毙了三个！"

"三个！什么人？"

"你想在这穷国度里还有其他坏人吗？记得里面一个叫三眼狗！"

那黑影遭受电击样一震，她停止了追蹑，似乎已经满足时候便让自己凝结在夜气里。

记不清那一对情爱的男女起这次该是第若干个行人。

"咳，真是条汉子！"自语似的，但立即感动的接下去：

"我不过听到第一声枪，刑场已经在几十步开外，接着听到他喊'脑壳'。又一枪，完了！"

"脑壳！犯人他自己喊吗？荷荷……"

听了这话，那黑影跳起来。

仍然是个没有月色的夜，天上有过多的云，三眼狗在她家里。

"相好的，看老子这杆家伙长锈了没有？"

"锈了哪！"她用经常的怡悦声音回答，但是她有点纳罕，三眼狗那样坚决的抓起枪来擦着：

"你有人孝敬，我三眼狗可没人孝敬，嚇哈！"他粗暴的笑了，额上一枚铜币样大的疤镜子样发亮，他自语着："再跟你过三晚，老子都会洗手了……"以后又放了嗓子同时把肚子凸过去边捉住那只润泽的手："相好的！摸摸老子的心。"心在发热，炙的人热着，以后，三眼狗粗鲁的把那只手摔出去，边拍一下肚带：

"唠！相好的！包里钱都归你。"

她没有去摸那壮健的肚腹上的板带，反而跪下了。事情已经离开一个不吉的征兆，而是不吉的自身了。

"我求你……"

由呜咽而大哭起来，总之直到那强悍男人也都心软，这一夜三眼狗讲了许多罕有的好话，很温存，一点野性都不存在，她也放心了。

但是一出了她的门……这黑影自语着。

"脑壳，对了，像他的话。"她失悔在临刑时候没能伴着他，也为他预备一杯铅粉酒，等毒性发作时候再一枪打死总要舒服些吧。也许他的仇家会贿赂刽子手，让他多受点刑，于是第一枪便打中他的肩，所以他才会咬紧牙叫一声'脑壳'，并且三眼狗平时也讲过，他曾用过一颗磨平了头的金弹打杀他的仇人，让那颗头颅炸为稀烂，也让眼珠裂在脑浆里面，是的，他今天也许会死得更狰狞，因为他吃了还不止一颗平顶弹，并且死了之后……她顿然低喊出来：

"没人收殓他的！"于是他必得把赤露的尸体睡在河岸泥土里，那刽子手一定连他裤子都褫去，在这以前他有可能被野犬咬噬，被仇人抉剔出心肝，……她这时方才对那一身小冰片样衣服付了十分爱惜，开始困惑的在巷里，跌宕着步子，不时把那只纤细手指栉着长发，她诅咒着：

"该死的病，要命的病哪！"

蜥蜴的眼珠样黝黑而幽邃的深巷乃禁锢了一个黑影。

街上有悠闲的人，但也恐怕还多数是慌张的人，他们搬着家具和衣箱，到这小城市的高处，小户人家边挑了双肩财产，担子一端是小女儿，另一端是烧饭锅子，手里牵着一根连带在猪项上的绳子，这些人在小巷里是憧憧的黑影，到得大街却是一股洪流，所谓悠闲人的悠闲兴致与激赏是建筑在这洪流上的。

天要降下惩罚于人类，一种是怎样的灾害那班悠闲的人再也不会清楚。

禳灾的的水陆道场在城里沸腾起来。

小冰片样灿烂衣服里有好身躯，她慢慢的走向巷口，茫然的看着这洪流。她很清楚自己所处地方相当低洼，所以少有行人和避难的人打那儿经过，她现在下了决心，轻咳了声并且调整了脚下的碎步伐，仿佛踏上大街一步都需要最大的努力似的，她终于又怯弱的滞住，因为六七步开外一个男人迎面走来，她立即把背调过去。

这人把两手都插在长衫的袋里，钥匙在里面而擦得发响，嘴里打着嗯哨，到女人身边他把自己做出的声音全歇息。按照他的猜度是有相当精确的，但他又颇为那淡漠所纳罕，没敢有些微轻薄的举止。

她终于感到有点不妥的遁回深巷，诚如她所始料，那男人打着嗯哨有点失悔的转回身来，看黑影已不见，他乖觉的追踪进了深巷，黑影被胁迫踏上大街，但立即又找到一条小巷遁进去，那男人却错误的找向避难的人丛了。

她继续走着，很有庆幸样子，因为她已经能穿过那段必经的大街，算是爬过一重困难，现在她可以安安稳稳的拣小巷走了，总之她钟意于黑暗，便让自己在黑暗里藏身，假如人不能发现她，（最要紧的还应该是她的颜面，）那她就遂了心愿，可是这条小巷里的人只要一看到那黑影的步子，甚至一声轻叹便清楚是她，虽然这样，她愿意顾忌得少些。因为一切住户的门面很熟稔，这时她走得仿佛也轻快许多。

走过她所熟悉的小旅馆，那里面的所有精致房间都摆在面前了，她仿佛置身在那些彩漆精美的陈设中间，在里面她已曾照过几十面镜子，用过许多不同的盥洗器具，但现在只要她一脚踏上石阶，就会给侍役踢下去吧，其实她久已没有这种心思了，她记起江北岸老道士的话来：

"有良心些，你的病就会好的。"

当时发誓对得住自己良心，甚至，假使可能的话，她会掏出那颗心的，那老道士为她弄得很苦，再道不出一语安慰，他给了一服草药：

"拿了这个，我再给你求，求药王，你也别忘了赶四月二十八敬一股香烛。"

回来她敷了药，敬了香烛，并为自己的良心发誓千万遍，因之她以后的日子里贫困得把首饰一件件卖掉，衣服也一件件装饰了别人的身体，最后只有这一件小冰片样亮灿衣服裹着身体，她再不忍心让它沦到别人手里，正因为是恩人所贻，而那人现在又完了，让这一身小冰片缀成的衣服着在身上，乃可以回到昔日，回到记忆的年代，那时她不过是一个乡下女孩子，三眼狗是个同村牧牛小孩，他们曾一起在河边唱制歌曲，一起歌唱上黄昏的树梢，等刀月悬挂半空，方分手准备回去挨一顿打骂，但一个机会使他们分手，另一个机会却在十几年后使两人又重聚了，梦，一切都像一场梦，重聚时候，这两个已可悲的成为罪人，不能拯救自己的罪人。

一个罪人完了！

等第二个罪人走过一家小药材店门口，里面伸出一只手，掷了一小束药材到她脚边，也掷了一声严厉的警戒：

"要有点良心，再害人就没救了！"

她知道是那老道士，便自语着：

"嗅！他今晚过江来了。"没有讲第二句话，也吝啬的没多看一看他，也理会到是那亮灿衣服激恼他了，在窗口寂寞的驻了足，听里面有一点太息，以后，什么都静下来，她忽然悟到一件事样的，把左手探到右腋下忙着解扣子，边想："假如果脱下这件衣服，我会被看作乡下人，不会再招惹眼睛了吧！"这时一乘滑竿伴着沉重的步子大踏过来，她闪身在墙角边，走在前面一个抬滑竿的喊：

"前面一枝花！"后面毫不犹豫的接上去：

"留神莫'踩'它！"

等后面那个得到提醒，看看脚下并无一块粪便之类，同时他也发现那小冰片样亮衣服裹着的女人时候，方才知道被欺骗了，但这两个都开胃的大笑：

"荷荷……"

她忍受了这侮辱，很快的褪去那件衣服，现在一身宝蓝衣裤裹着这丰满躯体，她自觉是个乡下人了，便安慰的走过几条小巷。

半个钟头之后，她出了城，找到一处偏僻的江岸，这地方对她有相当熟稔，说是找，无宁认为江水已经上涨，迷失了原来沙滩上的道路而找罢。自从她染了这痛苦的病，就天天夜晚到这里来敬香，她把香烛插在沙里，身子软软的跪下去，就这样跪着，等一点明亮都消失在小沙坎里。但今天江咆哮起来，它有寻常两倍阔，往日沙滩边的记忆都给冲刷掉了。

岸上有乱杂的扰攘，没有一点市声，那里面该完全是祈祷，是求生的高吼，禳灾的水陆道场里钹声鼎沸，什么都在发酵，什么都在蠢蠢欲动，近江岸的房子一宅宅的被捣通墙壁，砖瓦的轰然倒塌声如争先恐后的祈求：就请留一架梁一栋整屋架吧！然而波涛却嘲笑的噬着江岸，以后它露出一列狰狞的洁白口齿。

她该看不到岸上人怎样忙乱着，更听不到有什么要她追蹑而冀获得的一言半语，当然，她也不会再遭人轻薄，总之她很满足。本来一个乡下女人是不会有过分欲望的，尽管她们有种种美丽的梦幻，而且她既然得到证实时候，就不再过分悲哀，——还会有其他的坏人吗？记得一个叫做三眼狗的……但除了他会杀人以外，难道不样样可爱，算是坏人吗？她不信，似乎能折服一切能站起来与她反驳的人样的竟有点倔强。

她照例点燃香烛插在面前的沙土里，那件亮灿得像冰片缀成的衣服，已经不再伴着她了。但是她却喜悦的用有点发颤的手陈列着换来的祭品，仿佛是："看啊！有多丰富有多好滋味呀。"第一只盘里是只黑皮全鸡，第二只盘里是一对猪蹄……

"董二哥，魂灵儿回来看我一遭吧！它，这是蹄髈，这是乳腰子，都拣你喜欢的，虽说不是我自己做的，倒也是我双手儿献给你的哪！"她用爱悦的声音絮语向天，她想——"杀了人的再给人杀了该没有罪吧？"她是个乡下人，不识得一个字，这多令她失悔，"假如会一篇短短的心经，就是那么一会儿可以念，回的经也很有用吧？"

她现在大胆的抬起头来，不再像适才在小巷时候畏缩的，随时随地见一个生人都要躲避了，这时烛火照亮了她的脸，咳！怎样的刑罚哪！难道那也像一张乡下女人朴实的脸，或者算她一个娼妓的脸吗？头发已经相当疏落，那下面流着黄绿脓液，脸上已经纵横着痂血小渠，腐坏的肉将要滴下来，总之那张脸只算给一片脓血所占据，腥臭而潮湿，并且鼻头也陷为一只渊黑小洞，时时垂出一种有色的粘液柱，此外就是头际也都紫肿着，如一只坏苹果，那厉害的毒菌已在她身上处处潜伏着，虽然她的身态还那样丰满遒劲，想生活下去不久也会成为骷髅的吧！她照见了面前的江水，当她见自己是如何丑陋得可怖的时候，并未吃吓，也没有重复那得病以来时有的叹息："该死的病要命的病哪！"她舒适的向着眉月，月亮仿佛还是十几年前在柳枝上悬挂模样，没有被吓得钻进云堆里去，她微笑了，这也该有她自己知道，人是不会从那一层瘀血而发现什么的。

一阵江潮拍过来，将她的宝蓝衣裤打湿，并且扑灭了香烛，她把祭奠品一齐向后撤一些，香没有用了，把烛弄干重新点好，她软软的跪在沙滩上：

"二哥哇！人家总说亲人死了魂灵儿回来要过头七哩！有这话吗？你总不该忘记我，就在今晚显个灵漂个东西上来吧。"

她好几次向后撤着，眼看水要爬上石头顶了，蜡烛早已点完，她跪在月亮的清冷的光下，手里把玩着的一只漂上来的田螺，渐渐水又逼上来了，她这次不再退避，她膝头给发吼的水刷着。

江上漂过一个整的草屋顶，很快的又冲到下流去，如一只龟鳖样的大黑身影使她打了一个寒噤。

月亮终于隐藏到云堆里了。

她长久的跪着，现在水已经浸刷着她的腹际，仿佛董二哥的英武脸庞就在前面不远了，她低低的喊出声：

"二哥！带你相好的也走吧！"

她捏紧着那只田螺扑到水里，没有挣扎，伴着小波头翻滚几下，立即打下一里路远近。

眉月重新由云际窥出来的光芒是圣洁的。

她死了，但是那水冰片缀成的衣服仍会有第二个身材和命运都合适的人受用吧！

本期撰者：

《养士与政治》一篇，是王赣愚先生的《论中国政治改造问题》长文之又一段，其中言犹未尽之意，当再另篇详论。伍启元先生在本刊已发表过《统制物价的几个理论问题》长文，望读者将本期所登的一篇一并阅读。

罗常培先生是西南联大教授。刘锦添先生是国立中山大学的华侨生，从前曾到过南洋一带及澳洲，新西兰，夏威夷等地，考察侨胞状况。

第三卷第十四期（1940年4月7日）

时评

苏联重申中立政策

苏联对欧战的立场，外委长莫洛托夫虽曾屡次详加说明，但最近（上月二十九日）在最高议会复会时，又重言申述，其用意自有值得注意者。在苏芬战事发生的时候，英法诸国深恐苏联之乘机拓地扬威，暗中重建反苏阵线，所以在巴尔干及近东发动外交反攻。但现在苏芬已恢复和平，国际局势似不如前此之复杂，苏联当局为消弭一般猜疑起见，不得不重申中立政策，俾免转使欧战为更大的对苏战争。

综观莫氏演词要点，其中除说明对欧战严守中立之外，并对英法最近在近东增兵，表示密切的注视。莫氏有云："吾人倘若发觉此项军队调动有不利于我国之处，定当立即出以报复手段"。这是很严厉的警告。自北欧战事结束之后，近东局势反而紧张，大有一触即发之势。英法对苏联不谅解，只怕它向那方面发展，故作准备以防不测，局外人也不能判定其无理。但从苏联外交动态上观，我们似可预知其不至出违背固有立场的举动，英法大可不必郁鳃过虑。无谓猜疑是一切纠纷的根苗，英法果欲扩大欧战范围则已，否则应对苏加以合理的信任。

对目前欧战严守中立，是苏联一定的政策，我们于莫氏最近演词中又得一明证。但我们却不可因此而认苏联对德将停止援助，试想日来还有莫氏聘问柏林的消息哩。须知苏德交欢，在苏联心目中，始终是缩小欧战范围的必要条件。拉拢了德国,根本使英法无从诱德翻脸,而加入反苏阵线。苏联对英法政策,或有相当的认识,似不得不早为防范。就德国方面言,在欧战未结束之前,苏联自然是不可或缺的友邦;纵然出了重大代价,而换取暂时的友谊,亦是乐为。由此以观,莫氏重申中立政策,将和缓英法对苏的猜疑,这或者是可能的;若谓其将使德国大失所望,则我们实不敢必。留心权力政治的人,绝不作如此简单的推测。(贡)

傀儡登台

汪精卫所主持的傀儡组织,已于上月三十日在南京成立了。此等丑类,丧尽廉耻,甘为奴隶,自为国法所必惩,人民所共愤;然而,我们深恶痛绝之余,对此亦不必加以重视。

汪逆的伪政府是第三个傀儡组织,敌人对我的政治攻势,是采取以华攻华的政策,在北平利用王克敏等组织第一个傀儡政府,在南京利用梁鸿志等组织第二个傀儡政府。第一第二个傀儡都算失败了,显然不能达其以华攻华的目的。然而敌人还不死心,以为第一第二个傀儡的失败是因为人选不孚众望,因此努力想寻一个稍有资望的人来当这主角。于是吴佩孚在利诱威胁下所不肯任的一职,仍由汪逆等承其乏。在汪精卫自己的估计,未尝不以为可以假前此的声望,大大的号召一下。在敌人心目中,这也是一种迫切的期待。然而汪背叛不三数月之后,这个估计与期待都已证明错误了。于是敌人对于汪傀儡的登台便不如前此的热烈。而汪逆日暮途穷,更不得不力求登台,一过其戏瘾,敌人一切条件,无不盲目接受。数月前伪政府的难产与汪逆等迫不及待的丑态,都是这估计和期待证明错误后的迂折。

现在群丑忽然袍笏登场了。"好事多磨",登场人物未尝不可以踌躇满志。然而这第三个傀儡无论在本身力量,在其主子心目中,或在国际的地位上,无一能胜于第一个与第二个傀儡。不但它对于我们抗战的决心,不能发生任何影响,我们相信再过数个月,就是今日为之撑台的主子,也无所用于这毫无出息的奴隶。到那个时候,今日踌躇满志袍笏登场的人物,也是要感觉到一种奴隶的悲哀了。(山)

高米价的影响

云南米价高涨的原因，已经有人研究或解释过，高米价的影响我们亦应该注意。它不只限于一般人生活困难的增加，使许多人发生无法维持生计的恐慌，驱迫有人"铤而走险"，抢劫欺诈的案件近来比从前增多，社会的治安受威胁。高米价亦严重地影响到经济建设的推进。我们听到有些厂家说，他们厂里的工人每月离厂的数目近来比从前多，其中有一部分到本地其他的工厂，还有一部分整个地离开昆明往四川去。这对四川是个利益，对云南是个损失。这同时表示各厂的劳工变动率过分的提高，对于生产效能有很坏的影响。每个工人进厂之后都需要经过相当时间的训练，工作才能熟练，效能才能达到合理的水准。旧工的离厂和新工的替换，如数目过大，则厂中各部分的工作都不容易顺利进行，机器原料以及时间上的损失都使得生产的质量两方面受到不利的影响。

现在沦陷区里的专门人才还有不少，后方正需要大量的人才。这些专门的人才虽然应该到后方来在建设方面对国家贡献，而听到昆明生活费高，怕来到后收入不敷支出，有许多就不愿意来。想从上海找技能工人到昆明来，现在比从前要困难得多。不但技能工人如此，工程师，教员，以及他界的人才亦如此。高米价对于建国是一个大的阻碍。

新事业的兴办亦受到高米价的影响。工业所用的原料有许多是农产品，米价高涨，其他农产品的价格亦随着高涨。工业原料成本提高，新事业就不易兴办。如关于酒精的制造，据专家的计算，在云南设厂，因为原料价格贵，每加仑成品的成本需在十元以上，而在四川制造酒精，成本只三四元。其他工业以农产品做原料的亦必遇到同样的情形。

在一般人的营养上，尤其是在幼年人的发育上，我们亦看出高米价的影响。米价的高低影响其他食品的价格。本来吃肉有限现在完全吃不起肉，本来能吃充分数量的肉的现在必须减少这方面的消费。蛋白质消费不足，营养恶化，幼年人发育不健全，抵抗力减低，精神不足。这些影响虽然不会立刻地显露出来，而凡有科学知识的人都晓得它是实在的。国民的健康是国家最主要的资源，幼年人营养不足，下一代的人做事缺乏精力，对国家是个莫大的损害。（佶）

论傀儡政权

王迅中

翻开七十年来日寇侵华的血史一看,用心之毒,手段之辣,实为任何帝国主义国家所望尘莫及,但方法却又非常笨拙,几十年前的一套陈腔滥调,直到现在还是继续的沿用着。日寇侵占我国领土的方法,大概不外乎下列四个步骤:第一步是离间地方与中央的关系,鼓动独立自治;第二步是扶植亲日政权,造成日本的独占势力范围;第三步是利用枪杆武力,树立傀儡政权;最后等到统治地位日趋巩固,国际视线逐渐转移时,便直截加以吞并。过去侵吞朝鲜是如此,后来侵略满洲华北,亦复相同。甲午战后的朝鲜傀儡政府,九一八后的伪满政权,七七事变后的华北临时政府及华中的伪维新政府,都不过是日寇利用以实现并吞阴谋的一种过渡工具而已。所以汪逆的"伪新中央政府"实系日寇梦想吞并全中国的准备阶段,签于日汪秘约之苛毒恶辣,益足置信。

按照日寇以往对华的一贯策略,分化割据,唯恐中国统一,然则为何于华北华中为组织外,另命汪逆组织伪中央政权呢?

先就日寇本身而言,这次由卢沟桥边的星星烽火,扩展到中日两国的全面战争,固系敌寇所始料不及,一向认为可以迅速解决的战事居然延长到快将三年,更是狂妄日阀所梦想不到的。但是现已势成骑虎,悬崖勒马已不可能,泥足愈陷愈深,财政的窘困和外交的恶化,已成日本朝野公开讨论的议题,虽善夸张的军阀亦不能加以否认,即使可以勉强支撑,暂免崩溃,但精疲力竭之余,更何以应付国际之谴责?将如何维持非法之占领?至于人民方面更苦于生活之压迫,死神之威胁,渴望早日结束战事。所以自近卫申明以来，历届内阁无不以"结束事变"标榜。平沼说将根据近卫申明处理事变，建立"东亚新秩序"；阿部也说"不介入"欧战漩涡，将尽全力解决中日事变；米内登台后，又是一套"结束战事"与建设"东亚新秩序"的滥调。结束事变的方法其实不出继续战事与撤兵言和之二途。但是晋南晋西，鄂南，湘北，粤桂的战事早已打破日阀武力征服的迷梦，并且缠绵无尽的战事更非渴望结束的厌战人民所堪忍受。后者虽系和平解决之良法，不过日本政治早已失了重心，谁也没有这样的魄力和胆识，过去在每次占领我重要区域后，虽都间接和直接地表示愿与我国民政府讲和，但这种诱降的阴谋早已经我国最高当局拆穿，目前敌人虽仍未完全放弃诱我屈服的妄想，然决难于实现，因此敌人不得不喊出"长期战"与"建设战"的口号，梦想利用汉奸傀儡，实行"以战养战""以华制华"的诡计。不过理想与事实相差甚远，甘受利用的汉奸傀儡大率系军阀余孽，政客败类，地痞流氓之辈，既不足以号召人民，徒事争权夺利，故不但不能促进事变之收束，反使事态更趋恶化。当华北"临时"及华中"维新"两伪组织成立时，敌国人民虽存不少希望，但事实证明，对于事变之解决，毫无裨益，因此日寇敌国人民对于建设战的口号也丧失了信心，于是不得不变新花样，而汪逆精卫便成了日寇垂青的目标。当然，汪逆虽系民族败类，但在一部日人眼中，彼与国民党渊源甚深，号召力较王梁二逆为高，故自前年底由重庆脱逃响应近卫声明以来，即以犬养及影佐为媒，与日廷重臣及高级军人往还，其间以在华军人及傀儡政权之阻挠，组府之愿未能实现，但一年以来，日寇军事进攻既着着失败，占领区之整理更无丝毫成就，而人民要求结束战事的呼声却愈益激化，于是政府不得不采取利用汪逆之最后一着，聊以自欺欺人而已。

其次，就对华政策言，我们两年半来坚强抗战的结果，日本军阀也不得不承认仅靠武力决不足以结束战事。敌军中国派遣军报道部长马渊逸雄在《论中国事变之解决》一文中说："如欲以武力解决此次战事，至为困难。……今后战事之解决，除武力外，务须在政治、外交、思想、文化、经济、谋略等方面，竭国家之全力，压制中国，这是非常必要的……现在中国国民的国家观念和民族意识，真是旺盛得出乎我们想像以外，而以中坚份子的知识阶级为尤甚。日本欲达解决事变的目的，对于中国所具有的如此实况与实力，是万不可忽视的。"其他敌国政府要人大都抱有同样见解，所以目前敌国的对华政策，除军事及经济外，更看重于政治的分化及思想的麻醉。

防共反国民党的招牌除了招揽少数北洋余孽及失意政客外，中国一般人民不但丝毫不受摇惑，而仇敌之心更切。于是敌人不得不转变作风，藉汪逆献媚之机，放弃反国民党之夙愿，梦想利用党中败类，作分化我政府之企图。故指使汪逆召开伪六中全会，盗窃政府要人名义，企图鱼目混珠，混淆国民视听。思想方面为奴化我民众起见，抄袭国民党党部组织在华北设立了新民会，华中设立了大民会，然亦未发生丝毫效力。所以敌国舆论方面早有人主张剽窃三民主义，用"以毒制毒"的办法，逐渐移我国民思想，而达麻痹之阴谋，议员且公然建议日政府应修正三民主义而加以推行。汪逆虽早已为国民所唾弃，但与国民党渊源甚深，因此成了日阀利用的工具。

最后就国际外交言，远东问题，不过是国际问题的一部分，虽以中国为主体，但牵涉到可以说所有欧美列强的权益，所以日寇深以为虑，早已喊出外交战的口号。欧战后阿部满想利用列强无暇东顾，全力解决对华战事，三年来的事实虽使我们不能否认英法对日的态度较为软弱，但除不重要的让步外，仍坚持严正立场，而美国态度的强硬及苏俄的若即若离，都使日寇穷于应付。一部急进军人及法西斯份子虽主缔结苏德意日同盟以对付英美法等民主集团，但德国之前车可鉴，且对日事实上亦不能有所帮助，所以目前日本的外交政策，仍彷徨歧途，莫知适从，一方面不忘情德意日同盟，且谋进而图与苏俄妥协，一方面又不敢得罪英美等国。此后日寇的外交阴谋很显然的将嗾使伪中央政权，以破坏列强在华权益为武器，压迫让步，强使列强事实上不得不以伪政权为对手，徐图造成承认日寇在华的既成局面。

综上所述，日寇树立汪逆伪政权的阴谋至为显然：第一是对国内掩饰对华政策的失败，藉以振奋人民观感；第二是梦想加强对华之政策战与思想战，藉以挽救军事经济战之失败；第三是企图借手伪中央政权胁迫英美列强，诱其事实上承认日本在华之既成局面。但就第一点言，日本举国上下现在所满望的是实际的和平，空头支票恐更引起人们的失望，益增举国的不安。就第二点言，汪逆系国民党中之败类，早为国人所唾弃，尤其自高陶发表汪日密约以来，卖国之罪，尽人皆知，梦想利用他来实现分化阴谋，何异缘木求鱼。至就第三点言，日本这种掩耳盗铃的办法，过去在伪满，最近华北华中两伪组织的排外运动中，列强早已饱受教训，所以汪逆伪组织成立后，美国务卿首发表声明，否认汪逆政权，各国舆论齐对汪逆加以讥嘲，敌寇的诡谋徒显其笨拙而已。

最后，用敌人自己的话，证明汪逆傀儡政权的决无能为。东京《朝日新闻》二月十五日的社评中说："日本对于事变之处理，前途难关重重。汪政权纵使成立，日本不能因之而减轻责任，反将愈益加重，盖日本为达到解决事变之目的，还得加紧政略与战略同时进行，强化长期战争体制之各种方策。因目前国民政府仍抱长期抗战之决心，日本不得不在各方面周密准备，以求制胜"。财阀机关报《东洋经济新报》二月三日的社论中也说："汪政权一旦成立，恐将激起重庆方面之加紧进攻，与搅乱，因而应付重庆方面之进攻，仍须赖日本之实力，新政权本身断不能有所作为。故今后如何设法使重庆方面加入汪梁王所成立之新政权，要仍为收拾事变之核心问题。"此种想入非非之办法益足反证汪逆政权之无所能为与夫国民政府之决定的作用矣。

再论宣传不是教育

潘光旦

在本刊第三卷第八期里，我供给过一篇稿子，叫《宣传不是教育》。一星期之后，昆明版的《中央日报》很快的来了一篇社论，题目是《教育家的大责重任》，从表面看，它是和拙稿没有什么特殊关系的，实际上它是对拙稿的一个答复。

不过《中央日报》的社论表面上似乎是答复了拙稿以及近来教育界所发表的一类议论，实际上它又没有能真正的答复。拙稿说宣传不是教育，多少还说了一些为什么不是。那篇社论说宣传就是教育，却没有说为什么是。它只引了孔子，孟子，以及中山先生的说法作法，认为这就是宣传即教育的论证。在一向承认或误会宣传就是教育的人，这种的论证无疑的是足够了。别的姑且不论，关于孔子，《论语·阳货》篇里有一段话说："子曰，予欲无言。子贡曰，子如不言，则小子何述焉？子曰，天何言哉？四时行焉，百物生焉，天何言哉？"孔子是一位教育家，我们很多人相信。若说孔子是一个宣传家，我们看到了这一段话，就不能没有怀疑。

不过我向不喜欢作辩论的文字，这稿的目的也决不在和任何人辩难。前文说宣传不是教育，意有未尽，愿再就近时教育的实际情形加以申说。

前篇说过，教育一向有两种方式与意义，一是灌输，一是启发，而近代教育学者的见解，则以为唯有着重启发的意义而力行启发的方式的教育才是真正的教育，否则便是宣传。启发的原则原是从生物经验中得来的，自近代生物学的昌明，而这个原则的价值更见得彰明较著。从此我们知道教育，就本人说，就是生长，就是发展，就是功能的协调的分化，就从事教育的人说，就是培植，就是诱掖，就是启发，也就只应限于培植，诱掖，启发而止。一个人种一棵花，他所应尽的人事，也就是所能尽的人事，是看水分足不足，阳光够不够，肥料充分不充分，有没有侵蚀它的病害虫害，至于这花长什么式样的叶子，开什么颜色的花朵，结什么香味的果实，他管得着么？他管不着。硬要管的话，他是一个揠苗助长的愚人。

根据上文的看法，我们很容易承认，旧日的所谓教育，大部分不是启发式的教育，而是灌输式的宣传。上自经书的诵习，下至《圣谕广训》的听受，一个人自小至老所接受的几于全部是宣传；至于其间究竟有没有教育的成分，有多少成分，则一方面要看一个人自身聪明的程度，意志力的大小，与夫接受暗示的难易，而另一方面要看宣传家在揠苗助长的时候所下的功夫的强弱久暂了。教育成分的大小，和一个人自身的能力成正比例，而和宣传家所下的功夫成反比例。不过世间智力特高，意志特强，不容易接受暗示的人毕竟为数不多，而个人的撑拒终究不容易胜过社会与时代的包围，所以"教育"的结果，终于造成了大批顽父的孝子，暴君的忠臣，庸夫的节妇，而找不到几个"天见其明，地见其光"的成人。至于乡僻之地，则有为贪污土劣所鱼肉的安分良民，易代之际，更有受猾夏蛮夷所役使的顺孙孝子，其数量更不知纪极。这些，又何莫非以前所谓教育的重大收获？今日持宣传即教育之说的人似乎有不能不为旧时教育辩护的苦衷，试问清代的皇帝，在颁布《圣谕广训》的时候，何尝不以宣传当教育？更试问九一八以来，敌人在东北的种种文化上的设施，也何尝不以宣传当教育？持宣传即教育之说的人应知后之视今，亦犹今之视昔，则对于宣传究竟是不是教育的一个问题，就可以思过半了。

不过我们也得承认，中国旧时的教育始终并没有忘记启发的原则。以前有人为了巩固政权，为了维持名教，为了收拾人心，为了挽救劫运，等等，固然用过大量的宣传的功夫；但讲起真正的教育来，至少讲起教育的理论来，这启发而不灌输的原则是未尝不昭昭在人耳目的。《易·蒙卦》说"匪我求童蒙，童蒙求我"的时候，教育便有儿童本位与儿童自动的意思。后世称初期的教育工作为启蒙工作，显而易见是托始于此。孔子自述教育方法说，"不愤不启，不悱不发"，中间就包含启发二字。颜渊赞叹孔子的教育方法说："夫子循循然善诱人"。孔子真对弟子们宣传么？我读到了这几句话，便不相信。《学记》是中国古时教育学说的一个总汇，也说："君子之道，喻也；道而弗牵，强而弗抑，开而弗达；道而弗牵则和，强而弗抑则易，开而弗达则思；和易以思，可谓善喻矣。"喻字等于晓字，也是启明的意思。以宣传当教育的人只知道做些"道而牵，强而抑，开而达"的工作，甚至于专做些牵抑的功夫，把自己所认为已"达"的东西硬送给人家，硬教人家"达"，并且是一模一样的"达"，结果自然是"不和，不易，不思"，而最伤心的是"不思"！西洋哲学家说，我思，故我在。不思岂不是等于自我抹杀，岂不是和教育的最大目的"个性发展"恰恰相反？即如孟子，我们一面承认他是一个宣传家，但他不做宣传的时候，他始终维持他教育家的本来面目（前篇说过他的身份不止一个）。他在《离娄》篇里说："君子深造之以道，欲其自得之也，自得之，则居之安，居之安，则资之深，资之深，则取之左右逢其源，故君子欲其自得之也。"自得两字实在太好了。以宣传当教育的教育的大病，正坐不让受教的人有自得的机会。一样用水做比喻，从宣传方法灌输进去的水量，和用教育方法开发出来的水量相比，一则其涸可立而待，一则取之左右逢源，岂不是有极大的分别？这孟子论贤人政治，也引前人的话说，"劳之来之，匡之直之，辅之翼之，使自得之，又从而振德之"，也提到"自得"的原则。先贤持政教合一之论，近世以宣传为教育的人也未尝不主政教合一，其所主者相同，而其所以主之者则大异，也是很有趣的一点！

  回过头来看我们当前正实施着的教育。我以为当前教育的最大的危险，正在教育和宣传混淆不清，甚至于在许多人的心目中，合而为一。所谓社会教育，或公民教育，名为教育，实际上大部分是宣传，可以不用说。即如比较严格的学校教育里，宣传的成分近来也一天多似一天，而主张宣传即是教育的人还虑其太少，而虑之之人事实上又不尽属一派；充其极，非把学术自由思想自由的学校环境变换做宣传家钩心斗角出奇制胜的场合不可。在最近的几年里，这种明争暗斗的大小局面，已经是数见不一见。学生的社团生活里，课余作物上，甚至于数仞的门墙之上，随在可以发见此种争斗的瘢痕！我们真不知道这种宣传，和因所宣传的内容不同而引起的更多的宣传，究有几许教育的意义，几许学术的价值，更有几许作育人才的功效。唯一的效果是鼓励青年们入主出奴的情绪与行为罢了。

  我们细察这种以宣传为教育的教育的内容，事实上也没有什么新奇与卓越的地方。以言政治，则这些内容在学校课程的政治学里也未尝不讲到；以言经济，则经济学的学程里也复不少，找不到什么特别的挂漏。所不同的，而也许正是宣传家所认为不满的，是学程之中，事实太多而理论太少，经验太多而理想太少，细节目太多而大原则太少，各方面平均的议论太多，而单独一方面的发挥太少，铺叙已往与现在的太多，而悬测未来的太少。不过这是没有办法的，除非有一天，宣传借了政治的力量，完全把教育排挤出去，学校的环境完全变做宣传的场合，教师完全变做宣传家，这局面是无法改变的。这种完全以宣传替代教育的试验，当代实地在做的国家也未尝没有，并且还不止一个，零星在那里做的为数更多。谁都不能禁止我们不邯郸学步，事实上我们中间想学的人也复不少，不过前途成败利钝的责任将由谁负，却是一个问题。我们相信以宣传当教育或想以宣传替代教育的人到此也不能没有一番犹豫。我们为他们着想，他们目前的地位也真困难，要把宣传完全替代教育，其亟切无从措手，既有如上述，要使宣传和学校教育并行，或把宣传的资料掺和在教育的资料里，则又似乎与一向揭橥的学术自由的宗旨相反，而学校的教师，自己既在这宗旨之下训练而来，对学生又不断的以这宗旨相昭示，对这种并行或掺和的办法，轻易也不会听命。结果他们唯一可行的办法是在学校教育之上，添一些额外的"教育"，不幸主持这额外的"教育"的人既不止一家，于是上文所说宫墙上一类的瘢痕就势所难免了。

  近代有两种教育表面上虽和宣传没有关系，实际上对宣传却有"为渊驱鱼，为丛驱爵"的功用。一是偏重识字的平民教育，二是偏重专门技术的人才教育。识字所以读书，读书所以明理，向来是这样说的；不过事实并不如是其单纯。记得有一位美国的生物学家说过一句话：你能教人怎样去读书，你却不能教他们读什么书（You can teach people how to read, but not what to read）。意思说，你教人粗识之无，是很容易的，要他知道选择有价值的书本或写作品来阅读，而真正得到读书的益处，那权力却不在你而在识字者本人的眼光，眼光怕是教不来的。迷信识字或误信识字就是教育的人，一度有机会到国外去观光，归国之后，动不动对于外国文盲之少，报纸之多，报纸的观众之广，总要称赞几句。不错的，一个人识字总比不识字好，一国之中，文盲少总比文盲多好。但若这种观光的人有功夫作进一步的观察，他们很容易证实上文那位生物学家所说的话是一点不错的。这些识字读书的大众十之八九是但知阅读，而未必知选择读物，因为不知选择，无形有形之中就变做所谓"黄色新闻"的最大的顾主。他们虽不知选择，却别有人替他们选择，也正唯他们不知选择，专替他们选择的人便应运而生。这种人就是各式各样的广告家与宣传家了。美国此风最盛，做宣传家的鱼与雀的民众也最多，因而引起的社会问题也最严重。近年来美国社会科学界独多关于宣传问题的研究，而对于宣传的危害认识得特别清楚，可见是不为无因的了。我国近来宣传的发达，无疑的与识字运动有很大的关系，就宣传的立场看，这当然是一个成功，一桩进步；从教育的立场看，此种成功与进步果有几许价值，尚有待于从长论定。

专门技术的人才教育何以也会帮宣传家的忙，骤然看去是很不容易了解的。这种教育不就是理工教育么？理工教育不极重视所谓科学方法么？科学方法不教人怀疑，重实验信证据，不轻下断语么？何以接受这种教育的人也会做宣传家的鱼与雀呢？这解释大概是这样的，专门教育固属重要，但专门教育必须建筑在良好的普通教育之上，才不至于发生流弊。一个人的普通教育的底子没有打好，而贸然接受一种专科的训练，他对于这一项专科，也许因为年限较长，用心较久，可以有更多的贡献。在他本行里面，无疑的他是一个极度谨严的人；他对于方法的运用，一定是一笔不苟；别人有新的学说或发明拿出来，他也决不轻易接受，起初不免很诚恳的怀疑，接着总要把人家所发表的东西推敲一过，最后或许依样的实验一道，实验而信，这新学说或新发明才能算数。不过他一出本行，一离开他的熟门熟路，这些法宝的效力就减低了，至于减低到什么程度，要看他在本行中专精的程度与夫对于别行及一般学术思想的不通的程度了。他虽是一个专家，同时也还是一个人，他虽有他的专业，他不能不和别的行业发生接触，亦即不能不于本行之外有些立场，出些主意。他对于政治，经济，社会方面的种种问题，能完全置身事外，默尔而息么？不能。不但不能，他还不免特地去寻找表示立场与意见的机会。我们知道这种人的生活往往是极辛苦的，他平时的天地极小，他的研究的对象与方法不容许他有多少回旋的余地，一月工完或一个问题结束之后，他不免亟于要找一个远足的去处，一个知识的假期（An intellectual holiday），而信步所至，又很自然的会踏进人事与社会科学的领域里来。这里，就是宣传家的机会了。专家到此，大抵拿不出什么高明的立场与意见来，他一些海阔天空的议论，往往一大部分是有意无意之间从宣传方面拾来的牙慧。据说在美国加入第一次欧洲大战的前夕，这一类从本行里出来散步的专家特别多，同时闹的笑话也特别多，研究宣传问题的人还很不客气的举过一些例子。

归结上文，我国目前的教育正在一个很危险的过程中，一方面旧时原有的宣传的成分既未能廓清，而新的宣传的成分又已经纷至沓来；另一方面，我们所特别提倡的几种教育，又无形之中正在替宣传清宫除道，并且做一个有力的前驱。如何消弭这种危险，是目前教育的一个最大的问题。

雇工自营的农田经营方式

费孝通

一、自耕农和自营农

"自耕农"是讨论农村经济时一个常见的名词。究竟这是指哪一种农民呢？我们不妨借行政院农村复兴委员会丛书《云南农村调查》（商务出版）所给的定义来回答："自种自田而不租种人家土地亦不出租者为自耕农"。（凡例一页）这是根据土地权及经营方式两个条件而规定的。从土地权方面说，自耕农所耕的土地是属于他自己的。从经营方式说，他们是自己"种"的。

用这个名词来说明农村土地权的分配也许不致发生困难，可是用来说明经营方式时，我们就得问一问"种"字究竟是什么意思了。我发生这个问题并不是偶然的，早年在江村（江苏太湖边上的一个农村）调查时，我就用这个名词。这时我自以为很明白，种田是指在田里劳作。自耕农是指在自己田里插秧以至割稻的一辈农民。最近在禄村（离昆明西一百公里的一个农村）调查时，我就发生困难了。若以种字限制于在田里劳作的话，则有一大部农民并不把田出租，又不租人田，可是自己却并不在田里劳作。他们可以把整个农作活动雇零工或包工来做。他们坐收农田之利，和出租田的地主差不多。可是从经营方式上说，却又有差异，因为出租田的地主所得的是定额的租谷，不直接担负农业经营上的风险。雇工经营的地主却相反，他们付出定额的工资，直接担负农业经营上的风险。

我们若把这辈雇工自营的农民也放在自耕农的一类里，固然没有什么不可，可是在"自耕农"一类中却包括了两种经济地位不同的农民了。一是自工自营的，一是雇工自营的。这两种农民相同之处不在"耕"而在"营"。严格的说来，与其把这一类农民称作"自耕农"不如称作"自营农"。而且我接下去就要说"雇工自营"是内地农村特别发达的农田经营方式，若我们要分析内地农村经济，我们不宜把这重要方式，不清不楚放在"自耕农"的范畴内，而甚至使望文生义认为内地的"自耕农"和江村一类农村的"自耕农"可以相提并论。

二、发生雇工经营的条件

为什么雇工自营在江村不发达而成为禄村农田经营的基本方式呢？一提到这问题，我们就得注意到发生雇工经营的经济条件了。雇工经营和出租经营，都是地主脱离农田劳作的结果。为什么地主们要脱离劳作，那是另外一个问题，本文中不想讨论。我们不妨先假定一个地主已决定自己不下田，他出租呢？还是雇工自营？在选择时他要顾虑到两个条件，第一是他能不能自己经营，第二是雇工经营比了出租利益是否较大。对于这两个条件的答案各地不同，因之结果也不同，我们正可以江村和禄村的对照来说明雇工自营的基础。

经营农田包括决定农作日历，筹划农作资本，添置农作工具，及监督农作活动等事务。这些事务要有效的处理，地主不能离田过远。换一句话说，只有在地地主才能经营农田。离地地主是事实上无法直接顾问农事的。我在《农村土地权的外流》一文中已分析过靠近都市的江村离地地主发展的原因。握有江村一半以上土地权的大地主却住在苏州，他们连自己的田在哪里都记不得，要他们自己去经营农田是不可能的。禄村的农民大部是在地地主，他们想要经营农田却很方便。而且在工商业不发达的内地，地主们由农田上解放出来的劳力和时间都没有，怎会用在其他得利更大的事业上，不管农事，就无事可管。

可是内地地主经营农田虽有方便却并不一定使他们自己经营的，因为若是出租田利息大，他们为什么自讨麻烦呢？所以内地农村中雇工自营方式的发达还要有一个重要条件，就是它一定得比把田出租为值得。雇工经营和租营对于地主的利益是由工资和租额的高低来决定。若是雇工经营的地主支付了工资后所得农田上的剩余为数不及租额，他们就不值得雇工经营了。

三、雇工经营的利益

二十三年，农村复兴委员会曾派员在禄丰六个村子（禄村就是其中的一个）里调查当时的工资。报告里说："普通在农忙得雇用短工，工资以日计一，其伙食亦由雇主供给。……忙时男工每日三角，闲时一角五分，女工忙时一角五分，闲时一角。"（一五四页）货币单位据说是当时的国币。我们不知道当时的物价，该报告又没有把农田收入说明，自无法说这种工资是高是低。可是农田的出量在这六年中决不会有很大的变化，当时的物价也不会比抗战军兴之后为高。而上述的工资之数目却和二十八年十月时的工资数目相等。（我们并没有发现各种农作中工资有变迁的情形，）因之也许我们可以说依他们的调查当时内地农村的工资实在很高的了。他们却又说禄丰六个村子里雇工的农家很多："地主兼自耕农完全是雇有雇工的，自耕农和半自耕农约有一半是雇工的，佃农亦有少数雇用雇工的。"假定他们的调查是正确的，则我们上节里所说雇工经营只有在工资低的情形中发生的一句话就不能成立了。

也许当时的租额低得厉害，使农民即使付了很高的工资，还是值得雇工自营，何况依他们说佃农都有雇工的呢？可是一查他们的报告却又不然。据说这六个村子中租额对于正产量的百分比有高至一〇〇的，换一句话说全部农田的正产是给地主的，以他们调查禄村的记录租额是正产量的百分之八三·三（一六一页）。这把我们弄糊涂了。除非农田副产高得很，这个农村二十八年的两次调查，禄村约有百分之七十左右的农田种有蚕豆，一年的豆产值至多不过谷收价值的四分之一。在这种考虑下，我们只有怀疑此报告的正确性，甚至觉得里边定有"荒谬不堪"的地方了。

先说工资，据我们的调查二十七年十月除膳食由地主供给外，男工每天国币一角，女丁减半。二十八年七月男工每天三角，女工减半。依这个数目我们曾估计二十七年每工农田（一工约等于二五〇方公尺）一共要支出工资一·四八元（一工两熟的农田全部农作须劳力男工三·五，男或女工一·五，女工一〇·三。关于估计方法，本文不能详述），另加工人膳食一·六二元（每人平均每日八分）。再加种子，肥料，工具折旧，耕地税等全部农业支出每工农田是四·一七元。

同时农田收入，依我们的估计，是上等田一〇·一〇元（谷收占八・〇〇元），中等田七・七五元（谷收占六・四元）。下等田四・六九元（谷收占四・〇〇元）。收支相抵，一个全部农作活动雇工来做的地主可以获得利益，上等田五・九三元，中等田三・五八元，下等田四〇・五三元。

若以租额的谷收百分之八三・三来说，则上等田可以得到六・六六元，中等田五・三三，下等田三・三三，比了雇工自营的利益高得多了。可是据我们的调查禄村从没有过这样的租额，我们根据保公所的档案和实地调查的个案可以断然说禄村的租额至多是谷收的百分之六十。而且这是名义租额。实际租额还有不到这个数目的。即以租额百分之六十计算，在二十七年，地主可以得到：上等田四・八元，中等田三・八四元，下等田二・四元。很明显的租额是低于雇工经营的利益了。

一个租得着上等田的人若雇工经营全部支出加上租额每工田是八・九七元，可以得一・二三元的利益，可是中等田就不值得了。因为全部支出每工田八・〇一元而收入只有七・七五元，下等田更差，因为租中等田的只得自己劳作，事实上等于获得工资而已；下等田就没有人要租，因为连比卖工都不如了。

四、工资和租额为什么这样低呢？

工资和租额的低落出于两个不同的因素。工资低落是为了当地有大批非出卖劳力不可的人；租额低落是为了当地有大批非出租不成的团体所有地。在这里我并不能详细讨论，但不妨择要一说。

若我们再去查一查农村复查委员会的报告，禄村劳力的供给都极少，雇农只占全体村户的百分之三・六一，这是和他们说雇工很多的事实相矛盾的，事实上决不止此数。我们在二十七年调查时，禄村没有田又租不着田，非在农田上卖工来维持生活的，占全村农户百分之十五，经营农田在十六工之下，单靠农田不够维持生活的，占全村农户百分之十六。因之即在本村里独立门户的人家，全部或部分出卖劳力的，就在百分之三十以上。此外还有住在人家的长工和单身卖工的，二十七年的户口册上就有三十二个，占全体农作年龄人口百分之七。而且每年有大量由别村来禄村短期卖工的人。据说以前在禄村人民所经营的农田上，有一半以至三分之二的劳工，是从村外短期雇来的。即在二十八年劳力供给锐减的时节，我还亲自清查收谷时的劳工中，有百分之二十是外来的。禄村劳力供给的确很多，工资的降落是自然的结果。

禄村的农田有百分之二十七是属于团体地主的，如阖村公田，族姓公田，庙产等（据复兴委员会调查禄丰全县除族产外，公产占全县熟地面积百分之三·九八。一二九页）。团体所有田只是土地权的集合，并不是经营的集合，非租出给私家经营不成的。而且团体所有田的管事照例是不以团体利益为主，结果是管事和佃户双方占一些便宜，让不开口的公家吃些亏。不但租额定得低，而且还租时不常是足额的，甚至欠租欠到分文不纳的程度也很普通。管事的心里本有病，开不出口，又不愿为了公事得罪人。团体本身又没有健全组织，普通人管不着。在这种情形下，所决定的租额，不能超过雇工经营的利益了。租额低，工资低，雇工自营得到了发达的机会。禄村私自出租的农田，不过占全部私家所有田的百分之八。

若是容许我说一句笼统的话，禄村的租佃关系是发生于团体和私人之间，私人所有田以自营为原则，所租田面积较大的人家，就不自工自营而走上雇工自营的方式上去了。

谈行政计划

毛树清

社会愈进步,"政治"的广义的范围也愈扩大,官吏的责任,不仅限于消极的限制,而且要有积极的培导。换言之,所谓"行政"工作,除了原有的"管"以外,还要加上"教""养""卫"种种工作,这是近代政治的一大进步,也是近代行政的一大特色。

培导工作的范围至广,内容包括千头万绪,绝不是因循苟且就能了事。例如发展生产,普及教育,单就这两项而论,如果把它的细目列举出来,已足够骇人。凡事总不能看表面,因为唱口号容易,实际的推动困难。近年来,无论在中央,在地方,对于这一方面的努力,是值得称道的。

但是,这种努力的结果,我们不能不认为还有不少缺陷,国营事业的理想,固然比私人经营合理得多,但如果没有良好的计划,往往是徒劳无功,或是事倍功半,这些"不经济"的现象,我们随处可以看到,无须列举。

那末,问题的核心,是否在缺乏计划呢?笔者的看法,并不在此。中国的士大夫,喜欢舞文弄墨,"文章华国,华国文章",做文章,草计划,算不了什么困难。今日行政的无计划状态,症结在于:这些计划是否可行?是否合理?假使可行的话,是否在推动?推动之后,是否能贯彻?我们不谈行政计划则已,否则便得先问明白,这四点我们做到了没有?

近年来,因为国际经济战争日益尖锐化,于是各国由经济而引起的国内行政计划,也如雨后春笋,纷至沓来。计划本来不是坏东西,"国家对于人民的一切事业,应该有合理的计划使其前进。"(拉萨尔 lassale 语)但是别人家的东西,一拿到中国来,许多变了质,过去草拟计划的人员,没有深刻理解国内的情况，徒然抄袭他人的皮毛，这是第一个缺点。

过去有人批评我国的现代政治，用三句讽刺的话："会而不议，议而不决，决而不行。"我们姑且假定，有许多高明的计划，是国家化了巨额公帑，聘请第一流专家厘定成功的，但是计划虽好，依然束之高阁，有什么用呢？这种例子很多，我们毋待详举，只要翻开历次党政会议，行政学术团体会议的记录，已很够了，这是第二个缺点。

第三个缺点，是行而不能贯彻。这类现象，尤其不胜枚举了，远之如整顿司法，谋收回治外法权，近之如国民经济建设的各种计划有不少是不了了之的。社会科学是人与人之间的科学，任何一个好的政策，总有若干人士反对的。行政当局如果确认此计划为合理，便应该不顾一切，贯彻到底。抗战军兴以后，政治上改革殊多，尤其在政令的推行方面，也较前强而有力，例如西南各省的禁烟运动，即其好例。

行而不能贯彻，一方面固由于环境的阻力，他方面亦由于行政制度的尚未健全。这句话又得从两头说起：第一，今日中国的行政体系是头重脚轻，此点笔者曾在上卷本刊详加解释。头重脚轻的现象，是"中央"与"省"的机构庞大繁复，令出多门，矛盾重复之弊端广见，因为庞大繁复，权职不明，于是互相推诿，计划不易贯彻。有时，更因为牵涉过虑太多，以致朝令夕改，无所适从。上级机关既然如此，下级机关当然是但求无过，不求有功，在此情形之下，试问如何能加速完成？如何能贯彻到底？

行政制度不健全的第二种象征是：叠床架屋的阶梯太多，而真正执行的人太少。真正执行的行政官吏，不但地位低，生活清苦，而且职务无保障。我们就拿县行政情形来说罢！县政是直接的"亲民之官"，但是县政府的人力财力，实在贫乏得可怜。而县长的直接上级机关，多至三十余个，有时候，一桩行政计划的推行，必须同时具呈民厅，财厅，专员公署，绥靖公署等不同机关，姑且不问这些机关的批示如何，单就县府的收发文而论，已足够忙得喘不过气来；万一上级机关对于原计划的见解有异，又不知要费多少手续，才能动手！

文官制度没有确立以前，官吏的职务无保障，"一朝权在手"，阿猫阿狗都上了台，补了缺，旧官跟了"老板"走，又去打别的江山去了。这种朝代式公务员，只知以人事为奔走中心，何能谈实行计划？正统派的省县衙门，有几百年来的积习，尚有可言。新兴的技术机关，也有如此作风，真是憾事。例如最近某地防空隧道机关，更动了长官，接着也撤换了大批工程师。要知道隧道的设计，划线，圈地，装置……都是极专门的技术，而且限定期限，要完成这些计划的，这样一更动，行政计划当然要大受阻碍。

朝不保夕的心理，很容易影响到工作的成绩。同时，如果人事常更动，对于同一计划的看法，难免不无差别，拿"中央"与"省"的等级来说罢：一个长官新到任，总须得发表几句冠冕堂皇的感想，接着，便得定一个某年计划，以实现自己的政治理想，用意不可谓不善。前面我已说过，任何一件好计划的推行，必定有若干人反对，有若干地方困难，在通常进程中，这些都无足介虑的。但一旦长官更调，这些反动的力量，便好像更形风声鹤唳起来，等到新任一到，因为耳闻目睹得太多，只得暂行停止，重新又来一个新的计划，结果还不是文人多弄几番笔头，纸上谈兵而已！

下级行政机关的重心是执行，执行也得有一贯的线索，许多工作极有基础的县长，一旦卸职，就等于全部精神完全白费，新任者或不谙于技巧，或不满意旧政，一切又得从头做起，再下苦心，倘设县的佐治人员，也随前任县长而去，则工作的艰繁，尤其不容设想。过去各省整顿田赋，时而分区设权，时而下乡经征，时而改由银行代收，时而清丈，时而改为土地陈报……行百里者半九十，这样改来改去，很少有贯彻始终的。

一位战区的前任民政厅长告诉笔者："过去费了五年多的民训组织，因为本人离职，而全部改弦易张。我不敢批评后任者没有能力，但至少，他重新做起的时间太短了，敌人打进来，我们不能够充分发挥民众的力量。"这是老实话。

上述种种，已经大体指出了过去行政计划不能有效完成的症结。由这里，我们便可以知道：今日政治上的疑难，翻来覆去，这是一个制度上的问题，因为制度的不健全，产生了人事上的种种劣习。有人觉得今日谈中国政治，前途太悲观，他们一口咬定公务人员，官吏的劣根性与自私性，深刻到不易改造。这种论调，直无异妄自菲薄整个中华民族的民族性。你不曾看见：会计制度确立以后，贪污的案件逐渐减少了吗？当然，我们还不能希望过高，政治的改革，本来是一步一步走的。

如果专家政治能够树立起来，便可以减少许多"盲人瞎马"的计划；如果充实下级机构，则行政计划便更易推动；如果良好的"文官制度"，能够确奠成功，则行政计划自能贯彻始终；如果叠床架屋的现象能够校正，则可以减少公文周折的麻烦,多致力于实际的工作……整个的政治问题,不仅是"人"的问题,也是"制度"问题。

最近,浙江省颁布了一个"三年施政计划",是经过全省行政会议决定的。省主席明白宣布:如果没有大过失,三年内不打算更动一个县长,县行政的佐治人员,亦复如此。目的当然想彻底完成这一计划,使他们安心工作。万一县长因事更调,后任者如果欲变更原有的计划,必须呈准省府。这种办法,是一个新的尝试,将来结果如何,我们且拭目以待。

诗

路（林庚）

树与树安排着的行人路上
叶与叶相接着翠绿色的春
山谷里静静的还没有行人
是阳光之色吗留不住严冬
在湾水的那边印过鹿的脚
你听见如梦的布谷的声中
天色是蓝蓝的而且又远了
自然中的快乐遮不断时空

青草是友爱的寂寞的新生
柳枝如一支笔写难解的字
你驰想于铁路刚有的坡前
春天的怀念有更远的城市
山与山重叠在清凉的水外
路与路分歧在不同走的人
青蓝的颜色里分别了早晨
是春之留恋吗不吹起风尘

牧野曲（林庚）

晚红的青山外黄昏的凝静
蝙蝠已轻轻的飞过了楼外
暮色是恋之乡牧野的家园
摇出了黄昏的一颗星存在
夏季是多梦的且迟到草原
而江南曾留下旅人的博爱
回忆却如一曲太短的老歌
重复的一句话只说不明白

你看见星子们密密的夏夜
当你快睡着了微带着醉意
海上的露唤醒蚌里的珍珠
生命是一个梦只留下记录
在你的帐幔前牧野的明丽
而今夜是有风且吹过草地
漂亮的仙人们如梦的走来
老黄牛已倦了平原的沉寂

在海上（林庚）

我喜欢黄土色无人的海洋
那给我以土地给我以寂寞
太阳已高高的人觉得倦了
平原是远远的图案的岁月
当两面的海水各有着船只
当自由的浪花又吹起颜色
鱼吐鱼的水泡天已经蓝了
浮沉在青山与环海的晚落

无题（林庚）

当路上又渐渐忘记了行客
当暮色已轻轻落下了颜色
你不会再有的回忆的声音
你常会再有的海样的辽阔
当美好的事物与你以思考
不可以言说的又归于沉默
那不可常见的与你以欢悦
夜在它欲来前升起了明月

无名英雄（颜瑟）

这些不过是黄土
一抔望着一抔
不错，不过是野墓
躺着无名的人

静静地不再呐喊了
也未有人替他说话
无数的脚践踏过
密密的野草遮住了天

工人，农人，无赖，
满身风霜的流浪者
男的，女的，年青的
秃发无齿的老祖母

大家躺在一起了
默默地都不愿开口
创伤望着创伤

胜利的笑浮上嘴边

　　闪烁的眼互照着
　　凝视血红的远天
　　太阳就要出来了
　　大队的人马将要
　　狂唱着凯歌回来

　　大家都不愿起来
　　只静静的躺着望
　　胜利的笑浮上嘴边
　　光荣的记忆抚慰了自家
　　——也永将抚慰人间

玫瑰之歌（良铮）

（一）一个年青人站在梦想和现实的桥梁
我已经疲倦了，我要去寻找异方的梦，
那儿有碧绿的大野，有成熟的果子，有晴朗的天空，
大野里有人等候我，他将马上摘下滋养的果子，
那时候我会强健，我要在蓝天的华盖下酣睡。

谁说这里是真实的？你带我在你的梳妆室里旋转，
告诉我这一样是爱情，这一样是希望，这一样是悲伤；
这些骷骨抚爱着你，你让我躺在你的胸怀，
当黄昏融进了夜幕，吞蚀的黑影悄悄地爬起来。

让我离去，既然这里一切都是枉然。
我要去寻找异方的梦，我要走出你的装饰阴遮的地方，
因为我的心里常常下着季节的霉雨，现在就要放晴，
在云雾的裂缝里，我看见了一片腾起的，像梦。

（二）现实的洪流冲毁了桥梁，他躲在真空里
什么都显然褪色了，一切是病恹与虚空，
朵朵盛开的大理石似的百合，伸在土壤的欲望里颤抖，
土壤的欲望是裸露而赤红的，但它已是我们的仇敌，
生命化作了清风，而风丝在百合忧郁的芬芳上漂流。
自然我可以跟着她走，走进一座诡秘的迷宫，
在那里像一头吐丝的蚕，抽出青春的汁液来团团地自缚；
散步，谈电影，吃馆子，组织体面的家庭，请来最有礼貌的朋友茶会。
然而我是期待着野性的呼喊。我蜷在无尽的乡愁里过活。

而溽暑是这么快地逝去了，那喷着浓烟和密雨的季候，
而我已经渐渐地老了，你可以看见我整日整夜地围着炉火，
梦寐似地喃喃着，像孤立在浪潮里的一块石头，
当我想着回忆将是一片空白，对着炉火，感不到一点温热。

（三）变成一条小蠼，他将要浮海而去了
在昆明湖畔我开蛹着，昆明湖的水色澄碧而温暖，
莺燕在激动地唱歌，一片新绿从大地的旧根里熊熊地燃烧，
播种的季候，——观念的突进，——然而我们的爱情，太古老了，
一次颓废列车，沿着细碎之死的温柔，无限生之尝试的苦恼。

我长大在古诗词的山水里，我们的太阳也是太古老了，
没有气流的激变，没有山海的倒转，人在单调疲倦中死去。
突进！因为我看见了一片新绿从大地的旧根里熊熊地燃烧，
我要赶到车站，搭一九四〇年的车，开向最炽热的熔炉里。

虽然我并没有饥寒，残酷，绝望，鞭打出过野性来，
没有热烈地喊过同志，没有流过同情眼泪，没有流过血腥，
然而我有过的无法表现的情感，一颗充满□熔岩的心。
期待深沉明晰的固定。一颗冬日的种子期待着新生。

本期撰者：

潘光旦先生的《宣传不是教育》登在本刊第三卷第八期，本期所论是继前篇的。费孝通先生对农村调查工作，向有特出的方法，承其允将所得结果在本刊陆续为文发表。毛树清先生现在重庆中政校。在本刊已发表过文章。

第三卷第十五期（1940年4月14日）

时评

英法新经济攻势

近日欧洲战局，虽然在军事上尚是沉寂得很，而在另一方面，则表现极为活跃的状态。数日前英法两政府曾向瑞典挪威分别提出照会。虽照会内容，官方秘不宣布，而据可靠消息，此乃英法最高军事会议举行第六届联席会议时所草就，而为两国加紧实施封锁政策预定步骤之一。证以英法已在挪领海上敷设水雷，同时并已由英舰开始执行检查职务，则英法所决定之措置，势在必行，不必提及挪瑞之是否予以接受。这是英法在北欧方面对德经济攻势的新发展。同时英驻巴尔干各国的公使俱集伦敦与外相及经济战争部部长会议，据消息灵通人士称会议目的在决定如何措置巴尔干与德国的贸易关系。这是英法在东南欧方面，对德经济攻势新发展。

这一次欧战，与上一次欧战不同之点，就是一开始就是以经济战为中心，而这一次欧战胜负的谁属更是要看双方经济力的大小而决定。以经济实力论，英法自然占上风，然而德国这一次的地位也未可轻侮。固然海洋的运输是为英法所垄断，而苏俄，北欧，巴尔干的原料尚可以源源而来。一直到现在英法的经济封锁只是大西洋一面，其余三面，德国尚有甚大活动的余地。为英法计，既然它们的政策是以经济力来屈服德国，则一步一步的加紧经济封锁当然是作战计划中必要的举动。俄德既有盟约，则封锁区域是北欧与巴尔干两部，何况北欧与巴尔干为德国铁煤油等项供给的主要来源，近日英法在这两方面新经济攻势的发展是无足为证的。

在北欧方面，英法的攻势不至于有若何困难。挪瑞等国固然最希冀其能维持其严格中立的地位，然而如果英法的态度坚决，挪瑞恐怕不能不委曲求全。虽然表面上，北欧各国宣称对于何方获得胜利，非所关心，而希特勒强烈的国际欲望，已久使她们有无厌及我之惧。只要答应英法的要求不引起德国的武力干涉，她们不至盲于现实政治的状况。至于德国呢？虽然近日德国发表若干恫吓的宣言，实际上德国恐怕不能阻止英法这一方面的进攻。

在东南欧方面，英法的经济攻势恐怕没有北欧方面的容易。（一）巴尔干各国有若干内部的冲突，不易有一个共同的阵线；（二）与德国土地密接，英法不能直接施其封锁的力量；（三）苏俄与意大利在巴尔干都有若干的兴趣，英法的举动大有扩大国际纠纷的可能。所以在这方面英法的举动一定较为迂回，经济攻势一定要依托于外交攻势，而不能一味硬干。封锁的成效如何就视英法在这一方面的手腕了。（岱）

充实地方金融机构

抗战以来中国金融界有一个重要的进步，即对地方金融的注意。在抗战发生以前，中国金融界的主要活动范围是在沿海一带，而地方金融则极为枯涩，战争发生以后，因为沿海相继沦陷，所以大家的注意力集中到内地各省来，向内地寻求银行资金的新出路。我们认为这种趋向是一种好的趋向，因为现在中国的经济力量已经不在沿海的都市而在后方和内地。

自从政府于二十七年度五六月间先后公布《地方金融机构改善办法》和召开地方金融会议以后，政府和金融界对充实地方金融机构，做了不少的工作。其中最明显的成绩，包括如次的三点：（一）中，中，交，农四行和若干私家银行，在抗战以后，纷纷在后方重要城市成立分支行处。只就四行而论，据最近财政部所发表的数字，四行"在西南西北各地所增设之分支行处计一百五十四处，其中中央银行增设卅三处，中国五十九处，交通廿六处，农民卅六处"。地域的分配，则在四川所增设的数目最多，西北，广西，云贵的数目也不少，就是边区如西康，青海，宁夏也增设多处。（二）各省的省银行也先后奉财政部的命令，在各该省份的县局内设置分支行处；因此很多比较偏僻的地点，也有省银行办事处成立。就以四川银行和云南富滇银行而论，现在每行在各该省内的分支行处，都有数十处之多。（三）关于农业金融机构，在农本局努力之下，也有重要的进展。在战争以前，合作金库的数目不足三十所，现在做后方作金库的数目已达三百所。又在战争以前，中国没有真正的农业仓库，现在已经设立的农业仓库已超过一百所。

从上面所说，可见在过去的三年中，政府和金融界已树立了我国地方金融机构的基础。据最近消息，政府还要进一步在内地增设银行的分支行处和各种农业金融机关。我们认为政府这种设施是适当的和值得赞许的。但是，我们如要这些金融组织能够发生最大的效果，则应注意如此的两点：第一，地方金融机构如果要成功，非有健全的干部不可。机构没有适当的人去推动，则机构是死的。因此在扩充地方金融机构时，应先训练一班干部的人才——特别是下级干部的人才。现在主持地方金融事业的人，对训练干部方面虽然也注意到，但与理想的需要还相去甚远。

第二，地方金融事业如要成功，则各金融机关本身不宜发生冲突。各种类似的组织，彼此间的职权应该划分清楚，彼此的工作应有合理的分配。中国人做事常常有一个缺点：即一种事如没有人做则大家也不会想起去做，等到某一机关试做而得到成功，则大家都争先恐后地去做。据说在地方金融事业（特别是农贷方面）也不是没有这种现象。我们认为这是一种应该立即加以纠正的恶习。

倘使政府能够注意上面两点。则我们相信地方金融事业的前途是很乐观的。

最后，关于地方金融机构我们愿意再提出一点意见。政府在本年年初尝公布《县银行法》二十六条，许可县政府，县乡镇之公款与人民合资设立县银行，其资本额只限定至少为五万元，其营业范围，则极为广泛。我们认为这个法案是害多而利少。县银行所有的业务都可以由省银行的分支行处担任，实在没有另行设立县银行之必要。我们盼望政府当局，立即把《县银行法》取消，或不把它付诸实行。否则以区区五万元的资本，便能成立一个业务甚广的县银行，其流弊必至不堪设想。在今日中国的行政，县不如省，省不如中央，所以更有取消县银行办法之必要。（启）

考绩与奖惩

当国家作战之时，赏罚严明，在军队中极为重要；但在公务上亦何莫不然。近来当局自决定厉行考绩之后，对于公务员奖惩问题，实已加密切的注意；时贤发表的议论，也算很多。我们在这里也来贡献一些意见。考绩在法制上的一大功用，就是供给公务员奖惩的客观根据。在一般国人的心目中，考绩仅是奖勉的问题，而不是惩戒的问题，其实这是一种误解。奖惩如何兼用稳当，乃考绩制度成败的关键，如果只有考绩制度，而无奖惩制度，则公务员的工作成绩，评定优劣之后，仍受一律待遇，服务精神何以振作？行政效率又将何以增进？须知奖勉与惩戒是相辅相成的，如果片面应用，奖而不惩，惩而不奖，终久都会使考绩等于具文。所以我们要厉行考绩，对于奖惩制度应加确定。

据我国《考绩奖惩条例》规定，凡成绩优良的官吏，得分别予以下列奖勉：（一）升等，（二）晋级，（三）加俸，（四）记功，（五）嘉奖；凡成绩劣者，应分别受下列惩罚：（一）免职，（二）降级，（三）减俸，（四）申诫，（五）记过。最近颁布的《非常时期考绩暂行条列》，关于升职加薪等既加详细规定，至于记功，记过，嘉奖等，亦规定核算的方法。这样看来，我国现时似乎已有所谓奖惩制度。不过实际上各机关对于人员的升降奖惩，大致只凭主管长官的私人好恶或特殊关系，并不根据工作成绩或合理的客观标准。这就是使官纪不振和效率低减的最大原因。我们要革除这种弊害，当先从严明赏罚做起，对于各级公务员依其成绩优劣，须分予奖惩，勿稍存瞻顾，使其知所勉奋与警惕。"有功必赏，有过必罚"，滥赏私人，其影响会使有为者裹足，狡黠者幸进，吏治永无澄清之日。

其次，在现今实况之下，我国奖惩事项，几乎全归各机关主管长官处理，铨叙部和惩戒机关几近虚设。依照人事行政原理，主管长官对于僚属不宜无决定奖惩之权，虽然同时不能没有相当限制。我国现在把奖惩执行权分别划归各种不同机关（如考试院的铨叙部，监察院，司法院的公务员惩戒委员会等），其用意虽在防止长官营私舞弊，然这种制度是否能收预期的效果，仍是一大疑问。须知欲防止长官营私舞弊，固不必促成奖惩执行权的分裂，最要紧的还是给予被奖惩人以申述不平的机会。当然，此种办法假定着一个人事总机关的存在，且其对于各级长官可行使其监督之权。欲做到这一层，铨叙部的地位和职权，亟应重新加以擘划。（予）

日敌灭华的政治策略

徐敦璋

中日两国是不能并存的。因为日本自维新以后，即立下了吞并中国的大陆政策。所以六七十年来，日本的朝野尽管高唱大亚细亚主义，或是中日两国"共存共乐"之说，以蒙蔽世界，以欺骗中国，然而数十年来的事实表现，无一不足以证明日敌之口是心非，口蜜腹剑，一贯的要灭亡中国，以完成其统治东亚之迷梦。

日敌灭华之政策是始终一贯的。惟其实行之策略，则因时因地因人而不同。其侵略之路线，可称不择巨细，无孔不入。不特是多方面下手，而且天罗地网无所不包。吾人试一读最近陶高二氏先后一次发表之《日汪秘密条约》，则日灭华之野心很可一目了然。兹就政治方面，指出日敌灭华的策略。

从东亚中日两国近七十年之历史观察，吾人若将日敌灭华之政治策略，分析起来则不外下列步骤：

（一）扶助革命。

（二）挑拨内乱，阻止统一。

（三）分化中国，扶植地方政权，并划区域使其特殊化。

（四）建立伪组织并扶持其独立。

言及革命，我们不能不说日本许多人士，对于推翻满清之役，有许多的帮助。使几千年之专制帝国解放成为民主共和国家，这是中国近代历史的一大转机。当时日本人士之协助盛意自各尽其力。然而证以史实，则当时日本协助中国革命的动机，却居心叵测而不堪闻问。何以呢？如当时日本人士认为中国有先革命后行民主之必要，实则热心帮助中国解放，而忘记了在日本推翻天皇施行民主政治。舍己之田而耕人之田，其动机之不可问者一。及中华民国成立，南北宣告统一，列强理应对于民国政府速加承认，而当时日本政府则对于承认问题多方刁难，并暗中阻止列强之承认民国。是日本扶助中国革命之动机为不可问者二。中日战前之朝鲜东学党以维新相号召，而暗中亦有日本黑龙会党徒之协助；然而黑龙会后来对朝鲜灭亡之活动，反无处不协助日本政府。以此例推，则日本当时人士协助中国革命，行为虽可许，而其动机则不可问也，此其三。诚以当时中国之满清帝国虽在国际地位日形衰落，然而其在中国内在之统治力则非常稳固。若能及时努力以图富强，仿照日本维新之榜样，一跃而成为东亚之强国，这是日本之不幸。新日本不惜假名协助中国革命，造成纷乱之局，以便蚕食鲸吞此东亚大陆。

革命既已成功，满清统治中国力量于是推翻。以数千年习惯专制政体之泱泱大国，一朝而成为近代之民主立宪国家，则事实上之困难自然发生。中国从此内乱相续，以自行消耗实力，无暇建设。是日本灭华之第一步政治侵略已告成功。然而三十年来中国于内乱外扰之中，无时不在努力统一，建设一个近代的民主中国。不幸在此统一的过程当中，日本无日不在那里挑拨中国内乱以阻止统一，如民二之扶助宗社党，民四之怂恿袁氏称帝，民九民十一及民十三之挑拨直皖直奉三役，民十七之济南出兵，民十九之阻止张学良易帜，凡此种种莫不以挑拨中国内乱阻止中国统一为目的。此日本灭华政治策略之第二步。

日寇灭华之第三步策略，为分化中国扶植地方政权，划定区域而使其特殊化。日俄战争之后以及辛亥革命之前，日本无日不以满蒙为其势力范围。民五提出二十一条，则又将山东及福建另划为二个特殊区域。"九一八"以后成立满洲伪国，以宰割东北四省。《塘沽协定》后，又以华北五省及内蒙另成区划。凡此一切之目的，不外分化中国，使外重内轻而不能成为一个统一的中华民国。

自七七事变以来，日本一切举动俱在促成中国之分裂。于是华北伪政权，美其名曰华北政权，南京伪政权，美其名曰维新政府，内蒙独立组织，美其名曰内蒙自治政府，凡此一切，均愿中国分化而地方政权分立，使中国始终无统一之政权。

以上各项事实，如归纳言之，则日敌灭华之政治策略甚为简单。一言以蔽之，曰使中国不能统一，不能成为一个现代国家而已。九一八以后，曾有谣传日本派有政治考察团，前赴欧美各国考察政治。该考察团返日以后，曾有下列之报告：

一，认为日本所处之地位与欧西之英国相仿佛。然而三百年来英国之所以能称霸欧洲者，因欧洲大陆乃在地理上，经济上，文化上，语言上，民族上，宗教上，政治上，种族上，自然的分为若干集团，而形成许多国家，各自独立，不相上下。于是英国得有机会以操纵欧洲大陆之局面，以从中维持均势，不使任何一国独霸欧洲。若使欧洲能统一成为一个大国，则英国地位何能有如今日者？

二，日本在东亚方面颇似西欧之英国，然而中国乃是地理上一个单位。虽无种族之差异，又无民族之分别，亦无文化之歧异，无宗教语言之区别，其所以三十年来不能统一者，乃政客军阀之作祟，及日本挑拨操纵之结果。设使一旦中国有英明之领袖统一中国，则如此强大之国，将于东亚大陆之上，以与日本抗衡。那时之日本有何地位之可言。而前途莫测，日本恐只为中国之附庸而已。

三，因此日本之国策，遂有以华制华，永久不使中国统一，永久使中国分裂成为许多政治组织，互相牵制，互相抵消，日本从中加以挑拨操纵，然后日本始能在远东立足。

以上各点是否可靠，我们不得而知。然而数十年来历史告诉我们，以及七八年来日本之作风与最近日本之到处建立伪政府以分化中国，则上述的政治策略，确有蛛丝马迹之可寻。

以前奥国政治家梅特尼常言"分而后统治之"（Divide and Rule）。日本对华之政治阴谋，盖不出乎此。我们试观年来日本之作风亦如此者。如满洲国成立宰割了中国之一部分；内蒙自治政府设立，又宰割了另一部分；华北则有王逆之伪政府；日来则又有汪逆之伪政府。依此推想，则华中必将有伪政府，华南亦必有伪政府，而西北之回教民族，日本似也有国民伪政府之计划；然后西南有中央而西北出现一共产政府。如此则中国可分为七八小国，如此则日本灭华之政治策略将完全实现了。

数年以前，作者任教天津，迩时闻日人在平津一带搜中国之吏治典籍，自今思之，不觉□然，彼日敌之意，固无日不以分化中国，研究如何可以统治中国之术。

最近汪伪政府成立之前，日本朝野亦研究如何可以统治中国之术。其中有主张采取联邦制者，有主张直接统治者，有主张中央集权者。要而言之，日本之政策，在分化中国成为若干小组织，以便其操纵耳。汪政府之不能成为一个真有实权统治南北的伪组织，我们几乎可以断言。

在远东的国家数目太少，而中国又为一个伟大之民族国家。试问一个统一强大之中国，岂是日本岛国之利。远东百年来之形势，乃中日两国争领导权之局势。中国统一必强大，强大必雄峙远东，而彼日本之岛国到那时有何地位之可言？"东亚新秩序"一语，中国人乃配言而无愧，日本有何资格来弹此调？我们此时欲在远东立足，只有团结而已，统一而已，抗战而已。渡此难关，不愁不无办法！

再论养士与政治

王赣愚

在我国之所谓士，十之八九是文人。自来文人多穷，就中未必俱是穷于物质者，而穷于境遇者不算少。上下坎坷，俯仰踡蜷，其穷于境遇之苦，实比什么都深。穷极生贪，贪每使智昏，所以一味求名逐利。传统的文人，既轻商而践工，做官乃是名利可以双收之良策。一旦做了官，就算贵而且富，大可扬眉吐气了。这样便宜的事，自然诱引人人想，惹得大家争，于是做官的幻念总在士的心上盘旋。"学而优则仕"，千年来是士的作风，好像求学即在求仕，不求仕则不必求学。我国士与官之结缘，由来实已甚久。

问士为何皇皇求官，其最真的动机恐怕是谋生。我国士本不事生产，大率舍做官以外，更无以得衣食，人为食死而有所求，我们也不应过加责备。士失所养，国家不能无救济之术，否则祸乱接踵而至。古人感于士之不胜养，设法限制其额数，所以发明了科举制度，严格规定士的资格，落第者莫由干进，只得改他业以自养。此法到了清季，因捐纳保举之风日炽，渐不足以清仕途。辛亥改制以来，政府交迭频繁，官吏进退无定，加以国内秩序未复，其导人以做官之机，自然也日见其多。莫说那班旧官僚，舍做官外无以谋生，就是受新式教育的人，原不必以官为业，而因社会事业不发达，一时谋生困难，不但觉求官之可以幸获，且见仕途之宽阔，亦何妨自登以为快。当年中央以及地方政府，以待养之士之多，设法增加其需要，于是多添机关，多设官职，求救济之安插之，甚至凡百政务，几乎无不为此着想。殊不问增官添职以养士，在国家财力上，是浪费，是虚掷。国帑本出自民。此等民皆是国中有业者，倘使有业者出其血汗所得，以养无正业之士，结果全国人都以养人为苦，以待养为幸。这岂非社会上的变态。养士于仕途，未尝不是一种"仁政"，然其恶影响实是不可思议者。

国农工商各业，本可为多数人辟唻饭地，无奈政局予人以不安，任何事业，均难发荣滋长。我国读书的士，与农工商失了联络，自身又不重生产，所以从未为社会兴一利除一害。他们做了官，如果肯扶助各业，未尝不很好。但事实上却不然，士既以官作报酬品，做官的好处，即在凭势向农工商剥削，终使养者与待养者俱敝而已。官不生产，还要奢侈，财从何处来，只得食人而自肥。因做官而损及国计民生，是不道德的！

中国是落后的国家，一切事业都有待于创办。在我国现状下，办事业多半非赖政府扶助不可；政府办事业必须借重专才，专才的出路之广窄，大致要视事业的范围大小而定。诚然，中国传统政治是无为而治。历代政府亦以不办事业为尚。平心而论，古人倡"无为"，意在减少"病民"之政，我们无可厚非。然而"无为"到现今，却成个不可期的理想。不但在作战之时，政府要积极办事业，就使在承平之日，也不得不如此。哪一个政府真个办起事业来，没有不感人才欠缺，国内若有人才，岂容弃置不用？现代的积极政治，一面吸收人才，一面又制造人才，因为国家既可以事业养士，而士必须做事，又必能做事，做了事要站得住，不得不求深造，图进步，久之定会成专才。养士得其法，就是育才，又是储才。原来个人智能，愈磨则愈进，无论在何种事业，要常以自强不息为勖。我总想政府如吸收有为之士，努力去办事业，假以若干时日，国内何患无专才呢？

以政治养士，在我国仅是一种权宜办法，绝不是理想制度。政治不但不能大量养士，且往往妨碍士之自养。当今人事如此紊乱，官场几成毁人之洪炉。我国一般官吏，类多坐而食禄，纵然有事可做，其被动者什恒九，而自动者不得一。处在此种境遇中，足使精神消沉，才智埋没，久之便成无用之长物。并且我国用人无标准，政府虽高喊需要专才，实则只在伪知识上着眼，以禄位滥授学无所长之文人，我们一向认文人是万能，凡事都能胜任，以文章可以解决一切，这是何等错误！

我不云士应与政治绝缘。政治是国事之本，如何能不过问？有人或以不过问政治为清高，这是旧名士的习风，决非受新式教育的人所宜学。所以我虽不希望士个个都做官，但以为士在中国大致是公民的中坚，应从自己地位上，看出对国家的特殊责任。在政治上活动，未必即做官；尤其在中国，做官直如退休养老一样，少做事而多享受，一听于人，莫由自主，如木偶，如枯骨。士出来参政，在合法范围内，从事政治活动，而政府若妄加阻挠或禁止，即是自绝于士，纵养之以禄，授之以位，亦无弭变乱。

士穷于境遇，未必由于无禄位，往往亦由于无自由。大概才智之士，感觉特敏，求达不成，遭怨触忌，便大叹其穷了；但他们又不甘沉寂，永远抑郁不伸，终久没有不铤而走险的，民元以来，士不得安，几乎忘了形，天天演的把戏，脱不了纵横捭阖的那一套，闹得国窘民穷，欲养士也无力了。所以使士能相安，莫妙于为其开出路来，使之自由参政。参政如求有常轨，必赖乎实行民治。在此种制度下，各展骥足，公开争权，不但不致为乱，而且尽得其职。我不完全迷信民治，但参照中国现状，却相信民治与养士政策适相互配合的。

民治的妙用，在解除士的境遇之苦，此其妙用，盖在乎有充分之政治自由，政权公开之后，暂时或会增添不少在政治界混饭的人，这自然不是好现象。须知民治的成败，当视国内生产事业发达与否；生产事业发达了，政界并非最好谋生之所，最好让富而有闲暇的人，出来过问政治。此外，忙于生产事业者，心思不能旁用，绝对不至入政界，徒增扰乱。中国经济落后，生产不振，士无所托命，都集中于靠政权为生一途，其在政治上势必患得患失，手段急不暇择。故虽以志节之士，一插足其间，亦会失其本来面目。我们都说："文人无行。"便是以此为背影的。

各国民治之成功，必靠有阶级过渡；换言之，欲实行民治，首要寓民治于阶级统治。中国当前所苦的，就是没有阶级可以为统治的中心。我国社会向来推重士人，其实他们可算是国中较有知识的人，只因其生活不稳定，故不能自成一阶级。今后倘若士仍失所养，则政权公开的结果，亦只好在个人手里，此争彼攘，徒使政局扰乱，不可收拾。

然平情论事，我国现在民治大路上走，也只有靠士为过渡的梯子。士虽不能成一阶级，然能使之有所养，将来也可作政治势力的中心。老实说来，近几十年来的新教育，已经为我国政治上贮蓄了很大潜力量。这潜力量尽量发挥出来，当然可以推进政治建设，奠定下民治的基础。

在过渡时代，国家设法养士，自有其很实际的作用。但养士以外，社会生活必立求稳定，政治亦必渐求制度化，然后政权始有所寄托，统治亦得其中心。养士本是权宜办法，国事不能由此完全解决。现在国事上所需的，是一个开明阶段；而这个开明阶段，须以责任为基础，不应以私情为基础的。由此而论，养士当力避传统的"礼贤"方式，"礼贤"是养士而为私人所用，而不为国家所用。我国政治若要现代化，则"礼贤"根本不必要。

日本民族的悲哀

邹文海

我们虽厌恶日本,然同时又怜悯日本人。我们担心轰轰烈烈的明治维新的成绩,终久会变成过眼的烟云!现在敌阀已经燃烧了足以毁灭全国的火药,受其毒害的还不止是无辜的人民。

我为这个悲剧曾加一番思考。为什么军阀的狂妄,不会受到人民的制裁呢?为什么军阀这样的凶横,而人民这样的屈服呢?亦许有人以为军阀的枪杆,乃是压迫人民的利器。不过问题绝不会是这样简单的。锐利的刀锋,杀不尽爱好自由的人民。一定先有驯服的民族,然后才会产生凶横的军阀。从历史上说,日本,不是顶善良的,虽然女人一样服从成性,但男人是以武士精神著名的。而且明治维新所以成功,还不是因为人民有反抗帝国主义的力量吗?现在的日本民族不同了,居然低头于军阀的暴命之下!我们虽然还有时看见少数眼光远大的日本人,不怕军阀的刺刀,不怕军阀的锁链,拼死的要阻挡军阀的暴行,但大部分的日本人却是参加此次屠杀的帮凶。他们固然亦受到饥饿和死亡的痛苦,不过这种痛苦完全是他们盲从所造成的。

日本民族有盲目服从的恶德,我们不能否认这个事实,但我们要分析他们所以会盲目服从的原因。明治维新之后,他们所提倡的是实用科学,尽力模仿西方的物质文明,至于驾驭这种物质文明的精神文明,向来不加注意的。有了兴盛的工业、便利的交通、繁荣的市场,他们还缺少什么呢?以后几十年中它的进步亦着实惊人。人家能制造的,他们立刻亦能出产,而且因为人工的低廉,东西还可以便宜一些。日本在世界市场中,永远是可怕的劲敌。几十年来,工业和军备把它列入第一等强国之林,成了人家钦佩和妒忌的对象。直到最近几年,我们才发现它的缺点。它所缺少的是创造的气魄,思想的能力,以及大国民的风度。提倡科学几十年,不过是亦步亦趋,始终没有走上独立创造的路径。并且人民永远在军阀樊笼的封锁之中,根本谈不上思想的能力。再看其狭小的气宇,浅短的眼光,更令人一望即知是小国家的人民了。科学不是不应该提倡,但不与精神文明同时并进,这是极危险的。西方假使只有工业革命,而没有精神的大解放时代,其结果亦是不堪设想的。我们只看见工业革命以后进步之速,而忘掉了文艺复兴,宗教改革及政治革命,这是多不可恕的事呀。

一个过务实际的民族,其行为往往带有危险性的,其眼光也只能看周围的事实,而不会离开现在去看到将来。一个民族永远在实用科学的训练之中,这等于叫人不要思想,不要观察,其结果一定眼光看不到三尺以外。虽然勇于服从,但不过令板垣这辈人看了欢喜,对自己是一无好处的。技术人才有他们的好处,有他们的贡献,但亦有他们的短处和缺点。一个民族都变了技术人才,这种缺点是很显著的。有人曾经说专家的头脑总是不健康的,这当然说得太过火。但在某一个范围内,专家往往不能认清事实,这倒有相当理由的。技术人才的思想大多是公式化的,而在公式化的思想之下,问题往往十分简单。好比日本军阀是这样想的:要富国惟有强兵,要强兵惟有增加人口,而增加人口的惟一出路,又是向外发展。这一种公式化的思想,所谓大和民族都十分赞同,不然,侵略的战事就不会大胆发动的。所以这一次的大屠杀,日本军阀是主犯,而日本人民是帮凶,而其所以会帮凶的原因,大抵是因为他们都封锁于公式主义的思想之中。

明治维新之后,单方面提倡使用科学,其恶果是如此,亦许不是当时一般人所能料到的。我们对于这幕人类的悲剧,一点不抱幸灾乐祸的心理,因为它的飞机大炮,不但毁灭了自己,而且也毒害了我们的民族。种因的时候一不小心,几十年以来的结果会如是之凶恶,而且影响会如是之广大,这不能不说是历史中最大的教训。

社会文明最大的原则,就是适调,而适调也者,最重要的又无非是精神物质两者能相辅而行。任何畸形的发展,总非社会之福。物质文明是可爱的,它把人类从自然的束缚之中拯救出来;但物质文明也是可怕的,假使没有崇高的精神作领导。我们不能因日本的先例而主张开倒车,毁灭机器和停开工厂,而促成另一种文明的畸形发展。在我们的理想之中,永没有卢梭的自然社会作为崇拜的对象。但是我们相信科学的提倡和其他社会学文学的提倡要相并而进的。并且科学也有理论的和实用的两种，实用科学使眼前就见效果，而理论科学是发明和创造的原动力。我们假使不以抄袭为满足，实用科学也不能单独负起进步的责任。所以我们提倡科学，仅仅提倡实用科学，也是不够的。这些问题，我们现在不提，我们只要问一问，实用科学的训练对人生观会发生怎样的影响。实用科学背后的人生哲学，可说是实用主义。有用的研究它，无用的就不管，这可以节省人力的多少浪费。但所谓有用和无用，这根据什么标准呢？根据个人的直觉？根据社会的暗示？最简单的恐怕还是根据政府的命令——政府指定什么应该研究，什么不应该研究，在这种场合之下，研究科学的实在就是机器人，研究者毫无独立创造的精神。科学本无所谓实用的，其所以有实用之称者，一定有人想统制，硬派某几门是实用的科学，限制研究的范围在某几个方面，所以实用科学一开始，就是思想的统制。实用两个字一在每个人的心理中作祟，人类就变为毫无远志的动物。所谓无用的科学，往往是很有用的科学，但为实用两个字下了死刑，就永远没有人知道它，认识它，这一方面的无知，永远是这个社会的缺憾。

研究科学的人，比较对于社会问题是隔膜的。而这种对于社会问题的隔膜，往往养成偏狭的见解。社会科学，许多人把它同玄学一样看待，但它的功用，至少可以使一个人的头脑开明一些。这种开明的头脑，亦许有许多人认为要产生危险的思想，但我们认为是社会进步很重要的条件。想避免日本军阀倒行逆施的行为，也非有开明的头脑不可。研究社会科学的人，比较有宽容的态度。恕道的精神是体验人生以后的结果，不了解人生的人是不能宽容他人的。这种宽容的态度是和平的基础。我们在提倡科学之先，应当先提倡这两种精神。

我们研究日本民族结论是很简单的：畸形的发展科学是变相的愚民政策，真正的提倡科学，应该与其他科学同时并进。

中国法律往哪儿去

吴传颐

法律中国本位化问题，已迭次被人们提出了。谁也不能否认新法制的发展始终未脱却抄袭和全盘搬运的方式。谁也不能否认新法制的内容还和社会实际生活有相当距离。战争的过程中，一切陈腐的，不适应的变态的事物，随着不能自已的暴露，终于清算了自己；一切新生的，适合的，正常的事物，却就在那里完成了胚胎，走上出生成长之路。法律，显然不能例外，问题于是益急迫地要求解决。"法律中国本位化"，因此被作为对策而提出了。

为了唤醒民族意识，在抗战的过程中，应使其不囿于一己的利益而愿自动服务于明显的目的。为了发展国民经济，在建国的过程中，应使能圆滑进行而不被过去的生产形态之意识所桎梏。为了完成革命，在进入宪政的过程中，应使为建国基础的法治真正实现，而不为陈腐的传统所逼害。

然而，怎样使法律中国本位化呢？为了解决这问题，我们应先看看问题是如何形成的。

数十年来，法律教育似乎已经失败了。我们试一回看清季习法之士，如沈家本，伍廷芳之流，他们不能通数国的文字，记得许多外国的法典，学说，判例，但是他们却比我们更明白法律的本质，关系和效用。只要我们把现行法律来和他们所订的法律对比，除了立法的技术有相当的进步外，就内容讲，我们还愧对他们。然而，这也不是偶然的。几十年来，不问坊间的著作，大学的教授，都尊崇法条，这种尊崇心有时近乎迷信，以为法律之研究，就是严格解释法条，法条是一串严格的演绎，不知道社会环境的变动，可以批评法律上的缺点。即遇到逻辑不能供一种解决的时候,他们宁靠本国或外国权威著作来做向导;对于现行法的批评,仍是抽象的而不感于实用上的需求。这些解释事业限于法律本文枯寂无味的评注,对于研究这些法条与社会需要相适合的程度,没有丝毫兴味。在这种情形下,不说法律是从外国移植来的,即便是货真价实的国产,也要和社会生活脱节。不过,本国法律的脱节,是个时间的脱节;移植而来的法律的脱节,是个空间的脱节。因此,"法律中国本位化"才名正言顺的形成了问题。

在这问题提出的时候,恐怕便有些好古成癖的先生们立刻主张重新搬出《李悝法经》《汉九章律》《唐律》乃至《大清律例》来代替现行法律。这或许是我过甚其词,但至少也主张应该研读这些典籍,在那里寻取未来法律的渊源。可惜,稀少的学者们,在这方面努力的尤为稀少。到底不是没有,他们的工作,自然值得好古的先生们称扬。然而,除了流水账式的排列律令,编纂典章,似乎没有告诉我们什么;并且,在时世变异的今天,我们看到这些东西和外国东西一样的陌生,甚至格外陌生。要想从这样工作,使法律中国本位化,果然难以办到;即使办到,新的问题会跟着产生,所以"法律中国本位化"又要再度被提出了。

我们希望法律直接的彻底的中国本位化呢,还是希望它僵化的半截的本位化,再来一度现代化呢?无疑的,答案将属于前者。可是,我们现在真该进一步的解决,已被提出的问题:怎样使法律中国本位化呢?

这里,我似乎有援用庞特一段话的需要:

"法律科学真要做出相当效果,它必不能悄然独立。迄于今日,他们莫不示认一事,即是:生于十九世纪中之法家极力主张法学分立于其他科学以外,这是大错,抑以前世纪在科学上所有倾向,大抵要将社会科学造成铁桶一般的组织,各自为政,各不相谋;于是各科学对于法学本身亦只听其自生自灭,而法学所有问题,其他科学即亦不愿过问。复在别一方面,法家亦故步自封,并造成自足态度,甚至对于与法学相关的别种科学所有问题及其所得结果,不愿与闻。如此锢闭行为,常使法家在解决问题时,怀抱极狭隘,而又偏私的眼光及见解。唯其如是,法律所以应付社会的终局问题,甚为落伍。法家关于承认甚至感觉该问题的存在亦为迟延；法律思想与庸众思想又十分隔绝，入于本世纪最初十年尤为显著。凡此种种流弊大抵造因于法学的遁世。"

就在这流弊业生的时候，我们从欧陆输入了法律，继其利者承其害，也是自然之事。只是人家早知"此路不通"，另开新径；而我们数十年来还在乱碰其壁，大有"不到黄河心不死"之概，时至今日，我们总该切实的反省。这里提出几准则，以供研究法律者参考：

第一，对于历史必须有严密的论理的修养。这样才能明白法律事物原为先民遗物，但欲应付现代所需，必经改变。只是人为的成就，毕竟有限，因之历史的继续性便成为我们所有行事的限制条件。不过，此际并非认识法律之静止。反之，文明既然不断的变迁，法律也必随之变迁，以相适应。这是要说：我们必须将古代的法律事理，加以变通，庶几不阻碍文明，还得促进文明。

第二，对于社会学，社会史必须有深刻的了解，然后才能完成社会学的法律史，研考前代所有律令，典章，原则，制度，和社会诸关系间之联系及其实效，并考察此类实效成立之由来，同时能以社会学眼光诠释法律，而视之为社会的产品。

第三，对于经济学民俗学必须有最努力的研究，方始能理解当地当时的文明，造成法学的假设陈义。因为，在世间任一文明的运行下，我们均经首先假定权利中之某几条大义，经为此一特种文明所承认，唯其如是，法家应负重大的责任。这责任可分为两步骤：一为寻出复以公式表明这些法学的假设陈义；二为依据假设陈义，构成一定准规及若干理想。

此外，对于哲学，伦理学，政治学乃至其他科学均须有适当的修养，庶几于事理之认识，现实之把握，问题之解决，不至狭隘而谬误，兼收左右逢流，应付裕如之乐。至于烦琐的解释，形上的论辩，将从此永久埋葬，因为这些都无需也不值我们耗费可贵的光阴与精力。

我们要一反昔日之所为——劳而无功的甚至有害的工作，如上述这样认真地做去，"法律之中国本位化"将随法学之昌盛而迎刃自解。

爱与憎

唐嗣霖

人有爱憎，也好像和化学反应中有氧化和还原一样，又正如物理学中的力有作用和反作用，数学中也有函数和反函数。它们都常是相伴发生的，虽然有时一方被隐着不容易察觉出来。事物的本身常是两面的，我们的看法也正如此。

我们常常听到这样的话："我爱美"，"我爱明月"。同时我们也听到相反的话："我恨他"，"我憎恶黑暗"。也许你爱这样的美，我爱那样的美。不管是"这样的美"还是"那样的美"，也不管是"你爱"还是"我爱"，我只须问人为什么爱美？"爱美是人类的天性"，这便是结论？明月是那么的清亮可爱；天下的事物清亮可爱的正不知有多少，你偏爱上明月。他，充其极吧，你说他是一个坏光蛋；但天下的坏光蛋岂只他一人，你凭什么要恨他。你憎恶黑暗吗？尤其可笑。人生百年便有五十年在黑暗之中，这样恨不胜恨，你将恨到死。假如有人证明死者还有知觉，那你在九泉之下，又不知恨到如何程度。

一时你落在烦闷焦急之中，看见美的事物，便激起你的愤怒，增加你的苦痛，因此你恨它，更憎恶它。看到明月，你便想起家乡，母亲，妻子，孩子，你感到世上的冷淡和无情因此你讨厌明月，你也恨它，偶然你发现他有超人的才能，当你在烦恼危急的时候，他安慰你，协助你，使你达到安全快乐的彼岸，这样你是爱他还是憎他？或者当悲观整个占住了你的心灵，你感到周遭都充满着失望，要逃去这现实的世界你又不能，这样你在黑暗中便感到安慰，它使你能隔离现实，得到梦想中的快活和成就，你或许将每天都盼望黑夜的早临，因为在这茫茫的苦海中，它是你唯一的知己和天堂。

你恨，你爱，你为着什么呢？有人说，世上没有绝对真正的理由，即使有也只是属于科学方面的，我们对于人生问题，只能有好的理由。你爱它，憎它，或有时爱它有时憎它，或先憎它而后爱它，你的灵感便供给你唯一的好理由。

我们大部分的人对于多数的事物，都是爱之不深，憎之亦不深，糊糊混混的过了一世，就是这样构成了我们人类社会中极普遍的现象。也正因如此，方不至于使我们人类互相仇视太深，演出残杀的恶果，它维持我们人类合群的社会生活。请你想想，假如人类不幸，每人都有一种顽固而深刻不可迁就的爱憎心理，那世界将要闹到什么程度呢？今天还能生活在安乐和平之中吗？

虽然，由于东方日本民族性的偏狭和西方希特勒的疯狂，我们暂时处在一种混乱和不宁之中，但这样能继续到几时呢？日本人从一种偏狭的利益的教育中，获得一种偏狭的爱国思想，他们深爱自己的国家，忘却了别人也爱别人的国家，他们憎恶别人侵犯他们的国家，他们自己却要侵犯别人的国家，日本全国都被一种偏狭深刻不可形容的爱憎心理所笼罩，他们都是失去理性和知识的狂徒。希特勒也正是被同样的爱和憎的心理所统辖，一样也是个半疯子，这样带着一种偏狭深刻的爱和憎而毫无理性和修养的人，能在现代的文明世界中延存生命？一切妒忌和斗争都可由他们引导而出。

我们常常听见人说，要建设世界上永久的和平，我想，与其是这样的喊得太响或太高，还不如大家努力来建立一种爱憎的标准。这是不能由政治方面着手的，而必须有一种好的适当的教育和文化，说得更确切一点，便是需要一种文学和修养和艺术的陶冶。一个人没有这种修养和陶冶，他将终身作为一种偏狭的爱憎心理的奴隶，不但牺牲自己，而且为害公众，今日的日本人民和希特勒便是供给我们一个很好的例子。

我们中国现在也正需要建立一种新的道德观念，这种新观念将帮助我们建立一种新而好的爱憎标准，我们要发动新文学新艺术的力量，以完成此种适当的永久的标准的建立。有人说我们要完全欧化，又有人说要完全守旧和复古，这两种意见都是受有偏的爱和憎的影响。尤其是后者近于对本国民族文化的夸大空想，势不可能。历史是不会倒流的。前者的缺点在近几年中也完全暴露出来，这样都学得外表，毫无真实的内容，你能在历史中找到一个民族完全模仿一个外族而成功吗？那个只是同化。

人类的社会和历史，都是他们的爱和憎活的表现。许多罪恶都是由它们造出，同时许多伟大的事业也由它们促成。它们是人类社会生活中各种现象的主动者，也是促进人类社会进步的原动力。战争由它们激起，和平由它们维持。将来人类社会的幸福要依赖他们现在所建立的爱和憎的标准的适当与否为转移。一切文学和艺术将能改正我们对于爱憎所建立的标准的错误，但是文学和艺术的本身却也要依仗我们的爱憎而生存。

世界上最愚的人和最痴的人都有他们的爱和憎，人类不能离去爱憎而独存，除非他们已失去一切知觉和感觉同草木一样的生存。

期　待

卢　静

苏州河静静地淌着，河上架着一座车辆来去不绝的外白渡桥，河岸边泊满了大大小小的驳船，汽艇，煤烟和尘埃充满了这居住着五百万人口的孤岛上空。

桥外便是那条有着宽阔河面的黄浦江。外滩公园里的草地已经枯黄，邻旁不远的和平女神站在一个高高的石台上凝视那些流水似的车辆，流水样的人群。

什么都如旧。在苏州河南的租界里什么都已经恢复了战前的原状。不，应当说比战前更繁盛些。黄浦江里虽然仍寄泊着几艘××兵舰，江风吹着舰上的太阳旗猎猎作声，在不甚猛烈的阳光下反射着刺目的颜色。但江水是日夜地流的，它已冲洗了二年前这江上被屠杀人民的血腥，冲淡了这二年来孤岛上一部分人民的记忆。

几天来天空里就布满了彤云，厚重地堆积着，并且吹着刮骨的寒风。但圣诞将到，漂亮的仕女们更显得活泼，装束得更入时。她们在宽阔的南京路上散步，眼睛向两旁的店家门面里陈设的物品瞄着，花铺里陈列了应时的各色花束，花圈。先施，永安，新新，大新等百货公司的大玻璃窗里站立着棉花做就古大的圣诞老人，旁列各色花篮，中盛各色糖果，一面又用彩纸在白棉做就的雪地上缀着"Christmas Gift"等巨大瞩目的字样。

人行道上挤满行人，公共汽车也加班地开，可是班班还挤不下，没座位，大光明，大上海，南京，国泰几家电影院门外的顾客没命地在候买票。喏，静安寺路上仙乐舞厅外矗起一座高高的彩牌坊，发国难财的大腹贾，维新政府,大道市政府的新贵们驰着一九四〇年流线形式的汽车停驶在门外。

苹苹才从一家今夏初开的"弄堂大学"挟着几册厚厚的洋装书出来,倚在站旁假睡的包车夫立刻站了起来伺候他的女主人上车。

"这天真有些阴阳怪气,老不下雪,要是下雪那该多好!"

车子叮当一响,一阵寒风吹醒了她的梦想,她把大衣领扯高些,一面又用戴着厚绒手套的左手按了按她的鼻。

"毛先生下午来过不?"苹苹好似突然清醒过来,记忆起什么。

车夫鲍二尽力的拉,没有回答,苹苹也没介意到。车子滑冰般驰过亚尔培路的一个转角,经过一家回力球场。

"哪,要是下雪那该多好。"

她看了看左手腕上的表:四点半。准准确确的四点半。

"四点半,也许他已等待好久了,真要死。这劳什子学校,一定要上课,装什么腔。"她有些懊悔不该上这下午一堂课。

进门,母亲照旧和头发稀疏的吴家伯母,并在一个教会学校里读书的璋表姐打麻将。她一言不发,走进自己的寝室。

"陈妈,打脸水!"

她卸去手套,又卸去了大衣,围巾,并那紫色的法兰绒西帽。身体肥胖,走路迟缓的陈妈端进一盆冒着热气的脸水。

"陈妈,你知道毛先生来过不?"

陈妈对她的小姐瞪着眼,好似没听清楚,想了半晌,才恍如大彻大悟了起来:"来过的,毛先生说叫小姐等一下,他等一会再来。"

窗外天空里的彤云好似更厚了。天黑下来,室内的电灯已经发光,照着鹅黄色的窗帘,虽然室外的气候几乎是滴水成冰,屋内却显得很温的。

"拍——拍——拍"客厅里传来一阵响亮的打牌声,夹杂着吴伯母和那位璋表姐的咧嘴的大笑声。

苹一声不响,与其说她是在寻思些什么,毋宁说她是在对当前的环境生气。对于家庭整天地嘈嘈杂杂打牌,她其实有些看不惯。母亲反正什么都听女儿,家里除了这位时常出巡的城隍老爷父亲外,下来便算是她了。父亲不在,她更当来整饬一下。她狠狠地向客厅里扫一眼。

吴伯母的丈夫吴伯勤素来她是看轻的,这倒并非为的他最近加入了伪组织,这种人她是早已看透的。暴发户,小家庭,在乡下专和镇上的党部勾结，一面又开设爿油酱店，卖着漏税的酒，人机警，能识风转舵。但吴伯母的那种出身低微，只要年纪大些，谁不知道他们的结合还不是件很尴尬的事？她的好炫耀自己真有些忘本，苹苹对于这种人就顶鄙视。

"母亲真不知为什么，什么人都会扯拉到家里来。"

然而寂寞真是件难排遣的事，人们活在这世界，各人都有他的寂寞。母亲对老是去乡下做买卖的父亲回乡，都市里的生活她有些过不惯，电影院，跳舞场对她的确是太陌生，母亲活了五十岁，看去虽远不过四十许人，究属是太老了。不管人们的规劝，她总不出门一步，甚至南京卖场也不想去。对这种不知生活享受的人有什么办法！你们能想出一个更好的办法吗？

客厅里哗啦哗啦刺耳的洗牌声还不时传来，中间除了吴伯母带着沙声的说话外，还有璋表姐不时得意忘形尖锐的怪叫声。

陈妈端去了脸水。苹苹披上那袭父亲为她过年新添的绒大衣。她不耐烦地重复看了看左手的表，分针指着十二时，她在室内不耐烦地踱着。

寂寞，真怪！老是寂寞。这世界上难道就找不到一块没"寂寞"二字的地方吗？在乡下住，简直要闷死人。那种狐群狗党伪组织的恶形恶状，她见了就要作呕。但在上海，虽有美国电影，跳舞场，并和毛先生一类人物，初时她倒也觉得有些新鲜，但现在又觉疲倦了。疲倦像魔鬼般爬上她全身，近来她动不动要发怒。

所以有时璋表姐对她的生活略有微辞时，她便会想："你们叉麻将才清高吗？"

窗外的暮色里飘飘荡荡地竟下起雪来了。客厅里的麻将也散了场。璋表姐想回家，可是母亲和吴伯母她们都主张饭后再连场。

"有什么忙的事，这样匆匆，反正是闲着，这里又不是没地方给你睡。陈妈，你去个电话到璋小姐家，说她今晚不来了。"

苹苹独自站立在窗帘前，对着窗外的下雪天呆呆出神。客厅里已陈列好晚饭，她底妈正在催她进膳，她可没回答。

"他不来倒也好，谁一定要他来！"

上海是一个不夜的城。马路上已亮起点点繁星似的电炬，大百货公司的屋顶，争奇斗巧地亮着红红绿绿的霓虹灯。雪仍旧下着，可是一沾到地上便溶化了。上海真像个暖炉，整天在沸，在变，这里不知包含了多少的罪恶，多少没良心的事，像某些人的说法，说有那只巨大的魔手去掀开每家住家的屋顶看看，多少人在陋湿得不见阳光的屋里生活。人们像一群鼬鼠，吃着乌黄的饭，终天在地下爬。一年到底他们终在计算着几毛钱一天的工资，如何能多得到一些，如何能买块鱼肉来当菜。他们的脸是灰白的，眼睛好似已失去光芒。同时，还有些人，虽然每天生活在阳光里，可就没有一丝的遮盖，不论风风雨雨，他们夜来蜷曲在马路旁或弄堂里过着夜。天在下着雪，最近一月来统计，这些人们已冻死了八百，伟大，上海真伟大，有什么地方能比得上它。圣诞老人反正已穿起厚厚的羊皮袍，他是不管这事的。

苏州河静静地淌着，雪亮的汽车不断的在它上面的桥上向浜北，虹口进出，交叉地驶着。大世界的大时辰钟已准准地指点着那个大阿拉伯字"7"上面。

这时一辆鬃着银色的汽车开足马力正驶过外白渡桥。

"你知道你父亲出去几天了？"母亲心上有些不宁，眼睑在忐忑价跳。她放下正在夹菜的那双红木筷向才在进第一碗饭的苹苹大声地问："快过年了，还要下乡！乡下又不靖，别动队，游击队，名声好听，其实全是些变相土匪。快年底到了，他们会不动吗？苹苹的爸真有些不知好歹！"——她看了看四围的人们——"吴家伯母，阿璋，你们道如何？"母亲的声音有些苍凉，最后简直变成一串喃喃诅咒似的自语了。但谁知道苹苹的父亲真的是回乡去。

苹苹怎回答，苹苹在想着更远的事。并且她以为父亲又不是小孩，出去会走失，迷路，不知利害，不会回来。她想母亲是过虑。老年人真有那份婆婆妈妈的心情，说来她又不懂得。苹苹在这一方面看得相透。况且父亲又不在做什么坏事，值得有那份担心。

今年苹苹二十二岁。正像我们中间有些人所谓"如花年华"的时候。她有她的寂寞，她有她的一个天地。对人生，对事物，她已有了一种自己的看法，她认识不少的如毛先生一类的人物。她需要较强的刺激。她希望下雪，但下了雪，她又觉得无聊了。

那辆银色流线型汽车已经过外滩，转进南京路，驶过惠罗公司，经过味雅、雪兰，停落在静安寺路仙乐舞厅的门外。舞厅门外已挤满许多人，响亮着一串明亮的欢笑声。汽车门开了，这里跨出来有苹苹的父亲和吴太太的丈夫吴伯勤。

"砰！砰！"人丛中起来一阵急密的枪击声。一颗子弹穿进苹苹父亲的太阳穴,一颗打中了吴伯勤的胸腔,凶手在混乱的人群中安逸地脱逃。石阶旁遗留着二具尚在流血的尸首。

雪仍旧下着,母亲放下吃剩的半碗饭,侧着头凝视着窗外。人们沉默着,整个的客厅没有一丝的声息。吴伯母和璋表姐也好似感到一种不祥的预兆快要来临。苹苹可还在想:"父亲不是小孩,出外会迷失路,不知利害进退,不会回来?"

母亲看着窗外的雪。雪仍旧在飘,飘在对面的屋上,飘在马路上,它又飘入了静静淌着的苏州河和日夜奔流的黄浦江里。可是它们都被融化了,变成了水,带走了一切路上的污秽,以洗去百乐门旁的血,汇成一道洪流,流向外滩的黄浦江里。什么都已如旧。不断的只是江中的流水。

苹苹在想:"难道父亲真会迷路吗?"

人们在期待着。

本期撰者:

徐敦璋先生前任南开及四川大学等校教授,现在重庆任职。王赣愚先生在本刊前二期发表《养士与政治》一文,本期所论述是补充上篇的。

邹文海先生是国立湖南大学教授,不久以前在本刊撰过一文。吴传颐先生现在湖南民国学院任教。

第三卷第十六期（1940年4月21日）

时评

北欧战事

半年来欧洲沉寂战局，骤然为德国在丹麦，挪威的军事行动所打破。依日来形势观，一方面，英法力谋以其优越的海军切断德国与挪威间的海上运输；另一方面，德国也力谋充实远征军在挪威的实力，巩固其在挪威的军事据点。这个争夺斯堪丹奈维亚的恶战，正是方兴未艾。

丹挪两国今日的处境，固然值得我们的同情；然而，此番丹挪的不幸，不过予近十余年来世界和平努力的失败以一个新的事证。"九一八"事变之后，姑息，苟安，幸免的心理，把前一次欧战后所建立的集体安全制度整个的葬送了。今日民主国困苦的地位是自食前此软弱近视国策的结果，而丹挪等弱小国家是附带的牺牲品。

德国这一次向北欧突袭的行动，显然是针对英法最近经济封锁政策而发。就军事上论，德国于一日之内占领丹麦，陷奥斯洛，占据挪威主要港口使英法□有不及措手之势，未尝不可以自豪。不过这个铤而走险的办法能否达到完全成功，仍是一大疑问。战局既然展开，两方当然要出全力以相搏。然斯堪丹奈维亚半岛霸权的争夺是要借重于海军与空军，而以海军为更主要。德国的空军还可与英法争雄，海军则相差太远了。这一星期海军战斗虽互有损失，然长此消耗，英法海军实力未尽，而德国海军势将全数消灭。德国在挪威之远征军，虽能暂时托足，亦何能以持久。也许希特勒，一不做二不休，一方面以重兵经波罗的海，假道瑞典，进援在挪威之部队；另一方面再以闪电的攻势袭击荷兰，比利时以牵制英法。那么战局更为扩大而且热烈。而战事结束的时间也许将因此要缩进了。（山）

意大利在地中海集舰

近日北欧战事正酣，意大利突然集中军舰于地中海，此举世人颇加注目。意国目的何在，外间揣测大致以此举为援德之表示，我们看法亦是如此。

前些时，意德首相会晤于布伦纳举行，对于两国声援的策略有所决定这点不待证而明。欧战爆发以后，意德的轴心，并未因意国宣告中立而消灭；实则此时意国保持中立，对德确有裨益，而德国对其不参战的苦衷，也是很谅解。只就地势上言，意国如急于参战，英法倘临之以强大海军，就会受到莫大的威胁；并且它自身是先天不足的国家，一旦被英法封锁，纵勉强作战，亦难以持久。所以意大利处现势下，其上策是利用中立的地位，在泥水中摸鱼；依一般推测，在战局胜负难分之前，它是不会参战，就是将来要参战，恐怕也要参加胜利方面。这点似无可疑议。

意国此时虽举棋不定，然骨子里却寄同情于德国。它与德国俱是"无"的国家，向英法均有所诛求，如果德国败了，便孤掌难鸣，处境更形困窘。这些天，北欧海战剧烈，德国在英法强大海军压迫之下，将蒙受重大之损失，实使意国暗中发愁，所以设法在不违反中立的方式，间接给予盟友以奥援。德国海军力量，远不及英法之强，此际倘即被完全歼灭，则英法以海军单独对付意国，更是绰绰有余。由此以观，意国此次集舰于地中海，其最真的动机，即是在这一带牵制英法，使其不敢调动军舰，再向北海增援。换言之，英法因意国此举，在地中海亦不能毫无顾虑，只得分散他们的海军力量，如此无形中便减少了对德的压力。

意大利对于目前欧战，虽不能长此置身局外，然此际时机尚未成熟，此次集舰之举，只求其一时牵制英法，自当适可而止，绝不会对英法发生直接冲突。实情是这样简单，我们似不必妄加预测。（贡）

倭国染指荷属东印

日本的侵略国策本有所谓"北进"与"南进"的两种。北进政策以中国大陆为目标，南进政策以南太平洋一带为目标，所以前者又称为大陆政策，后者称为海洋政策。因为新式海军的发展还较陆军困难，而且南洋群岛，华南，印度支那一带又早为欧美帝国主义者所捷足先得，反之大陆政策除俄国外，中国本身的阻力很小，所以日本的侵略重心自然而然地倾向于大陆发展。不过同时对于南进政策也并没有完全放弃，尤其是海军方面看了陆军的耀武扬威，不能甘于落伍。甲午战后强割台湾，欧战期间的强占德属加罗林群岛，这次战争中的占领海南岛，都是敌寇没有忘情南进政策的证明。记得小矶就任拓相后，曾言向南洋群岛方面发展，本年二月间还拟定了一个南进计划，向南洋群岛方面发展经济势力。他虽系陆军人物，颇为一般少壮军人所期待，正因为如此，似乎坐了拓相椅子不能不做一点事，于是以陆军人物而推行南进政策。最近德荷关系紧张，暴日有机可趁，又学癞蛤蟆，想吃天鹅肉了。

据电讯所传，敌外相有田于十五日午后二时五十分邀荷兰公使巴勒斯特在外务省会见，说明日本政府之意见，请其转达本国政府。同日又对新闻记者答称："日本与南洋各地在经济上有相互密切之联系，苟战事延及荷兰，并影响及荷属东印度，则非但将影响及上述之经济上互赖共存与共同繁荣之维持与发扬，抑且就东亚'和平'与'稳定'言之，亦将引起不快之局势。日本政府有鉴及此，对于因欧洲战事扩大而引起之局势，致其影响及于荷属东印度之现状者，不得不极表关切云。"日本各报纸亦受外务省之示意，谓荷兰若果加入欧战，日本即有出而"保护"东印度群岛之可能，根据这种种消息，很显然地，日本企图趁欧战将灾及荷兰之机，染指荷属东印度群岛，实行惯用的趁火打劫阴谋。

荷属东印度群岛物产甚丰，煤油，橡胶，锡矿等更是战时日本所迫切需要的；加以日本年来经济疲惫，亟图振兴可以获取外汇之对外贸易，以资弥补，欧战虽起，英法日关系既未能好转，美日关系反更趋恶化，日本发展贸易的目标只有转向英美势力较小的区域，所以南洋群岛成了日寇的垂涎目的之一。小矶的倡议向南洋发展，并闻最近拓务省已决定新增一南方局，从事南洋发展之计划，便是很好的证明。

不过除了趁火打劫的经济阴谋外，有田的公然表示还另含有三种可能的意义：第一企图威胁荷兰，以见好德国，重温其三国轴心之旧梦。第二是梦想藉此以威胁英法，迫其对中国问题让步，并且日若获取荷属东印度群岛，对美国势力范围下之斐列滨，法属安南，英国海军根据地之新加坡，更是直接的威胁，使英美法不得不有所顾虑。第三是阴谋转移国际及日本国内视线。列强对华注意力若能由中国大陆转移到南洋一带，则日本得以自由遂行对华侵略之阴谋；日本国内视线若能他移，亦可减少因对华事件而引起之种种责难。

日寇对荷属东印度群岛究采何种处置，虽尚须视欧局之演变而定，但是近来有田的表示已经充分暴露了暴日的阴谋，岂仅荷兰一国之一事，英美列强势力牵入，而于我国关系亦至为重大，不容丝毫忽视。（迅）

文化的体与用

贺 麟

许多人对于哲学发生兴趣，大概都是由于他们平日喜欢用思想去观察文化或批评文化。当一种异族文化初输入一个地方时，最易引起当地人士观察和批评此种外来文化的敏感。当一个旅行家游历了不同的国家，观察了不同的民族，他对于各国和各民族的风土人情，生活习惯，历史文物等，必少不了有一些感想或批评。有人说文学的本质在于批评人生，而真正有意义有价值的生活就是文化的生活。所以即说文学的本质在于批评文化亦无不可。文学家可以说必然是文化批评家，如法国的福禄泰尔，卢梭，德国的莱辛，黑尔德，歌德，席勒，英国的卡莱尔，安诺德，辜律巳等，都是文化批评家。他们一方面对于政治社会有实际影响，一方面也启发了后来不少的纯粹系统的哲学家。批评文化可以说是思想界最亲切，最有兴趣，对于个人和社会，对于物质生活和精神生活最有实际影响和效果的工作。因为文化批评一方面要指导实际生活，一方面又要多少根据一些哲学理论。所以文化批评乃是使哲学与人生接近的一道桥梁。有许多没有专门研究过哲学的人，因为批评文化而不知不觉地涉历到哲学的领域；也有许多纯粹专门的哲学家，因为批评文化，而使得他们的思想与一般人发生关系。

本文的主旨就在提供一些批评文化的概括原则。因为我深感觉得自从西洋文化与中国文化接触以来，差不多每一个能用思想的中国人，都曾有意无意间在那里多少作一些批评文化的工作。然而我们的文化批评似乎大都陷于无指针，无准则，乏亲切兴味，既少实际效果，亦难于引导到深彻的哲学领域。而由批评文化所提出的几种较流行的口号如"中学为体西学为用"，

"中国本位文化"，"全盘西化"等，似乎多基于以实用为目的的武断，而缺乏逻辑批评的功夫。所以我希望对于文化的体和用加以批评的研讨，或许可以指出批评文化的新方向，引起对付西洋文化的新态度。

体用二字乃是意义欠明晰而且有点玄学意味的名词。兹试先将常识意义的体用与哲学意义的体用分别予以说明。常识上所谓体与用大都是主与辅的意思。譬如"中学为体，西学为用"之常识的意义，即是以中学为主，西学为辅的意思。反之，假如一个西方学者研究中国学问，他亦未尝不可抱"西学为体，中学为用"的主张。其实中国留学生之治西学者，亦大都以西学为主，中学为辅，亦即可谓为以"西学为体，中学为用"，完全与张之洞所指的路径相反。依此意义，则专学文科的人，可以说以"文科为体，理科为用"，反之，学理科的人，亦可持"理科为体，文科为用"之说。现今大学于学生选习科系，多有主科辅科之规定。我们亦可以说大学生选习科系，莫不以主科为体，辅科为用。一个人专治主科，而不兼习他科以辅之，是谓约而不博，有体无用。一个人博习多科，而无精约的主科，是谓有用无体。从这些例子可以见得常识中所谓体用是相对的，是以个人的需要为准而方便抉择的，是无逻辑的必然性的。但试再以"中学为体，西学为用"作例。如果中学托天人性命之学，指精神文明，而西学则指声光电化船坚炮利之学，指物质文明而言，则天人性命之形而上学，理论上应必然的为声光电化等形而下学之体，而物质文明理论上亦应必然的为精神文明之用。如是则"中学为体，西学为用"不仅为常识的应一时之需要的方便说法，而成为有必然性的有哲学意义的说法了。

至于哲学意义的体用须分两层来说。一为绝对的体用观。体指形而上之本体或本质（Essence），用指形而下之现象（Appearance）。体为形而上之理则，用为形而下之事物。体一用多。用有动静变化，体则超动静变化，此意义的体用约相当于柏拉图的理念世界与现象世界的分别，亦可称为柏拉图式的体用观。一为相对性或等级性的体用观。将许多不同等级的事物，以价值为准，依逻辑次序排列成宝塔式的层级（Hierarchy）。最上层为真实无妄之纯体或纯理型，最下层为具可能性可塑性的纯用或纯物质。中间各层则较上层以较下层为用，较下层以较上层为体。譬如，就大理石与雕像言，则雕像为大理石之体，大理石为雕像之用，但就雕像与美的型式言，则具体的雕像为形而下之用，形而上的美的纯型式为体。又如就身与心的关系言，则身为心之用，心为身之体。就心与理的关系言，则心为理之用，理为心之体。

依此种看法，则体与用的关系为范型（Form）与材料（Matter）的关系。由最低级的用，材料，到最高级的体，本体或纯范型，中间有一依序发展的层级的过程。这种看法可称为亚里士多德的体用观。这种体用观一方面包括柏拉图式的体用说，认纯理念或纯范型为体，认现象界之个体事物为用。一方面又要以纯范型作为判别现象界个体事物价值的标准，而将现象界事物排列成层级而指出其体用关系。譬如在中国哲学上，朱子持理气合一之说，认理为体气为用，则近于此处所谓绝对的体用观，而周子则无极而太极，太极而阴阳，阴阳而五行，五行而万物。似以无极为太极之体，太极为无极之用。太极为阴阳之体，阴阳为太极之用。阴阳为五行之体，五行为阴阳之用。五行为万物之体，万物为五行之用。似分为五个层次的相对的体用观。但若从绝对的体用观来看，则无极太极皆系指形而上之理言，为体，而阴阳五行万物皆系指形而下之气言，为用。如是则哲学上两种体用观的异同所在，想甚明了。简言之，绝对的柏拉图式的体用观以本体与现象言体用。而相对的，亚里士多德的体用观，除以本体现象言体用外，又以本体界的纯范型作标准，去分别现象界个体事物间之体用关系。以事物表现纯范型之多或寡，距离纯范型之近或远，而辨别其为体或用。

　　哲学上所谓体用关系，与科学上所谓因果关系，根本不同，绝不可混为一谈。科学上的因，在时间每为果之前件。而体与用乃逻辑的同在，合一，无时间上先后的关系。科学上的因与果，都同是形而下的事物，无价值的等级或层次之别，而哲学上的体属形而上，用属形而下，体在价值上高于用。譬如就心为身之体，身为心之用而言，我们不能说在科学上心为身的原因，身是心灵活动的结果。因为身体运动的原因，须于物理学生理学求之。我们只能说，心是身之所以为身之理。身体的活动所代表的意义，价值，目的等，均须从心灵的内容去求解释。

　　知道了体用的意义，请进而考察什么是文化之体。

　　朱子说，"道之显者谓之文"。古哲所谓文，大都是指我们现时所谓文化。孔子说，"文王既殁，文不在兹乎？"意思就是说文王既殁，文化不就寄托在我这里吗？此外孔子所谓"天之将丧斯文"或"未丧斯文"的文，都是指文化或民族文化而言。又如孔子被奉为"文宣王"，韩愈，朱熹被谥为韩文公，朱文公，也就是尊崇他们为文化的寄托者，负荷者，或西人所谓Kulturtrager的意思。所谓"道之显者谓之文"应当解释为文化是道的显现，换言之，道是文化之体，文化是道之用。所谓"道"就是宇宙人生的真理，万事万物的准则，亦即指真美善永恒价值而言。儒家常说"文以载道"，其实不仅"文艺"以载道，应说"文化"以载道。因为全部文化都可以说是道之显现。并且不仅文化以载道，我们还可进一步说"万物皆载道"，"自然亦载道"。因为"道在稊米"，即可说稊米亦载道。"凡物莫不有理"，即可说凡物莫不载道。英国诗人丁尼生有一首名诗，大意谓园里一朵小花，若能加以彻底了解，便可以理会到什么是天与人的关系。这就是说，小花亦所以载道，由小花的理会亦可以见道，知天。

我们虽承认自然万物，小至稊米花草，皆是道的显现，但我们不能说，自然事物都是文化。文化与自然虽皆所以载道，但文化是文化，自然是自然，两者间确有重大区别。要解答这层困难，我们似乎不得不补充修正朱子的说法，而这样解释："道之凭藉人类的精神活动而显现者谓之文化。"反之，"道之未透过人类精神的活动，而自然地隐晦地（Impliritly）昧觉地（Unsconsciosnly）显现者谓之自然。"换言之，文化乃道之自觉的显现也。自然者乃道之昧觉的显现也。同是一个道，其表现于万物有深浅高下多少自觉与否之不同，因而发生文化与自然的区别。

讨论文化的体与用到了这里，我们便得着四个概念：（一）道的观念，文化之体。（二）文化的观念，道之自觉的显现。（三）自然的观念，道之昧觉的显现。（四）精神的观念，道之显现或实现为文化之凭藉，亦即文化之所以为文化所必依据的精神条件，亦即是划分文化与自然的分水界。这四种观念若用现代价值哲学的名词加以解释，则（一）道即相当于价值理念，（二）精神约相当于价值体验，或精神生活，（三）文化即相当于价值物，（四）自然即是与价值对立的一个观念。若从柏拉图式的绝对的体用观说来，则道或价值理念是体，而精神生活，文化，自然，皆道之显现，皆道之用。若从亚里士多德式的相对的体用观说来，则精神生活，文化与自然，皆道之等差的表现。低级者为较高级者之用或材料，较高级者为较低级者之体或范型。如是，则自然为文化之用，文化为自然之体；文化为精神之用，精神为文化之体；精神为道之用，道为精神之体。

这四个不同的观念中，最重要但是又最困难最古怪的，当推精神一观念。精神也实在是意义纷歧而欠清楚的名词。但在此处我们可以简单地说，精神就是心灵与真理的契合。换言之，精神就是指道或理之活动于内心而言。也可以说，精神就是为真理所鼓舞着的心（Spirit in mind inspired by truth）。在这个意义下，精神也就是提高了，升华了洋溢着意义与价值的生命。精神亦即指真理之成于中形于外，着于生活文教，蔚为潮流风气而言。简言之，精神是具体化，实力化，社会化的真理。若从体用的观点来说，精神是以道为体而以自然和文化为用的意识活动。根据这个说法，则精神在文化哲学中，便取得主要，主动，主宰的地位。自然也不过是精神活动或实现的材料，所谓文化就是经过人类精神陶铸过的自然。所谓理或道也不过是蕴藏在人类内心深处的法则。将此内蕴的隐晦的法则或理道，发扬光大，提出于意识的前面，成为自觉的具体的真理，就是精神的活动。假使道或理不透过精神的活动，便不能实现或显现成为文化，而只是潜伏的，缥缈的，有体而无用的道或理罢了。这样看来，自然只是纯用或纯材料而非体。道或理只是纯体或纯范型而非用。都只是抽象的概念，惟有精神才是体用合一，亦体亦用的真实。道只是本体，而精神乃是主体。文化乃是精神的产物，精神才是文化真正的体。精神才是真正的神明之舍，精神才是具众理而应万事的主体。就个人言，个人一切的言行和学术文化的创造，就是个人精神的显现。就时代言，一个时代的文化就是那个时代的时代精神的显现。就民族言，一个民族的文化就是那个民族的民族精神的显现。整个世界的文化就是绝对精神逐渐实现或显现其自身的历程。

在上面这一大段里，我因为想尽力绍述一些黑格尔的思想，意思也许稍嫌晦涩费解。其实总结起来，意思亦甚为简单。就是广义讲来，文化（包括自然在内）是道的显现。但严格讲来，文化只能说是精神的显现，也可以说，文化是道凭藉人类的精神活动而显现出来的价值物，而非自然物。换言之，文化之体不仅是道，亦不仅是心，而乃是心与道的契合，意识与真理打成一片的精神。

因精神中所含蕴的道或价值理念有真美善的不同，故由精神所显现出来的文化亦有不同的部门，因不同部门的文化之表现精神价值有等差之不同，遂产生相对性文化的体用观。譬如真理是一精神价值，哲学与科学皆同是真理之显现。但哲学追求价值的真理，科学追求自然的真理。哲学阐发关于宇宙人生之全体的真理，科学研究部分的真理。哲学寻求形而上的理则方面的真理，科学寻求形而下的事物方面的真理。因此虽就绝对的体用观说来，科学与哲学皆同是精神之用，精神兼为科学与哲学之体，但就相对的体用观说来，我们不能不说哲学为科学之体，科学为哲学之用。又如宗教与道德皆同为善的价值之表现。但宗教所追求者为神圣之善，道德所追求者为人本之善，宗教以调整人与天的关系为目的，道德以调整人与人的关系为目的。在此意义下，我们不能不说，宗教为道德之体，道德为宗教之用。又如艺术与技术都同是代表美的价值的文化。但艺术是超实用的美的价值，而技术代表实用的美的价值。艺术是美的精神生活的直接产物，而技术只是实用智慧的产物。故只能说，艺术是技术之体，技术是艺术之用。至于政治法律实业经济军事等，距真美善之纯精神价值更远，乃科学道德技术之用，以科学道德技术为体，而直接以自然物质为用。

对于各文化部门之体用相对性略有所了悉，请更提出规定各文化部门之三原则，以供观察文化、批评文化之参考。（一）为体用不可分离。盖体用必然合一而不可分。凡用必包含其体，凡体必包含其用，无用即无体，无体即无用。无有无用之体，亦无有无体之用。如谓宋儒有体无用，近代西洋文明有用无体的说法，皆属不知体用合一关系的不通之论。譬如就宋儒之以理学为体言，亦有其对自然，人生，社会，历史种种事业之观察研究以作之基。换言之，宋儒有其理学之体，亦自有其科学之用。又如宋儒虽重人事方面的道德修养，但亦自有其用，希望进而希天之宗教识度，及至诚感神的宗教精神以为之体，至于宋儒的理学及其道德观念，对于中国社会，政治，民族生活影响之重大深长（影响之好坏姑不具论），乃显而易见者，更不能谓为有体无用。至于近代西洋物质文明有其深厚的精神基础，稍悉西方文化者类能言之，亦不能谓为有用无体。所以无论事实上，理论上，体用都是不可分离的。（二）为体用不可颠倒的原则。体是本质，用是表现。体是规范，用是材料。不能以用为体，不能以体为用。譬如宗教哲学艺术等在西洋文化中为体，决不会因为介绍到中国来便成为中国文化之用。而科学技术等在西洋文化中老是居于用的地位，亦决不会因为受中国实用主义者的推尊，便会居于体的地位。所谓冠履不同位，各部门文化皆截然有其应有的逻辑地位，决不能因一时实用，个人之好恶，而可以任意颠倒的。持体用颠倒说，认形而下之用为本体，认形而上之体为虚幻，便陷于形而上学的割裂，持体用分离说，认为有离用而独立存在之体，有离体而独立存在之用，便陷于孤立的武断论。第三个原则，为各部门文化皆有其有机统一性。因为各部门的文化皆同是一个道成精神的表现，故彼此间有其共通性。一部门文化每每可以反映其他各部门的文化，反映整个的民族精神，集各种文化之大成。这个原则是应用有机的宇宙观的说法以讨论文化。因为据近代有机的宇宙观的说法，每一事物都是全宇宙的缩影，是一个反映全宇宙的小宇宙。甚至可以说，每一事变都是集宇宙过去一切事变的大成。自然事物既然可说是一个有机统一体，则持此说以表明文化事物为一有机统一体，当然更平正而无偏弊，譬如，试以西洋现代的基督教而论（不管旧教或新教），在不知有机统一说的人，必以为基督教根本是反科学的，反平民化社会的，反无产阶级革命的，反物质文明的。其实我胆敢说一句，中世纪的基督教，是中古文化的中心，近代基督教是整个近代西洋文化的缩影与反映。可以说西洋近代精神的一切特点，基督教中皆应有尽有。反之，西洋近代精神的一切特点，近代科学研究中亦莫不应有尽有。因为西洋近代的科学与近代的宗教，皆不过是从不同的方面以表现此同一的西洋近代精神罢了。

根据上面的一些理论和原则来讨论我们对西洋文化应取的态度的问题，我们可得下列三个指针。

第一，研究，介绍，采取任何部门的西洋文化，须得其体用之全，须见其集大成之处。必定对于一部门文化能见其全体，能得其整体，才算得对那种文化有深刻彻底的了解。此条实针对中国人研究西洋学问的根本缺点而发。因为过去国人之研究西洋学术，总是偏于求用而不求体，注重表面而忽视本质，只知留情形下事物，而不知寄意于形上的理则。或则只知分而不知全，提倡此便反对彼，老是狭隘自封，而不能体用兼赅，使各部门的文化皆各得其分，并进发展。假使以这种偏狭的实用的态度去研究科学，便难免不陷于下列两个缺点。一因治科学缺乏哲学的见解和哲学的批评，故科学的根基欠坚实深厚，支离琐屑，而乏独创的学派，贯通的系统。一因西洋科学家每承中古修道院僧侣之遗风，多有超世俗遗形骸的精神寄托与宗教修养，认研究科学之目的亦在于见道知天，非徒以有实用价值之技术见长。此种高洁的纯科学探求的境界，自非求用而不求体者所可领略。

我所谓治西学须见其体用之全，须得其整套，但这并不是主张全盘西化。因为说须对于所研究的那一部门的学术文化，得其体用之全或得其整套，即是须深刻彻底理解该一部门学术文化之另一说法。有了深刻彻底的了解后，不唯不致被动的受西化影响，奴隶式的模仿，而且可以自觉地吸收，采用，融化，批评，创造。这样既算不得西化，更不能说是全盘西化。譬如，就政治制度而论，彼持全盘西化之说者，似应将西洋的法西斯主义，民主主义，共产主义等全盘搬到中国来，一一照样模仿扮演。但我仅主张对于各种理论之体与用，之全套，之源源本本，加以深刻彻底了解，而自己批评地创立适合民族生活时代需要的政治方案。此种方案乃基于对西洋文化之透彻把握，民族精神之创进发扬，似不能谓为西化，更不能谓为全盘西化也。且持数量的全盘西化之说，事实上理论上似均有困难。要想把西洋文化中一切的一切全盘都移植到中国来，要想将中国文化一切的一切都加以西洋化，事实上也不可能，恐怕也不必需。而且假如全盘西化后，中国民族失掉其民族精神，文化上中国沦为异族文化之奴仆，这当非提倡全盘西化者之本意。但假如中国人有选择有创造的能力，与西洋文化接触后，中国文化愈益发展，民族精神愈益发扬，这不能算是西洋化中国，只能说是中国化外来的一切文化。譬如，吸收外界食物而营养身体，只能说人消化食物，不能说食物消化人。又譬如宋明的理学，虽是与佛教接触很深很久的产物，但不能说是"佛化"的中国哲学，只能说是"化佛"的中国哲学。所谓"化佛"，即是将外来的佛教，吸收融化，超越扬弃的意思。所以我根本反对被动的"西化"而赞成主动的"化西"，所谓"化西"，即是自动地自觉地吸收融化，超越扬弃西洋现在已有的文化。但须知这种"化西"的工作，是建筑在深刻彻底了解西洋各部门文化的整套的体用之全上面。固然，我承认中国一切学术文化工作，都应该科学化，受科学的洗礼。但全盘科学化不得谓为全盘西化。一则科学乃人类的公产，二则科学仅是西洋文化的一部分。

第二，根据文化上体用合一的原则，便显见得"中学为体，西学为用"的说法不可通。因中学西学各自成一整套，各自有其体用，不可生吞活剥，割裂零售。且因体用不可倒置，西学之体搬到中国来决不会变成用，中学之用，亦决不能作西学之体。而且即在精神文明为体，物质文明为用的前提下，或道学为体器学为用的前提下（因在张之洞时，有认中学为道学，西学为器学之说），中体西用之说，亦讲不通。盖中学并非纯道学，纯精神文明，西学亦非纯器学，纯物质文明。西洋的科学或器学，自有西洋的形而上学或道学以为之体。西洋的物质文明亦自有西洋的精神文明以为之体。而中国的旧道德，旧思想，旧哲学，决不能为西洋近代科学及物质文明之体，亦不能以近代科学及物质文明为用。当中国有独立自得的新科学时，亦会有独立自得的新哲学以为之体。中国的新物质文明须中国人自力去建设创造。而作这新物质文明之体的新精神文明，亦须中国人自力去平行地建设创造。这叫做以体充实体，以用补助用。使体用合一发展，使体用平行并进。除此以外，似没有别的捷路可走。此外以新酒旧瓶，旧酒新瓶之喻来谈调合中西文化的说法，亦是不甚切当易滋误会的比喻。因为各部门的文化都是一有机统一体，有如土壤气候之于植物，密切相关，决不似酒与酒瓶那样机械的凑合。

第三，根据精神（聚众理而应万事的自主的心）为文化之体的原则，我愿意提出以精神或理性为体，而以古今中外的文化为用的说法。以自由自主的精神或理性为主体，去吸收融化，超出扬弃那外来的文化和已往的文化。尽量取精用宏，含英咀华，不仅要承受中国文化的遗产，且须承受西洋文化的遗产，使之内在化，变成自己的活的产业。特别对于西洋文化，不要视之为外来的异族的文化，而须视之为发挥自己的精神，扩充自己的理性的材料。那入主出奴的东西文化优劣论已成过去。因为那持中国文化优于西洋文化者，每有拒绝西洋文化以满足自己的夸大狂的趋势。那持西洋文化优于中国文化的人，也大都是有提倡西学，厉行西化的偏激作用的人。我们不必去算这些谁优谁劣的无意识的滥账。我们只需虚怀接受两方的遗产，以充实我们精神的食粮，而深彻地去理会其体用之全，以成就自己有体有用之学。那附会比拟的中西文化异同论，现在亦已成为过去了。若比较中西文化的异同，目的在使生"悟解"，但结果恐会引起"误解"。因为文化乃道，精神之显现，可以说是形而下的价值物。形下事物间的关系，可以说是"毕同毕异"，而无有绝对的异同。若执着文化间之异同，认为绝对，则陷于武断。所以应该直接探求有普遍性永恒性之理则，勿庸斤斤于文化事物之异同可也。

因此我们无法赞成"中国本位文化"的说法。因为文化乃人类的公产，为人人所取之不尽用之不竭的宝藏，不能以狭义的国家作本位，应该以道，以精神或理性作本位。换言之，应该以文化之体作为文化的本位。不管时间之或古或今，不管地域之或中或西，只要一种文化能够启发我们的性灵，扩充我们的人格，发扬民族精神，就是我们所需要的文化。我们不需狭义的西洋文化，亦不要狭义的中国文化。我们需要文化的自身。我们需要真实无妄有体有用的活文化真文化。譬如，你写一篇科学论文，我不理会你这是中国科学抑是西洋科学，我只去考察你这篇论文是否满足任何真实的典型的科学所应具备的条件。所以我们真正需要的乃是有体有用的典型文化，能够载道显真，能够明心见性，使我们与永恒的精神价值愈益接近的文化。凡在文化领域里努力的人，他的工作和使命，应不是全盘接受西化，亦不在残缺地保守固有文化，应该力求直接贡献于人类文化，也就是直接贡献于文化本身。

平衡物价与统制供给（下）

伍启元

一、防止物价高涨与统制物品供给

在统制物价时，倘使统制机关没有同时统制物品的供给，则统制是不易成功的。统制物价，就是用人为的方法使物价离开了在自由市场中供需所决定的地方。因此倘使只对物价干涉而不对供需干涉，则供给的量必较少于或较多于有效需要的数量。在官定价格较自由价格为低时，供给的量会"不够"；在官定价格较自由价格为高时，供给的量会"过多"。无论供给的量是"过多"或"不够"，结果市场都会失去平衡，价格统制都是无法成功的。

在战争已经进展到相当高的阶段的时候，价格统制的主要目的是在防止物价的暴涨，所以官定的价格总比放任的价格为低。在这种场合之下，物价统制机关应该设法增加市场上供给的数量，使其不致"供"不应"求"。

所谓增加市场上供给的数量，可分积极和消极两方面说。积极方面，应该使来源增加，使生产增加，和使生产者把产品拿到市场上；消极方面，应该防止"囤积居奇"。

关于积极增加物品的来源，应从增加生产力方面着手。倘使一个物品在本国生产的条件不是过于不适宜，则应该设法增加本国的生产，而不应增加外货的输入。在这外汇十分困难的时候，增加了一分军用品以外的外货的输入，便等于减少了一分抗战的力量。除了在不得已的场合，除了本国自行生产的条件过于不利，我们以为都不应该用"增加输入"的方法来增加物品的来源。我们以为都应该用"增加生产"的办法来达到相同的目的。对于增加生产，统制机关一方面应设法使生产者所需用的原料及其他生产要素的供给不发生困难，使生产者的生产能够顺利地进行，及保护生产者使其能够取得合理的利润；而另一方面应该进一步改良生产的技术，增加社会的生产力，但只增加生产还是不够的，统制机关并且应该有能直接或间接收购生产者全部或大部分出品的办法。

在中国现在生产情况下，我们以为最有效的统制生产的办法就是由统制机关以原料及其他要素（特别是工具和流动资本）借给生产者，而以生产者（甲）在生产时依照政府的指导而进行生产和改良技术，及（乙）在物品生产后依照政府的指导而出售产物为条件。倘使统制机关采取这个方法，则统制机关既可以使生产者不致因缺乏原料，工具，或流动资本而发生困难，更可以"强使"生产者改良他们的技术，及"强使"生产者把物品出售给政府或政府所希望的机关。一举三得，所以是最好办法。同时在中国现在情形之下，这也是最有效的办法。因为只用劝导的方式去使生产者改良生产技术，或只用命令的方式去强迫生产者出售其产品，至少在中国现在的情形之下，是很难收效的。但若把资本或其他生产要素借给生产者，而以生产者改良其生产技术为条件，或以生产者出售其产品与政府为条件，则很易使生产者就范，服从统制机关的指导。

上面所说的是积极增加市场上供给数量的一般的方法，但只提出一般的方法还是不够的。我们应进一步讨论在统制各种不同的物品时所应特别注意用各种不同的办法。因为一种可以适用于甲种物品的方法，通常不一定同时适用于乙种物品。

我们首先可以讨论在统制农产品时所应注意的地方。农业——特别是中国的农业——有一个重要的特点，即农业生产的规模通常是很小，而农业生产者的数目通常是很多。因为这个特点的存在，所以农业是最适宜于放任，而最不适合于统制。在统制物品时，我们对每一种生产，都必须有一个统一的组织，来推动一个统一的计划。农业生产因为规模太小，情形太复杂，所以不易拟定并实行一个统一的计划；农业生产因为生产者太多，所以一方面本身不易组成一个统一的组织，而政府所设立的机关又不易指挥或统制全部分的生产者。正如德国在上一次战争所流行的一句话所指示："你不能为每一头牛设一个警察"。因此在农业方面，用直接的或命令的方法是不会有效的。所以在统制农产品时，政府应采取比较间接的方法。统制机关必要使农民于不知不觉间就已接受了政府的指挥，然后统制才易收效。为着要达到这个目的，政府首先应把农民组织起来：使自由放任的农民们彼此发生关系，逐渐形成一个整体。最好的办法，是推动农村合作运动。农村合作社是组织农民的最好办法。政府不止要把农民组织起来，并且应该用经济的力量，使农民成为国家的——而只是国家的——"附属者"。在这方面，最好的办法是借款给农民，而以农民依照政府的指导而进行生产及出售产品为条件。在这种情形之下，农民是因为债务的关系而接受政府的统制，而不是因为法令的关系而服从政府统制。结果他们不会有怨言的：因为他们历代都是受债主的"统制"。他们或且因为政府在利息方面较高利贷的债主为低，而欣然接受呢！用放款的方法来统制农业时，放款的情形应与现在农村放款不同，在量的方面，应该大大地增加；现在每一合作社社员只能借十元以至数十元的数目，实在太少。将来应以产品为抵押，按农民生产能力而定借贷数目之大小，我们以为可以放款至农民生产平均额百分之六十至七十。政府应该制定法令，规定除政府的放款机关外，任何私人或团体均不得以农产品或农民所有的耕具，原料，或以土地为抵押而放款给农民，倘使他们放款给农民，只能依靠农民自身的信用为保障，如农民不还债，则法律不予债主以保护。倘使政府能制定这种法令，则一般的人都不敢放款给农民，结果农民只能向政府的放款机关借款，因此就不能不甘心受政府的统制。

倘使上一段所说的"上策"，政府不愿意办，则应放弃统制生产或统制生产者的企图，而专从收购农产品方面着手，从这方面着手可以说是一种"中策"。政府应用法律禁止若干农产品的自由收购或出售，规定只有政府的统制农产品的机关才有购买或委托代理人购买的权限。换句话说，在原则上政府对被统制的农产品应宣告政府"专买权"。但对这个专买权的运用，可以有各种不同的方式：（一）由政府的统制机关直接征发，而给以合理的价格。用这种方法时统制机关可以委托地方比较可靠的机关代办或直接按乡村联保派人坐收，政府应特别注意租谷。凡用被统制的物品缴纳地租时，政府应命令佃农将所纳的产品交给统制机关或其代表，然后由统制机关或其代表把收条交给佃农，佃农以收条纳租给地主，地主再按收条向统制机关或按照官价领收货币租金。至于佃农自己所分得的产物，或自耕农自己所收获的产品，则除他们因生活之必需而得保留若干数目外，其余应全数按照官价售给统制机关。这一个办法最宜于粮食的统制。（二）政府也可以委托商人代为收购被统制的物品。采用这种方法时政府应宣告除被委托的商人外，任何其他的商人均不得收买或用其他方式收取被统制的物品。商人代替政府购买时应采取已往商人自行购买时的办法，不要使农民感觉到有统制之存在。在中国现在情形之下，商人可以决定价格之高下，而农民通常只按商人所定的价格而出售。因此只要购买商都依照政府的办法和按照政府所定的价格去购买，则商人很易地就能维持政府所定的官价的。政府对于受委托的商人，应给予合理的佣金。（三）统制机关也可以不直接委托商人代购，而允许凡领有执照或特许证的商人自由采购。但统制机关发给执照或特许证时，应以商人将全部购得物品售给统制机关为条件。最后两种办法最适宜于原料物品及出口物品的统制。

无论用哪一种方法去收购农产品，统制机关在收购农产品时应该设法鼓励生产。统制机关对于用优良的种子所生产的产品或用改良的生产方法去生产的产品，应该特别给予较高的价格或其他优厚的待遇。

又为着使农民能够——并且愿意——继续生产起见，统制机关应该维持生产者所需用的原料及工具，不要使生产者因为原料或工具的缺乏而不能生产。

倘使政府连上述的"中策"都不能办到，而只知用法令统制零售的价格，则是一种"下策"。最近（廿八年二月六日）昆明统制米价的失败，云南省府不能不取消统制米价，而任由市场情形自然决定米价，这是一个最好的教训。昆明统制米价之失败，虽然某某等方的囤积操纵要负很大的责任，但这种只知用"法令"去统制零售或其他价格的办法本身，也要负重要的责任。

其次，我们可以讨论在统制工业产品所应注意的办法。工业产品可以分为手工产品及新式工业产品。关于手工业，也因为太散漫和规模太小，所以不易统制。但手工业产品而有统制必要的，数目不多。我们以为都可以由中国工业合作协会设法统制。统制的办法，与农产品相似。统制机关也可以用放款或借出原料的方式来统制手工业。但主要的办法，在手工业方面，应从统制产品的收购方面着手。具体的办法，不外上面在讨论农产品收购问题时所提出的（一）（二）（三）三点——但更应采用（二）（三）两种办法。

对于新式工业和矿业的统制，比较容易，凡是与军用上有密切关连的，政府可以直接接办或对其物品全部或局部用官价去加以征发。至于其他新式工业因每一工业的工厂数目不多，政府可以很容易地与各厂商妥各种合理的统制办法。但为便利统制起见，政府仍应设法增强每一业的同业公会的组织。如属可能，政府应将各新式工业组织各种横的及纵的组合。那么统制的办法，只要对这些同业公会或工业组合发施命令和对各工厂加以监督，便能达到统制的目的了。

　　本国出产的物品，不外是农产品和工矿业产品两类。关于这两种产品的生产统制方法和收购统制方法，我们已加以论及。但除了这两种统制外，政府还应该统制由收购机关至趸售商人，由趸售商人至零售商人等过程。对于一般的被统制的物品，政府如对生产或收购已有统制，则政府只要命令收购机关依照一定的价格出售，并限制趸售商人和零售商人利润数目或出售价格，便能达到稳定物价的目的。倘使政府对生产或收购没有统制，则统制的工作便会十分困难。政府必要对趸售商业或零售商业有较大的干涉，才有成功的希望。在这方面可有如次的几个办法：（一）由政府专卖——必需日用品及日用的"奢侈品"，如菸（包括卷烟，酒，茶，糖等），可以由政府专卖。出口特产如桐油，猪肉，生丝等，可以由政府专营。（二）由政府监督而由专卖公司销售——现在有些重要出口物品的统制，就是用这个办法。（三）由政府监督而由一般商人销售——在采取这个办法时，统制机关应有权发给营业特许证，有权禁止无特许证的商人从事营业，有权取消任何商人的特许证。（四）放任商人自由销售而由政府担保官价之实施——在采取这个办法时，统制机关应在公开市场无限制地按照法定价格买卖被统制的物品。用这种办法去维持物价，与平衡基金委员会维持法定汇率的办法相同。

　　倘使政府因为环境恶劣，对某种商品不能用鼓励私人生产的办法去增加它的来源，而那种物品又是不可缺少的，统制机关应该准备于不得已时直接从事于那种物品的生产。

　　上面所说的是对本国出产的物品的统制方法。至于外国出产的物品，我们以为除了在国防方面或民生方面所不可缺少的物品外，都应设法减少其输入的数量。只要在国防方面或民生方面所不可缺少的物品，统制机关才有维持其输入之必要。对于这些物品，应由贸易委员会，进口公司，或其他机关保证其源源输入，在可能范围之内，这些机关应与外商订立长期供给的契约。

　　除了上述各种积极的办法外，统制机关在消极方面，应该防止"囤积居奇"。投机者囤积居奇物品，减少了市场上可以出售的物品的数量，增加了平衡物价的困难，是应该特别取缔的。政府应该制定法案，限制私人囤存货物。倘使未得到统制机关的特许私自囤积货物，应以"经济叛逆"论罪。

二、防止物价下跌与统制物品供给

倘使统制物价的主要目的是在防止物价下跌，而不在防止物价的上涨，则问题便完全不同。在这种场合之下，官定的价格应比放任的价格为高，供给的量必较有效数量的量为多，因此物价统制机关应该设法减少市场上供给的数量，使其不至"供"过于"求"。

在战争已经进展到相当高的阶段的时候，防止物价下跌的问题是不会发生的。但在其他时期，则物价下跌的严重性会较物价上涨为大。例如在战争初发生时，许多物品因为受了战争的打击，所以物价大跌，结果很多区域的经济都大为衰落。将来在战争结束的时候，由战时经济转到平时经济的转移时期，许多物品的价格必会暴跌，我们认为政府应该设法防止这种变动。此外在平时的状况中，自由经济的国家都会遭遇着周期性的"不景气"。在不景气的时期，物价下跌，失业增多，发生了许多严重的社会问题。因此在将来建设新中国的时候，政府应尽力减少及预防这种价格的波动。

无论是防止任何一种的价格跌落，在供给方面，物价统制机关的主要工作是限制及减少物品的来源，限制物品的来源，也可以分积极和消极两方面。

积极方面，政府应从减低外货输入及限制囤货生产着手。减低外货输入的办法很多，例如禁止入口，提高国税，提高运费，统制汇兑等办法都是；政府可以按照实行时的客观环境，而分别选择采用。使本国市场与外国市场相当地隔离，是防止物价下跌最有效的办法之一。这种办法或者是过于"短视"，但在这整个世界都走上了保护主义的今日，将来在战后我们实有考虑采用之必要。否则倘使门户大开，战争停止之后中国不难成为外货倾销的市场，因而引起物价的低落，和增加生产事业的困难。

关于限制本国的产量，其工作还较减低外货输入为困难，在新式工业和矿业方面，因每一产业的单位数目不多，统制机关可以直接与各厂商定各种生产的最高额，或间接利用同业工会来规定各厂的生产总额。统制机关也可以设法使每一重要工业组成一种工业组合，采用工业组合通常所采用的各种办法来限制产额。不但如此，政府并且应该成立"资本管理处"，以限制新的投资。凡欲新设立工厂，矿厂，或较大规模的企业，都应先得资本管理处部门的批准，才能成立。倘使能够对新的投资加以限制，也可以防止任何单独生产部门的"生产过剩"。

在手工业生产方面和在农业生产方面，则因生产规模过小，生产单位数目过多，所以极不容易限制各生产者的产额。在中国现在情形之下，最有效的统制农业产额和手工业产额的办法是从统制原料工具及从统制流动资金着手。对于手工业，则统制原料和工具确有限制产额的功能；但对于农业，则以利用贷款机关和购买机关去影响其产额，较为有效。此外加强农业生产者的组织（例如组织农业生产合作社），也可以帮助限制农业产额的工作。不过农业的生产，靠天时的程度甚大，所以用积极的方法去限制产额，其可靠的程度比较有限，所以应特别注重消极的方法。

消极方面，统制机关应把"过多"部分的产物加以收购。收购以后，或者储蓄起来，留待将来的消费，或者运销及倾销国外。统制机关把一部分的物品收购，则在市场上可以出售的物品的数量减少了，因此可以减少货物下降的趋向。

汪逆的主和与卖国

朱驭欧

抗战进入最后的阶段，军事，经济，政治以及国际形势于我们益为有利，可说是全国同胞希望最后胜利的到来最热烈的时候，国内出了一个汪精卫的怪物，率领其喽啰爪牙，弃职潜逃，离开了抗战的阵线，投入敌人的怀抱，自发出艳电以后而至签订所谓"汪日密约"，不惜百般摇尾乞怜，认贼作父，出卖自己的国家和民族，以求敌人的青睐。最近更变本加厉，在敌人的导演之下，公然在两年多前敌人大事屠杀，奸淫，劫掠和现在敌人极力推行毒化政策以及残害我们同胞的南京故都，招集南北群丑和大小汉奸，扮演古今中外所未曾有过的傀儡戏了。他这种倒行逆施，为虎作伥的做法，不特为国人所共弃，即世界上凡是主张正义的国家和民众莫不加以鄙弃和谴责。日本把汪逆捧出来，做它最后的"一张牌"，不特更暴露它的阴谋和毒计，同时，证明它对于侵略的法宝，已至山穷水尽的地步。所以汪逆的伪组织成立，只能坚定我们抗战到底的决心，在国际上只是引起恶劣的反感，对于我们抗战的进展，决不至有丝毫影响的。至于以汪逆个人过去的政治历史而言，他本是一个反复无常，善于花言巧语的政客，绝对不是一个具有政治主张，政治信仰和政治道德的政治家，所以他的中途变节，背叛党国，实意中事。不过像这样的人，过去在我国的政治舞台上竟能朝三暮四，跳了几十年未经淘汰，反而时常身居要职，不能不说是我国政治史上一大污点。而且因为他是能文善辩之士，过去也有不少的知识分子为他的花言巧语所迷，并且有少数的知识分子跟着他逃跑，作他的爪牙，以助成其卖国的勾当，不能不说是我国文人阶级堕落的象征。不特此也，像汪逆这样的败类，我国政府事前未能早将他正诸典刑，让他安全脱离法网，以致为敌人利用，更不能辞防范疏忽之咎。现在汪逆既然甘心降敌卖国，足证他已丧尽了天良和廉耻，我们对于这种人面兽心的人，纵如何口诛笔伐，决难望促其反省，老实的说，他已值不得我们一骂。况且他现在既已在敌人庇护之下，我们纵人人欲食其肉，寝其皮，暂时亦不可得。所以我们只有加倍努力，一方面肃清国内一切摇动份子和准汉奸，使不至再有第二个汪精卫产生；另一方面赶紧把敌人打出我们的国土，然后再和汪精卫及其群丑算账！

我们对于汪逆，虽不愿再费唇舌来声讨，然而汪逆在卖国当中，仍未改其善于花言巧语的本来面目，制造许多烂言，说什么"和平救国"，以图欺凌国人，淆乱国际听闻。他这些澜言，不特不能掩饰他卖国的行为，反而对他的罪恶欲盖弥彰，除自欺而外，岂能欺人？徒见其心劳日拙而已。不过有一点，似乎尚未得国人十分注意的，即汪逆卖国固已罪不容诛，而单就他的主和而论，亦是触犯国法，罪不容赦。现在让我对这一点加以引申。

国与国之间维持和平，本属正常之道，非不得已，自应力求避免战争，因为战争是残酷的，是非人道的，尤其是现代的战争，杀伤的力量特别强大。要维持国际和平，普通不外三种方法：（一）各国互相拥有主权与独立，事事根据平等互让的原则处理之，这样当然不至有战争发生；（二）国与国之间愿意将所有纠纷，付诸仲裁，以求公平合理的解决，在未采用此项步骤以前，彼此均不诉诸武力，如此战争或者亦可避免；（三）弱国对于强国之一切非理要求和举动，只是接受退让，甚至完全屈服，听其宰割，而不加抵抗，这样当然也不会有战争。第一种和平是公正的和平，也是我们所理想的和平；第二种和平只是暂时的和平，而未必能成为永久的和平；第三种和平则是奴隶的和平，而不是任何自尊的民族或国家所能接受的和平。当今的世界仍是弱肉强食，有强权无公理的世界，真正永久的和平固然只是梦想，即暂时的和平亦恒难维持，结果只有以武力对抗武力，从战争以觅取和平。

战争既然因为和平无法维持才至发生，但是一种战争发生以后，无论延长多久，亦必有结束之一日，即如欧洲从前因宗教的冲突所演成的三十年战争，结果经 Westphalia Peace Confernece 而得结束，即上次的欧洲大战，虽也拖了四年多，最后仍不免有凡尔赛和平条约的签订。由此足见天下无不和之战，汪逆此次主和，就屡次拿这个理由作招牌。但是要结束战争，恢复和平，也有三种情形，始能获得：（一）交战国双方势均力敌，不分胜负，战争持久下去，使得双方都感受痛苦，而愿意同时罢兵言和，重归旧好；（二）处于优势的国家，中途反省，厌弃战争，或者自知适可而止愿意让步，与敌国在合理的条件之下议和；（三）一国将另一国已完全用武力征服，使对方失去了抵抗的能力，如此战争亦当然告一结束了。所以虽说"天下无不和之战"，然战后所得上举三种和平的结果，却各有天壤之别！

要知日本自明治维新以后，即以灭亡我国，独霸亚洲，称雄世界，为其一贯的国策。它推进这个国策的方法，虽因时代及执政的人随时改变，然其目标是数十年如一日，始终未曾稍有变更的。以前利用我国军阀割据，挑拨离间，威胁利诱，专事制造我国的内战，以坐收渔人之利。及国民政府建都南京以后，因我国内部渐趋统一，日本以前的一切诡计均不得再售，并且恐怕我国完成统一建国以后，势力强大，必非日本所能敌……同时见欧洲正在多事之秋，英法诸国均不暇东顾，而美国又因孤立派尚占优势，不愿出面直接干涉远东的政局，于是日本的军阀认为有机可乘，侵华的野心愈形明朗，侵华的行为愈趋积极，由九一八沈阳事变起，直至卢沟桥事件发生止，可说日本得寸进尺，咄咄逼人。最初我国政府以国力未充，准备不够，尚不惜委曲求全，希望日本军阀反省，适可而止，不更为已甚；但是他们并不因此而放弃其灭亡我国的野心，其欲壑反愈填愈深。到了卢沟桥事变发生的时候，和平已经绝望，我国已忍无可忍，让无可让。因为若再忍让，只有完全屈服，自取灭亡之一途。到此最后关头，我国政府在蒋先生领导之下，遂不惜兴动全面抗战，以争取民族生存与国家独立。可见此次中日的战争，是日本一方面所造成的，日本应负完全责任。我国本是酷爱和平，若非迫不得已，何愿有此战争？战争至今，将及三载，我方固已蒙受重大的损失，深深感受战争的痛苦，然而日本的损失亦不在小，而它所感受战争的痛苦与困难较之我国实更为厉害，此后其军民反战思想之日益高涨，反战的行为日益扩大，足以证明。既然如此，如果日本的军阀幡然悔悟，放下他们的屠刀，退出我国国境，诚心诚意，规规矩矩与我国国民政府根据平等互惠的原则商议恢复和平，我国何尝不欢迎？只要如此，和平立刻可以恢复，而且我们对于他们过去一切屠杀政策与行为，亦可不据已往，予以宽恕。然而日本计不出此，始终不愿放弃它灭亡中国，独霸东亚，称雄世界的迷梦，即在其已感觉对华战事毫无办法的当中，仍想取巧，把汪逆拉出做它的工具，冀欲藉此结束战事，以实现其以华制华的阴谋。这样只更显得日本人的笨拙，因为他们自己既已倾巢来犯，尚不能灭亡中国，岂能用一个光杆汪精卫为傀儡而达到目的？

至于汪精卫的主和，最初他如果觉得敌方因战事无法结束，亦有议和的隐衷，而未察悉敌人用心之毒狠，竟贸然向敌乞和，是无异与虎谋皮，可谓愚昧狂妄已极！如果到后来见敌所要的和平不是汪逆所妄想的和平，因为吃了"和平天使"的迷魂汤的缘故，遂不惜把整个的民族与整个的国家奉送给敌人，接受一切奴隶的和平条件，以求达和平的愿望，亦可谓下流之至——如此而曰和平救国，则在卢沟桥事变之际，淞沪战事未起之先，即可办到，又何必牺牲数百万将士和无辜同胞的性命和财产才做呢？而且如此的和平救国，谁不能做到，又何必要汪精卫自邀功呢？

更有进者，退一百万步言，假令汪精卫的主和，是出于至诚，并且与敌人交涉和平的结果，绝对成功，换言之，敌人因喜爱汪逆的小白脸，愿意自动退出我国国境，恢复我国的主权与领土的完整，在平等互惠的原则之下，与我国共同建立东亚永久的和平，汪逆的行为仍是一种不法的行为，仍须受通敌的处分。因为和战之权在政府，而且政府对于和战，亦须经过法定的程序与机关，始能决定，即国家的元首若无此权者，犹不能妄自宣战或媾和，私人更何能干与？例如依美国联邦宪法的规定，宣战固须国会两院共同决定，媾和条约，亦须经上议院三分之二的通过，始能批准；故美国总统虽可造成战争局势，但不能单独宣战，虽可主持交涉和平，但不能单独签订和平条约，否则即属违法。按我国现行法律，宣战媾和之权，操在国民政府，代表国民政府者为国民政府主席。和战决定之权，则属于国防最高委员会及立法院。汪精卫出走之前，虽身居要职，然并无决定和战之资格，如他认为主和是对的，只能提出其主和的理由，以供政府采纳，政府若不采纳，即辞职甚至于自杀以争之可也，何能私自潜逃，直接向敌人乞和？最近美国驻加拿大的公使因未得美国政府的许可，于演说时，主张美国应参加欧战，以致被美国政府严厉申斥。斋藤在帝国的国会中，因发表不满意日本军阀对华所为的言论，竟被开除。若与汪逆私自潜逃，通敌乞和，两相对此，汪逆之罪，何等重大，应受何种处分？

总之，汪逆的卖国勾当，自汪日密约公布以至南京伪组织的成立，已昭然若揭，任他怎样善于巧辩，亦不能掩饰。而他所标榜的"和平救国"的口号，在理论上固显得他的荒谬，而其主和的方式，更是违背国法。所以他的主和与卖国，就事实言，乃是二而一，一而二，不能划分，但若绳之以法，他却犯了双重的罪恶，即万死亦不足以抵偿！

死

汪　雨

　　十二月的晴空，没有刺骨的狂风，沙石安静地躺在地上。

　　九点钟的光景，这个大都市还没有完全觉醒过来，宽阔的柏油路上仅稀少地走着一些卖菜的和把面部缩在大衣领里的学生，肩上搭着水鞋。

　　今天是星期日，远远地响着庵堂里的安详的钟声。

　　我们一共是五个，谁也不言声，默默地向万□公墓走着，我走在最后，让那些活泼、美丽的回忆（但如今却是惨痛忧郁的泉源了！）温暖着自己脑与心，清楚地刻画着一个人的面影。

　　在那阴暗的地窖里每天有着那样的一个面影：那双冷静而热情的大眼是这阴暗的两颗星星，它照亮了每一个同伴的心，给他们带来了温暖，同情，鼓励，在朋友中有的忍受不住那像是无完尽的痛苦的煎熬时她会温存地告诉你：

　　"我们工作的艰苦，这并非意外的。是这样，我们的生命是像条雨后的长虹，说不定在哪一刻就会突然地消灭！我们的生命里是充满了恐怖，艰苦，可是也只有这样才能产生出光明来，给那无数的正在受难的同胞，……忍耐点吧，我们的工作是需要忍耐的。我们的工作成绩，敌人的损失不就是我们的最好的安慰？来……"

　　接着是一个母亲的微笑浮现在那秀丽的脸上，拉起他的手又恢复了他的工作，那个像是受到了母亲的安慰似的羞愧的默然了。

　　我不能忘记她，那两颗星星永远的照耀在我的生命里，不过是十九岁的年纪，总是以蓝色阴丹士林的褂子罩着那并不肥胖的身体——那是被人称赞着"苗条"的——永没有脂粉的痕迹,永是一张微黄消瘦的脸,从那薄薄的两片嘴唇里吐出来的并不是那"银铃"般的声响,而是一种从提琴的G弦上泻下来的深沉的音符,每天我听着那音符,看着那颗星星,忘记了疲倦,恐惧,死亡,刑罚,忘记了我是在敌人掌握里反抗着的"羔羊",一种不应有的情感使我落在另一种折磨里,终于在一个深夜,朋友们都散去了,只留我们二人。她问:

"你回去吧,让我来收拾自己的东西。"

告诉她吗?不,我怕那圣灵受到亵渎。

许是那昏黄的煤油灯照亮了我脸上的东西。

"周,你——你怎么了?"她丢下了工作,走到我的身旁。

我哭了,我不知怎样回她,我为什么要那么惶恐呢!向她说吧,她会原谅我的,但那颗幼稚的心仍是使我把头伏到了桌上。

我的心更是惶恐了,想不到有一个温暖的东西伏在我的头上了,接着我又听到了那深沉而温柔的声音。

"究竟是为了什么?告诉我好吗,周?"

那颗固执的心,仍使她得不到回答。

"快告诉我。"她竟把我的头扶了起来,在那星星坚定的照耀里我看出了自己的怯弱,但我的眼睛并没离开它,那是多么温柔慈祥的抚摸啊!那是一个静碧的湖,多少人可以向里面跳,让自己的生命永远地沉在那里面呢?我为什么不能?不知道是哪种力量使得我那样做,我突然地把她的手从头上拿下来紧紧地握住了它。

"薇……"一朵红晕立刻浮上了她的两颊,但她仍立在我的脸前,那颗星星没离开我。

"薇,你——你能原谅我这样做?——薇,我不能再忍受这情感折磨了!我不能没有你,我一天也不能离开你——你是知道的,明年我就要离开这里了,到那辽远的地方去,我早就想和你说了,薇——你,你能答应我,不离开我,和我一道——你不知道这半年来为了你我受了多少的折磨,鼓了多少次的勇气,但我始终没有告诉你,我情愿一个人受着痛苦,我——"

"周,别说了,别再说下去了,我明白你,但为了工作我不得不那么样,你以为我是残酷吗?可是,你想,在这个环境里怎么允许我们那样做?若是这样,那么别的朋友亦可同样地——那我们的工作不是没有希望了?"

我看到那星星突然失去光度，它蒙上了一层薄薄的壳膜，几滴水珠顺着双颊流下来了，她坐在我的身旁。

"周，现在证明了我的预料是不错的。"

"你不会怪我？"

"为什么要怪你？我倒是奇怪你到今天才表示出来。"她把身子贴得我更紧一些。

"哼，他们都说在这个时候不应有爱情，这个我也会拉长了脸孔说——可是他们忘记了人不是架机器，只要供给力量却没有一点享受！我不能够那样做，我有工作的义务，亦有爱一个人的权利！——我为什么要使自己受那样的折磨？薇，你现在怎么想法？"

钟响了十二下，一阵冷风从窗缝吹进来，我不禁打了个寒噤。

她站了起来，把我的大衣给我穿上。

"我们该回去了，——太晚了路上不方便！"

"薇，不久我们就要离别了——五个月是很容易就到的，你答应我，你能和我一道去！自然，这里的工作是要紧，但是我们的前途也是应该顾虑的，到那里去可以学习更多的东西，这里的工作可以交给文达和庆贞，他们能够代替你的。"

她沉默地低下了头。

"这个愿望恐怕是不能实现的，你应该知道我的环境。"

是的，我知道：在她幼小的时候就失了父母，这些年来她是寄住叔父的家里，他是一个商人，有着一切商人的特性：吝啬，自私，卑俗，婶婶是个都市型的妇人，在舞场，牌桌，猜忌里打发着日子，虽然他们都是有着宗教信仰的，就是在这样一个忧郁的土壤里那圣洁少女的生命成长着，她也有着那宗教的信仰，但她懂得了基督的爱，懂得了世界上还有着黑暗的撒旦的势力，从《圣经》里她获得了一种慰藉，抑制了自己的为了那暗淡的生活流出的泪水。

"七七"后，学校在敌人的炸弹下毁灭了，自己的希望受了一个莫大的打击，敌人的疯狂的屠杀，残酷的奸淫，掠夺击碎了那颗纯真的宁静的心。代替它的是憎恨，是报复，她不再终日迷恋在上帝乐园的希求里，她不再信任"神是万能"的，不再信任仅以"爱"能拯救这个世界，她被"弟兄姊妹"讽为"远离了神"，"灰色的基督徒"，但她仍然是离开了宗教的捆绑而迈进了另一个虽然充满了恐怖，阴霾，死亡的世界，她被介绍参加了"×××××"，刻苦勤勉的工作替代了朝夕的热忱的祷告，一天，两天……一月，两月……过度的疲乏侵蚀了她的健康，但她却换得了所有的朋友们的敬爱，同情与工作的加速进展。

十一月的黄昏里，崇恩医院的二等病室里躺着了一个新的病者……

在一个深夜里我得着了贞从医院来的电话，带着模糊的哭声。

"我们的薇完了，你——快来吧！"

走进万□公墓的小礼拜堂。窗子挡上了黑的帷幔，几十枝白蜡代替了阳光，中间放着一口棺木，似乎显得很小很小，棺盖靠在旁边，薇的家属和朋友们站在棺旁，全是沉默的流着泪望着棺里那个沉默的人，我却独自地坐在长椅上，棺材，白蜡，在我眼前，我没有思想没有眼泪。

"周——快去看看她，就要盖上了。"

不知道是谁的声音，但我却服从了，走到棺材跟前，两手扶着棺沿。一种突然的惊喜擦亮了我的眼睛，这里面躺着的薇谁说她死了呢？她是那样的安静啊：眼皮轻轻地遮住了那两颗星星，嘴边依然留着一丝微笑，脸色却比在医院的时候白了些，而且颊上还有着两团红晕，头发也不像以前那样乱，温驯而繁齐地排在两旁，白缎的长衣裳裹住了她的躯体，上面有着一个紫色的小花圈，我仿佛看到她的胸部在起伏着，她正熟睡着呢。她是那样静穆，安闲，圣洁啊！假使现在她睁开了眼……在她死去的前一晚，她还是那样的拉着我的手，脸上起着痛苦的痉挛，虽然她已没有了声音，可是从她的眼里我却听到了她的话语——那里面有着泪水：

"吾会死了吗？不，不，吾不愿死呀！"

"薇——"我抱住了薇的脸，（分不出是薇的还是我的，泪水的滋味是带着咸味的啊。）我要把她从死亡里抢过来。"薇，你不能死，我不要你死！薇，薇——"我摇着她的头，但她的眼睛又闭上了——以后没再向我睁开过。

"薇，薇……"我低低地唤着她，我要伸手到棺里去把她抱起来，但那个年老的外国牧师止住了我。

"不可以，不可以！年青人，安静点。"他把我扶到了椅子上，"就要盖上了。"

大家站起来，他低声地做了一个祷告，随着他的是哭声里夹着"阿门"，他又翻开《圣经》念了一段。他指定了一首圣歌，大家都随他唱着。带着一张无表情的严肃的脸走到棺前，轻轻地把盖合上了，扭上了螺丝钉，他是那样的习惯，安静。

在歌声里伏倒在椅上。有一双手落在我的肩上："起来，帮个忙，把棺木抬出去。"

门口有着一辆小车，我和文达，贞，薇的叔父，老牧师九个人抬着那棕色的小棺把它放在车上，推向墓地去，那里有着一个方形的土坑在等待着。

教堂的光顶上飞着一群白鸽，太阳刺照着每个人的红着的眼。

无情的墓碑，无情的坟，无言地望着这个新来的伴侣。

在坑边老牧师又祷告了一次：

"主呵，感谢，赞美你，这次又看到你的恩典，这位姊妹的身上显现了，你真是可能的，替我们预备了乐园叫我们与你同住，叫我们早离开这个罪恶的世界，与你同住……主呵，感谢，赞美你的恩典，你为了拯救世人而被钉死在十字架，叫世人因你而得到救赎不致灭亡，反得永生，我们在你的宝血里得到了救赎……主啊，你真是慈爱的，感谢你！你在十字架上戴着荆棘冠冕流出了宝血叫我们得到了永生……阿门。"

"阿门。"我也随和着，一千多年前为要拯救人类而牺牲的圣者的画像清楚涌现在我的脑里，同时和他并在的还有着另一个画像。

木棺在绳子上缓缓地降低，作出滞涩的声音，低而闷人。

钟声里夹着歌声沉重撞击着每一个人的心，泪水滴在土上。

第一铲土洒到棺上，接着一铲一铲的不到一会木棺消失了，眼前是一堆土。

什么都完了，我未来的梦和一切过去，俨然一同都埋葬到土里去了。

本期撰者：

贺麟先生是西南联合大学哲学教授，在本刊曾发表《思想道德现代化与物质建设现代化》一文（见第三卷第一期）。伍启元先生关于物价问题撰多篇有系统的文章，其中数篇已刊登在本刊。朱驭欧先生是国立云南大学政经系教授。

第三卷第十七期（1940年4月28日）

时评

巴尔干与战局

巴尔干半岛向来有欧洲火药库之称，过去欧洲的战祸，巴尔干都不能幸免。这一次欧战发生，巴尔干，虽然不是导火之地，而时有牵涉入战团之可能。到底巴尔干诸小邦这次终能永久维持其中立地位与否，的确是耐人寻思。

如果巴尔干的地位只是现在交战国的问题，巴尔干诸国恐怕已经卷入漩涡了。"怀璧其罪"岂但匹夫为然。巴尔干的煤，汽油，小麦，及一切丰富的原料品就是他们所"怀"的"璧"。德国既感原料缺乏，对此富源之区，不能不加以攫取，而英法亦断不能束手不与德国争夺。经济外交的攻势，终会演变军事的行动。丹挪两国的命运就是一个显证。

然而巴尔干到今还可以勉强维持其中立地位者，无非因为他们所处的环境并不简单。我们可以说巴尔干现今是在德意苏三国均势下苟安。三国对于巴尔干都有染指的野心。而任何一国的行动，都有侵害其他二国权益的可能。苏俄虽然是德国的盟友，然而她绝不坐视德国席卷巴尔干，以堵塞其往黑海以西的发展。意大利也不能让苏德均分巴尔干的权利，而无所动于衷。

近日外间忽然有苏，德，意同盟的传说。传说的真确性，刻下仍无从证实。如果这个传说有相当的背景，巴尔干问题恐怕要成为三国联合的中心，巴尔干的地位，在最近的将来，颇有剧变之可能。然而如果三国对于巴尔干真有一个新谅解,英法绝不能坐视。英法在巴尔干半岛本身的实力并不甚大,然在近东方面,英法已经有相当的准备。巴尔干问题若果发生,则不但巴尔干本身变为交战国,近东各地恐怕也要随之卷入战争的漩涡。不过苏,德,意三国果否出此联合行动,意大利的态度似乎是一个大关键。德国已与英法开战,苏俄虽不愿真与英法交绥,然以地势关系,却无惧于英法。惟有意大利的地位要算是最为危险。尽管意大利近日时常作敌对英法的言论,尽管政府代言人极力夸大意大利的军力,明眼人便知其色厉内荏,地中海成为意大利湖沼的时期尚远。墨索里尼首相未必愿将整个的国运做孤注一掷。据巴黎电讯,英法已照会意大利,申言地中海及亚得里亚海之现状绝不容改变;又明言意若占领南斯拉夫之任何一部,或将其置于意国保护之下,英法立刻即否认意国的非交战国之地位。意对此项警告当然要加以深切的注意。意的态度若果不积极化,三国的联合行动自不可期。然而德或德苏倘不顾意大利,而取单面行动,则意大利反而有与英法携手的可能,因为她很可以分取战后巴尔干或其他领土权利为交换条件。这个微妙的局面如何发展,须待事实的证明,然无论如何,此后巴尔干局面变幻与战局自有莫大的关系。(山)

国军逼近南昌

南昌的陷落在去年三月二十四日,距现在已有十三个月。在这十三个月中,敌人尝夺取了南宁。此外,敌人只有吃败仗,一无所获。就以南昌而论,敌人所付的代价也是十分重大。论者谓敌人多占一个重要据地就要减少他们一分争取最后胜利的可能,增加一分他们总失败的必然性。这句话骤看起来像巧辩,但证以去年十二月来敌人在两广的牺牲,此说实有至理;证以最近南昌方面我军的进占及开封之一度克复,此说更有至理。

盖我国土广博而敌人兵力有限,所以敌人如用重兵略取某一重要城池。则其结果必至削减他们在旁地的卫成力。此次我军奋勇向南昌方向挺进,最近先后收复奉新,安靖,安义,迫近牛行,而南浔路万家埠等处且有被我截断的危险,是则南昌已成包围的形势。只要我方一面节节进逼,一面隔绝其援军,则克复当不在远。南昌克复,我军声威可以大壮,国际观听可以大振,而我方的自信力亦可大增。我们之所以热切企望克复南昌者盖在此。

然而南昌之即日克复或不即日克复,尚不是目下最重要的问题。目下作战最重要的问题就是如何以我之长,攻彼之短,戒我之短,防彼之长。敌方长处在能占据我之交通重道及重点,在声东击西,在行动敏捷。敌方短处在兵力不敷,在胜后而不能穷迫急追,取得伟果。我方长处在地广兵多,短处在各部队间联络欠密切,故呼应嫌不灵,合作嫌不足。因为敌长我短,故有乍浦大鹏湾及钦州的偷袭,而有沪京广州南宁之失。又因为敌短我长,所以南京广州南宁虽失,而敌人未能长驱直入。敌人因兵力不敷所以最怕牺牲。我们此后应使敌人不敢再进,进便予以重大的打击,而不让有所占领。我们此后更应使各部队取得密切的联络及合作,以截夺敌人所占的交通线。如能做到这些,则敌人不但不能前进,且终须后撤。

依我们的看法,无论南昌是否即日克复,钦邕公路的切断在今日实有急切的必要。因为此路断,然后南宁可以收复;南宁收复,然后西南可以稳固而物资可以流通,国家经济生活也可较为有常轨可循。(平)

整饬官常

最近国防最高委员会明令禁止公务人员作通常应酬性质的宴会,并颁布《取缔党政军机关人员宴会办法》九条:这种整饬官常的举措,我们认为十二分必要的。在抗战已经快到三年,前方将士正在把血肉来献给国家民族的今日,许多公务人员的私生活还是和战前一样的浮奢,还是和战前一样的腐化,这是无可讳言的事实。不但在私人酒食征逐中我们可以看见许多公务人员忘记了国家的危难,就是在因公宴会中也常常使人有"歌舞升平"的感觉!据某外国杂志某报章所传,在今年元旦某种盛大的宴会,我国若干高级官吏,在外宾之前,争作鸟兽嚣叫以示乐,几乎忘了形;至于私人宴会中的狂欢纵乐,就更不用说了。在这种情形之下,国防最高委员会明令取缔无谓应酬,我们认为是值得赞许的。

但这些奢侈的宴会只是公务人员生活中的一小部分。公务人员整个生活的方式不改变,则禁止应酬宴会是没有多大用处的。我们以为若干官吏的腐化生活,已经成为一种具有惰性的社会制度:只要一个人跑进那个圈子内,他是无法不受这个制度的支配。除了他再跳出那个圈子,他就只有"同流合污",过着各种腐化的生活。因此倘使政府真要整饬官常,真要改革公务人员的生活,则只是取缔宴会还是不够的。最高的当局应该从根本着手,分析腐化生活所以养成的原因,而设法把这些原因消除去。只要腐化生活的根本原因不存在,则整个公务人员的生活方式会完全不同,而各种浪费的宴会也就可以用不着禁止而会自行停止了。(元)

欧战的推演与中国的地位

钱端升

欧战自开始以来快满八个月,至今两方都未上劲。美国的报章杂志且常以"假战"二字来讥笑两方之不肯运用全般武力。但这次战争之所以并未达白热高度,也有他的原因。

两三年来,德国与英法两方面虽都疑惧战争之难以避免,但两方面都希冀或可幸免。德方以为英法人民的畏战心理可以使他们的政府继续让步;英法方面则一再企望希特勒的野心有止境。这种侥幸的心理在战事爆发的时候依然笼罩了两方的当局,所以有进攻英法力量的德国顿兵不进,口口声声要和,英法方面——尤其是张伯伦——则一再声明英法并不敌视德国人民,而只反对希特勒政权,希特勒如下台,一切事情都可商量,和平也不难恢复。换句话说,希特勒希望英法承认波兰亡国的既成事实并鉴于作战的困难,趁早停战,而英法则希望德国发生内乱,可以不战而收拾希特勒。

两方面既然都抱着不打而胜的心理,战争自然不免要流为"假战"。但是两方面的单相思终究成了泡影。在英法方面,他们总觉得战争既已开始,则不打倒希特勒,消除德方所加于英法安全的威胁,便不能罢休。因之,希特勒诱和的策略是失败了——虽则三月十八日意德边界希特勒与墨索里尼曾似乎可指出希特勒尚未完全抛弃这样的一种单相思。张伯伦等所怀德人揭竿而起逼独夫下野的单相思同样的不能实现,所以到了今岁二三月,英法方面的负责大员,如张伯伦,如达拉第,如西蒙,均再三警告英法人民,说德国人民全体是英法的敌人,并劝英法人民不要存只希特勒一人一党难与,而德国普通人民易与的心理。我们如果以此和去年九十月张伯伦及哈利法克斯等所发"只希特勒是公敌，德国平民不遭仇视"的论调比较，便可了然于英法作战方针的改变。

英法所希望的德国内部的纠纷既不发生，乃不能不改弦更张，另采他法。他们第二期所取的策略是经济封锁。上次欧洲大战，英法致胜的主要原因本是经济封锁。这次英法致胜之道不外乎二，一是摧废德国的武力，又一是断绝德国的原料与食粮来源，而使其不能不屈降。进袭德国既不易，英法自宜先运用其优越的海军，重试经济封锁的老计。但在这次战争中经济封锁的困难远过于上次大战之时。第一，德国空军可以干涉英法海军的封锁活动。第二，意苏的中立及亲德行为可以使封锁之网开了多面。第三，邻德的小国——特别是丹挪瑞三国——因慑于德之威，每以物资供德利用。英法尽管封锁，但德国也尽有法以破坏封锁，使封锁不生效力。

欧战现正处在第二个阶段中，正处于封锁与反封锁之战中。德国上用飞机，下用潜艇，对英法海军尽其阻碍，轰炸及置雷的能事，英法亦利用其海空军控制敌方的海空军，使无能为破坏封锁的活动。德国诱劝苏意供给他物资，并为转运物资。英法对意苏固未决定最后的态度，固尚依达于修好及逼战之间，但已置重兵于近东，对海参崴有所封锁的可能，且对意亦正催其决定态度（见本月十七日英经济战争部长的演说）。德国凭其闪电式占据奥捷波的余威，逼斯干迪纳维亚及巴尔干各小国为之供给食粮及军需品。但英法则一面屯大兵于近东，一面加强与土耳其间的团结，使德不敢作掠取罗马尼亚的尝试，又于本月八日置水雷于挪威海岸，以妨害德国过去利用挪威领海运货的勾当。最近德占丹挪以及因此而起的海陆战俱可视为封锁与反封锁战中的一页。盖德国的目的在破坏封锁，故不能不威胁丹挪瑞，准其利用领海以运禁品；英国要加强封锁，故不能不破坏国际公法而置水雷于挪威的领海；最后德国为打破封锁起见，又不得不占领丹瑞。

英法的封锁战是否能成功，目下尚难悬揣。如苏意一旦积极援德（无论实行参战或佯守"中立"），则封锁势难成功，而英法势必视苏意为参加德方的交战国。若然，全欧必成战场。如苏意守中立，则瑞典荷比及巴尔干各小国又必波及。因为苏意既守中立，则德不能不赖这些小国为之供给食粮及军需品。他们如不受利用，德必加以占领；他们如委曲求全，英法又必引为敌国。丹麦及挪威之卷入战祸，盖可认为各小国将陆续卷入的先声。但各小国一旦加入战团后，意苏两大国也极难置身事外。例如瑞典成了交战国后，其全境当为德军或英法军所占据或为西方的战场。若然，苏联实难严守中立。再例如南斯拉夫成了交战国后，意如仍守中立，则亚达利亚海势将倒入英法或德国（当看哪一方占领南国）的手中。这当然难为意国所容忍。

由上的推论，经济封锁战的逻辑结果必将陷全欧于战争之中，除非英法能与苏意交驩，能使两国对英法守善意的中立或竟加入英法方面作战。苏意两国中，苏的地位当然比意为重要，因为苏联富于物资，而又不易遭英法的袭击，英法两国内——尤其在英国——固然有许多人愿作种种姿态以保持苏联的友谊，并设法使苏联不助德国，固然苏联对英法——尤其是对英国——尚无非决裂不可的情态，本年二月二十二日苏联尝邀请英国调停苏芬之战（为英国所拒绝），但英（及法）苏交驩的可能性依然很是微小。站在中国人的立场，我们深望英（及法）苏能交驩，因为交驩之后，英法当可用封锁来战胜德国，希特勒主义的摧毁可以无须巨量的伤亡及破坏为代价，而英法拉拢日本以牵制苏联的理由也不存在。但依英法与苏联间过去关系作推断，我们深恐两方交驩之不易实现。

如果英法无法交驩苏联，而全欧各国又因经济封锁战的扩大延长而卷入战涡，则单单经济封锁战便难决定胜负。盖苏联富物资，而德多机械与技术人员，两者通力合作，则英法纵能对德封锁三五年，亦难饿死德人，穷死德人，而致德国的死命。

如果经济封锁战不能于相当短促的期间内生效，则英法如欲致胜，势须改变方式。就过去数月而论，单单英国一国，一日便须战费一千万镑。这绝不是长久之计。英法欲致胜，势须发挥其武力。如果两国的武力不够，势须图谋增加盟国，减少敌国。

我们不信英法的武力弱于德，但我们也不能说英法的武力可以战胜德国。如果敌人只有德国一国，则英法的武力自然可愈战愈强，反之，德国的武力必愈战愈弱。因为英法增造军舰，飞机，枪炮，坦克，等等的速率必可超过德国。但如苏联加入德方，则英法便无此把握。若然，英法为取胜计，势须拉拢美日二强以自助。苏联如能袒英法，战局自更有利于英法，但我们已经在上面说过英法不易与苏交驩的理由。

美日二国中，美早袒英法，而日尚可左可右。英法之所希望者当然是美能更积极的助英法，而日能明朗其态度，作不助德苏的声明，甚或作反苏助英法的行动。美国极不愿参战，在英法未失败或失败象征未现以前，绝不会参战。换言之，美国援助英法的程度一时决不易大有增加。因此之故，在苏联助德及英法考虑以武力攻德之场合下，在英法看起来，日本实有举足轻重的势力。

如果日本无侵华之举，如果英日不失和，如果美日不对峙，则英法殆早已拉拢日本——无论苏联已是否助德，也无论英法有否改变作战方针以兵战代替经济封锁战的必要。但日本侵华，英日失和，及美日对峙既然俱是事实，则英法要拉拢日本也须从设法停止中日战争，免除英日龃龉及调和日美冲突入手。在去年七八月的时候，英国因深怕欧战即将爆发，故已着手谋英日争端的解决。自七八月至九十月，英国若干方面且有希望中日早日停战的表示——虽则这表示尚不是正式的官方的。但中国之继续抗战，美国之严守正义疾恶如仇，以及日本之凶暴如昔，使得英法拉拢日本的工作至今尚无成功。

苏联助德的可能性愈大，则英法之拉日亦必愈拼命，而愿付的代价也愈大。英法对日无礼可送，可送之礼必是中国的权益。马来印缅及南洋如英法的属地，英法必不愿放弃。荷属印度接近英属南洋，英亦不甘让日人染指。只有中国像是弱者，可以牺牲。此所以我们对欧战的演进不能不表示十二分的关心。

我们首应希望英（及法）苏间能恢复好感。倘此无可能，则我们应努力于两件大事。第一，我们应想种种方法使英国相信日本不复是他想像的强国。如果日本的国力已因三年侵略战而大弱，则我们应尽力宣传日本的如何弱，如何不强。如果日本尚是强国，则我们务须增加我们抗战的力量，予日本以不断的严重的打击。若然，法英也可不以日本为重，也可不谋与之有勾搭。

第二，英法即欲拉拢日本，仍不能开罪美国。美国到现在为止，除了少数政论家外，尚无表示愿英法牺牲中国，藉可与日本妥协者。我们的外交须注意这点，我们须使美人明了英日妥协，日势大增后，日本所可给予美国的威胁（如威胁菲岛，如美国在太平洋远东的孤立等等）。美国对远东的大势提议愈正确，则愈不能容忍英法与日成立妥协。

由经济战进而为兵力战自须经过若干时期。我人应利用这时期来作若干外交上的布置。我们应注视英（及法）苏间，英（法）日间及日苏间关系的变化，对症下药，不稍疏视，不稍松懈。但努力消减日本实力并积极拉住美国，则在任何可能的变化下，俱是应作之事。

论民主国家统制私产的办法
——介绍伊黎教授《私有财产的社会学说》

李树青

近年来讨论统制经济者，心里面都多少藏着一个前提，就是得先把政治变成独裁，无论是布尔塞维克式的独裁或纳粹的独裁，然后才能实施有效。好像没有独裁也没有经济统制。提到民主政治，总是有放任主义，无政府生产和资本主义等名词，连在一起。民主政治真是完全放任，没有一点统制私有财产的办法么？

据我们看来，在目前存在的政体中，没有绝对的集体主义（Collectivism），同样，也没有绝对的放任主义（Laissez Faire）。前者在苏联十月革命成功后，试验了一下，但又经列宁的新经济政策与斯大林的五年计划给拉转回来。到目前，据说，不但农民可以自有其牲畜与农具，商人也可以自有其资本与店铺了。故所谓"Nobody owns anything everybody owns anything"一语，至今还是留在乌托邦的范围，没曾在人世间实现过。

反之，在民主国家方面，也没有一国曾经实行过完全的放任政策。所差的不过在他们统制的方法不同。他们不相信牺牲全国人民的自由，藉以达到经济上的有效统制，在长期内系一种聪明的政策。因为所出的代价似乎太高了！

介绍过独裁国家的经济统制者，已经颇不乏人；介绍民主国家的经济统制者，似乎还未曾一见。以下谨就美国对于统制私有财产的理论与实际办法，约略地叙述于此。

在民主的政体下，允许人民具有财产的私有权。所谓财产，旧观念总以为是可以触及的实在物资；实际上，如著作的版权，剧本的排演权，发明家的专利权，无线电公司的波长与音乐家的歌调等，都非实物，私人也同样可以占有。同时，占有财产者也并不在乎占有财产的本身，而在能随意利用不受他人干涉，从而得到利益或收入。假如允许某人私有某种财产，但又严格限制其作任何使用，结果，在普通的情形下，这个人一定不需要再行私有了。故所谓财产的私有，实不在乎占有财产的本身，而在独自享有多少种使用这个财产的权利，不受他人干涉。因为权有多少种，所以又称为"一束的权利"（A Bundle of Rights）例如地主出租土地，即系把他对土地所享有的一束土地权利中，分出一部分给予佃户。在某特定的期限内，佃户可以利用这块土地，惟必须交纳佃租作为使用的代价。同理，美国都市里摩天楼的占有人，也可以购买两旁楼房上面的建筑权，使他们不得再向高建筑，阻碍自己楼房的阳光。他所买的，即是两侧楼房主人建筑权的一部，并非楼房上面的空间。这类实例，真是不胜枚举。

因为在私人享有财产权的"束"中，颇有大小的不同，因而财产本身也可被分成几类。第一为私产，即私人享有财产权一束中的最大者。其次为有限制的私产（Qualified Property）。例如：在抗战期间，我政府把钢，铁，水泥，燃料，桐油，茶叶，钨砂等，都收归国家统制购销。严格的说，这些物资已经不是人民的私产，而是有限制的私产。在美国，鱼与鸟，都是受各州政府的管理，但却并非即是各州的财产。在人民依照法律所允许的情形下，捕得或猎得以后，即变成人民的私产。是类私产，是受有一定条件的限制的。最后为公产（Common Property）。具有两种意义：一为几户或全区域人民所公有的财产，一为国有，也可称为官产。这类的财产，名词本身已很清楚，无须举例。

关于财产的概念，还有其深度（Intensivity）与广度（Fxtensivity）的区别。广度是指某区域内某种财产的数目，假设在某一时期中，各种财产的数目为：（一）自由货财，一〇，（二）限制私产，八，（三）公产，六，（四）私产，六，（五）官产，三。过了一个时期，因社会进步及风习改变种种关系，私产增到二〇，公产减至二。这即是说，私产的广度增加，公产的广度减少。最近重庆因为拆火巷的缘故，把人民的房屋，拆去修成马路，这是私产的广度减少，公产的广度增加。广度一词是专就某种财产的数量而言。财产的深度则指人民对于每种财产所享有权利的多少，换言，即私有权之"束"的大小。以上所列各种财产，并非种类的不同，而是人民享有权利等级的互异。所谓私产，即人民享有"权束"之最大者，官产与公产即人民享有"权束"之最小者。故深度一词系专就财产的品质而言。由此观之，在现存的国家中，不曾有一国把人民对私产的享有权，限制到完全没有；也不曾有一国把人民的"权束"放任到无限大的地步。

在民主国家中，私有财产还受公众权利与公众福利的限制。私有财产一经与公众福利相冲突，占有者便得从享有私产权的束中，牺牲一部或全部。例如重庆市的建筑房屋，必须请求市政府允许；而建筑不坚固或不合规则的房屋，市政府也有权令其拆除或重建。完全根据此种道理。在美国，政府用三种办法，统制所有的私有的财产。统制的理论根据，便是从公众福利做出发点。

统制的第一种办法为强制征收，美国则称为 Eminent Domain，这是规定在美国现行的宪法上的。据条文所载，政府可因公众福利的原故，征收人民私产，惟必付有适当的赔偿。由此可知，美国的私有财产权也并不是神圣不可侵犯的。不过政府不能任意的征收私产，必须受为公众福利一词所限制。例如建筑一条马路，或开辟一座公园，政府便可强制征收该区域内的私产。有时政府还可把此类征收权允许给半官的或私人的团体去执行。铁路公司即可利用此权向人民征收铁路经过所必需的土地。农田之必须灌溉者，地主也得自附近田地内，挖掘沟渠，引水灌田。这种办法的特点，即征收者无论系政府机关或私人，均须出适当的代价，作为原业主损失的赔偿。

第二种统制私产的办法，为治安的权力（Police Power）。美国的大理院曾经宣布治安机关可因维持公众卫生，公众道德及公众安全而褫夺人民的生命，自由或财产。这和宪法上规定人民非依法律不得褫夺生命，自由与财产条文，并无冲突。因此，治安的权力就成了一种更有力的统制私产的工具。不过治安的权力的行使，必须在公众卫生，公众道德与公众安全三个原则的限制之下。美国曾经有过一个有趣的例子，某公司在一个都市的某部分，建筑一个制砖的工厂，后来因市政府通过一条法律，限制在此区域内开设此类工厂，结果，这位私有者发现他约值八十万美元的财产，被这一条法律减到仅值六万美元。这个统制工具与强制征收的不同处，在执行时不出任何代价赔偿损失。执行以后，这份财产也仍属私人所有。所取缔者仅系私有者享有财产权的一部而已。

政府的第三种经济统制的办法，便是征税。政府的征收赋税，原具有两种意义：一系国家公费所得的手段，一为社会统制的工具。"赋税是一种毁灭的力量"。赋税放到某种企业上时，不仅在为公家增加收入，尤其是对此种企业加以压迫过重时，便毁灭了此种企业。所以赋税是民主国家经济统制最有力的武器。人民的占有财产，无非是希望从财产上取得收入。赋税便是政府分润人民收入的办法。取得收入也即等于取得财产本身。假如财产的全部收入都为政府以赋税的名义收去时，则人民的私有该项财产，即属全无意义。因此，各民主国家的政府，都用赋税作为经济统制的指标。例如遗产税便是限制富豪世家的。所得税在限制个人过分的收入。新西兰所实行的土地累进税，是政府计划着用以割裂过大的农场。孙中山先生所提倡的地价税，也完全寓有推行土地政策的意义在内。

虽然如此，但赋税也必须以公众的目的为前提的。据美国宪法所规定，赋税的征收必须为着一般的福利，而赋税标准也必须一致。政府不得任意的征税，也不得对人或对地任意增减税率。人民便同时得到保障。

美国政府即利用这三种办法，来统制人民的私有财产。政府可以利用赋税，来取得私产的一部或全部收入；也可利用治安的权力，来限制一部人民对私产的使用权；更可利用强制征收的办法，把人民的私产变成公产。这几种办法，都是以公众的目的为前提。在人民既未损失其宪法上享有的自由；在政府，也得以达到经济统制的目的。调整财产的深度与广度，即系民主国家的经济统制。

以上还是伊黎教授对于财产的概念，总括起来，依照伊氏的意见，私有财产的建立与维持，完全为着社会的目的。某种财产之仍然属于私有，是因其与公共最高福利的原则相符。无论何时，当着社会福利需要变更其属于私有时，政府便可利用社会的治安权，征收权与课税权，来调节财产的深度与广度。所以当着我们决定某种财产之应该属于私有或国有时，尽可不必自个人的权利上着想，而以社会的最高公共福利为讨论的基础。适于公有者公有之，否则不妨仍使其属于私有。

因为财富的种类繁多，性质各异，不是一切皆宜于私有，也不是一切全适于公有。所以政府的绝对统制与绝对放任，同样不会是善良的政策。

关于种族名词及民族政策

胡体乾

近日岑家梧先生把所著的《西南种族论》稿本寄给我一阅，并且要我作序文。我只写出两点意见，藉与研究此问题者商榷。

第一，关于"种族"这个名词的使用。在过去的文献中，西南各族常被唤作"民族"。家梧先生在书中却不用"民族"之称，而称为"种族"。如此称法是否正当？一年以前，顾颉刚先生在《益世报》《边疆周刊》上发表《中华民族是一个》一文，主张西南各族实是种族，不该称作民族，以致将民族统一，民族独立等观念混杂。当时即有人反对，以为种族和英文Race相当，是体质团体；民族和英文Nation相当，是体质文化团体。西南各族既是体质文化团体，自然应称为民族。我的意见以为西南各族称种族或称民族皆有问题，然比较起来，称种族问题较小，所以还是称种族比称民族好些。种族一词本用以称体质团体，略如英文的Race，但也常用以称体质文化团体。民族一词常用以称政治利益团体，如英文的Nation，但也常用以称体质文化团体。西南各族不只是体质团体，因为各有特殊的文化，但却并非政治利益团体，因为其政治利益是和汉族完全一致的，所以称为民族，称为种族都可以，都不十分恰当。本来体质文化团体和政治利益团体不可用同一名称，如一种称为民族则他一种须另用他名。前数年曾有人把体质文化团体称为民族，把政治利益团体称为国族或是族国。但是近年力倡的民族自决，民族独立，民族统一，民族至上等口号，已经把政治利益团体称为民族的观念，广远传播，深刻印入于全国人心，不能再把体质文化团体称为民族了。至于种族一词，人类学家用以称体质团体，其范围可大可小，大之如高加索族或内阁罗族，小之如倭奴或澳大利亚人，只要具特殊体质，即可以称为种族。西南各族的体质研究虽然尚在初步，但其体质各具特征是无可疑的，因此可以称为种族。其次，人类各族体质相同的，文化不一定相同；反之，有特殊体质的总有特殊文化。因此体质团体虽不尽是体质文化团体，而体质文化团体则无不即是体质团体。所以称西南各族为种族没有大问题，比称民族较妥当些。

第二，关于我国传统民族政策。中国民族系融合多族而成，人数最众，历史最长。其民族政策必有特殊优越之处，始能有此成绩，近来研究中国传统民族政策的文字尚不多见。还有人习见于西方国内，统治族系歧视以至虐待异族的事实，以为中国往日也恐不免。其实不然。中国传统对边民的政策只是两句话："未同化的许其自治；已同化的待以平等"。自治的意思是用他们自己的政府，自己的法律，也就是以他们自己人为首领，用他们自己的制度来管理。中国对于边民自汉人采用"羁縻勿绝"政策以来，历代都是沿而不改，直到清代，在西北省区保留王公地位，在西藏尊重喇嘛的权威，在西南各省袭用土司的制度。可以说各族仍有充分的自治。以至他们的民刑案件，仍是按习俗处理，就是语言文字，宗教信仰，也绝无强制的改革，而任凭他们自己采用。这和奥大利人统治匈牙利，帝俄统治高加索各族等等办法，完全不同。至于同化的各族平等要在于法律方面和政治方面。就法律方面看，中国对与汉族同化各族的无歧视的法律，如美国黑人与白人乘车不同卡，看戏不同院等例，岭南蜑户，江山九姓等，相传有不许上岸的限制，但实际上他们是时时有上岸居住的，也不一定有此限制，即使有，也是习惯上的限制，不是法律上的限制，可以说中国对同化各族完全待以平等的法律。就政治方面看，各国有以种族为选举权的条件的。中国绝对无有，无论何族，对于国民代表的选举，在任何一次的国家组织根本法上，都未曾加以区别限制。在旧日君主专制时代，人民参政的方式不为选举而为考试，由考试得官才能参政。在明代清代也是任何族都可以一体参加考试，无有区别的。并且当时各夷族汉化程度尚浅，恐怕不能和汉族竞考，所以在有夷族的县份里，府设夷学，只取夷人。这是不但有平等机会，还有特别保障。从此可以证明中国对各族的政策是："未同化的许其自治，已同化的待以平等"。至于同化的推进，从前也是纯任自然，不加勉强。即如政治上改土归流一事，除云贵两省曾在清雍正间被鄂尔泰大规模的推行以外，都是土司犯罪免职或无人承继，才改任流官。即在鄂尔泰大规模推行的时候，也是用许多方法，先取得土司的同意。就是这样的纯任自然，不加勉强，便把各族不知不觉地都吸收到汉族里来。在我们深切了解民族政策以后，一方面可以知道，中国的不压迫各族，汉族现与各族同在深受外族的压迫，所以是同一个政治利益团体。另一方面可以知道，在这外力深侵，各族同命的今日，虽不容再纯任自然，不加勉强地推进同化，但仍须使各族心悦诚服，终能结成民族统一体，以完成抗战建国的大业。

至于如何始能使各族心悦诚服，而和我们精诚团结，则必须先认识各族。关于认识各族，从前已有许多个别特殊研究，将来自然更会有综合各族的鸿篇巨著，但岑家梧先生此书，乃是首先把各族加以综述的，实在可说已认识各族的基础了。愿对西南各族有兴趣的人一读为快。

土地继承和农场的分碎

费孝通

一、人口压力压碎了农场

"人口压力"看来好像是个抽象的名词，可是在乡下闹分家的时候，却表现得最具体也没有的了。让我先说几个实例：

我在禄村寄居的那家房东是村子里的小康之家，有田三十六工。平时我的房东，穿长袍，赶闲街，作礼拜，空来还在茶社里画飞鸟山水。大儿子在楚雄中学里读书，小儿子提了个外国名字叫大彼得，生活真不算差。隔壁住着他的伯父，伯父有两个儿子，一群孙子，人丁倒兴旺，可是大家挤在三间住房里，家境很窘。小孩子更是显得褴褛，十四岁的孩子整天在田里做工。堂兄弟生活相差这样远——据说房东的祖父死时，把田产平分给两个儿子。房东的父亲生下一个孩子就死了。剩下个寡妇，伶仃孤苦，把儿子领大，田产保住了。房东的伯父，生了两个儿子，娶了两房媳妇，经了几次大事，只剩了二十四工田。媳妇们不和睦，闹分家，老人家留下了六工。儿子们各得九工。九工田的小农场养不活两口子，家道如何能维持呢？大儿子更不争气，又懒又抽烟，连这点家产都保不住；小儿子勤苦，租了些田来耕，其中有一部分还是我们的房东的。一个老祖的子孙，竟分出了地主和佃户，"悠悠两代，贫富是分。"听来也叫人寒心，贫富是分的原因，只是在大房里多生了个孩子罢了！

禄村村子里现在已找不到大地主，有田最多的只不过六十五工。可是三十年前村子里还有好几家有二百工田的。有一位同善社的朋友曾和我谈起他的家世说："家严手上还有二百工田，一年近二百石谷子的收入，真是不愁衣食，我们兄弟五个整天打打牌，抽抽烟。日子容易过得很，后来分了家，一个人只剩了四十工，手边就紧了。到了下一代，再一分，剩多少呢？"——真是"家无三代富"！

人一代比一代多，大家争着这块有限的土地，农场怎能一代不比一代小？小到成了中国农业改良的一个大障碍。据说中国的农场平均已经不到四英亩，和美国一比真是小巫见大巫，相差快四十倍了。不要说这样小的农场上机器用不得，连最简单的技术改良都无法着手。关心中国农村经济前途的人自不能不对这问题特别焦急了。

人在繁殖，土地有限，这矛盾固然是人类经济中无法逃避的，但这矛盾却不一定成为分碎农场的力量。人多了，可以把他们赶到农业之外去谋生；即使赶不出去，也不一定要叫他们都做地主。若能这样干，人尽管多，农场哪里会小呢？以英国的情形说，十九世纪以来，人口增加了几倍，而农场不但不分碎，反而集中起来。这不是明明告诉我们人口压力不一定把农场压小的么？在中国人口压力直接成了分碎农场的力量是因为我们传统的亲属结构在助虐为暴。

二、继承的平等原则

在我们传统的亲属结构中承认着兄弟有同样继承遗产的权利，而且他们继承时还要讲平等的原则。有些地方的习惯法虽则在名义上否认平等原则，好像承认长子有特权可以多分得一些田产，但是在实际上这特权也有时并不一定实现的。即使实现也是没有防止农场分碎的作用。

江村的继承习惯法是承认"长子权"的。长子可以多得一份长子田。可是中国农村中田产的继承并不一定要等父亲死了才实行。父亲在世时就可以闹分家。若是长子成了婚，娶来的媳妇受不住婆婆的气，争执得不开交，请舅舅出来作主，把田分了。在江村，分家老人家留下一份"养老田"，长子留下一份"长子田"，其余几个儿子公平分开。以此时为止长子比了幼子似乎是占了些便宜。但是长子分走了，老人家大都跟小儿子同住，那份养老田就归小儿子经营。老人家死了，养老田里拿注钱出来送葬，其他很多就不再要小儿子吐出来了。他供养了老人家一辈子，这是一些报酬。名义上，江村的继承原则不是平等的，可是实际上即使不平等程度也浅得很。

继承上讲平等，听来是最好也没有了。可是就因为这些原则，人口压力一直压上农场来，使中国遍地都是小农。要避免农场的分碎，儿子间总得有几个吃些亏，不继承土地。这种完全由长子或由幼子继承的办法，一个以农田为经济基础的社区中不容易行得通，因为得不到继承农田的儿子不易谋生。除非在农业之外，还有谋生之道；或是本地之外还有新世界，可以吸收那辈在父亲手上得不到农田的人，继承上讲平等确是最合人情的办法；虽则农场因之缩小，可是大家挤一挤，能活得过也就算了。

三、土地单系继承的困难

传统的继承法中所承认的平等原则却有个限制，就是同性讲平等，异性不讲平等。男女有别是天经地义，女子继承不到田产是中国农村中普遍的习惯。农田是男性的财产，农田的继承是单系的，单系继承，从一方面说，一家的农场不会因出嫁女儿而分碎；可是，另一方面说，娶媳妇时，媳妇也不带田来，一家的农场也不会增大。双方刚刚互相抵消，在农场的缩小和增大上看，女子又没有继承权，并没有多大关系的，农场虽不致因男女在继承上的平权而愈分愈小，但是因之会愈分愈散，那却是免不了的。我们若再深入想一想就能见到土地的双系继承有很多不易实行的客观条件，在这里不妨附带一提。

从农村的区位结构上说，农田和住处不能相距太远，若是太远了，往返时间及所费劳力会影响到农田经营的效率。我们若假定农田继承是双系的，就是子女平等继承父母双方的田产，则婚姻关系在地域上就会因农田和住处间的区位关系而限制于一较小的范围中。若是夫妇原来的住处相隔很远，他们两地都有田地需要经营，田地不能因婚姻关系而搬在一起，夫妇又不能因田产分散而各自独住。在这种情形中，只有在邻近的地域中发生婚姻关系。若是婚姻关系有其他的原因不能限于狭小的地域时，则农田双系继承在事实上办不通了，除非所有权和使用事实完全脱离关系。

我在《江村经济》中曾提到，我国的新民法因为要促进男女平等起见，确定双系继承的原则，这是没有顾到最大多数农民的实际生活情形的立法，在可以分析的动产方面，双系继承自有实施的可能，可是在不动产方面，尤其是日常要加以经营的生产工具，好像农村中的土地，在现有的生产技术之下，很少有实施的可能性，现有的土地政策，鼓励耕者有其田，而继承法却间接的在鼓励不动产的所有者脱离使用,在我看来,两者是互相冲突的。

　　土地的单系继承虽则是农村中女子地位低落的一个重要原因。可是它确有它经济上的贡献。靠了单系继承农场少了一个被分割离散的机会。从上文看下来,若是我们要想法免除了农场因人口压力而分碎,似乎不能不采取不平等的继承原则,把继承土地的权利交给特定的少数人。这种说法似乎很不合潮流,因为在这个年头自由平等一类抽象名词的力量太大,为这些名词牺牲一些经济上的利益,似乎是大家甘心的,我在这里本来没有怂恿人舍此取彼的意思,只想指出在现有的社会结构中,两者是不能兼有罢了。

四、团体地主和农场集中

　　这样说法,不免叫人有些悲观了,一方面我们希望现在的小农场经济能逐渐消灭,一方面我们却拼命的在推广土地继承上的平等原则,这不是南辕而北辙么?这个矛盾并不是永远解不开的,在乡下就可以见到有一种农田在人们世代交替中不发生继承和分碎的现象,这就是团体地主的农田。在云南省这种农田特别发达,依我们调查的禄村来说,全村所有田总数百分之二十七是属于团体地主的。

　　农田继承是发生在农田可以继续不断被人利用,和农田所有者的个人有生有死的矛盾上。团体的生命并不和个人的生命一般。团体分子虽有生死,团体的本身却可以较长的维持下去,团体超越了个人,团体所有的农田就不会一代一代的发生继承的手续,团体中分子的数目虽则可以多起来,可是这个人口压力却压不碎农场的整个性,至多压低一些各人所能获得的利益罢了。

　　团体所有田非但不易分碎,而且有着慢慢扩大的趋势,以禄村的阁村公田为例:据说杜文秀叛乱时(一八五五——一八七三),屡次蹂躏禄村一带,杀戮甚惨,有全家被难,不剩一人者,事后村里有一大批田产没有人收管经营,所以就充了公田。每次叛乱,公田都有增加,公田的扩张当然不一定要靠叛乱和杀戮,因绝嗣因捐助,私家的田向团体集中,团体所有田不分出来,有进无出,面积自然容易扩大了。

　　从这方面看来,土地一脱离私家所有就很容易集中,可是这种集中起来的农田,以禄村来说,并没有形成大农场。团体地主并不以团体来经营农田,所有权是集合了,经营上没有集合,禄村团体所有的农田都是租给私家经营，这样说来，大农场的形成，单靠所有权的集合是不够的，可是云南团体地主的发达多少是已经给大农场立下了一个基础，如何利用已有所有权的集合发展农业经营的集合，是云南农村经济前途一个有意义的问题，希望本省的青年能特别加以注意。

战时运输的统制

符泽初

在战争时期,一切事业都发生紧张和变化的状态,因此统制的呼声高极了。一般人以为施行统制就可以医治非常时期的病症,就是唯一的救济的妙方。至于统制的意义,言人人殊。有些人专从统制的目的上观察,有些以为所谓统制便是使工作简单化或改善工作的进展。有些人注重组织方面,以为统制就是裁并关系机关,以便集中经营。还有些人以为统制不过是一种节省费用的办法,或以为统制与提高工作效率是同属一事。只要如平时,或是战争之前,国内各事业节省用费,促进工作效率,督促人人克尽职务,企图发展,则战时实在不需另加统制。统制并非战时的需要,而是平时早应存在的。

以上各说都偏于一面,不能概括统制的整个意义。我们以为人事方面的改善,与技术物力方面合理的利用,是有区别。在多数国家,平时的对事业的干涉与战时对事业的统制是判然不同的。较显著的,如平时的统制,往往着重经济方面的目标,着重仅有增进利益的作用的经营计划。在战时的统制,不但要求经济上的合理,更须顾及军事方面的便利。又平时的统制,常偏于本身事业组织管理和经营增益方面的计算。而战时的统制,必须注意到计划全部事业和整个经济的计划,整个军事的进行和活动。例如运输事业的统制,在战时不是专求某一路线的交通,或另一路线之便利,而是整个交通统制的计划,既应力求运输机关本身机体化,使运输迅速,安全及合理,同时更须应付整个战局,前方和后方的需要,及其社会各方,全国各部的要求。

第一,统制运输,在目前的中国,最重要的方面,是在人事的调整,是在如何促进各方，分工合作，和衷共济，然后方能进行提高工作效能之企图。目前国内的运输事业，人事问题非常复杂。中国情形，一向特殊，比之欧美各国，差别很大。但过去的人事的不调整，是很明显的，它的影响已在各种浪费和效率未能充分实现上表示出来。

关于运输机关的人事调整，首先的是需要能减少机关间互相摩擦，明争暗斗的不良的现象，是在指派任何工作上，如何消除彼此的牵制和疑虑的观念。疑行无成，疑事无功，理至明显。无论任何部队或组室，应当授予主管者以一种特权，资以专职，以利推行。主持者应有随机应变之权，并得选择志气相投与技能相当的员工同事，以收亲爱精诚，分工合作之效。尤当根据此外他们优秀的成绩，提高各级人员的生活待遇，尤当鼓励各部员工，使其发展个人的技术及能干，由此更共同提高工作效率。此种调整，并非如前官僚恶习，藉调整之名，而排斥异己，安插私党势位，引起我争你夺，共同作弊，或彼此监视，互相猜疑，大家牵掣，造成不生不死的局面。合理的人事调整，乃是给予相当时机，发展个人的才能，共同促进工作效率，并提倡用人勿疑和任事尽忠之美德。所谓应授与各部处主管者以一种特权，其意并非各自独立，而是在整个的统制之下，有一定系统，一定标准的机体化。各员司，各组室，各部队，各站厂，必须立于所有岗位，顺序工作，恪尽职责，免致大家摩擦，贻误公务。运输事业加以整个统制，调整人事，因才任用，才能收得最大的效果，才能应付战时的急务。

第二，合理的运输统制，于人事调整外，还需要保持"联络一致"，这亦是今后统制设计应有的重心。譬如有关军事的器材和物资的运送，出口货物的运送，社会所急需的日用品的运送，应该彼此往还，先后进退，联络一致，得到适当的集中和适当的分配，以免阻碍军事的进行，出口贸易的畅流，经济建设的推进和物价的平抑。运输本身方面如公路，桥梁，渡船的连接；油站，仓库，修车厂，停存处，电信，警卫，医务的设备，亦都应计划周密，互相联络。凡车队经过，物资所到，运转不阻，起卸装运如流。联络一致的意义就是将所有各部分，各方面，集中起来，用合理的方法，技术，计划进行，以供应军事，经济和社会的需要。战时运输统制，范围之广，其关及各方面密切之处，从此可见。

第三，中国运输事业，向无确立方针，任随各主管者，各定其政策，因此运输设备制度程序，时时刻刻都在变动不定中。此种混乱情形固由于吾人需适应临时需要的经验的缺乏,事前从未有周密计划。但其结果则浪费精力,消耗公帑,事业基础亦无从树立。譬如,车队编制,迭次变更,调度指挥,漫不一致,车牌车身,参差不齐,器材机件,各有不同,即行车时期及汽油用量,亦漫无标准。运输方针,无有一定计划,会计制度,年有数变。在此种情况下,欲求工作效能增进,殊不容易。但在运输统制下,不论人力指使或物力利用,不论部队、站场、组室、处所的组织管理等,或是路线、桥梁、渡船筑造,或是车辆速率、装运重量、用油限度,或是出发、停宿、到达日期,或是物资、队伍,上车落车,集中分散地点,均有划一规定标准,尽量减少特异的状态和参差的现象。凡标准一经规定,勿轻更易,不得已时,亦只可将其不适用的部分删除或改订。标准化是增进效率的第一步,亦是增进效率的第一条件。

第四,战时的运势统制,最需要亦最适宜于施行,"集中联络"与"划一标准"两原则,将以前的散漫和混乱情况,以及车辆不敷,物运短少等弊病,一概加以扫除。今后的运输统制,不论在车务方面,修理方面,工程方面,警卫方面,运输方面或在会计方面,都应采取迅速简单和节费安全的方法,为其经营的原则,倘不立即利用此种统制的特质,谋合理化的实现,则将来机关益大,事务益杂,办事迟慢,调度不审,用费越增,见解分驰,派别显立,人事摩擦,各弊病更要强烈,运输事业益陷入错误之途,贻误戎机,阻碍建国。故欲统制,必需确认"增进效能",为统制之目标。

最后运输事业组织之大,关系之广,部分之多,事务与人事之杂,是个明显的事实。必需集中管理,方能充分发展能力。所以指挥调度,应急求权令集中,各省区域,广设分支,促起组织管理,完成机体化之作用,所有物资运转,队伍输送,商品出入,指挥调度,均由总局计划策应。此种管理集中,不但日常物资输运,用费成本,便于计算统计,而应付战事应变,救济社会物荒,亦多便利。

我们的小庭院有什么

姚 芳

家乡沦陷差不多有了两个整年，不知道东水关桥的那所房子，已经变成了个什么样儿，后园里的杏子树，葡萄架和墙角边那一簇簇高摇摇的黄色向日葵，前面的敞厅，敞厅前面那个大院子，大院外那个狭长的小院子……一切全不知道。在印象中还好好的，事实上也许全都变了。

家里的房子有六七进，深极了。据说是明朝一个王爷花园改造的。敞厅的房屋梁栋和柱子都是楠木的。我那个老祖父便常常以此向人夸耀。敞厅里的陈设也特别讲究，面积很大，能摆下十来桌酒席。四面窗户，四面门，也许就因此才叫"敞"厅。通穿堂的正门，除非过年过节，或者有事请客，照例不开的，出进都走侧门。厅正中和左右整整齐齐拢着三套红木家具，二十来件太师椅几，和三张八仙桌子。桌子背上和几面上都镶嵌着苍白带斑的美丽的大理石。家里的孩子很多，对这些平滑光致的桌面当然特别爱好，大热天把小手掌搁在上面，觉得怪舒服受用，都喜欢摸它。可是祖父却不许孩子们在厅里玩。他天天早晨自己用鹅毛帚子一点一点的拂去桌椅面上和壁上字画的灰尘，这是他例常的功课，不问雨雪从未间断过。他每天起身极早，盥洗后就坐在敞厅里的帆布软椅上，一袋一袋的抽水烟。孩子们每晨上学非走厅前不可，老远老远就听见水烟袋答答的响，和祖父咳嗽的声音。一群孩子照例都得小耗子似的一个一个进去向老人请安，装的怪老实的叫一声"爷爷，你好！"祖父却从来没有和颜悦色的答应过一声，不是板着脸打鼻子里哼一声，"唔"，就是一边吹着纸媒，一边点一点头，他不说走，谁也不敢走，只静候着。孩子们都以此为苦。可是如果你想偷偷的溜过去，被他发觉时，立刻会捧着水烟袋跳出来，大大教训一顿，他似乎有许多话早已积在喉上，吃水烟的用意就是用烟子压住它。到骂人时却不大注意我们懂不懂，必把积下的话说完方才收场。因此我们每次走过敞厅，都好像过关一样，即使再顽皮的孩子，一见了祖父——看见他那双老是像怒目而视的大眼，和留着一点胡须的下颔配合而成严肃的面容，即刻就会老实得像石头一样。这种可怜相自然有一半是装成的，因为一背开祖父，即刻又活跳如小狗小猫了，小孩子哪有不是小顽童。

　　敞厅里竟是个好地方，平滑的桌面或几面上抓子儿，分几组各据一方来"官打捉贼"，或在利用敞厅里的四根大柱子，抢位子玩，都很有趣味，因此尽管怕祖父，还是要到那里去玩。我们最高兴的是祖父出门，上街看古玩字画，一去半天，敞厅便归我们所有。那厅前的院子，更是孩子们心目中最好的地方，既平又宽，可是这院子平时也只是祖父一人的天下。古老的大水磨方砖，和平滑的青石阶上，每天都扫得一尘不染，不许有一片叶子或是一点纸屑留在地上。院子是个长方形，院墙比屋顶高出去好几尺，因为多年没有粉刷，很自然的被风雨敷上一层灰粉，对着半月形古老的花台，及台上一株极大的黄杨树，显得非常调和。对于这一点祖父似乎也很有研究。他在修理房子时，就注意没有要人粉刷这重高墙。花台上这株老黄杨树，永远都是绿油油的，树尖比墙稍微矮一点，据说已经有了三百多岁——三年才长一寸——比祖父年龄大五倍。祖父爱护它像爱护厅里红木桌椅一样。常常自己踮着脚站在花台上，用一根细长的竹竿子，轻轻挑去树叶上的蜘蛛网。他常告诉我们要"敬老尊贤"，大约他自己也就因为敬老尊贤，对于这株黄杨树，竟爱护得无微不至。

　　秋天一来，这院子更见得可爱了些。黄杨树上，小小浓绿放光的叶面间，结了一粒粒的绿子，圆圆的肚子，有三只脚，像鱼眼那么大，大家都叫它"小香炉"。看着祖父出去的时候，大家都偷偷爬上花台，拾捡地上落下的"小香炉"，捧到平滑的桌子上去摆字，摆花。玩得正忘形得意，只要有谁一听见祖父远远的咳嗽声，大家于是就抓起玩意儿，像耗子见了猫似的，一溜烟跑去。

　　花台两旁是两排比墙还高的梧桐。光滑笔直的树干，挺立在墙边，像两队穿草绿制服的大兵。枝干上时常有成串的蚂蚁爬着，这些小小动物，也许是到树顶上去玩的。多好的兴趣！蒲扇似的梧桐叶子，半空中平平的展开，在盛夏里遮去了半院子太阳。

秋风吹黄了梧桐叶，梧子也成熟了，残棕色的荚儿同小船儿一般，随着黄叶一齐落下来，铺满一个大院子。叶子刚一扫完，又落满了。祖父在这方面更见出他的老派爱美心，让叶子堆积在院中一角，花台上和黄杨树上之梧桐叶都不清除，也不禁止我们争夺梧子。看我们在院中拾梧子时，就站在阶砌上微笑。"一叶落知天下秋"。当时不明白祖父特别温和的道理，现在想来，或许祖父看见那个情景，以为合乎诗意，也未可知。梧桐叶一落，院子中似乎骤然间空旷了许多。台角两丛白玉簪花，夏末秋初的晚上，隐隐的吐出幽香，隔着院子都闻得见。小扇子一般的绿叶，残绿的长茎，托着洁白的花苞，在晚风中摇曳，好像只有它来点缀这初秋的薄暮，才是最合适的。可是朝阳的影子，刚移到它的面前，这小花朵立刻就低头萎缩起来。墙边的秋海棠却在人不注意的时候，悄悄的从绿叶里露出绯红的脸儿来，给秋阳一烘，更娇艳了。就在这玉簪海棠的周围，藏着好些祖父的爱宠，孩子们的宝贝——蟋蟀。这小生物很奇特的连接了祖孙的情感，蟋蟀一来，祖孙间年龄的间隔消失了。祖父由严肃一变而为活泼。祖父的笑，也以这种情形下次数最多。立冬以后，白露之前，清冷的早晨或满天的星斗的晚上，一听见蟋蟀振翅，祖父立刻会卸脱了他的大长衫，带着孩子们循声去捉蟋蟀，他细心谨慎的告诉孩子们怎样用树枝轻轻挑起泥土或者拨开砖头，怎样用铜丝罩扣住挑出来的蟋蟀，然后放进精制的盆子里。这时孩子们，已俨然忘了他是坐在敞厅中教训人的祖父。祖父呢，他自然也忘了自己。把蟋蟀捉住了，大家团团围在方桌边，祖父站在电灯底下，一盆盆的捧着细看，一面用草逗着蟋蟀叫，一面告诉孩子们"这是脐肚，码子相当大，会冲"，"这是麻青，蓝项，大红牙，腿也挺壮，有点将军的架子，是吴起……"他于是为每一只长得好看的蟋蟀，取一个古来名将的名字，且为我们述说这些千年前大将军的战绩。一面含饴弄孙，一面也就在读经温史。他一定还记起些美丽诗歌，陶潜的，王维的，吴梅村的，沈归愚的，觉得生活同诗歌中的情形相称。

院子地是方砖铺成的，这些方砖被百年风雨侵蚀，和人来人往的践踏，并不损坏，反而几和桌面上的大理石一样平滑。每逢快下雨的时候，砖面上就潮润的像刚洒过水似的。孩子们每每根据它来猜度明日的天气，百不失一。但祖父似乎就不必猜也知道。因为读书多，书上说的"础润而雨"，就是他告诉我们的。

离家已经七年了。祖父因为国事家事的纷烦，老年人支持不住这世界一切的变，凡事都似乎看不惯，脾气也就愈来愈坏。孩子们长大以后，一个个都像鸟似的飞开了，这个现象也一定引起他很多感慨。这个可爱的老年人，直到现在还很孤寂的留在家乡。世界上除了祖母外，似乎已没有一人在他的跟前。但平时祖母事实上也并不常在他跟前。他也许还同样坐在敞厅里吃水烟，站在阶砌上看庭院中他心爱的黄杨和梧桐。也许只能躺在靠椅上，温习七十年的过去，个人和这个国家的种种过去，心中凄凉凉的也许一面默诵《推背图》《烧饼歌》，照老辈方法，研究这世界将来的变，有会于心时还能莞尔而笑。

本期撰者：

李树青先生新从外国归来，现在清华大学国势普查研究所服务。胡体乾先生是国立中山大学社会学系教授。

符泽初先生在某运输机关服务。钱端升先生与费孝通二先生是读者熟识的。

第三卷第十八期（1940年5月5日）

时评

蒋兼主席劝蜀绅服务地方

军事委员会蒋委员长自去秋兼四川省主席以来，每数月必去成都一次，藉以考验政绩，体察民隐。上月下半月他又去成都。在那里他发表（三月二十九日）了一个代电，力言新县制的重要，敦劝"地方正绅贤士……毅然参加地方自治之乡镇保甲事业"。

新县制的实行本是一件十分繁重工作，因为乡镇保甲各须同时负起教育，壮训，及卫生的工作。事务既繁，所需人才自必众多，而经费也自必浩大。单就四川一省而言，除甲长职务需七十万人外，乡镇保各级办公处所计需三十万人。这三十万人大多为有给职。此外事业费所需更大。就云四川今为京省，经费可由中央辅助，然要如许人员也就不是一件易事。

取财之道不外乎二，一是依照中国向习，利用地方士绅担任地方职务，又一是训练新式自治人才，配备各级政府。就理论而言后者自较彻底。我们旧日的地方事业几不逾于守望相助，排难解纷，救济贫穷等几种消极职务，所以贤良的士绅可以担负得起来。现代地方政府的工作，如教育卫生造路等等，则类都具有积极性，需要受过新式训练的人才来担任。但现时既无如许新式的人物，则与其贤良士绅裹足不出，而任一班土劣包办乡镇保甲的事务，自不如以至诚大义敦劝地方年长而稍偏旧式的好绅士来担任这种事务。川省向多土劣，土劣祸地方殊甚，今由蒋兼主席竭诚敦劝贤良方正之士出面为地方服务，风气容可丕转。我们谨翘企以望。

但是，我们尚有二事愿促起四川省政府及省党部的注意。第一，乡镇保甲的事务既将委托地方正绅贤士多多负责，则上级的县长及县党部委员亦应尽量以年事较高经验较富的公务员或士绅充之，而禁用少不更事及嚣张乖戾之徒。蒋兼主席本意"各县县长与各级党部工作人员，应知十室之邦，必有忠信，对于所在乡邑之父老贤能，尤应虚心采访，诚意接纳，尊敬有加……"凡无谦德诚心，乃不知敬老尊贤的人绝不能任之为县长或任之办党，不然贤正士绅仍将裹足。

第二，在将来，我们仍望有受过新式训练的人来任地方职务。既然如此，大规模训练地方机关服务人员良有必要。要能举办大规模的训练，训练者的训练更有必要。我们因此愿中央政府，能认严格的法政教育及行政研究等等对于建国大业有莫大的需要，而不加以歧视。（端）

今年的青年节

青年节规定在每年五月四日，其意义是很丰富的。去年本刊《时评》关于青年节的意义，已加一番论列。今年此日我们又有些感想。

从"五四"运动起，青年激于国事，不断作轰轰烈烈的运动，其情可感，其志可嘉。然从另一方面说，十几年来的青年活动，大致是在无组织的状态中摸索，散漫纷歧，各行其行，纯洁高尚的青年团体，遂无时不有所谓的摩擦和分化，这不独是国家教育上的障碍，也是国家政治上的危机。今后青年每逢一年一度的"青年节"，除作充分反省的功夫外，不能不有新的觉悟，新的认识，逐渐走上有组织有纪律的现代生活，养成砥砺互助的团体生活。

抗战开展以来，国内一般青年对国事的态度，确实有显著的转变。在后方者既已深加猛省，奋发自励；即在前线上，在战区里，在空军中，无数青年建树了可歌可泣的英勇事迹。往事且莫提，今后果肯再从实践中去努力，再向现实中迈进，诚不愧为民族的中坚。须知在国事现阶段上，个个青年的精力，都得引导到抗战建国的大路上去。国家到了这个境地，实在经不起再作分化式的争论，所以有为的青年，尤须在坚强的国家观念之下效力，一言一动均不要违背国家的利益，并企图对国家有具体的贡献。此后每年的"青年节"，应视为青年从观念到行动加以自我检讨的大日子，而今年的"青年

节"当然亦不是例外。(予)

"茶叶争夺战"

最近各地的新茶已经上市。我们应该怎样抢购各地的茶叶,来增加我们的出口和充实我们的外汇,实在是当前的一大问题。茶叶是我国易货偿债的四大物品之一,是我国的一种重要富源,我国实在有努力争购之必要。最近敌人以上海为中心,已开始向我们江南一带采取"茶叶攻势"。三井洋行和三菱洋行都先后在上海设立茶叶公司,设法搜括我们沦陷区域的茶产,准备在沪制造成品,运销美国。我国政府为应付敌人的收购起见,已经与敌人展开了"茶叶争夺战"。但是,我们如要能够在这"茶叶争夺战"中得到成功,我们对于机构和技术方面都应该加以改良。

"政出多门",是中国战时经济机构的一种通病,现在对茶叶的统制机构,也犯着同样的毛病。首先,中央有中央的统制机关,地方(省政)有地方的统制机关;中央机关和地方机关彼此间都缺乏必要的联系,彼此的办法每每互相抵触。其次,就是在中央的机关中,也不是一种统一的组织。对于茶叶的收购运销,一方面经济部设有"中国茶叶公司"办理,一方面财政部的贸易委员会也从事同样的经营。因此不能不发生彼此争夺和事权纷歧的现象。在这种情形之下,工作效能是无法提高,工作结果是无法满意。因此在这"茶叶争夺战"中我们得要求政府真正地把机构统一起来。我们必要只有一个组织,只有一个政策,然后我们才能成功的。

其次,在技术方面,我们也有加以注意之必要。统制机构应该一方面与生产者取得密切的联络,一方面把茶叶商人组织起来,使生产者和商人都能在这争夺战中为政府效力。但统制机关对收购茶叶的价格的决定,应该特别小心。因为这与收购的成败关系最大。

最后,对于走私的问题,也应该特别加以注意。(启)

在朝与在野

王赣愚

献身政治的人,向有在朝与在野之分,其志无不在求权,而求权未必就是目的,但至少也是谋达其他目的之有效手段。以我个人的了解,所谓政治道德的涵养,不外是说在朝者与在野者的关系,都要靠着正义的观念来相维系。彼此在争权上有守法的习惯,有遵从民意的修养,其手段力求光大,其态度亦为公正。这可说是一种绅士的默契,也可说是一种荣誉的法典。

政治道德之于民治国家,尤形十分重要。民治的特征,是政权公诸大众,更替无常,其所以能相安若无事者,虽有赖乎宪法,然宪法之为物,倘无政治道德以维系,显然不能生著效。从经验上说,政治道德之培养,为最要紧最难,不过既已累积而成,则必深入人心,而莫之敢犯。其实,政治道德与宪法,迭相生而迭相成,缺其一便难引政治上正轨。在重视政治道德的国家不论在朝者或在野者,其踰轨以争权者,必为全国人所集矢,终亦不得于其位了。实行民治的根本问题,就是如何使政权更替有轨可循。换言之,政权公开之后,朝野人士应如何轮流执政,争不越轨,这是民治国家治乱的关键。

从政者既知政治道德之可贵,然后对政治上之对抗力,必定视为当然,且能特加尊重;在野虽常批评政府,而不妄加攻击,即至在朝亦不滥施强权,以摧废与己对敌之人。朝野上下,若俱习于此德,则政权更迭频繁,亦不必流血革命。欧美各国之所以长治久安,其原因于此很显然。民治不只是政制,亦是政治上的习惯,其根芽实在国民性的深奥处。这种习惯不能养成,让政权公诸大众,都成了庸人自扰。我们从历史上遗传下来的习惯,多半是与民治精神不相容，惜乎到现在还是深根固蒂，这不是说我们没有实行民治的本能，须知这种本能已被旧社会积习压住，便成潜伏的状态。民国以来从政的人，都欠缺政治道德的素养，不论在朝在野，都拿出武力以争权，此去彼来总是那一套。民治行了好些时，不知酿成了多少变乱，贻国家民族以大患。

我以为不谈实际政治则已，若谈到实际政治，即应承认争权是主要活动，争权之目的，尽管说得如何光大，但欲使其手段完全公开，几是不可能的。我并不迷信性恶之说，不过对现代政治的实况，殊不愿作违心的判断。在现今各国，政权之取求及保持，均不外出以武力与选举两个方式。武力纵可称快于一时，终久会陷国家于长期纷扰的。天下可从马上得之，而不能以马上治之，这是最昭著的事实。依选举以争权，不论投票人之多寡，总不失为合法的途径，在朝者与在野者，其所用争权的方式一殊，国中所行的政治，便会千差万别。

处今日而谈政权，我们免不了联想政党。在政治舞台上，演争权把戏的主角，早非背刀带甲的独夫，无往不是结群挟众的政党；昔日人对人之争，总是倾轧排挤，势不两立；而现今党对党之争，似乎也未减其残酷性。民治的妙用，就在使政权更替取决于选举，而不必诉诸武力的冲突；然当今独裁者也何尝不假借选举，以示其有民众为后盾；其所不同者，即政权之旁，绝不容片刻无武力，一旦无武力，便颠覆可虞了。独裁国家中的政党，本以垄断政权为目的，这里暂置不论。我国今后既确定采行民治，而政党政治虽现在还谈不到，然以我的推测，将来却是势在必行，民初我们曾尝试过政党政治，其失败之由，足供今后借鉴。在民治国家里，政党的地位，不外在朝在野二途；但不论在朝在野，都得互相尊重，彼此谋国论政，尽管意见不合，而私人的友谊和感情，未必即受妨碍。朝野人士，俱以国家利害为前提，一面虽力持一己主张，一面仍容异见存在，各自充分发挥，求同情于国民。揖让之风已成，政治得践正轨。

朝野政党相互间的道德，在中国尚有待于养成。政党之为物，为我国前此所未有。民元以后，政党虽蓬勃而生，然其中类皆营私组织，其结合不以主义为中心，营私者决不能成党，因其心目中除个人目的以外，更无所谓公共目的，纵然组起党来，无不欠缺公德的修养。政党的作用，本在竞争政权，其动机私中为公，徒私而无公，故用诡道险谋以求胜，这绝不足称为真政党。其实，真政党只产生于民治国家中，而在非民治国家之所谓政党，徒虚悬此名以相欺，有政党反不如无政党，所以朝野之间，徇私忘公，血气用事，不以政治道德相鼓励，良好政风因之未由培植。

历来中国政党，在朝则专横，在野则捣乱，是民治发达的致命伤。党人误解了服从的真义，每逞义气以梗败团体，殊不知政党政治成功的要诀，是在采用少数服从多数之制，一切必取决于多数，既以多数议决了，则不论在朝者或在野者都得屈己从众，而不因主张不伸，而出卑劣手段，中伤对手。这是团体竞争的大原则。任何一党违犯了大原则，很可以因判国乱而且危。但我国党人多非豁达大度者流，一旦掌握政权，立刻忘了形，滥用在朝之权势，压制在野党使不得为正当活动。至于在野党以形格势禁，亦无不铤而走险，只求报复以自快，而国家暗中受了大亏。以私害公的党争，是中国政治上的怪现象，今后不可不立即革除。

党人要自任为公仆，许身以谋公益，在朝也好，在野也好，都受大众所命令，都受舆论所监督，所以彼此政见纵有不同，而其为国谋利则一。政党以竞争为作用，但竞争当有"天下为公"的襟度，且应尊重别人人格，推诚相见，坦率议政，以听国民之抉择。党人又须知政策之得失，以及主义之是非，并不是绝对的。此有这样的主张，彼有那样的主张，两相上下其议论，政权交迭得几次，便越能和真实的公益相接近。政治上之对抗力，原是可贵之物，试观朝野在对垒的状态之下，相监督，互批评，都是用笔舌做武器，谁曲谁直，专靠国民来判定。各党在论战中，自觉其有莫大天职，自信其有利于国家，故无所用其嫉妒，又无所用其排挤，不仅不以私害公，亦且不以公害私。以宪政著名的英国，从未闻有禁绝各党言论的事。一种主张出，必有相反的主张而与之对抗，因为大家的言论都是自由的，甲既有自由以执某说，乙当然亦有自由以抨其说，利害愈辩而愈明，利害既明则少盲从。英国政府党对于反对党的主张，始终特加尊重，这就是承认其有独立的人格，所以赋予发挥意见之自由。老实说来，一种言论或主张之当禁与否，倘只由政府任意判定，其结果必一方认为天经地义，一方认为大逆不道，闹来闹去，是非因以颠倒，其贻害于政治者必不少。

民治何以可贵，即以朝野人士由此俱得言论自由，既有此种自由，然后以少数服从多数，则一切政治措施，大致可称为民意的反映。从政治组织上说，我始终认为言论自由者，乃在野者防御在朝者侵凌的有效保障而已；尤其在民治尚未发达的国家中,政府未尝不常凭势箝制言论自由,使民意不获伸。这国中的政权,倘与武力交相结托,则朝野论战之胜负,便往往不决于雄辩,而只决于军事,这显然是国家之大不幸。我国情形虽与此未必相同,而其以高压手段来箝制言论,则过去有实例可证。明眼人都知道一国中言论愈自由,人民愈多研讨选择的机会,而偏激言论愈不易传播了。须知偏激言论在自由研讨中,其弱点必容易暴露,卒使人不敢妄信。这样情形,在英美尤为显著。"以理服人"是民治的妙处,其胜"以力服人"奚止百倍!

除在野各政党以外,在朝者仍不能忽略无党无派的人士,尤其是知识分子。在中国,知识分子虽不能自成阶级,然其左右民意的力量,实在不容轻视,他们几乎都是主张言论自由的,尤其在国事上愿以坦白的态度,各抒所览,各献所见,而当权在位者绝不应妄予干涉或禁止。知识分子与政府对峙而立,则必藉秘密方法,以传播其思想,其危险之程度更大了。要了解这班人士所注目的,不是何党何派秉握政权,其实他们对于在朝者本无恩怨,只对政策之得失,不能漠然不过问。以在野之身,评在朝之政,不只是一种权利,也是一种义务,而开明的政府没有不为其谋便利的。不过在中国知识分子之议政,也许有人认他们是负气,是不满现状的,殊不想他们之所以然,未始非因国内政治有弊病在。人心中有苦衷,而无以泄发,政府倘反加以压抑,实无异自执其刀,授人以柄,终久是自取灭亡之道。

其次,我国从政者,不论身居朝野,对民众重视,亦不过是晚近的事,所以到了需要的时候,便没有现存的民众力量可以运用。不过近些年来,朝野各党对民众的观念,却是根本错误了。他们几乎把民众当做一种工具,因此国内发生了"抢取民众"的怪现象。如此做法,只是露示党争的恶化,我们极望事实适证其反。我们民众虽多愚昧,但他们亦何尝不是有理性有感情的人?朝野各党若拿他们当做政争的工具,自是蔑视人格的举动。党人每以为民众愚蠢无知,施之以压力,加之以欺骗,即可使其俯首帖耳,所以向他们强行制造"信徒",这非愚民政策而何?哪知政党在民治制度之下,要负教导民众的重责,倘使党争不踰轨,替民众树立好榜样,自然可以增进一般政治知识。我们此时深望朝野各党,勿以民众为囊中物,各相爱护之,迪育之,使其养成主人翁之资格。这点我认为十分重要的。

今后中国的政治,建立制度以外,尚须力求得人;力求得人以外,又不得不培养政治道德。政治道德乃立国不可或缺的要素,其于制度与人之间加上联锁。要培养政治道德，我们不能单归责于在朝的人，同时亦不能单归责于在野的人，二者共同协力起来，始克有所成。说到宽容的雅量，和民治的风度，我国朝野人士，似乎是同样的欠缺。不过在"上行下效"的社会，在上者以权位的关系，言论举止的影响较为深大，所以政治道德之培植，实际上各赖其努力实行。我们现在又高喊开始宪政了，宪政不能只问法而不问法以外的政治道德。谈政治改造的人，当留意及之。

今日财政及经济

钱端升

讳疾忌医，于人则人死，于国则国亡。战争在任何国家本都像一场大病，在贫弱的我国，自然更像一场大病，要医治一场大病，我们首须认清病症所在。

抗战为期已有三十三个月，这三十多个月中，军事有了进步，但应和军事配合的财政经济措施，或者颟顸大意，或则缓急倒置，或者一筹莫展，或则隔靴搔痒。这种财政经济病我们急需疗治。

财政经济方面的困难，其形于外的象征，可得见者甚多：物价高涨，法币充斥，资金外流，外汇跌价，交通阻塞，商货缺乏，交通生产工具既缺乏又破旧，而浪费虚耗（无论为公物之不知爱惜，应酬之过度，失慎之频繁）则又触目皆是。

中国民族固然富于吃苦耐劳之力，但谋国者绝不能稍存侥幸之心。财政经济方面的种种困难，能消除者务须消除之，不能消除者至少亦当减轻之。我们今日所遭遇的战争容非一年半载即可了结的；抗战既属长期，则财政经济方面的情形务须求其保有最大可能的稳定性。国人侈言敌国经济即将总崩溃者已历一年有半，然而我们不能单单希望敌方总崩溃，我们须先求自己站得住。良药固苦口，我们却不能不吃。

要改善我们现处的财政经济状况，要减轻一般人民所遭受的痛苦，要使战时经济能支持战事，我们须做到下列各事。第一我们须使物价不做突飞式的高涨。物价在战争时总得涨高，但我们要防免突涨，突涨足以使经济脱节。我们也要防免无止境的涨。如果抗战尚须三年才能获胜，则在这三年内我们便应不让物价涨到民不聊生的高度。第二，我们生活的必需品必须有充分的供给，能生产则生产之，不能生产则设法运入之。第三，我们欲使庞大的战争预算不单单仰给于法币的增援。战时预算势必庞大，增发法币固可以弥缝预算于一时，但单靠法币的增加则必酿成恶性的通货膨胀，迅至破坏国民经济的基础，所以不可少的战费必须另筹。

要做到上述三事固须在种种方面努力，但归结起来，又只有从开源节流及改善运输三者入手。

何以开源，节流及改善运输便可解决我们战时的财政及经济困难呢？盖开源则财裕，财裕则法币可以少发，即增发甚多，亦可有担保。财裕则生产及运输事业俱可推进。然有开源而无节流，则浪费仍是不免，故财仍不裕，且战时开源之道不易，如不节流，则难以取信于中外。信不立，则源亦不至。故开源节流相附而行，开源节流并进后，如运输不改善，耗费既不可免，而人民急需的衣食原料仍未必能有充分的供给，所以改善运输亦须与开源节流相附而行。

开源节流有两方面，一是财政上的开源，一是增加农工生产，农的生产须从减重农产课税，流通农产货币，并避免压低农产品价格入手，在下面另有论述，暂可不论。工的生产需要资本及运输（运入机器原料，运出产品），故须先从开源及改善运输着手，也可不论。财政的开源不外加旧税，开新税，借内外债及增加侨汇四者。在各大海口及富饶省份多半沦陷的情势下，加旧税与开新税当然俱不易有结果。但财政当局却不能以结果小而忽视之。姑举数事为例。依照财部去年七月初所颁条例，舶来奢侈品大半已禁入口。实则内地富豪之士仍能享用此种舶来奢侈品者，其来源则数靠走私。我们以为与其不能严禁而开走私之风，不如让其运入而征收高额的关税。如果每年有一千万元的奢侈品进口，再如果值百抽四五百，则每年亦可有四五千万的收入，以与外汇损失相抵，国库仍可增加不少。诸如此类收入，如财政当局悉心筹尽，每年可增的税收数亦相当可观。我们要晓得，我们向来的征税都以易征为原则（如关税盐税），而向无平均贫富的用意，现在处战时，富人的资金逃亡极易，所以所得税及其过分利累得税或如资本征收的办法俱不易有效。但财政当局仍不能不多想方法，以厚课富者，至少这原则应为政府所承认，人民所共晓，庶几贫苦的大众亦乐于捐税而不怨。英国作战未久，但二月前因经济学家 Keyness 倡厚课中等阶级（即每周收入在五镑至十镑之间者,因为此辈素向负担较轻),此次财长西蒙的预算中即重课此辈。我国虽穷,但如财政当局能加课负担较轻的富有阶层,则税收亦可较大。

但较旺的财源,在今抗战时期,当然是侨汇及内外债而不是赋税。抗战以来所举的内债,成绩均不佳,因为内债多凭银行垫款,而银行垫款又多经吸收法币的方式。要内债有成绩,要内债的发行不能引起法币的加发,我们须望人民能以储蓄所得,或直接购买公债,或间接由银行承购(即人民储蓄于银行,由银行以储款来购公债)。但要做到这点,则又非人民对于国家财政的将来有充分的信任不可。要侨汇增加且须侨民对整个国家的将来有信仰。

外债的成败因素比内债侨汇更复杂,必须我们抗战有胜利的把握,且国际形势容许,外债才能成功。但财政当局能孚众信尤为必要条件。我们明知英美法俱同情于我,且俱知我们财政方面所处的困难,然而他们至今不肯惠以相当巨额的借款予我。为我们计,自应一面努力抗战,以增强他们我胜日败的信心,一面力戒一切的浪费扰乱,并肃清一切的贪官污吏,以增加他们对我财政家的信用。如果我们能这样做,再加以外交上的努力,美国于今年十一月大选以后当可一变其旧所持关于放款的谨慎迟疑,而英法的态度也可随之大变。

节流的作用有二:其一节省一文钱便得一文钱之用。纵所节无多,亦不无少补;其二乃所以一新天下人的耳目,示中外人士以政府挽救财政危机的决心,这两者中,固然后者更是重要,但前者也未可忽视。我国虽已抗战三十多月,政治中心虽一再西移,但在许多地方,战时与平时几少分别。政府及银行高级人员,无论在应酬或服用方面,俱可以大大撙节而尚未实行撙节。财政金融及交通机关的人员,于待遇方面亦有太厚的模样。许多可以归并而未归并的机关,许多可以不加设而加设的机关,如一一取消,则每年殆亦可省数千万元。军事经理方面如完全无弊无浪费,每年殆亦可省数千万元乃至数万万元。新兴建设事业之与抗战无直接关系者,如缓办,每年亦可省不少。再譬如邮信一次,如一面酌加邮资,一面更将起码分量减轻(例如外埠邮费自每二十公分五分改为每十公分一角)则邮政收入可稍增,而纸张消耗及运输工具的折损可大减。这些节约事项政府迄今未能忠实的想法实行,实是抗战期中的一件憾事。

开源节流二者并施可以解除行政方面的窘态,但要平物价尚须有赖于运输方面的合理调整。现在的运输制度既紊乱系统，而用人方面常不满人意，因之浪费，误事，嫉妒，破坏，抵制种种流弊种种怪事时有所闻。须知我国运输的能力本极有限，而待运的军火粮食及其他必需品等等又极多。现在西南各省必须自外面运入若干棉匹药品，各省间又必须求粮食及食盐的流通，然后西南各省人民可以饱食暖衣，此等必需品的转运与军火的输入有同一重要，然而运输能力既极有限，则除改善运输机能，使能以最少数的交通工具，担负起最大量的物品运输外，又有何法？准此以言，今日的运输机构实在尚有彻底调整的必要，而人事方面尤须彻底澄清充实。

物价是最急切的问题之一，什么人都知道。什么人也都知道调平物价的必要。但我国社会组织幼稚，统制绝不易有成效。至云增加生产，则在大体上亦等于空话。我以为只有一面节约，一面裕财源，俾得多向外方购必需品运内地补不足，同时又改善运输，并避免法币的跌价，才足以真正调平物价。

然而要做到开源，节流及改善运输三者，又非有有守有为的财政当局不可。有守者，谓操守好，廉洁能自持，能为中外人士所信任。有为者，谓有脑筋与魄力，有办法，有助手。现在人民的心理坏极了，人民对于军事及军事当局有十二分的信赖，而对于财政当局则反是。这种忧虑疑惧绝不起于一朝一夕，而由于多年的集聚，这种心理不改过来，则许多善政难以推行。人民如此，外国政府也如此。所以要开源节流有成效，尚须转移人民的耳目；而要转移人民的耳目，尚须选择有守有为的财政当局。

改善战区行政的几个建议

谷宗瀛

作者在二十八年间曾往浙闽赣皖各省视察，见各区行政设施，经过各方当局的努力，颇有极当进步。不过有许多地方尚未能配合前方的军事。今就作者亲察所及，指出几件应行注意及改正的事项如左：

第一是战区粮食问题。目前战区里，最严重的问题，就是皖南，浙东，闽南都发生了空前的米荒。浙东和皖南屯徽祁门一带，以山岳连亘，产米不多，向赖江西余米，补其不足。自赣北各县产米之区沦入敌手后，赣米亦由省政府加以统制，不能大量输入浙皖。同时交通工具极端缺乏，粮米运输全仗民伕挑送，不免有缓不济急，及供不应求之虞。上年秋间，福建东南各县，因海运封锁，米价曾涨到每元三斤。今年一月间，作者视察皖南太平、石埭，徽州各县时，市面上已发生无处买米之现象，乡民有求糠秕而不可得者，以致饿死之事，日有所闻。究其原因，来源阻塞，当不失为主要原因之一。但奸商投机操纵，大户囤积居奇，以及少数公务人员利用战时的环境，凭藉个人的权势，包庇走私，均为造成目前空前米荒的重要因素。为今之计要速谋补救之策。补救之策约有数点：

（一）由地方政府严格取缔投机囤积，制止走私。

（二）抢收游击区过剩物产。浙西的杭嘉湖，和皖南的芜湖，铜陵一带，向以产米著称，但均于初期抗战中，沦入敌手。际此敌寇竭力攫取我方物产，供给军需，换取外汇的时候，米当然亦为所垂涎，亟应由政府统筹办法，予以抢运。一方面可以防止物产资敌，同时还可以调剂战区内的不足。此项工作，虽然有相当困难，但是只要我们发动严密之民众组织，广大之民力配备，也可以逐步实现。因为敌寇断无全部封锁我们的战区，和游击区交通路线的能力。即以浙西的杭嘉湖一带而论，自地方沦陷，运输方面受了阻碍，但实际上，交通并未完全隔绝，民船仍可偷渡。前间浙西行署曾有购运浙西米谷之议，希望能早日实现。

（三）增加生产。闽浙各省，人口多集中沿海及其濒湖一带，内地荒地甚多，无人问津，殊为可惜。亟需由当地政府领导提倡，务求一地尽其利，得以逐步实现。凡播种杂粮，推广冬作，均应由政府通盘筹划，督促施行，以补米产之不足。

第二，制止敌寇的经济攻势。东南方面的军事，年来都是呈着胶着状态，在赣北，在皖南，在浙西，敌人始终是采取守势。经过了三十三个月的抗战，敌人正力竭声嘶，军事上没有大举进攻的能力。但是敌阀绝没有放弃侵略我国的计划，他有新的阴谋，这新阴谋就是经济攻势。这种经济攻势可有两种方式：一为敌货输入运销战区及后方；二为物产输入资为敌用。

在皖南，在苏南，敌货充斥，是一种普遍的现象。作者今年春在皖省沿江一带视察时，看到不少标着"国货商标"的仇货，源源而来。安徽省政府虽然在宣城，广德，郎溪，南陵等处设有敌货检查处，但主要的任务是收税，不是检查。还有少数不肖人员，利用个人的权势，包庇走私，以达到发国难财的目的。至于从事贩卖冒牌国货的，有皖南各省的大商人，也有本地的小生意人。有些商人到了沿江一带，便不敢再向敌区深入，他们赖当地一种专门来往两地的商人，从中贸易，先付货，后交钱，每元加二成。单就南陵县黄墓渡一地而言，每天敌货进口值在十四万元以上。苏，皖各省沿江一带，以及其他各处敌货的输入，也就可想可知了。

浙江物产丰富，又是沿海的省份，所以物产资敌的问题，较任何省份都严重。该省棉产年达三十万担，因上海市价（一百八十元一担）比内地价格高，故棉俱资敌。又该省和上皖南年产桐油四十万担，系由财政部贸易委员会托省建设厅代收，每担定价五十元。最近桐农请求加价，已增至每担六十元。但敌人利用汉奸向我民间收买桐油的价格，是每担一百五十元至一百八十元。又浙东之藕年产五千担，市价每斤五角，敌人收买价格每斤一元五角。

浙闽各省，虽然海岸遭敌人封锁，但海运并未完全断绝，洋轮和民船可照常行驶。近来因为上海物价狂涨，奸商唯利是图，不惜把内地丰富物产，运销沪宁资为敌用。即接近游击区域地带，敌人也竭力以高价获取地方特产，希图实现他的经济攻势。我们要粉碎他的阴谋，最重要的当然是加强民众组织。不过敌我价格的悬殊，也是内地物产资敌的一个重要原因。对于统销的物品，似应将价格予以提高，以资补救。

第三，保甲机构的不健全是兵役推行的障碍。保甲是我国现行制度的基层组织，它的目的：一以完成农民的自治能力，一以预植远大御侮的基础。所有地方上各种行政之设施，人力，物力，财力的调整，统计，调查，组织，莫不以此为依归。要增进地方行政的效能，必将健全保甲机构，而健全保甲机构，又必须自提高乡镇保甲长人选起。但保甲长待遇低薄，——江西省每保办公费月仅一元，自二十八年四月份起，增至五元，但仍无款可发。安徽省每保办公费月二元，——事务繁重。抗战期间推行兵役尤须任劳任怨，以致乡间公正人士，以任保甲长为畏途，而权遂旁落于土豪劣绅手中，弊病百出，办理兵役成了发财的捷径，最普遍的现象是，有财有势的人家，贿赂了乡，镇保长，买人顶替，被迫出卖的当然是贫苦人家，或者是流氓地痞，以几十元的代价，甘愿出卖身体，冒名顶替去应征。等到训练期满，开到离家乡不远的地方，就千方百计的出逃，逃出来了再替别人去顶名。所以体力强壮的，常常缓役免役。应征的人，据一般的估计，总有百分之三十以上，是身体不及格的。这种现象直接影响到抗战期中人员的补充，间接影响到军民合作。补救之道必先健全保甲机构。其道如左：

（一）提高保甲长待遇。精神方面，礼遇保甲长，提高他在社会上的地位，用宣传，劝谕方法，使乡间公正循良较有能力之士民能知大义，甘任劳任怨，出任保甲长。物质方面，切实整顿地方财政，给予保甲长最低限度的生活费。

（二）由省府就全省适中地点，设立保甲人员训练班，更番召集训练，以增进其知识和技能。福建省政府，最近已设有训练班，除训练保甲长以外，还有一个联保人员训练所，专门考选地方上的优秀分子，施以短期训练后，分发充任联保办公室主任（即乡镇长）或办事员。

第四，充实游击区的党政组织。二十六年十二月，敌军占领了南京芜湖以后，表面上，其势凶猛，占领区域内一度陷入无政府状态中，傀儡登场，助纣为虐。但不到半年光景，敌人所占领的江南广大面积，逐渐缩成为线和点，地方上行政，也随着我国军所到地域，渐入正轨。但是游击区域辽阔，有的县份还没有负责人主持,有的已经奉到省府的委任,而尚逗留后方,不敢赴任。值此汪逆一班傀儡,粉墨登场之际,敌后工作,至为重要。亟应由战区各省当局慎选胆识俱优,公正廉洁的职员,规划敌后广大区域政治军事大计。一面以机动的军事力量,攻击敌寇,铲除汉奸;同时号召当地知识青年,施以严格的政治军事训练,使成为三民主义之坚强干部,担任组织训练民众工作,期于相当时间内,成为广大御侮的基本力量。在可能范围内,与民众以物质上的援助,使之无冻馁之虞,"抚我则侯,虐我则仇"。我们必须以全力争取游击区的民众,务求全体民众的总动员,早日彻底实现。

如何组织管理蔗糖工厂

洗子恩

任何工厂，无论为公营或商办，其内部组织均应商业化及科学化。因为完善之组织，乃良好管理之先决条件，苟无完善的组织，则虽有优良之管理方法，亦必难于施行。旧式商人，对于工厂组织问题固不多重视；而政府机关将生产事业视作普通行政机关，亦每不讲求效率，此实为工业发展之一大障碍。在今后之工业建设，应特予注意，在本文中笔者将专就蔗糖工厂之组织及管理而加以论述。

根据过去经验，蔗糖工厂因其生产之季节关系，在组织上务须富于伸缩性。在榨蔗季节期间，则须能尽力膨胀，使所有工作不致因人事关系而发生不良的影响。在停工期间，则须能尽力紧缩，使停工期间之维持费用不致过巨，故其组织系统应与他种工业略有所不同。现试根据广东省营糖厂之经验及参照目前之需要，拟定一蔗糖工厂所应有之组织。

每工厂于总经理之下，可分设总务组，工务组及财务组。兹将内部应有组织，说明如下：

一，总务组下可分设文书，营业，人事，事务及卫生等五股。

文书股——负责收发，拟，缮及保管所有往来文件，并兼办工厂附属图书室等事务。

营业股——工作为推销产品，收受订货单，运送货物及研究市场之趋势。在其他产品种类繁多，竞争激烈之工厂组织中，所有推销事务，在理论上应另设一组专门负责，借收分工合作之效，唯蔗糖工厂之产品不外乎白糖，废糖蜜及酒精两三种，无须消耗精力于分配方面，固在整个组织内可置于总务之下。

人事股——负责调整厂方与职工间之关系，及各部间人事之升调。更换及各项有关记录事宜。

事务股——负责事务所一切零星事项。

卫生股——负责全厂之卫生行政及附设医务室一切事宜。因蔗糖工厂类多设于蔗区，附近一般卫生设备自不如都市远甚。为保障职工健康及安全起见，蔗糖工厂务必设立一比较完备之医务室。

二，工务方面则设立工务组，负责管理全厂制造工作之进行。工务组组长，宜以曾习化学工程，精通制糖技术，而富于管理经验者充任。工务组下可分化验，制糖，机械，材料及原料五股。

化验股——为蔗糖工业中最重要之一部分，因蔗糖工业为化学工业之一种，全厂各部活动之控制，如各部工作效率之决定，成本变动之分析，必须以化验报告为根据，化验股工作之是否精密可靠，直接影响全厂之营业前途。

制糖股——该股负责将蔗汁煎炼成糖粒等一段之工作，糖厂之制炼工作，全靠化学分析的指示而进行，制糖化验两股关系最为密切。故外国糖厂有将制糖归并于化验股者。该股因制造程序关系亦可再分为澄清，压滤，蒸发，煮糖，分蜜，及包装各部。每部由专人负责以便计核各种工作之结果，如附设酒精厂或以脱厂时该方工作亦可归制糖股指挥。

机械股——机器糖厂所用机械虽非复杂，然因生产之季节性，及制造程序之连续性，机器之修理刻不容缓，任何一部分损坏即影响全厂活动。故对于机器之保管及修理，为机械股最主要之任务。在开工期间，机械股应负责使工作能顺利无阻，纵有损坏，亦能随坏随修。

材料股——材料股除负责管理材料仓，成品仓及材料仓收发外，并兼办购料。蔗糖工厂则因所用原料不外甘蔗一种，产品种类及所用材料亦属有限，购料工作较轻，故不必设专股办理，而可归入材料股内。

原料股——蔗糖成本中，原料成本常在百分之八十三以上，故对于原料之购买及运输，必须有良好之组织，方能适应此种特殊需要。其工作可分为购蔗，运输及研究三项。购蔗及研究可谓经常组织之一部，运输则属临时性质。蔗季完毕，大部人员即须解雇，故运输部之组织又可分为停工期和榨糖期。在平时除主办运输人员外，其他运输人员概不雇用，主办运输人员亦可助理推广改良蔗糖之工作。至榨蔗季开始，运输部应即扩张，设一运输总站，并在各蔗区设运输分站，以便管理原料之割运事宜。在此期间除调用购蔗，及研究两部人员外更须加雇临时职员分担各项工作，至蔗季完毕即恢复停工期之组织。

设计股——蔗糖工厂虽无经常之设计工作，惟对于改良制糖技术及制糖机械之研究，与技术人员训练，应有专股负责。

三，财务组。负责计划资金之运用及会计事务，可设有普通会计，成本会计，审核及出纳四股。

普通会计股——负责收集，记录，分析各项交易编成报告，供给各部主管人员藉以明了其过去工作之情形；经理则以之为控制各种活动之根据。

成本会计股——负责成本计算事宜及编制本厂所有生产及成本统计及外间其他与糖业有关之统计，如糖价指数等。

审核股——负责审核各项账目。

出纳股——负责工厂所有现金及有价证件等之保管及出纳事宜。例如工人工资之发放，事务所职员薪金之计算及发放等。

上述组织，在实际虽可因各厂之特殊环境而有不同，惟其所执行之职务，亦不离上述范围内。规模较小的工厂可将上述有关部分合并以应需要。

组织问题得解决后即当注意管理问题。蔗糖工厂之管理，应采取下列两原则：（一）在制造技术上，应采用"化学统制"；（二）在一般管理上应采用"会计统制"。兹分述之于后：

化学统制——蔗糖为化学工业之一，故其全部制造工作，均应以化学分析为指标。自甘蔗之割运以至制成糖品，每经一步工作，即须经一次之化验，每步工作常有化验人员与其他制糖人员共同工作。制糖依照化验结果之指示，推行其制糖工作，所有原料品质，制造技术，及产品之优劣，全靠化验报告结果决定。兹将其实施办法分述如下：

甲，蔗糖制造程序——蔗糖制造程序虽因使用机器种类之不同而略有差异，大体上则并无若何差别。制糖第一步工作为将甘蔗压榨提出蔗汁，随即加热及加石灰乳等，使杂质沉淀，待蔗汁澄清后即送入真空蒸发罐进行浓缩工作。蔗糖浓缩至相当程度后再送入真空煮糖罐内将蔗汁煮至结成糖粒，然后用离心分蜜机将糖粒与废蜜分离。最后即将白糖送往干燥器吸收水分后即可装包出售。

为便利管理计，全部程序可并为榨蔗，隔滤，蒸炼，分蜜及装包五大部。榨蔗部之工作范围可自蔗汁输送至混合蔗汁池为止。自混合蔗汁池经加热器沉淀池，压滤机等以至清汁池止之工作则属于隔滤部。自提前加热器至结晶箱止则属于蒸（发煎）炼部之工作。分蜜部之工作范围，自离心分蜜机至干燥器内段内。装包部工作只限于将制成糖品称量包装及送入成品仓两项。

乙，生产预算——蔗糖工业因原料供给之季节关系，每年制造时间极为有限，最多不过六个月左右，通常最有利之时间不过一百二十日。制造期间，一切工作必须达到最高效率方能有利。故未开工前必须有一完善的生产预算。

生产预算应包括下列各项：

（一）开工日期——开工日期之决定，自以当地甘蔗成熟期及在成熟甘蔗之数量能继续供给工厂需要之时期为标准。因为甘蔗成熟时含糖较多，若于此时收割制糖，最为有利，然各种甘蔗成熟期不同，若成熟甘蔗太少，不足供给需要时，则可将开工日期延迟至最有利之日期。

（二）停工日期——停工日期宜在成熟最迟之甘蔗收获后若干日，因为甘蔗成熟后若不予割运制糖，其含糖成分有日渐减少的趋势，以制糖最为不利，停工日期最忌延长至甘蔗数量不足供给全厂需要以后。广东省各糖厂每季最后一期的成绩之所以最劣，皆因停工日期过迟，致停机待蔗所致。

（三）经过日数——自开工日起至停工日止之日数。

（四）榨蔗期数及其割分——蔗糖工厂例须于一星期或半个月间停工全部洗修一次，每停工一次谓之一期，在预算上须将蔗季分为若干期，蔗期起迄，及修洗日期等俱须有详细之规定。

（五）榨糖数量预算——榨蔗数量之决定可依照机器之正常压榨量，实际榨蔗日数及原料供给数量为标准。各期预算榨蔗量亦应分别拟定，以便运输人员有所根据。

（六）产量预算——可根据当地甘蔗平均含糖分计算，在预算榨蔗总数中所应得糖及废蜜之数量。

（七）材料消耗预算——以便预先准备所用之材料。

（八）工人人数预算——根据过去统计参照上列各项预算出材料消耗之数量及雇用工人之总额。

有此生产预算，则机械股修理机器必须有一定完工日期，又可预先通知材料股预购需用各种材料，及通知人事股准备雇用适量工人备用，以免临事张皇不知所措。有此预算原料股即可决定应购买甘蔗之数量，其收蔗日期及每日每期运输数量，进而可以决定应备之运输工具，及工作人员之数量。营业部即由此生产预算决定其应负责推销之数量及起货日期。（普通工厂之生产种类多由销货预算决定，此为一般比较稳健之方法。惟在蔗糖工厂，尤其是在中国则可反其决定之程序，而以生产量决定其销货额，盖在目前中国情况下，蔗糖需要，远在国糖供给能量以上。）财务组亦可依之计划蔗季期内资金之调动。总而言之，生产预算间接决定全厂一切活动之目标，为良好管理不可缺少之工具。

丙，技术标准——所谓技术标准者，就是制造技术上所以达到最高水准之谓。每种工作若有标准，则不特考核员工成绩有所根据，负责工作人员亦有努力之目标。设定标准时应考虑及在现有机器设备之性能，在此范围内设定可以达到的标准。此种标准的设定，不宜过高，过高则近乎幻想，永无实现之日。如是工作人员对之亦不生兴趣，反属无用。

技术标准最少应包括下列各项：

（一）标准压榨量及压榨率——压榨量应有每小时压榨量及每日压榨量两标准，藉之可以测定压榨率方面之成绩。标准压榨率则为榨出的糖分方面之标准，所谓压榨率就是甘蔗含糖总量与榨出糖分的比率，比率越高说明含糖分越多。每小时标准榨糖量可以测定正常情况下机器的性能。每日标准压榨量，可以测定实际上每种榨糖效率的高下。

（二）标准澄清及压滤时间——机器设计时，各部机器及蔗汁输送量之大小，俱有联带关系，故各部工作应有完成之标准时间，以免因一部工作影响全厂活动。从前广东省营市制糖厂，因各部分人员技术水准不一致，因而发生因某部工作迟慢影响全厂工作之情形，有标准时间后技术人员即避免此弊。

（三）标准压滤损失——蔗汁经加石灰乳沉淀后，其沉淀之泥土含糖甚多，故用压滤机将之压滤回收所含糖分之一部，其能收回之成数，自与其技术有关。设此标准，工作上即有一指标。

（四）标准蒸发时间——清蔗汁含水分甚多，必须先经一次缩浓手续，将之缩至波美表30—32时，始抽送至煮糖部煎炼。蒸发时间之长短影响每日出品之数量。

（五）标准煎糖时间——煎糖为制糖程序中最重要部分，其煎糖时间之长短及其工作成绩之优劣直接影响每日产量及成本甚大。

（六）标准白糖含糖分——工厂所有产品之品质，必须一致。

（七）标准废蜜含糖损失——甘蔗含糖量除糖外，废蜜为含蔗糖成数最多之一项。假如其他情形不变，白糖产量与废蜜含糖量成反比例。废蜜含糖愈少，产糖量越多。有此标准，即可测定煎糖工作之成绩。

（八）标准每日产糖量——此为最重要的一个标准。同时亦为整个工厂管理最注重的部分。上述各种标准，可说是这个标准的注脚。每日产量的增减的程度（换言之，全厂工作效率的总和），俱可从事实与标准间的变动测定之。但其变动的原因，则须分别研究上述各种标准的变动，除工厂内制造技术上须有标准外，每日运蔗的数量，及其他在运输上的各种技术，俱应有先定标准，以便考核。

丁，有各种技术标准，工厂管理人员即可根据化验结果控制各方活动，在原料方面，化验股可根据调查及化验结果，将预购甘蔗按其成熟日期的先后分类，排列，作成割运日程表。如是甘蔗的割运工作，即受化验股之管理。根据日程表割运甘蔗，使工厂可于最适当的时候——甘蔗于成熟时含糖最多——割运甘蔗，同量甘蔗中可用糖分增高，原料成本减低。在压榨方面，管理人可以利用压榨率以指挥榨蔗部工作之方向。如蔗渣含糖过高，即可通知机械人员将压榨机整理，如每小时糖量减低即可通知员工提高磙子之速度。在隔滤方面——可利用压滤饼含糖分的分析来测定工作的成绩，如滤饼含糖量过高，即可设法在人事或设备方面调整，使效率增高。在蒸炼方面，可藉化验分析结果，测定蒸发及脱色工作的成绩，使工作效率得以提高。蒸炼工作的成绩，亦可借废蜜含糖分及废蜜糖分与总糖量的比例测定煎炼成绩的高下。藉糖品色泽及成分的分析即可控制分蜜机及干燥机的效率。

由此可见全部生产过程中，均可经由化验结果，加以控制。不但如此，在化学统制制度下，产品在厂内被窃的机会，亦可以大为减少。甘蔗称量及运输人员之作弊亦可由化验结果充分表示。笔者在糖厂工作时，曾由化学统制法发现甘蔗称量人员作弊。化学统制之主要目的虽在提高生产效率，但在消极方面之防弊作用亦颇重要。

会计统制——化学统制乃在制造技术上管理产品的质量，控制生产效率的变动，寻求其变动的原因，而加以改善。会计统制则利用预算制度及成本会计制度直接控制全厂各部的作业，考核各部工作成绩，平衡各部发展之程度，更以成本分析方法说明产品成本的变动之原因，以部别作业成本（Departmental Operation Cost）的分析，稽核各生产部的效率，指出缺点，寻求减低成本之途经。

甲，预算——工厂有生产预算则可藉作其他预算之基础，根据生产预算即可编定销货及其他收入预算与费用预算，有收入预算，则制造技术人员与推销人员有一努力的目标。有费用预算则可减少无谓或非必要的开支。

乙，成本分析——根据成本会计部计算结果，分析构成总成本中各部分成本之变动，进而分析各部分作业成本变动之原因，及其影响的程度，再与化学分析记录比较，以明责任。例如某期蔗糖成本较上期或标准增高二分，即应比较每部成本寻求其变动最大之部分进而分析其变动之原因。假如原料成本如故，各部分成本作业成本依旧，惟因原料缺乏，停机时间过多致影响产量，如是即可推知成本增高之原因纯属运输失常所致，责任至为分明，各部主管人无法卸责。在此种精密成本分析下，负责人势非全力以赴不可。笔者在糖厂工作时即利用此法，指出应付责任之部分。

诚然，成本分析之是否可靠，固全视成本方法而定。若成本计算本身已不正确，其分析结果不特无用反有发生错误之可能。

从上面之讨论，可知化学分析及成本分析为蔗糖工厂管理之最有效的方法，成本分析为全厂综合的效率的指标，化学分析从而说明其在技术上个别的变动之原因，使管理人知工厂优点及缺点之所在进而设法使其优点尽量发扬，尽量革除缺点，以谋整个企业成绩之提高。此种管理方法并非不易实行之理论。笔者在糖厂工作时，因鉴于糖厂性质之特殊，势非普通管理方法所能奏效，因分步试行化学统制及会计统制方法，结果虽因时间太短，至与预测效果相差尚远，然此种管理方法之富于实行性，则敢断言也。

石庭之夜

聂 清

一轮血红的夕阳，疲倦的向山后掉落下去，村子周围逐渐被暮色静静的笼罩起来，远近木石房屋一片灰。村子后面是个悬崖，有一条低落狭小的河流，河水呜咽着。村尽头一道小小的铁索桥被激流冲荡，时时轧轧作声，像一个老人的歌唱有音无词，歌声永远流荡在山峡中的幽静处。在夜的谐和里，我们的前哨——人呀、马呀，都慢慢的拖着沉重的脚步，跨进了石庭，每家老百姓都走上了山，可是我们一来，屋顶上是不久便升起了炊烟，在豆油灯光下，各人忙着料理潦潦草草的晚餐。我们今天已经走了七十里，由于一日间不休息的行军，各人都感觉了劳顿，此刻才深深的体验出休息时的甜蜜。

村子饶有古朴风，一条狭窄的村道，不平不直，由任何一端走去，往返不需五分钟就可走到尽头。土墙砌成的房屋，大小不等，有很多地方都剥落了，一大块一大块泥皮松卸下来，形成不光泽不平滑的破败图案画，从有穴孔的地方看下去，原来蛀蚀了木桩，可以寻觅出狐鼠奔窜的路线，灰蒙蒙的，远看上去好像一排久历风尘齿发俱脱的苍老人影，那样沉默，忧戚，静穆。

人马安顿归一后，在暗淡的夜色里，如一池平静的秋水，除了偶尔听见一两声犬吠外，清虚静寂，别无所有。

历史本是个怪物，又冷酷，又残忍，改变一切，重造一切。这方所写出来的形影，却似乎与历史脱了节，一切还保留千年前的形式，在内战时代里，这地方也许因为它太渺小，太瘠瘦，就从不遭遇到如国内许多地方所遭遇到的命运，因此找不出乱兵摧残土匪劫掠的糜烂痕迹，要有也不过六年前几个红军所粉饰的陈旧标语，那标语却又早已为另外一些新的口号把它盖上，显得模模糊糊了。

没有月光，满天嵌着明亮的星了。八月的风，温柔而凉爽，行军在孤村中夜宿，叫人感到幽怨而凄清。

我们歇脚在一家豆腐店里，豆腐店的隔壁，住着本军的无线电队，呜呜——手摇马达机声在清夜里反复单调的响着。无线电同志们，正在数千里外的军事报道部，做收集战争资料的工作。马达声将个人的心灵，引入了单纯的圣境，忆起了仇恨，眼前寂寞的荒凉的景象，忽然变成有血，有光，有热的伟大屠杀场了。

四个年青通讯员极神气的收集着"鄂南赣北我军出奇制胜"的消息，每个人都忘记了军行百里的疲惫。空气增加了分量，队长从门边望望，一个通讯员微笑着示意，"三千人马一下子收拾，好的，妙的，鬼子真成了鬼。"兴奋占据了各人的心底，一副赋有灵感的听筒唧唧的低鸣着，通讯员手中的铅笔，蚕儿嘴似的，敏捷的在纸面上吐着紫色的丝纹，沙沙沙……

前哨指挥队队长，一个体力强壮的青年人，身虽在南方参加作战，但并不失去北方人原有的气质，口角边常画出一丝诚朴的微笑。一切事他总乐观，从他那锐利的目光中看去，可知随时都在思索着一些当前问题。目下然有件事咬住他的思想，大军明天需由此过道，在这周围不上两百住户的荒村中，人都跑光了，食粮，草料，怎么采买，茶水怎样去烧，且经过的路线上，还有一个小溪河，如何架设一个轻便的浮桥渡过大部分人马和辎重？……这一切问题，都得他逐一解决，且在短时期内决定办法，指示给别人在一个夜里办好。

这地方本来太闭塞了，离村不到三里，就是高大峰峦，崎岖的山道，阴沉沉的丛林里，直挺挺的林立着数百年前的松柏古树，阳光也难透入，风过处就如万马奔腾似的掀了浪涛。从这些山道经过的小手车，如蚂蚁一样吱喳吱喳的喘着气，一不小心，就连人带车向山谷中，翻滚下去。骑马的到了这里，必得下鞍步行。就是这样一个地方如何解决大军通过问题？

铁索桥依然被激流冲得轧轧作响，南岳山脉在西天边延伸出粗黑的巨掌，好像要将这一片夜幕撕裂成一丝一丝。远处荒狗狂吠着，有人打着火燎，风送来细微的山歌声，如原始时代夜猎者所呼出嗯哨。

我们的队长，沉入在深思里。

五万分之一的军用地图，平躺在他的眼帘下，豆绿色灯光，被风吹得颤巍巍的，如牧羊村女的眼睛。这眼睛好像撒娇，又好像带着挑战似的姿态，在轻轻的说，"看吧，石庭本来那么小，上地图就更小了，就在这针大的点线上！"队长正把一枚蓝色长针戳到那小点上，轻轻的叹了一口气。

　　"这不成！实在不成！"队长喃喃的自语着，"总得要赶紧想个法子……我们的老百姓呢——"说到老百姓的时候，目光向四处扫射了一次。身旁唯一的老百姓，豆腐店的老板娘，正忙着漂滤豆子，预备灌入磨槽里去。

　　是的，老百姓可爱也很可靠，前年在××作战，一个连上的弟兄身负重伤，敌人仅距五十米了，这样生死关头，却被一个老百姓用一口水枪救了性命。这是最好的也是最普遍的事实，事实告诉人们不要忘记老百姓，只有老百姓才能帮军队的忙。军队到任何一处是片刻也离不开老百姓的，不管是行进，作战，宿营，总得老百姓。队长是个有经验的人，小孩子知道的事他有个不知道？他很能抓住这关键，对老百姓早已有了一个比任何人还要清晰了解的价值。可是处到当前这种荒僻环境中，发动老百姓不是一件容易事！

　　时间一分一秒的过去，大地好像昏沉沉的睡熟了，只有队长的心在跳着，脑子在盘算着。

　　他想起目下许多困难却不灰心。两年来炮火的教训经验，将他意志陶冶得极其坚强，极结实，他有很多次就用自己那种坚强的意志与超人毅力，冲毁了极疑难极艰巨的拦阻线。他相信"一切事总是有办法的，即完全陷入绝地，还是可以设法，脑子可以解决一切困难，这是生物的原则"，他常常这样说。事实上，却的的确确在好些次困难中得到救助。如今又到了绝境中，为了祖国的寿命，为了人类的幸福，他心想，责任在身上，总得尽责。

　　最后他下意识的决定了，一面匆匆起草电稿，一面又命人去请当地的村长过来……

　　"怎么找，都跑了！"

　　"跑了就上山去找，老板娘同你去，把他找来再说，限两点钟。"

　　那服务员沉默的走了。

　　无线电的马达声又开始在嗡嗡嗡了，拍发给百里外——我们的总部，报告沿途的经过，以及宿营此地的一切情形。通讯员用每分钟发一百二十字的速度工作着，忘记了劳苦，忘记了睡眠，没有过去，没有未来。

　　叮，叮叮叮……

在沉寂的空间，这声音俨然用金属的细签敲着一片薄薄的玻璃片，那样清脆，婉转，动人。然而这就是战争，时间，空间，生命，科学，混在一处，谁能好好的控制它，运用它，就可以占到胜利。

随着这音波弹吹出去，不久一会，在灯影下便显出一个淡茶色的面孔，灯光描绘出两线活动的笑纹，蓝布长衫上面伸出一个在黑暗中也看得清晰的光头光脑，眉，眼都配合得自然相等，人的个子不十分高，却稍见瘦长，很矜持也有点狡猾，掩饰乡下人原有的那点粗鲁处，用娘们走路的脚步挪动着。这就是找寻来的当地领袖。随你从哪里去观察，举止态度，都与这古朴乡村调和，可是从神气上也说明是一个有知识——与城里那分知识异样——的人物，先存了一点成见，用不合作态度来应付眼前事情，风头不对，他会溜走的。

"村长，来的好，贵姓？"队长和悦亲切的向面前的人说话，不做作也不骄傲，很显然，他希望大家熟一点。

"不敢。贱姓王——三横王，官长。"

"请坐，你坐。副兵，送茶来！"勤务已睡了，慢声答应着"是。"

电讯员机件忽然停了停，队长就回头去问，"张同志，怎么？"

"不碍事，队长。一点点毛病。"

队长依然同村长谈下去，从小事谈。

队长本是个北方人，却善于辞令，不愿劈面就用"明日大军过道"那种大刀阔斧的官话去惊动，因为如果这样吼下去，一切事情都必然弄糟。他用的是一种奶妈的口吻，从战争残酷——毒害到小孩所生的影响，投下一块石子。那波纹便慢慢的荡击到敌人，仇恨，农村，别人，自己，然后波荡到了岸边，"村长请你想想，我们若不一齐起来，想办法好好打下去，赶走日本鬼子，这日子还是人过的？纵甘心做亡国奴，过得下去么？你想活，不管怎么只要活就成。可是人家绝不许你活下去！"

话说得诚实而清楚，村长显然动心了。当他明了这个官长并不如想象中的官长来得暴躁威风，气势凌人，就失去了那点虚伪的掩饰，本能的天真的活动起来，在充满着快乐的表情上，说明他内心已将一个陌生的军官，看作了自己极亲近及熟悉的人。他眼睛湿湿的说，"队长，我们要打下去，我们是要想办法，不让鬼子有好处。我去叫他们来帮忙，天亮以前一定来。"

他不抱怨自己不会讲话，只恨自己没有故事可讲。

他们从吃粮当兵谈到牧牛耕田,从一支枪的用途谈到一把镰刀的用途,一切困难,似乎都从彼此了解中获得一线曙光,显见明天大军过道是没有疑惑的了。"困难,想出办法来克服困难,这是战争!"

末了,那个村长说:

"队长,你是好官长,我知道。你的弟兄一定不撒野,敝地小虽小,还有一百二十家住户,二百零五个有力气的庄稼人,小菜,草料总可以弄得出些,我明天邀约他们都出来……像以前红军过道那会,也是我们——"他赶紧把舌头舔住嘴唇,生怕失言犯忌讳,触怒了官长。可是我们那个队长却满不在乎。

村长原来是个话匣子,从这段插曲中,他想应当再告诉一点可以夸耀于人而且也是有意义的事情。于是他讲他家喂了两头肥胖的母猪,猪从小就肯听话,不乱在门前撒尿,随便喂什么它都吃得极有味……不久就要养儿子了。

"别人也喂得有,因为看到我的猪这样懂人事,所以他们怕我干涉,都不放它们出来,其实只要乖乖的……"他扮出一个得意的鬼脸,嘻嘻的,就仿佛娘儿们提糟糠上猪圈时那种神情。很显然,这个乡下小村长被征服了,成为我们一伙了,队长又战胜了一个脑子成见和偏见了。

"当然啰,一村的村长!"

"是的,村子里人都懂规矩的,譬如猪……"

他想说,猪若生了儿子,连母鸡,黄狗一起计算,家里应当有十五个人。

可是那个听他讲话的人却估忖,村长这分生产知识,并不与他当村长的身份有所妨碍,他是个有趣味的庄稼人,在中国广大农村中,像他这种人不知有多少,这种人才真是了解伟大生存意义的人,他不是傻子,他的言辞不是平凡的言辞。

一个慈祥可亲的革命军人,一个诚朴纯厚的典型农民,写照在午夜的荒村里,表现出大时代中的冲和。

在队长满意的把村长送出小屋子的时候,这乡下人方才忆起问一下长官的姓名……

夜更深沉了,村子的尽处,荒鸡已经在啼唤,鸡声悠扬而缠绵,荡漾在夜的寒气里。村外一个年青哨兵,扛着长枪来回走动取暖,两双浸透在风霜里多年了却不失去它生命活力的眼睛,正觑着镶嵌在西天边际那颗大熊星出神。银河渐渐消逝了灿烂的光辉，微风抚着单调的军装，露珠滴湿了帽檐，夜是清凉是幽静的。

豆腐店老板娘已经起了身烧了火，在屋角一盏暗绿色豆油灯下，默默推动着石磨旋转，那被压榨的绿豆，在石齿间便磨成浓浓浆汁，从磨嘴里流出到一木桶中。她心想着，明日起来的弟兄多，喝豆浆的也一定多。

嗡——嗡——

石磨一刻不停的叫着，弟兄们在垫着新从田里割来的稻草铺上，迷迷的被这声音引入了梦境，队长伏在地图上睡着了，我××队电讯员之一，向百里之外一个十八岁的同志，报告他："我们在这里，一切都好，天都快亮，就只是冷了点。"

是的，当真很冷，但一切都好，很顺手，明天中午就有一师的人要过道。

本期撰者：

钱瑞升先生将有文章多篇，分论目前若干与抗战有关的急切问题。本期所载者为《今日的财政及经济》。此后他将论及《战时的行政机构》，《今后外交努力的方向》，《论宪政问题》及《论政党及政治》等文，陆续登载本刊。

谷宗瀛先生现任军事委员会战区军风纪第一巡察团委员。冼子恩先生是西南联大商学系助教。

第三卷第十九期（1940年5月12日）

时评

挪　战

　　北欧战局到如今德国仍处于有利的地位。其原故则因德方占着先发制人的便宜。德国于四月八日用闪电战术，一举而占据丹麦，并进占挪威首都奥斯陆及西岸若干要港如卑尔根，特伦德哈姆，即日报上所称之英伦的英及那维克（各日报译作纳维克）等，首都既陷，于是挪军的动员乃处于极端困难的地位，西岸要港既失，于是英法的赴援也十分棘手。但是英法这次援挪毕竟具有着极大决心。他们深知此次如不积极援挪，不但北欧海道由德控制，经济封锁将难以成功，不但德可取得进攻英伦的空军根据地，且一切小中立国将一如丹麦之俯首恭听于德。所以英国的海空军于九日起即与德国的海空军在挪威海岸有大规模的接触，到了十二三日且有那维克附近的大海战，击毁德舰多艘。自十二日起英军即在挪威若干场所登陆，而尤集中于特伦哈德姆及那维克附近，以为夹攻德军的准备。法国初时颇主张力战应在西线，不应另辟战场，自分军力，故对援挪不太热心，但最后也接收了英国的看法。故自十九日起法军也开始登陆。自此起，英法军声威大振，一方沿铁路自安台而斯纳向东南进发，以阻挡自奥斯陆开向西北的德军，一方又向特伦德哈姆作包围的形势。无如一则德国在奥斯陆附近集有大军，沿铁路东南行的同盟军力弱不支，二则英法在挪无空军根据地，德空军由近而至，将英军登陆的南姆索斯（各日报译作阑沙斯，即英军登陆地之一）狂炸不已。在此情形之下，英军又不能不退。所以五月二日张伯伦在下院报告时，已承认英军之在特伦德哈姆附近者已经撤退。

基于上述变化，德军在挪威的南部中部已占完全的优势，所存者只挪方的游击部队而已。今后挪战要看德军要在那维克方面能否发展。如果德军能阻止英法援军登陆，则德军在挪已获全胜。如果那维克为英法所攻克，则挪威势将继续为两方争夺之所，德军仰给于瑞典的铁砂仍难运转，德国由挪攻英的野心也难实现。如因英法一时的失利而遽认英法已在挪威的败绩，则于事实上殊不符合。（平）

意大利会参战么

自从去年欧战爆发一直到今年三月，意大利的态度一直是灰色的，也可以说意大利一直是无声无臭。在这期间中意大利已经占了不少便宜。不特英法和他说好话，谈商务协定（英），连向来反对法西斯的美政府也对他优礼有加。

但这二三个月来，意大利似乎又怀着什么鬼胎似的。起先因英国截留运意的德煤，引起意的抗议。继又有勃伦纳山径希特勒与墨索里尼的会谈。自挪战发生，意舆论又大大反英反法，口口声声说已完成参战准备工作。虽然意政府一度告诉美驻意大使，谓意当仍守中立，但地中海的空气并不因之而松弛，教堂且在祈祷和平，意的参战大有箭在弦上，一触即发之势。

然而意大利究竟会参战么？依我看来，墨索里尼是一个十足的商人，他之绝不肯做吃亏生意，等于他对于有利的买卖素向热衷。如果英法将胜，他一定会帮英法一阵，藉为和会特博得英法好感，不遭嫉视的张本。如果德国将胜，他也一定会助德一阵，以为战后分赃的准备。如果某方一定胜，但离胜利之日尚远，他未必肯毅然加入，因为加入而后，他尚须作相当长期的牺牲。

到现在为止，德军在挪威固已取得局部的胜利，但谓德方在全部战局中必胜，则未免太武断；谓德方将胜，非特无根据，更夭之太早。意大利如此时参战，势必作重大的牺牲。英法的海空军在等候着，难道墨索里尼君不见泪不得么？

说意大利即将参战，实在深中了墨索里尼宣传之毒。最可能的推测是：墨索里尼欲有所得于南斯拉夫，藉以巩固意大利在地中海东部的地位。此最

终目的的达到，再加上些其他来自英法的小礼物及来自各方的甜言蜜语，墨索里尼暂时或又可踌躇满志了。（都）

汪逆伪组织内幕

汪逆自前年底由重庆脱逃发表艳电后，即乞怜于日阀之前，奔走于南北两伪府之间，经年余之含垢忍辱，始得袍笏登场。但据确实电讯，伪府成立不久，派别分歧，同床异梦，暗斗日趋激烈。大凡汉奸的所以甘愿附逆遭人唾骂者，不外利禄二字，因争利禄而勾心斗角，本系必然现象。所以汪逆伪组织内幕的分歧暗斗毫无足异。

汪逆伪组织的汉奸，大致可分三类：一派系汪逆嫡系，一派系原有之伪维新政府派，另一类则系在联合各党各派的口号下所招来的各党败类。背景虽异，争权夺利之心则一，不但各派间钩心斗角，明争暗斗，即一派中亦分赃不均，同床异梦，于是造成了此争彼夺的群魔乱舞的局面，无奇不有，无丑不备！

先就所谓汪逆嫡系而言：汪逆本人的所以甘愿出卖国家民族尊严事敌者，目的无非在满足他的领袖欲。然则他的部下走狗之所以乐于攀登附逆者，也不过在猎取高官厚禄而已。所以当汪逆尚未登台时，群逆目的一致，尚能沆瀣一气，等到一旦掌权，互争肥缺，因此形成对峙，于是呼朋引类，各树派别，所以近来汪逆嫡系中也有所谓陈逆公博，诸逆民谊及林逆柏生等与周逆佛海，梅逆思平及李逆士群等之对峙，而刽子手之丁逆默村与黄逆香谷等则又另树一帜。粥少僧多，汪逆穷于应付。

次就"伪维新政权"派而言：过去汪逆组府阴谋所以迟迟始能实现者，敌阀内部意见不一虽系主要原因，但伪"临时"及"维新"傀儡政权之阻扰亦为要因之一。伪华北"临时"政权因喜多等之撑腰，获取事实独立之地位。但伪"维新"政权分子则屈居汪下，郁不得志，因藉老牌汉奸之头衔，负隅抵抗，故梁逆鸿志，陈逆群，任逆援道，高逆冠吾等之与汪逆积不相谋，情形更为严重。

至于其他所谓各党各派败类如江逆亢虎，诸逆青来等虽系汪逆所招揽，但彼辈加入之目的显在过官瘾，职位之高下，官职之肥瘠为其唯一较重目的，故对伪组织内各逆，亦颇有怨言。

汪逆伪组织内部人物既皆系权欲熏心之无耻政客及贪官污吏，则其通心合作，何异痴人说梦。而敌阀之所以树立汪逆伪政权者，亦因在军事攻势穷促之余，不得已而采取之下策，派别分歧，适足予敌操纵控制之便，所苦者我沦陷区之人民而已。（中）

汉奸与气节

罗文干

自从中日战事发生，黄秋岳等十九人做了汉奸以后，我们慢慢觉得除了法律的制裁如刑律外患罪及政治的提倡如所谓国民公约及精神动员外，便要回到我们祖宗的教训"气节"两字了。

现在南京北平武汉广州大多数的汉奸们，讲起履历，不是东西洋留学生，便是国内大学毕业生。什么政治主张，都会说得很好听，都能够持之有故言之成理的。什么法规，都能一条条背诵的。但讲到"气节"，则还不如旧官僚之徐世昌，旧军阀之曹锟吴佩孚，旧国会议员之李庆芳。此数人只识得不可屈身事敌，不知什么叫做主张，故不识"和平救国"；不知什么叫做组织，故不识办党结社。气节两字是做人的要件。有气节而无知识，其罪最多是顽固。有知识而无气节，则其危险往往有不堪言者。

三年来汉奸种类，可分两种。

有一种是因争气或负气而成的。

彼辈以为曾替国家做过些事，或自己以为有些才能，一旦失意，遂不惜卖身卖国，以泄一时之气。哪知道人生世上，操行可以有常，得意失意是无常的。有许多很有功劳或有才能的人，不可保以必尊贵。也有许多庸庸碌碌因人成事的人，不可保以必卑贱。所以尊贵卑贱，是遇不遇也，遇不遇是时也。争气负气的汉奸们，大都皆系只可得意养尊处优，一遇到失意，便失人性了。

第二种是由奢侈或贫穷而堕落的。

这种人大都是平日受惯物质的享用，往来于租界及割让地，学了外人的消费，未学外人的生产。一家数口，月用过千，其更荒唐者无论矣。故平时早已入不敷出。到了战时，收入稍减，遂不惜学妓女卖身弄钱，以供挥霍。我国古训，有失节事大饿死事小之义。他们未到饿死，便肯失节，真对不起祖宗，对不起自己。

但是养成上头所说那种恶风气，是怎么来的呢？我们且管教且管骂，能够消灭一切汉奸么？能够使人人都知道守气节么？社会上罪恶，大概总有一个病源。譬如我们当医生，既知道病人的病，若要开方治病，还要先把病源考查一下，得到了病源的真相，病乃好治。

我以为今日人心坏到如此，有人肯甘心做汉奸，不知廉耻，其罪有在个人的，有在社会的，有在政府的。平时个人社会政府不知不觉地早已种下病根，到了身体衰弱，病便发现出来了，等到发现了恶病，我们便觉得病是讨厌的、可怕的，手忙脚乱，将病人打针及用手术。其实不如早防备于先更妥。

我说罪在个人的是什么呢？

我可答曰，晚近的风气，许多个人是讲究情面不讲究良知的。譬如我上文所说那些争气的汉奸们，要知道个人对于国家的贡献方法甚多。即使从前替国家做过些事，立过功劳，今日环境，即不许可再为国家立功，但以其过去经验，应再修养为国家立言立德。果真如此，则其效果岂在立功之下。何必糊涂做汉奸，以自绝于国人。若讲到我上文所指那些自命有才能负气的汉奸们，说起来实在是可怜。世上可做的事业太多，现在中国正要开发的时候，农工商矿，无不可做，何必作官，然后满足。我月前听见说有一位汉奸加入南京的理由，是因为他投效政府几次，政府拒而不纳，于是乎便要做汉奸。此种争气负气的人只认得一"忿"字，不知道耻与辱，是真该死。至于那些因奢侈贫穷而堕落做汉奸的，更是无聊。试问肉体舒适与精神舒适，哪个是真舒适？做汉奸不过分润四千万内几个小钱，饮食男女，洋楼汽车，不做汉奸，最苦亦无非粗衣恶食，但俯仰无愧，对得天地，对得祖宗，对得国人，对得子孙，其乐怎能比较。不过近三十年来，我们都不肯节制情欲，安分守己，谓为迂腐，谓为不会奋斗，谓为不谋解放，谓为开倒车，谓为不合近代化。故平时放纵成性，良知丧失，做了汉奸，尚敢满口主张，满口主义。

我说罪在社会是什么呢？

我可答曰，晚近的社会，是有利害而无是非的。因社会既无善恶的制裁，做汉奸的便胆大起来了。这几十年，社会论人，总要你是位尊而多金。

有劳位者，不问你作好作劣，只能有位置给人，有金钱养人，喽啰便来了，喽啰便拥护你了，喽啰便打倒人了。做官的不问你贪污不贪污，只要会经营会弄钱，便有人来逢迎，有人来巴结。做商的不问你是否垄断居奇，只要财雄势大，便能左右逢源。种种色色做了坏事的人，只要荷包有钱，一样坐汽车乘飞机邀游于通都大邑及租界与割让地之间。你做了一生的好人，饭无得食，病无得医，你倒霉鬼活该。汉奸们看到此种社会制裁，总是成则王败则寇，遂无所忌惮，所以如要讲气节，社会如不能分别善恶是非，真是缘木求鱼。寡妇肯守节不嫁，抚养子女，无非因有贞节牌坊的奖励。若妓女与节妇并列，则有几人肯做节妇呢？

讲到养成"气节"，政府的责任更重大了。

我们试翻开一本犯罪学的书，天性生成五恶大欲的，固有其人，但是当环境造成而致失廉耻者，则在多数。造成此种环境，为人民之上之政府，不能辞其责。

假使政府用人，真能任贤使能，无所谓同党同系，无所谓同乡同学，无所谓亲，无所谓戚，不必钻营，不必请托，则人尽其才，自然不平之气可消，妄想之念可除。人才譬如草木，若不栽植使其长大，则枝叶横生。又譬如流水，若阻塞之不任其顺流，则将泛滥。故养成士风，求其知廉耻讲气节，当似种树治水，政府平时于此不注意，遇到大难，当头患何能免。

政府执赏罚大权，为善者赏，为恶者罚，果能如此，则人多务于为善，少数作恶。假使不然，赏罚颠倒，黑白不分，则能固穷者，将有几人？至归责以个人修养，责以社会制裁，则亦恐徒善不足以为政。故政府能明赏罚，个人修养与社会制裁，乃易上轨。

十几年来，人人都知道骄奢淫逸，乃万恶之源。政府最高当局虽日夕提倡新生活，而街路传言，在香港最奢侈者，公务员也，在安南最奢侈者，又公务员也。前方死伤，后方劳苦，而全国之公务员之衣食住行，日阔一日。此种奢侈风气养成，一旦失意，除了到南京分润四千万元外，又有何法？

人民生计，最关紧要，我国农工商矿，皆未发展，谋生已属不易。晚近则各生产事业皆受政府以贱价收买统制，银行榨取油水，奸商操纵物价。今日人民，能朝保夕者，究属有几。无恒产而责以有恒心，在宋代讲理学，或说得过去。而在为政者，求衣食不足的人来兴礼义，来知荣辱，恐难乎其难。

好在我中华民族子孙，继承祖宗遗训四千余年，倭奴虽巧，而被收买者，不过少数无耻之辈。但今后政府应认真修政德，社会应认真辨是非，个人应认真讲修养，三者并进，乃能谈气节，乃能肃清汉奸。

论战时的行政机构

钱端升

作战的目的在致胜,即所谓"胜利第一"者也。致胜之道,不外乎二:一要发挥我方特具的长处,以致敌之死命,再要补救我们特殊的短处,以免为敌所乘。以此次欧战为例。战事初起,英法方面的长处在海军及经济力量,故英法一意发挥其经济组织,一再改善其职司经济封锁的工具,欲借经济封锁以致德的死命。同时,英法方面的短处是空军不如德国。因空军的补充需要时间,所以英法一面增加防空设备,一面强迫人民疏散。

我国抗战,本是抵抗的意义大,而进攻的意义小。换言之,我国作战的目的在如何遏歇敌人的前进,使久而久之,精疲力竭,狼狈退却,驯至劳疲之余,一蹶不振而死。既然是抵抗战,我们作战的策略自然多少要处于被动的地位;敌人炮攻战的策略变,我们抵抗战的策略也须随之而变。

在战事的初期,敌人的策略无疑地是以重军击破我们的主力,并进据我们政治经济的要点。敌人满以为这个策略必可成功,期待我们主力击破,京沪陷落后,战争便可散了。哪知敌人虽据京沪,随后且占粤汉,但我方的主力依然存在。敌人的破坏赶不上我们的补充。敌人击破了一军,我们已补充了二军。因此,我们的主力不但存在,且愈战愈强大。

敌人军事进攻战的策略既不得逞,乃转而采取经济进攻的策略。这个策略有几方面。第一,积极开发沦陷区的资源,实行以战养战。第二,竭力破坏我方财政金融及经济的机构,使我无法支持。第三,扶植傀儡组织,以便利他们的开发及破坏工作。我们可说,自敌人取得粤汉,并无大获,同时才发现我方军容仍甚壮盛,军心仍极稳固以来,敌人即改取经济进攻的策略,而军事的进攻则转居次要地位。

我有一种推测愿促国人注意，并作未雨绸缪之计——虽则所有的预测确有不证实的可能。这就是：如果敌人的经济进攻再压一二年仍不成功，则敌人或会改采外交进攻的策略，而以军事及经济的进攻均为辅助战。敌人咆暴有余，而德智不足，自开战以来，迄未运用外交政策。初时敌人醉心反共同盟，将其他强国几乎一致开罪。及反共同盟瓦解，又张皇失措，怨天尤人，而不知观风使舵，以修好于英美。所以敌人至今无一与国。一旦如经济进攻又如军事进攻的无成，敌人或会梦醒而改采外交进攻的策略亦未可知。敌人如一变其对英美法苏的态度，尊重四国的面子，或更进一步，表示助英法以抗德国的态度，则他在远东，必可取得优越的交换条件。此在我国诚将成为大患。

我们此时当然须以全力抵抗敌人的经济进攻。如有远虑，我们也应预备抵抗敌人或能的外交进攻。但是我们关于经济及外交的行政机构足以当此重任么？曰不能。

敌人的军事进攻是失败了，我们的抵抗战是成功了。我们所以成功，当然是赖蒋委员长的神算和将士的用命。然而军事机构的差强人意也是胜利的主因之一。十数年来中国的军事重心在蒋先生身上，而蒋先生最致力之处亦向为军事。论军事的行政组织，自十五年北伐以至于七七开战，自总司令部以至于军事委员会，蒋先生恒为其领导人。故无论在逻辑上有无缺点，这个组织这个机构蒋先生确可指挥自如，且可完成蒋先生所预期的工作。纵有若干因应不灵之患或其他缺点，蒋先生亦可以亲身体察所得，随时纠正；或本其个人所享的威权，作法外的补救。

经济及外交的行政机构则向无军事行政机构的健全。在七七以前，经济建设的工作就已开始，财政金融的权力虽已暂向中央集中，但经济机关所掌的职务，以和现时的比较起来，截然有轻重简繁之分，同时，自国府成立以来，除军务向归总司令部或军事委员会及其可以指挥之机构如军政部等集中负责外，其余一切政务向无一个机构可负责办理。直接处理各种政务者固为行政院的各部，但部之上有院，院之上有中央政治会议及其类似机关如今日的国防最高委员会。且一项政务亦往往无统一的指导或执行机关。例如对外贸易，财政部的中央信托局，财政部的贸易委员会，及经济部的资源委员会，均有分焉，事权既分，又无统筹机关，或即有而不能实行统筹。再以对外宣传为例，外交部有情报司，中央宣传部有国际宣传处，虽云其间有联络机关，而此联络机关初不能尽联络的职责。同时对于国际宣传，则外交部可以派人，国际宣传处也可以派人；此要人可以派人，彼要人也可派人；以至中央可以派人，地方也可派人。如以运输为例，则事权之分裂更可惊人。在这种情形之下，试问事权如何能集中，责任又如何能集中？于是有许多应做之事，大家不做；有许多应做之事，大家抢做而做不好；再有许多不必做之事，大家白做。

我们今日正处经济战的最严重的关头，经济方面捉襟见肘之窘状在在可以见到，举凡物价的高涨，外汇率的降落，税收的缩减，运输的不灵，对外贸易的统制无方，财务行政人员的浪费，有一于此，便可妨害致胜，何况百弊丛集，万病皆来？

我们要抵抗敌人的经济进攻而取胜之，我们务须首先改善经济的行政机构，使之系统明，权力大，责任重。

我以为财政，金融，生产，运输，对外贸易，资源调整，六者皆应有一专设机关办理。财政专司出纳，而不必涉及财政经济的大政，故应比现时财政部的职权为小。金融掌深通货币及厚用利生之职，国家银行及农业局等应归其调度，私家银行应归其监督，售银等事亦应归其处理，四行总处则可以取消。生产司军需品及农工矿的生产事业。农业的急务为指导奖助，而非直接经营；工商军需等业则除指导奖助私营事业外，尚须国家直接经营。故生产部分所管辖的事务可因事之不同，而异其组织，不必强求统一。现在兵工署及经济部农林部，除农本局及资源委员会所掌的销售事业外，似均可进入生产部。运输为严格的运输机关，或直接执行或严格监督一切运输事业，无论军运民运商运均属之。现在的交通部，军委会内无作战性（有作战性者如兵车队）的交通机关（如西南运输委员会，如后方勤务部）均应并入。邮政非运输事业，或令独立成局，或仍属运输部，尚少重要，可以不多论。对外贸易司中外贸易，凡以货易货，以及国营的购入卖出均归其处理，商人的购入卖出亦归监督。资源调整司调查全国各地物产及商品的分配状况，沦陷区资源的抢收，若干禁品的开放。米粮的收买存储及物价的统制等等。六者之中，财政，金融，生产，运输及对外贸易五者偏重执行，故需采首领制，由部长负责；资源调整虽亦带有执行工作，但多半为调查计划工作，故应采委员制，而于其下再设必要的局处。此六机关设立后，凡全国的经济机关，无需向日如何隶属，务令分隶于此六机关下，而不得再有支离分散，或骈支纷立的现象。

但以上六者既为执行机关，则大政的决定及重要的筹划，自应不分属于六部，而共属于六机关首长合组的一个委员会。四月初英内阁改组，内阁设一经济委员会，由财长西蒙为主席。我们可仿此意，亦设一经济委员会，而以六长之一为主席。各种重大政策，如法币法价之是否放弃，如何种土产应售结外汇，如运素布是否应有政府贴运费，如财政亏□应用何种方式弥补；凡此大政均应由委员会决定。委员会在决定以能自应商承蒋先生，决定后亦同报告告蒋先生。但在可能范围内，蒋先生宜与委员会以决定大政的全权。设的六长之中，有一能力极大，人望素孚之人，则应令此人渐成为一个有力的经济委员长，庶几他可以发挥军事委员长应付军事战的那种力量及效率来应付经济战。

如果我们一面能有上面所略说的经济行政机构，一面复慎选贤能，使负专卖，我想我们定可以在经济战中获胜。

至于外交机构，则改善较为容易，只消任用有魄力有大志，有细心者为外长，令之负起外交全责，并予以斥责昏庸及选贤任能的大权，则便可应付有方，运用自如。如敌人果不出我所预料，于经济战失败之后，改采外交进攻的方式，则我亦可以无恐。若外交机构仍如今日的散漫，大权不集中于外部，则遑云敌人采取外交攻势后我将难以应付，即在今日亦有疏懈凌乱之势。

经济及外交的行政机构改善后，我们即可以军事委员长，经济委员长，及外交部长三人，最多再加入参谋总长一人，组织战时内阁，一切作战大计不必经过各种重床叠被式的会议，而即可早付执行。如军事委员长兼行政院院长，经济委员长兼行政院副院长，则此战时内阁或可不具名义，而进以行政院及国防最高委员会的一个专司战时大计的小组委员会视之，若然，即法规方面亦可无大更动。

总之，要致胜须改组行政机构，尤其是经济的行政机构。现在的财政当局所管事太多，而能力人望两不足以当之，固须更易；但人易而机构不改善，也是无用。必须人事机构两有调整，然后各种忧患可以消除，而致胜有了把握。上次欧战，英国到了第三年才组织紧小的战时内阁，由路易乔治为首相，于是形势大变，而胜利随之。难道我们不应或不能有这样的改组么？

略论研究中国法律的方法

吴传颐

我们向来无论做什么学问，都不大讲求方法论。只看我们时常自夸的浩瀚宏丽的文字，却没有部文法。（《文心雕龙》这类书当然算不上文法）以前私塾先生，最初甚至连字义都不讲给学生听，只要他们去背诵。于是，"熟读唐诗三百首，不会作诗也会吟"早成了一切学问的敲门砖，就在这下面，不知牺牲了几多天才，浪费了几许时间。自从接受了西洋文化，这个旧病，似乎还没有革除。学校里课程虽说也添了《伦理学》《科学理论》《哲学概论》这种课，好像还没超过"装饰品"的阶段上。数十年来科学水准还低得这样可怜，缺乏方法论，该是个大原因，最近看到一本《欧亚文化》（无年号）有篇陶癸先生的《我们如何学法律》，使我不觉欣喜欲狂；可是读了这篇文章内容后，使我们感到过度的失望。

我们先看陶先生所指示我们的方法：

陶先生文章第一段讲的是法律的字义和文义，与陶先生题目所揭示的，我们现在要讨论的，都没有大关系，我们便略而不讲。

第二段陶先生说：在文化领域中，看不见中国了。这话把来说明现行中旧法律，是非常确当，因为我们的民法，不是仿效德法，便是抄袭日瑞，整部《六法全书》，几无不仿效外人的。在别的国家，人民只服从一国法律，我们却须服从数国法律。为了法律的是非是外国的，便不能和人民的是非相一致。这样，如何能使人民信仰呢？据陶先生的意思，法律要历史化，地域化，而陶先生之所谓历史化，是：拿中国过去的典章，如：《尚书》《舜典》的"流宥五刑"，韩非商君所发挥的法律思想，春秋时晋郑铸的刑鼎刑书，李悝《法经》，汉高的约法，萧何《九章》以及隋唐宋明清的典章，考查与罗按，系统地整理出来，作为现在的根本。至于陶先生所谓地域化，却比较含混了，但他说：要注意本国的社会，不要根据东西洋的统计与报告，如民法夫妻财产制是根据了外国的统计报告而来的。总之，法律是要适应社会的。

陶先生教我们这样去学法律。不错，我们的《六法全书》，全部是抄袭而来的。这不容否认，而且也不必否认，只是我们却有个联想。记得日本，在明治维新前一直沿用着我们的唐律，可是维新后却仿效了法德诸国的法律。我们有充分的理由和证据说整部日本六法全书是抄来的。然而，在日本似乎并没有觉得这和国民感情是不融洽。社会需要不适应，或其他什么不便的地方。可怪了，难道日本抄得，我们便抄不得？可见问题并不在抄不抄，倒在抄的条件有没有。社会发展到相同的阶段，他们的规律也免不了相类，这样去景仰外人的法律，不但不会感什么妨碍，有时而且是必需的。假使我们一定要到古代典章里去搜求，来作现代的张本，果然，人民犯了奸淫依旧可以割去生殖器，欠了债还是可以打屁股，可是有时危害了民族国家的利益，充军却不行了，只因有的早已自动出了洋。并且老百姓不再安于"挖井而饮，营田而食"了，却要开公司，办工厂，组织合作社，……试问关于这些不抄外国法律，怎么办？我们无论如何要迎头赶上，倘等自己习惯的累积或养成，未免太远了。虽说我没有详细念过《尚书》《舜典》乃至明清的典章，但我相信在里面找不出什么"张本"来。诚然，我们知道现行法律有部分和人民需要不适合，有部分几乎没用处。例如海商法，只是我们要问：现在我们还是要努力去发展航运业和海外商业呢，还是以海商法是抄来的是不要呢？这里我们可以得到一相当概括的结论：我们不是不该抄，只是抄得太早了。

法律要历史化，地域化，我们都不反对，只是像陶先生所谓历史化，地域化，我们不能无疑。中国法学者应该从技术解放出来，在法学史上多用些功，但绝不可把当时社会诸关系完全割断了，仅仅捧几本"其人与骨皆已腐矣"的典章来，考查拟按，似不能得什么成绩的。法律不能根据外国的统计和报告，要注意自己的社会需要。这些说法也是对的。只是问怎样去注意呢？陶先生关于这点没有详说。记得有位先生主张过："立法者该跑到十字街道去看看"，这是多么漂亮的文句啊！可也未免太冤了我们立法者，我们立法终岁"闭门家里坐"的，我敢保证，一位也没有。并且据我知道他们也曾跑到各地监狱去参观过，也曾把各处风俗人情采集过。试看：妾的制度废止了，然而却网开一面说：虽不是亲属，只要以永久共同生活为目的的同居一家，也可以算家属，有妇之夫与人通奸。这条的规定，我们知道是十分勉强的。我们还能责备以前立法者不跑到十字街道去看过吗？果尔，则也太为难了。都市和内地，生活形态，整整差了一世纪。法律的统一是必需的，然而，立法者到底注意了哪面社会的需要好呢？实在是个大问题。假使我们并不留意中国滞留在"贫""愚""弱"的阶段上，那末，我们的法律根据了外国的统计和报告，似乎还算不上什么大罪过。

不过，陶先生的文章不是完全无意义的，因为陶先生指示了我们学法律应该讲求方法咧。

然而，法律到底应该怎样去学呢？最紧急的是：一种严密的论理的修养，对于形式逻辑的规则，近代科学的基础，以及吸纳的理论，须有最真实最努力的研究。第二个必需条件是：一切社会科学的真实研究，要精通一切社会科学，或许不可能也不需要。但要从历史的发展，理解他们现在的进行与状况，对于相互的关系，终须有深切的把握，对于他们从方法原理演绎出来的方法，亦须有相当的理解。现在甚至自称为沙微尼学徒，孟德斯鸠学徒，或任何人学徒，他们并不研究沙微尼，孟德斯鸠所研究，而只研究沙微尼，孟德斯鸠，其结果，我们充分看见了空洞的文章，荒谬的理论。因为他们比较了理解法律公式所生长的科学地盘，而失去了一个真实的内容。至若在法学的修养中，现行法的解释，显然只占末位，倘即以之为爱神的唯一条件，无怪其必然结果，乃使法学成为"阴影的游戏"了。

救济滇西米荒

周叔怀

云南米荒,一年来已成普遍现象。初发端于昆明,及附近省垣的繁盛区域。近二三月来,滇西各地亦有过度激涨的趋势。一般物价水准,亦相随增加则已。最近省会区域,以得越米接济,中央地方当局,协力调平物价,情势渐行缓和。而外区则米源缺乏,人民生活大受影响,随在显出不安定的现况。统筹并顾,安定农村,实目前所急需的。

滇西各地米价高涨的主要原因,在需求多而供给少。在平常的时期,产量少而人口较多的县份,由产米多而人口稀少的区域,转运接济,可以维持数量。去年以天时不调,雨量特少,农业歉收,多数县区的收成仅得平年的十之五六。邓川洱源大理凤仪漾濞等县一部份区域,浸淫成灾,尤以邓川为最甚,该县收成仅十之二三。大理为滇西交通商业文化中心,耕地少而人口日增,当地产米,平时亦仅敷半年需用,此外皆仰给于附近县区。本年各县自顾不暇,来源稀少,米价高涨,是个必然的现象。溯自二十七年上半期,每市升(大理现仍沿用旧制度量衡,每市升折合昆明旧市升三分之二)售价本省钱币五六角,折合本省新币仅二角四分。(当时换算价格,新币一元合钱币二元五角。)此时米价特低,因前一年秋收丰稔,然嗣后即逐步高涨,迄无止境。二十八年上半期,每市升新币最高价一元五六角,因秋季歉收影响,届年终已增至四元上下。本年三月继续上涨,又增至五六元之间,不料四月以来,上涨无有已时,仅半月间,由五六元突过十元,这一星期内,竟达十八元以上。综计该地米价,前后两年间,自每升新币二角五分,飙涨至十七八元,前后相差,竟达七十余倍,涨率还超过省会昆明,诚属骇人听闻！影响社会民生，非常严重。下关是滇西的商业转运枢纽，人口繁密，需要激增，米价涨率，且超过大理。其他县区，除蒙化，宾川，弥渡，祥云等产米较多区域，价格比较低落外，与大理下关米价，相差无几。生活紧张，人心惶惶，几有出钱而购米不得之势！

  米价激涨原因，由于去年秋收成歉薄，供求不相适应，略如上文所述。而过去数月中，昆明米价高涨时，政府公路运输机关，逐日派遣车辆，自滇西米价低廉地方，大量采运接济。据可靠消息，蒙化一县，已售出仓谷二千市石以上。滇西素非产米区域，平年仅可维持自给，未尝运销其他地方。去岁秋成减色，供求已有不济之处，再经一番大量转运，存货稀少，来源耗竭，影响自然是很严重的。米价高涨，已超过一般民众所能容忍的限度，劳苦群众，薪给阶层，终日不得一饱，贫民仅杂粮或代用品亦不可得，于是弱者沿门行乞，强者铤而走险，四处劫掠。近闻各地饥民，结队劫食，田中豆麦未及成熟，已盗收一空。"寅食卯粮"，后将何以为继？

  救济米荒的根本办法是统制产销，要行计口授粮，则以一般社会对于粮食的供给，人口的分配，素乏精确的统计，且运输不便，方法欠缺，在施行上非常困难。唯一的办法，在任令各县米粮自由运输，严禁囤积操纵，同时大量开放各县粮谷，削价平竞，米价当可从此低减。前此各县办理借放积谷。因同年之内，借放时价格尚低，归还时已陡涨数倍，借户赔累不堪，视积谷若禁物。积谷原以防饥，本年米荒严重，非平昔可比！希望政府当局社会人士，妥筹善法，开放平价后，如有亏耗，另行筹措弥补。至若由省内或省外其他产米区域，采购运销，固属办法之一。惟滇中交通，未臻便捷，原价虽或低廉，再加铁道公路运输，或人力兽力运费，成本增高，尚且缓不济急。调平米价，安定后方，直接间接均有裨于抗建前途，滇西目前的米荒，亦是一个急需解决的问题。

谈地图

杨克毅

地图的作用，是描绘地球表面的自然状态与其间人工物体。它不用文字（除了地名）而用线条颜色符号表现之。地形如何起伏，地面有何自然的与人工的物体，均可依式在地图上表现之。如用标高等高设色阴影或圆晕诸法表现地形之起伏，用蓝颜色表示河川湖泊，叉桠表示树木森林，黑点块表示房屋城镇，红线条表示道路交通，及各种符号表现其他种种独立物体。

绘图之前，看地面与纸张之大小比例，及使用者目的，采取或此或彼的投影，与或大或小的比例尺度，依照测量的结果，依法绘画上述种种地形天工人文。比例尺不可太小，太小了不能容纳多少绘画到地图上；也不必太大，太大了地图张数必多，累赘不便使用。比例尺十万分之一的地图（即一公分当一公里）大致可供一般应用。行军能有更大比例自然更好。研究地理使用稍小者，亦无妨。标准的地图即此十万分之一的地形图（Topographical map）。

在平铺的纸张上，画扁圆形地球的地形，必有走形或距离差错不此则彼的错误，所谓投影（Projection）即是各种意欲减少此等错误而画希望比较好的地图的方法。如画我国全图，可用亚兰勃斯投影，以北纬廿四度及四十八度为标准，平均差错。比例尺大既分地图，似可不必考虑其经纬度上下，进而"保存原有面积投影"（Equal-area projection）。

地图画好了，需在边沿上载出真正北极与磁针北之差，平面的与垂直的固定比例，（如标明一公分即一公里或一英寸当一英里，及等高线以二十公尺或五十英尺为一线上进），本张与邻张之明得，测绘年月与改订日期；又在其框子上标明经纬度，某道路前去邻张的地点及其里程等等。

所以一张地图，假若依了准确的测量结果，周密的图式（线条颜色符号），得到高明的绘工，精良的印刷，可以详示一地的起伏，使阅者知其险夷；并指示自然造物人工建设之所在，使阅者知其趋止；又指点方位方向与距离，使阅者借作南针。

地图除了上述供旅行者登临浏览之助外，尚有其他的用处，更大的用处。

学校讲解世界与本国地理，说各地的地质结构，气候物产，人口都市，交通贸易，必须随地印证之以地图，考查其地形与人文关系：地质与矿藏，方位与气候，气候与物产，山川与交通，物产与贸易，贸易与交通，种种相互关系，彼此影响，举地图望而知，测而验的。而且地图如图画，具体一些；地图用符号，集中于一纸面上，易资比照。若使用纯熟，更觉地图切实明白，大有助于书本之叙述。学校用图比例尺或为二百万分之一（即一寸约当三十二里者）或为1:63,360（即一寸当一里者），前者为便于携带翻阅的集本图（Atlas）英文本有《牛津高级集本图》（The Oxford Advanced Atlas），与《剑桥大学集本图》（The University Atlas）极合用；中文的有申报馆之《中国分省新图》及《中国新地图》很合用，申报两图有益国内学校教育很大。惜尚无较善之中文世界地图出现于画坊，以资教学。

政府行政，机关办事，衙门办公，在在应有地图，事实上必需地图，并且要比例尺特别大的地图。例如最近风行各省的土地陈报，意在请人民向政府声明其田亩确数，其赋税应由此次陈报之后切实核算征收，然而亦仅是陈报而已，政府仍无从知悉人民田亩之所在地，因为人民的田亩应该经实地测绘画到产业图上（Cadasual Map）却向例不会测绘下来，原来征田赋，抽地租，取盐税，收房捐，都按地图核算征抽取收的，钱粮枢土地局业务处，警察局若有实测地图在手，收取数目或者会多一点，出钱的会觉得公平一些。国家之间，有地图为凭，应少去好多纠纷。

至于人民之间，划分财产，无论哥兄俩分归新产，或小帮口大公司之间买地卖屋，若得地图为证，在大比例尺的产业图上（比例尺大到廿五寸当一里，即约二千五百分之一者，其上列有各种产业界止，英国政府实把此图印刷发行了，任凭老百姓购用）标明，到政府管辖机关注册，或请求公证时，也凭产业图一划，岂不直截了当。

发展交通，开发富源，以及建设新社会，更须凭藉地图而设计推行。公路与铁道敷设，森林煤矿之开采，水利矿藏之开发，农业商品之流通，一一赖详明的地图而为切实的设施，如一地的地势环境，或高或低，为优为劣，展望一详细地形图，未有不可作因势利导之设施，如从事多年迄未完成的南京下水道工程，知地理而善用地图者，必早明白这工程，虽不容易，却不能不努力完成。成南京城外高于城内，城内的水自然不易宣泄，城外高亢成为荒沙，城内低湿，积潦遍地。恶水臭塘虽能为南京养一些肥鸭，却也培养了无数的疟蚊恶蝇，传播疾病。热天蒸熏，过者掩鼻，附近住民有窗子的只得把窗户终日关上。建设一城一市如此，建设一国大致亦如是。个人以为如改造我国农村社会，必先测绘其间地形图，方可着手。建设我们新国家，更要早为完成精密测绘的全国地图，缺少它什么事都不能作。

一国未经精密测绘地图，推行建设，多未能顺利。因为事先未尽知土地，必不能切实发展地利，而且无从开始建设。或在开始建设之前，要做不少的预备工作，耗钱费时，较之于先期一次全盘做下建国的基础事业——测绘地图——恐要大过许多倍。

一国未经普遍测绘地图，打点建设，多有重复其预备工作之处。譬如要修公路，先测量一次，后来要建铁路，又要重新测量一次。每一次建设打算，事先定有一次特别预备工作。第一次是必需的，第二次再做差不多的事情，当然近乎重复浪费。原来火车与汽车要走的路，即使方向路线相同，仍有其不同之处。汽车爬得上的山，火车有时绝对不敢仰望，必须兜圈子；火车可以打洞架桥之处，汽车有时可以不必。所以汽车路所求的不一定是火车路所要的，各要单独的测量，彼此的预备工作，不能互相利用，无法不重复，而且造路，无论为汽车或火车的测绘，均不能用于其他方面，如开发水利，因为造路，只求必需的方向与路由之坡度合乎经济，宜于行车即行，其测绘注意沿路的水平，并不重方位，用罗盘定其地点，毋须精密的经纬仪测其准确的经纬度；路线之外测山川地形等等，更非其目的。它有它的用途，它并非完全的建国测绘，所以测绘结果无助于他项建设，测绘结果，并不公开，只供铺路之用，下次有所事事，再重新来测绘，至于精密测绘全国地形时也不能十分利用它。

零碎重复测绘浪费之事，中外各国，均曾经为之。我国铁路公路之兴建，哪一次不一路一路的测量？似不曾公开供后人利用过。英国土地未经

Ordnance Survey（英国陆军测量局）普遍测绘时，英国各铁路公司分别测量路线，就花了许多许多金镑，到如今还有叹息这一笔巨大耗费的。

精密普遍测绘国家土地，预备全国地形图，奠定战时全国的一个基础，有似切实推行之必要，以便政府，机关，学校，人民，行政，建设，教育，研究等等需要。

在目下抗战时期，国家更需要精良完全的地图，布防设壕，行军进兵，守口反攻，出奇制胜，夺地复城，屯戍绥靖，在在需要精密的地图，以资设计，以助进行。

所以地图不仅在平时要用，在战时更要用。事实上，各国的地图，多半起源于军事作用。如许多地方，国家为了供应军事上的需要，才从事测绘的居多，过去情形，往往如此。我国的测量土地事业在参谋本部等军事机关手中；英国土地的测绘及地图的绘制，起因于一七四五年的（H.ghland Rebellion），当年苏格兰高地中人叛变造反，英格兰人有悟于欲镇压山民，必须把山地地形弄清楚，以便入虎穴擒虎子，即从此开始测量英国土地。其陆军测量局（Ordnance Survey）即紧基于此。现在全英国（英格兰，威尔斯，苏格兰，北爱尔兰）均经此局普遍精密测绘，用各种比例尺印刷公开了。国人旅行，学校教育，公司办事，政府行政，社会建设，地理研究，均利赖这些信实可靠美丽悦目的地形图。原为军用始，于今倒与军事作用关系最少，是为英国地图史的特色。英国这些大陆遗迹岛（国中有惯于以"英伦三岛"称英国者，似系不大看地图的人，英格兰，威尔斯，苏格兰合称大不列颠，是一个岛，爱尔兰已独立，为另一个蛮大的岛。此外小岛甚多，说大岛不能上三，算小岛何止数十个三，诸岛当年与欧洲大陆毗连，现有者不过陆沉遗迹，称 Continental lsland），自从一六〇二年连合统一以来，未遭过外祸，不曾用过大兵，现在的国防最前线乃在法国，好像就敢大胆的无私密的发表了全国地形详图。（当然近年沿海设立之国防另有图案的。）

我国地形图，经参谋本部及各省测量局之努力，已稍具规模。惟以国土太大，经费有限，武器不精，人才未全，方法未改善，技术未完美，测，绘，印三方面均使其不能公开，不能普遍用到旅行人教育者行政人建设者手上，这一点使人类为"致用未尽其利"可惜。

战地的春

孙　陵

春天来了。是战地的春天。

连朝细雨，洗出了一幅明媚葱翠的江山画。远山如一条眉黛，是谁最初想出了这般恰切的形容，在莽莽原野的尽头，在天的一边，在那迷蒙的白云之上，隐隐地画出来一弯淡淡内青痕。一切俨然与战争不大相称，与炮火流血不相称，然而就正是这样的光景，有炮火和流血。

襄水复活了，一蒿新涨，古城脚下已经游来一片欢笑的带着落红的浪花。浪花冲激着城垣，啃着堤岸，梦一样濡湿着水外的沙土；在沙土上，茁一片芦荻的新芽，如一排排倒竖的毛笔露着鲜明红嫩的头角。令人想起江南，又该是河豚欲上的时节。

原野上柳树排成长行，也许是一道一道绿色的堤坝吧，从堤坝上泛滥出来一片如火的桃花。这时节在蓝天底下，可以见到流着碧玉一样光亮的襄河，帆影如一群群洁白的鸟羽，分不出是在水上，还是天上，也许就在那处飘渺的天水之间吧，犹在半空一样，向着远方飞去……

如果是在辽远的后方，如果是在温暖的南国，当着这十里莺啼的时节，不知又有多少多情的男女做着如花的幻梦，有多少风月诗人做着乞借春阴的歌咏事。然而这是前方，这是战地；我们也有歌颂，我们歌颂那祖国的战士们，用热血守住了这一寸一尺美丽的乡土；我们也做梦，我们梦想着到火线上完这一个可爱的春天。在春光里鸟雀声中，夹杂着密集枪炮声。

到前线去，这是一个希望，一个梦想，在睡眠中，他时常发出辉煌绚烂的光芒。那还是远在八一三后的第三天，上海租界的教堂里挤满了逃难的人群。在我住的隔壁，住了一群电影明星，每天都有几位男女到我们这里来借□□□，每次又都是约他们的朋友来打牌。在我们对面楼上亭子间里，住上几位戏剧演员，于是胡琴和《毛毛雨》的歌声，时常比浦江的炮声更有力地在深夜将我刺醒。当这般威严的时代，置身于这般糜烂的环境中，我们纵想忍受，怎么能再忍受下去。我们几个廿岁过头三十岁不到的年青人，决定要去前方，不管去的是什么前方供献出我们微小的力量，供献出我们微小的生命。于是便在那天下午，写成一份《征求投笔从军同伴》幼稚到可笑的宣言。当时草拟这"宣言"的有屈曲夫，孟十还，杨朔和我一共四个人。第二天，郭沫若先生和沈起予，李初黎，谢挺宇，金丁……一共有二十多人也都相继签了名。后来在重庆，因恋爱事件被人枪伤的陈白尘，也曾是当时的签名者之一。

我们的希望并不大。我们只希望能够和一个兵士身分一样地供献出我们微小的能力，去做我们所能作到的。我们明白都无训练，无经验，没有什么特殊的技能。然而我们却准备学一学万千平凡人一样，平凡的去交出我们的生命。让战争，让炮火去处理。在"宣言"里，我们写了"或充搬夫运卒，或充敢死先锋……"都并不是夸张话。至少我知道曲夫和杨朔两个人是如此打算的。为了实践我们这一种美丽的梦想，朋友杨朔将他在一家英国公司服务了多年的稳固职业辞去了。虽然因为许多关系，始终没有一个部队肯收留我们这一批"志愿兵"，但是在一年半的战斗过程中，我们还是适应了古话说的，"有志竟成"，终于各人走上各人的路，各人得到了各人要走的路。曲夫在雁门关外，作了一个营部的政治指导员，杨朔在西南各线上辗转，用一个随军记者名义，饱饱的经验了战争二字的宝贵经验。而我呢，随着武汉的转移，来到这个第五战区，另外也有更多的人即随军委会去到重庆，在那里，做一个文化人。

那梦想，那在睡眠之中随时向我发出灿烂光辉到前线去的梦想，当我来到战区半年后的今天，终于实现了。像等待情人的约会似的，有时脸红，有时心跳，我已经等待她好久了。我觉得我不配和别的战士们一样，有用着一时单纯的心上前线去的光荣，因此使我害臊，然而我也有我的安慰，我知道这会和别的千万人一样的到应当死去时，必很沉静很自然的死去。死了，我事情算已完了；不死，就依然好好的活下去，把一点力量用到这个战争方面去了。写诗的臧克家，作小说的姚雪垠，和我一共分成了三小组，每组带领一名服务员和一名勤务，克家还带领了他的爱人郑小姐同行。昨天晚间我将自己一包叫做"生命之花"的东西（那里边包括着写过的一些文章，朋友们的信件，和其他一些值得纪念的东西），送给一位当翻译官的朋友给我保存好了，又拿到长官办的护照和介绍信，决定今天一早出发。

为了要看，为了看得能够详细，我们决定这次出发不坐车不骑马，要慢慢的一路走一路看去。从长官部到前线大概有四百里，我们要徒步走完这一段虽然短也有的是可□的途程。

在早晨，襄河上还绕着一团迷蒙的透明的白雾，大平原内镶着一片欢笑的阳光。给我们送行的人送到城外来了。大家在嬉笑着。

"可小心受了鬼子的包围呀，知道是作家一给捉了去写什么玩意儿！"

"那就做胡阿毛。"

"不要你开汽车，要你做文章？"

"或可以作胡阿毛！"

"被敌人掳去，或者不幸阵亡。好在不怕，我们有你的相片，可以开追悼会。"

就在这时候，忽然警报声起来了。城外边大警钟铛铛地越敲越响，越敲越重。几天以来，樊城在敌炮不断的轰炸下，早快成一片焦土了。听到警报的声音，送行的人们都相继向田野中散去。雪垠，克家，克家那个瘦小的爱人，还有服务员和勤务兵，都匆匆的上了一只小船，开到张家湾去等我。我跟一个朋友握手送别后，便顺着河岸向前走去。无数农民这时正在帮助兵士们做着河防的工事，光着个赤膊，头上身上全是汗水，在警报声中却扬长无事，和兵士们一样的说着笑着，且相互打闹，唱着下流的歌曲。一道道闪电式的散兵壕，和一个个隆起如高桥的堡垒，就这样在他们的说笑打闹之中完成。

正走着，忽然空中有了飞机的声音，自远及近，原来这只是敌人的一架侦察机，正从头上掠空而过。我将身体伏入菜花田中，菜花已经开谢了，却在湿润的泥土上落了一地嫩黄的金屑。蚕豆花正同一串串小蝴蝶，睁着又黑又大的眼睛，落在紫色的豆茎上，从一边送来芬芳的香气，在空气中荡漾着，荡漾着……

敌机去后，又继续前进，到了张家湾，朋友都已在那里等我多时了。他们正坐在公路旁的一家茶棚下吃茶，每次军用卡车从街心经过时候，便在那略带黄色的茶水上添上一些汽车扬起的沙尘。大家还是喝着谈着笑着，好像这是春天，无处不是生气。

走出张家湾，眼前便是一片绿油油的望不见边际的春之原野展现在我们的面前了。绿柳在远方打起围墙，落红如春雨，一阵一阵的飘来，又一阵一阵的飘去。蔚蓝的天空下飞着大翅长嘴的白鸟，又低又慢，像在寻觅它失去的什么，又像似迷失了要去的路途……

原野上每隔五六里就有一道又宽又深的长沟，可以作战壕，也可作战事防御壕，壕堤上开满了一片紫色的野丁香，在春风里摇曳着。

这时在我们心里唤起的情操，是一种欢欣、健康、和充满了青春的感觉。生命俨然在发酵，在膨胀。我们走得非常踏实，非常愉快。我们挥着手杖，胡乱的唱歌，并且蹦着跳着，向那响着炮火弹片交杂的前线走去……要打仗，快乐的打仗，要死亡，含笑去与死亡接近。

风笑着，人笑着，太阳也笑着。大地上是一片生命的光华与欢欣。在先前，我曾做过这样欢快的梦，这梦在今天变成为一件真实的事情了。

春在战区，春在前线，在等待我们年青人，欢迎我们年青人。回头望望，美溶解在一片绿雾里。到处是生命。

发 现

林 婧

"张三!"张家三嫂对着她的丈夫喊着,"你瞧,你的瘸子朋友来了。"

张三手上拿着一块没有吃完的烙饼,一溜烟就跑到了茅屋门口。三嫂在柳树底下的井边洗衣裳,举起她的满是肥皂沫的手,指着那条曲折的田埂,一个独脚的兵士夹着一根木棍正在一拐一拐的走过来。

"吴……吴得胜,我的好朋友,你来得正好,我们,我们今天预备了点烙饼和黄豆芽汤。"张三高兴得口吃起来,紧握着朋友的汗湿的手,接着又说出了半天才找出来的新名词;"我总得慰劳慰劳你,是不是?"

吴得胜笑了,张三想起他所得意的新名词,索性转过脸对着媳妇:"喂!你把那只母鸡也宰了吧。"

三嫂有点为难,母鸡还要下蛋吃。但是,丈夫再三的盯着她,她也就只好擦干肥皂手,慢吞吞的站起来了。

吴得胜在张三眼里,是一个天下最了不起的英雄,这是谁都知道的。其实,不但张三如此,张家村里五六家哪一家不把他看成神!自从张三认得吴得胜以后,张三见着每一个人都要夸说一番,吴得胜怎样和飞机打仗,怎样杀了五六个日本鬼子,而最后,总是口沫溅一嘴的得到这个结论:"他简直就是岳飞薛仁贵啊,就差得不是将官"!

张三又把吴得胜看了一个够,左看顶魁梧,右看也顶魁梧,一只腿锯掉了,又有什么关系!岳飞的背后刺着字呢!

这天晚上,母鸡煮好了。三嫂又特为他煮了三把豌豆。但是,吴得胜好像不大对劲,结果还是没得吃着;突然的寒热,使他的双手老是哆里哆嗦的，好容易把碗端到嘴边，牙齿又叮叮当当打着碗缘了。

"我的心里有火，"他说，"有火，又有冰。"

他要躺在厨房里的板凳上；张三夫妇都觉得有点过意不去，三嫂首先说：

"老乡！你病了，到我们的床，睡吧。"

"不，多少年来都在板凳上或地上睡觉，到床上我倒睡不惯呢。"

"我们的床虽是四块木板一堆草，至少躺躺要舒服点罢。"三嫂又加了一句。

他依她了，无力的点了几下头。

"啊！"他说，"那末，我把你们的床铺占了，真对不住。幸而不过是一朝……天一亮就走。"

但是，天亮时，他发昏了。又寒又热的疟疾把他的脸面吸得凹了进去，不过是一夜的功夫。他自己觉得昏昏沉沉的，有点靠不住了。张三夫妇忙了好几天，托人找大夫又托人抓药，自己一天到晚的又要在旁边服侍着。

第四天的半夜，吴得胜突然把张三叫醒，让他过去。张三的眼皮老半天才睁开来。

"我要死了，"吴得胜慢吞吞的说着，"不过在死之前，我想对你忏悔。"

"什么？"张三好像没有听清楚，"对我忏悔？你，你这样为着，为着……老百姓……"他很想说"为民族而牺牲的人"，但始终没有说得出口。

"不用说，我是一个顶没有脸的人。"得胜的表情渐渐转变为严厉，冷酷。一双已经枯干的手紧抓着张三的衣袖，深黑的眼睛里射出两行怕人的光芒。张三打了一个寒噤，不知所措的说：

"得胜，你放心吧，死不了的……"

得胜的眼光转动了一下，比刚才更坚决更深沉，嘴唇里吐出的每一个字眼都好像一粒一粒的铅弹一样：

"你不要说我死不了，张三，如果我对你说了我要向你说的话，结果我没有死时，那末，我就要把你杀了。……现在，你听我说吧，你听完了我的历史，你爱告诉谁就告诉谁，地保也好，村长也好，随你的便。可是我现在又不能不告诉你，你对我太好了。我害怕……你清楚吧？……我刚才梦见了地狱……"

稍微畅快了一些，这位临终的人，脸上渐渐现出异样的温和。

"在小时候我曾经读书，我知道一个人要有品行，要有道德。但是，因为一点小小的事情，我一拳把人打死了。于是我被判了罪，抓进监狱，蹲了三年我打算逃监，在一个夜深人静的时候，我终于爬上墙逃了出来，我的腿也就跌坏了；医生把我的腿锯去了，警察跟得我没办法，我还要生活，还要自由自在的生活，饿过肚子的人知道米的香甜，坐过监的人更知道自由的宝贵。而且，我还分明知道，要是我再被他们抓了去，我就没有命了。

"这个时候，我突然遇到了我的一个朋友，从前线受伤回来，一种可怕的想法在我的脑子里掠过，我邀他到郊外玩，又一拳把他打倒了。我把他的衣服剥下来，赤裸裸的把他丢到河里。于是，我就穿上了这件衣服，又冒了他的名字，不再有人注意；而且我还可以到处流浪着，到处受到许多的尊敬。还有人叫我英雄。四五岁的小学生会把他的糖果分给我，像你们又常常请我吃鸡。然而，这应该是属于我的朋友的！我所亲手杀死的朋友啊！有时我想到这真是难过，现在全部告诉了你，心里好像痛快多了。不过话又说回来了，世界上的罪恶多着呢！"

他说到那里，好像魔鬼迫他冷笑一下：

"反正整个世界都是一个谎，大家都戴着面具，把'良心'背在后头走……"

他随即沉默。好像极度兴奋后的特殊的疲乏一样，他无力的闭上了眼睛。张三听不大懂，这时心烦意乱的。过了一会，张三想把那抓住他袖口的手强拿开的时候，才知道吴得胜已经死了。

一会，他媳妇走过来，手里拿着一盏油灯。她看见死了的吴得胜的脸孔，立刻就跑了回去。张三一动也不动的看守着，脑子里所装满的无限的秘密，使他神志十分不清，尤其是最后说的那几句话，他怎样想也想不开。

第二天，他拆了几只旧箱子，钉了一口棺材，把他埋了。他回家对媳妇说道许多事的时候，他媳妇冷冷说了这么一句："要不是慰劳他，母鸡也已经生下了五六个蛋了。"

本期撰者：

  吴传颐先生是湖南民国学院教授，最近寄来关于中国法律的两篇文章，其中《中国法律往哪里去》一篇，登在本刊第三卷第十五期。周叔怀先生在云南大理某教育机关服务。杨克毅先生是贵阳大夏大学教授。

第三卷第二十期（1940年5月19日）

时评

豫南鄂北大捷

这一次敌军在豫南鄂北的蠢动，是敌人梦想西夺南阳，襄阳两重要据点，以为北窥陕，南窥蜀的根据地的第二次尝试。第一次是在去年春天。第一次的尝试是大大的失败。去春随枣之役是台儿庄之后我们一个大胜仗。随枣战役之后，敌人虽然仍然占了信阳，随县，钟祥等地，而军事方面，在这整整一年中，可以说是相当的沉寂。

这一次敌人西攻的计划是在五月一日开始。就兵力和策略上说，这一次进攻的规模都比上一次大而周密。上一次敌人的兵力约三师团，外加骑兵一旅团，此次敌人的兵力为四师团半。上一次敌人进攻的方法是侧重于随枣正面，以小包围的战术，实行其突破我主力的企图。这一次是采三方面并进的办法，采用所谓"包抄""合围""歼灭"的战术。北路由信阳，明港以攻唐河，桐柏为其右翼，中路由随县西攻枣阳为其正面之主力，南路由钟祥沿襄河北进以趋樊城为其左翼。唐河，桐柏，新野，枣阳相继为敌军所占，然而敌人包围我主力的企图完全失败。我军以机动的战术反而包抄敌人各翼的后方，而造成一反包围的形势，将敌军节节截断，个别予以聚歼。敌全线大乱，东南溃窜，前失诸城相继克复。总计敌人此役兵力损失不在三分之一以下，西攻的计划，在短短的十日内，已算粉碎无遗。

本年以来，敌人主力进攻之第一着为桂中，第二着为临河五原。这两着都经我军的痛击而一无进展。于是乃转其方向而注意于豫南鄂北。豫南鄂北又失败了。其彷徨失措的情况可想而知。然而战局既然是欲罢不能，则唯一的办法便是再转移他们的方向，作再度的挣扎，而粤汉路与桂中都是可能的新蠢动区域。然就历次的经验来看，敌人的战斗力已是愈战愈弱，而我军的士气，战略，无不愈战愈强。我们相信敌人尽管变其进攻的方向，他们绝没有得逞的机会。（山）

德侵荷比卢

自从凡尔赛和约成立后，德国人民总是抗议和约中判德为大战的祸首的条文，国社党执政之后抗议尤力。我们看了历年来国社党政府的暴动蛮干，以及多数人民赞助它的这种行径的情绪，深觉穷兵黩武者也就是怙恶不悛者。

赤裸裸地侵略慎守中立的荷兰，比利时及卢森堡，丝毫没有顾忌，连苏台德及丹泽的藉口也不存在，连英海军置水雷以加强封锁的藉口也不存在。这种行为，东亚只有暴日，欧洲只有暴德，强暴不打倒，天下无宁日矣。

德国要于今年五月一日起，采取宏大攻势，德人本宣传已久，国际局势观察者则对之将信将疑。德人宣传他们有新武器可于五月一日前完成，故五月一日起可以采攻势。这种宣传今已成了事实。德人进攻的方式是侵略小中立国，德人利用的新工具是降落伞部队。幸而小国们早已提防，而英法赴援的计划亦早划定。所以德军一开始发动，荷比英法的军队即起而迎击。德军于十日拂晓进攻荷比卢。虽则起先的二三天颇显露剧烈的来势，但到了今日则已入呆顿状态。换句话说，德人闪电式的战术，此次施之于低地国家并未成功。

在军事上，德人这次的行动当然使"假战"变成了真战，此后数月西线势将热闹万分。但两方既势均力敌，胜负仍恐难于数月内决定。大战数月而后，两方或仍须休息一下，另想致胜的办法。

如果上述的观察不错的话，意大利的参战仍须有待。

在国际上，德人的攻势使英人不得不作进一步的努力，于是内阁加以改组了。多年来谛视希特勒的行动最严密的丘吉尔继起。瑞士现已动员了，美国正维持着一种充满紧张的缄默。欧战的紧张化增加了罗斯福继任的可能性。罗斯福对国社主义厌恶算是深入骨髓。美国人对国社主义的真面目多一分认识,则罗斯福亦必多获一分领导的力量。美国重演一九一七年二月绝交四月宣战的旧戏或许也不在远。

然则希特勒亡命式的战术,或者就是他自身的催命符罢!(都)

英阁改组

一月来的挪战,本刊上期短评曾加论列。张伯伦初于五月二日对下院有所说明,继则于七日续有所申述。议员中虽有不满之声,但八日休会决议(十二日耶稣节英国会例休会若干日),政府仍得以二八一票对二〇〇票的多数勉强通过。大家方以为阁潮或可暂时不起。

但是英国国会内外,对于挪战的失利虽可原谅,而对于张伯伦内阁御敌的能力总不放心。国内颇望反对工党及自由党入阁,而此二党又不愿参入张伯伦的内阁。于是九日晚即有改组酝酿,张伯伦亦有让贤表示。十日拂晓,德侵荷比卢,于是改组的要求更有急转直下之势。结果,由丘吉尔组战时内阁,除首相外,仅有张伯伦(保守党),哈立法克斯(保守党),阿特里(工党),格林伍德(工党)五人。此五人中除丘吉尔兼国防大臣,哈立法克斯兼外相外,其余均无实职。此外又任工党亚历山大,保守党艾登,自由党辛克莱分别为海陆空各部之部长。名义上虽不在战时内阁之内,实际当然也得参加大计。

此次改组,向日以拥护妥协闻名的贺尔,西门,或黜或贬,而向日反对妥协政策者则无论保守与反对,皆邀垂青。如艾登则为陆长,如杜夫柯柏则为宣传部长,如阿茂里则为印度部长。这些为保守党人。其余工党与自由党人更无论。这样一个新阁,当然可以一新天下耳目,何况丘吉尔本人原是多年来反希特勒的健将。

尤可令我们欣慰者,即英阁改组虽在国难最严重的关头,而偏能于最顺利平稳的空气中完成。即张伯伦亦乐于追随丘吉尔之后,共为国家努力,诚如李斯斯密斯教授十三晚在下院所说,毕竟民治国家有旁的国家所不能望及项背的美德。自此而后,英国战胜强权可操左券。

同时,我们也应知道,政府如有改组必要,严重的局势不特不是不称职当政者的护身符,而正是改组的理由。英国一九一六年的内阁改组,才产生了一九一八年的胜利;今次的改组也就是以得到胜利为目标。我们于此正应师法!(端)

今后的外交

钱端升

我国外交向不易办，抗战军兴以来尤甚，而欧战爆发以来更甚。现在欧战规模日渐扩大，不但我国经济受着不利影响，而外交的困难也是较前增加。所以我们此时务须对外交方策重新检讨，对外交工作重新擘划，而对外交机构尤须加以重大的调整。

先论机构的调整。机构不调整，方策无由决定，已决定后则亦无由规正。机构不调整，工作无由计划，既计划后亦无由执行。

近年中枢实无外交机构之可言。外交部固常设，但不能决定外交方针，纵然决定了外交方针，也未必由外交部指挥执行，外来的情报亦未必尽经过外交部。如谓外交部是一个丧失了能与觉的机体，也不为过言。外交部长官也未尝不知此种情形。但中国官场本具有一种奇妙的对抗力——或者可说是不对抗力——所以无权的官也总有人做，而且这种官还可以久在只求无过，不求有责的心理中逍遥着。

外交部而外，行政院正副院长以及未兼院长时代的军事委员会委员长，当然也有权过问外交政策，这本是正当的。任何国家的内阁总理，如不兼任外长，也有权过问外交。但所不同的是：张伯伦罗斯福虽不断地过问外交，但外交行政仍在外交部手中，他们也决不将外交部长撇开而直接行事；而在我国，则操大权者直接行事的事例，过去不可胜举，这实在是足以紊乱外交的系统，且足使外交部丧失其机能。

行政院正副院长及军事委员长而外，国防最高委员会（旧为中央政治委员会）及隶属于停使职权却未废除的政治委员会的外交专门委员会，也有权参与外交大计。在理论上，国防最高委员会为外交政策的最高决定机关，而外交专门委员会则受国防最高委员会的委托，审议外交政策及其他外交事件。实际上，外交专门委员会的人选，过于轻微而且复杂，不能负此重任，而兼该委员会为主任委员的外交部部长，常以冷淡的态度应付之，甚至不召集会议，故外交专门委员会等于虚设。至于国防最高委员会，则因外交部部长，行政院正副院长，以及军事委员会委员长俱为主要委员之故，对外交事件，也不过将他们若干要人间已经过手的事件重复讨论一遍而已；有时以过分重要之故，而不提出讨论。所以从实际上讲，国防最高委员会及外交专门委员会，并未破坏外交机构应有的整齐划一。

  由于以上的情形，可见外交机构虽十分复杂，而不能担当大任，但改善却也不难。处现状下，先决问题就是任命一肯负责，有能力，熟悉外交情形，且能得信任的大员为外交部部长，而授之以全权，一切行政则集中于外交部，而蒋院长则居于指导监督的地位。如果现外交部部长是这样的一个人，即应授以全权；如果不是这样的一个人，即应另觅妥人。行政院副院长应令其除在行政院会议席上外，不问外交之事，以清事权，以专责任。外交专门委员会可依旧不开会。国防最高委员会可依旧少问外交之事，即有讨论，亦不应更动蒋院长与外交部已定的政策。

  外交部部长有了外交大权后，便可负起责任，对外交事项作应有的发展。较小的及较无问题的事，外交部可相机处理，不必有待于会议或请示。外交情报，外交部可以集中蒐编，所报告于院长者应限于精华，而不应是渣滓。蒋先生无论以全国人民所共戴的领袖资格，或以最高统帅的资格，或以行政院院长的资格，必须明了国际情势的变化及我国对外所取的步骤。但为节省蒋先生的时间精力计，政府应有一个专一的机关可供给情报于他。这个机关就应是外交部。如果外交部不能供给，而有待另设机关或另行征集，则实太枉费了蒋先生的时间及精力。原来，情报是愈多愈好，意见亦愈多，而抉择之机会亦愈多。但外交部应负责多方搜集，应负责加以整理，然后再陈之于上。世上善搜外交情报者，实在莫过于英国外交部。英国首相自 Castlereigh 以来，亦未有不注意外交情报者。但如英国首相不重视其外部所得的报告，不重视外部高级人员所提的建议，而自行旁搜博采，且所获者，不免矛盾冲突之处，则他又焉能有余暇以尽力于大计的决定？所以无论从蒋先生方面讲，或从国家的立场讲，达到最高领袖的耳目之情报及意见，应来自一个负责机关,而不应来自多个不负责的机关或私人。如果外交部不配做这个机关,这恐怕是外交部人员之过,而非外交部机关之过。我们此时应改委外交部的人员,而不应于外交部之外添上许多庞杂的机关或组织。如果特务秘书之流,俱由毫无经验者充任,而可在国土之外,妄自干与关系国家存亡的大计,则于国家诚是莫大的危险。

也许有人要说,适当外长难觅,所以不得不于外交部之外,另想补救办法。多年来我们的外交部部长,论其施展,不特不及独立自主的赫尔及哈立法克斯,且不及希特勒手上的里本托甫甚或连墨索里尼的女婿齐亚诺也不如。这绝不说国内连里本托甫,齐亚诺,有田这样的人才也不有,而是说我们的外交部部长太没有权。如果如此,则充实外长权力,实是觅得外长的必要条件。

所以改善外交机构第一件,要是以外交部为唯一外交行政机关,且须以负责有为之士充任部长。

外交部复权以后,使节方面亦加以充实。使节中何人胜任,评判的客观条件不是没有的。大致说起来,其人与驻在国朝野能交接,能为其所敬仰,而所注意之处在如何能利用驻在国可能的力量以支持我抗战局面者,便是称职尽责的使节。这些事外交部当然应该知道,事实上也不难知道。如果外交部依然充耳不闻,掩目不视,而反派遣所谓视察员者,率着作环球的周游,甚或凭势安插其儿辈于一二领馆,则直是掩耳盗铃而已,我们诚不知其可也。

外交人员的养成也是一件急务。我国最早外交人员多取自方言馆译学馆,及后圣约翰继之而起,再以后则援用子弟亲戚之风起,于是外交人员质气两下。国民政府成立,对外交人员的培养从未注意,而由乱放乱派乱调而得官者则数不在少。长此以往,外交人员中不特有识有学之人不可得,就连国人向来所看不起的能讲洋话能懂洋礼的外交家也将不多。是以外交人员的培养也是当前急务之一。而改善后的外交部务应以全力赴之者。

但要使领馆能发挥正常的效用,要使有志有学青年愿服务使领馆,则增加使领官的薪给也属必要。现在使领馆的薪给足以使贪懒者富,而决不敷勤廉者正当的费用。际此国家财政困难之际,两全之道惟有裁汰冗馆并裁汰非馆中的冗员,而以所节省所得,补不裁之馆与不裁之员。

次论外交的方策。

抗战建国纲领中关于外交的规定，目标十分正大，自然应为我外交的基本政策。但纲领中所云仅是纲领，具体办法尚有待于厘定。

我以为在抗战现阶段上，我们无论对内对外，对人民，对自己，皆应坚信抗战的胜利必须赖自立。因为必定有此信念，然后可以经历国际间任何变化而不自馁。友邦助我，我自欢慰感激；友邦助力不至，我亦无须失望，更无须诅咒。我们与各友邦之间，尤其我们与各反侵略国家之间，须发生真正的同情。真正的同情更易引诱助力之来临。我们试扪心自问，有时心中发出的怨恨或疑虑，此怨恨与疑虑是否由自力抗战的信念太薄弱所致？

其实，有了自力抗战的信念后，我对各友邦的方策便不难决定。

对美国，我们应但谋增进友谊，而不作高度的求援。美国有实力，亦为各交战国（欧亚二战）所畏，但十余年来因鉴于上次参战的结果，只落得一个道德破产，理想破产，经济破产，和平破产的世界，所以对战争最厌恶，亦最看破；孤立主义不特为若干政客所诚意拥护，与若干其他政客所引为取好民众的工具，且这种主义深入于大多数民众的心坎，而成为国策。由此以观，这国策是有心理上的基础的。我们如缺乏同情的理解，而只视这国策为懦怯的表现，或为顾全私利的表现，甚或诋它为资本主义的没落，则是离题万里，永远不能了解美国的外交政策，也就永远不能与美国发生友好的关系。我们应晓得美国人民并不因孤立而减其对独裁黩武者的痛心疾首，亦不忽视打击这些独裁黩武者的重要。特美国人颇多以为：如果美国不参战而独裁黩武者即失败，则美国可凭其清醒冷静的头脑，佐以未受损失的国力，来劝导世界各国进入于较合理的国际秩序。如果非美国参战不能摧毁独裁黩武者的势力，则美国势须参战。美国人固然也有先知后知，先觉后觉之分，但对于摧残独裁黩武者的势力的必要，则大多数美人决不会不知不觉。美国现在正在先知知后知，先觉觉后觉的过程中迈进，丹挪荷比卢诸国的被侵正在使这迈进加速，我们对于美国的将来不应怀疑，对于美国可为被侵略国声援之处更不应怀疑。我们此时一方应使美国相信我们对抗战有最大的决心，对民治及和平有最大的信仰，一方更避免希望甚或劳动美国参战的嫌疑。我们可使美国明了我方的困难，但不可稍存"尔应助我作战"之心。所以借款我们可恳求，但关于美国海军的行动等，我们决不可直接有所表示。

但这并不是说我们可对美国参战的可能应该熟视无睹。美国于七八个月内或会参加欧战。美国参加欧战时，我们务须使二战合二为一，使美国也成我们的同盟国。美国的军事行动不能令之只向欧洲,而不向远东。如何使美国的军力可在远东发挥,我们军事当局此际应作未雨的绸缪。

对英法,我们也应采取极端同情的态度。他们现在正作殊死战。他们的第一注意点,即在如何防止德国侵略的成功,并进而击败之。如果联日而可以助他们达到目的,他们当然应联日。我们单单责备他们有妥协的倾向是无补于事的。我们所急应为者,即如何可以使他们晓得与暴日妥协少可能,而更急者,即如何可以使他们明了妥协(即使成功的话)不但无用,且有害处。我们如加紧抗日,使暴日除全力应付我们外无余力,则妥协当然无用。我们如能使美国完全同情于我,且十二分畏惧胜利的日本,则英法如与日的妥协,当然可以使美国疏远英法,因之对于英法有害处。

换言之,我们对英法,除要求其维持旧有的情谊及给予我的方便外,此时不必再有进一步的企求。我们也不必怀疑他们,埋怨他们;我们应求诸在己,使他们了然于与日本妥协之有害而无益。

对于苏联,我们应深深感谢他过去对我的同情及援助。在苏联没有参加德方作战以前,他仍将继续为我们的益友。如果他永不参加德方作战,则他始终将为我们的益友。这种基本要点,国人是应明了的。所以此时我们应可少作推测的功夫,而多做减低英法美与苏联间形势对峙及感情恶化的工作。我们现在已不是一个国际间不足轻重的份子了。我们如整饬我们的纪纲,统一我们的阵线,并起用如加富尔一类有远见,有魄力的人办外交,我们应熟记一八五六年的比德蒙,其实力尚不及今日的中国,徒因加富尔能善用国际局势,遂使英法乐于交好而意大利能统一能跻于强国之林。有为者,亦若是。加富尔可以成功,我国宁无加富尔其人?

意大利在国际现势中是一轻重不著之国,对我更鲜轻重,可以不论。

德国是同日本一样的魔国。我们既要战胜日本,为世界人类除一恶,我们也应望英法胜德,为世界人类除另一恶。善恶之间,其取舍不容迟疑,我们再不应敷衍。

机构既改善,方策既重定,应论到外交的工作。

外交部与使节应做的第一件工作——也是最最基础的工作——是收集准确的消息情报,细密的观察国际局势的变动,并予以不夸张的合理解释。这项工作,英国向来做得最完满。但数年来,英国对希特勒扩军的情报搜得不充分;既搜得而后,张伯伦等又不肯予以有眼光的解释,遂致酿成今日的大患。我国外交部及使馆对情报及其解释向来马马虎虎。近年稍知注意，则偏偏又出了许多妄人，专以说些深中当局脾胃的话为能事，或危言耸听，或天花乱坠，其结果往往可笑。然而可笑还是小事，而误国则是大事。为今之计，对使节及搜集情报之人，应注重（一）对国际时势有史的基础，（二）有虚心客观的态度，并（三）具正常的脑筋。外部本身，更须有一组织，使各方的情报可以由少聚而为多，由缺漏进而完密，由紊乱整理而为有条。经此整顿之后，蒋先生应依靠正常的外交官署及人员，以取得情报。像从前的情形，则实在说不到办外交也。

　　第二件工作是宣传。吐出的重要正如吸收一样，但必须含英而后能吐华。我们过去的国际宣传也可说是瞎来的。在中央，此办宣传，彼亦办宣传。在国外，甲宣传这样，乙宣传那样。使馆长官本应统理所在国的宣传，但或则对国内派来的宣传员极不接头，或则自己也专作无思索无责任的乱说。其中固然也仅有例外，但是鱼目既可混珠，此辈例外往往反为蔓草所压盖。最无聊者，不但在国外少能宣传，向国内还要大宣传其宣传力之大。这真令有识者见之哭笑皆非。为今之计，在中央应统一宣传组织，委一班有识之士，总管对外宣传；在国外更应慎选使节，令大使公使总管驻在国的宣传，无益的宣传应一概停止，有害的宣传更须停止；但我方抗战的实况则须以最灵敏的方法，最诚实的态度，宣达于外。打了败仗也不必讳言。我们第一要人家相信。有了信，然后他们闻知了我们抗战的努力会起敬，闻知了我们的困难会愿于援助。我们毋须隐瞒我们的弱点。我们的弱点人家哪有不知道？此次参政会中，因大家欲顾全孔兼财长的感情及体面，明知孔令侃犯了种种幼稚狂妄病，而质问时未愿提及其姓名。但美国的《时闻》周刊，则早已将孔的事迹登载。此可为一例也。

　　第三件是做各种政治的牵制工作，使日本在英法美苏中拉不着朋友，使英法美苏无一愿与或敢与日本接近。我们晓得日本常向美国送秋波，英法对日的意志有时太不坚决，所以获到准确的情报而后，不能不想出办法来，加以个别的破坏，或综合的抵制。要做这些工作，我们的使领馆应全体动员，全体协作。如果荷属印度我国领事得一关于日本海军野心的确实密报，则这密报在我国驻美大使手中，便可成一有力外交武器。如果英国保守当局有与日妥协的勾当，则这个消息一落入英国反对党或自由党的领袖手中，亦可胜过我驻英大使的多次陈说，多次抗议。如各行其是，外交部毫无统筹之力，则充其量亦不过是一二大使特别有能有名而已。

做政治牵制工作的时候，我们当然要努力使各友邦对汪逆傀儡组织取最鄙夷最不合作的态度。

第四件工作是求助的具体工作。此中可得而言者，第一是美国的借款，第二是美国的购银，第三是英法对于西南新铁路的垫资，第四是英法东亚殖民地政府对于西南运输的合作，第五是苏联对于飞机及汽油的供给，第六是向各友邦请求军火及汽油的接济。以上六项中，首五项已在进行中，虽然困难颇多；第六项则未有进行。苟我们能努力抗战，更能改善外交机构，则此后进行，当可较易。

现在国际形势在剧变中，美国态度的急进恐不在远。在未变前，我们请求的具体援助应只限于前述数项，增多反生枝节。但变后，则我们立须请求其他的助力，甚至如海军调动等事。美态度既变，英法对远东的态度也必较趋于积极，故对英法我们也须准备提出新的请求。

我们对我们的外交亟须有一综合的看法，综合的改善，综合的推进。从前政府所提的改善调整，如外交部之由五司变为七司，或如外交部向中全会及参政会所提报告云云，皆是敷衍塞责，不足以言外交也。

所谓教师的思想问题

潘光旦

五月十二日与十三日《中央日报》的《每周专论》栏里登载着潘公展先生的一篇《教育上两个迫切问题》，一是教师思想问题，二是青年营养问题。关于前一个问题，公展先生说："须知今日的青年思想的歧误，与其说是青年思想问题，不如说是教师思想问题。我敢说，教师思想如果一致，如果纯正，学生思想是决无驳杂的问题的。"这是一番何等严重的话。作者厕身大学环境且二十年，所见和公展先生的很有不同，又忝为教师的一人，责任有归，未敢缄默。

公展先生所说的教师虽没有指明哪一级的教师，作者以为大概是大学的教师。不过依作者的见地，大学教师的思想似乎不成问题，因为大学教育里根本就不多谈思想，多谈思想还是大学范围以外的文化界的人士，包括政治界在内。这并不是说大学的教师根本不谈思想，谈的自然也大有人在，不过他们大都了解这不是他们的主要任务，他们主要的任务是教授自然科学，社会科学，人文科学的种种课程。这也并不是说课程的内容里根本没有思想的成分，课程里讲思想方法的很多，讲思想根据的事实的更多，讲思想的演变，派别，所引起的问题的也不少。约言之，大学教育里没有专门灌注思想的教师与课程；教师与课程只供给思想的方法，思想的资料，思想的历史与家数，至于学生在学成之后究竟服膺哪一派或几派的思想，甚至于加上一番发明综合的功夫之后，自成一些学派，那是学生自己选择与努力的结果，与教师和课程很不相干了。教师既不灌输思想，试问公展先生所暗示的青年思想歧误的责任问题将从何说起？

不过我们也知道，公展先生也曾明白的指出，他所说的思想不是一般的思想，而是三民主义一类的思想。也好，我们不妨再进一步的对大学教师和三民主义的关系观察一下。我们打头就可以坦白的承认这关系并不密切，远不及公展先生所期望的密切。不过，这怕是事实上无可避免的。在讲授自然科学的教师各有各的专科学问，教学之外，还须从事研究，此外要对本行以外的社会思想与学说作深切的探讨，兴趣不论外，时间也确乎不许可。不过他们也很可以说，他们的专科学问也并不是和社会思想全无关系，即就三民主义而言，民生主义背后有地质学，化学，物理学，以至于生物学，民族主义与民权主义背后至少都有生物学；他们的潜心研究与教学直接所以为三民主义补充事实的根据，而间接对于民族的发展，民权的扩充，民生的利济，迟早也会有实际的贡献，他们甚至于可以说，到目前为止，谁都不敢承认有哪一派的社会思想，学说，主义已经到达一个尽善尽美的最高境界，而无待乎修正补充；修正补充是要事实与经验的，而一部分的事实与经验必须求诸于自然科学的领域；然则他们目前的真正的本分，是在多做些脚踏实地的试验室与厂屋的工作，而决不在高谈阔论任何一种的社会理论。作者以为这种见地是对的。所以就理工一部分的大学教师说，他们对于三民主义一类的思想，虽不能说有功，也绝对不能说有过。公展先生所暗示的责任问题，至少对这一部分的大学教师是不适用的。

至于人文科学与社会科学范围以内的大学教师和一般社会思想以及三民主义的关系，比起自然科学的教师来，要密切得多了，但也远不如公展先生所期望的那般密切，而且所谓密切的性质也许也和公展先生所想像的不一样。他们的确和三民主义，至少和三民主义的思想的内容，时常发生接触，尤其是社会科学的教师。信仰三民主义的人也承认三民主义是近代思潮的一部分，而是有它的来历的；民族主义相当于近代思潮里的Nationalism，民权主义相当于Democracy，而民生主义则相当于Socialism，三者经历过孙中山先生的一番修正与补充之后，终于成为一派胡展堂先生所认为有连环性的综合思想。在讲授社会科学的教师，对于这三部分的思潮是最熟悉不过的，也是非熟悉不可的；教政治学的教师对民族主义与民权主义自然特别的研究过，教经济学的对民生主义也是一样，至于教社会思想史的社会学教师更是责无旁贷的必须把三部分认识一个清楚。他们讲到这三部分思潮的衍变与发展时，会把中山先生一番修订的苦心埋没么？当然不会。所以就认识论，这一部分大学教师和三民主义的关系，事实上绝对的不能说不密切。不过就研究与教学的方法与态度说，这方法与态度，我们也不妨坦白的说，便决不是一般信仰三民主义的人所有的或所期望于他人的了。第一，不讲现代思潮则已，讲则不能限于一派，不讲某一派的思想则已，讲则不能不把一派的家数与变迁充分的叙到。第二，学派与家数的价值虽不一样，却没有一派或一家是至善而无懈可击的，所以教师讲解的时候，只能取一个介绍与评论的态度，而不能用宣传与灌输的方法；即或一个教师对某派某家表示更大的同情，而私衷拳拳服膺，他还是应当力持客观的态度，庶几不至于在学生的心坎上，留下一个偏见的印象。三民主义既属现代思潮的一部分，其内容与实质无疑的是在介绍与评论之列，也是无疑的。这种评论是根据客观的原则的，而就作者所知，也没有不是善意的而富有建设性的。这班教师也未尝不深知三民主义是主张社会与民族进步的一派学说，而学说的自身也常在力求充实与进步，不甘一成不变，故步自封，所以他们认为善意与富有建设性质的评论，无论如何应当有它们的地位。信如我们这一番的解释，可知社会科学范围以内的大学教师，对于三民主义，不但无罪可言，且有微功足录；而公展先生所暗示的责任问题，也是不适用的。

作者就公展先生这篇文章以及其它类似的报章稿件看，以为三民主义目前已到达一个歧路的路口，一条路是宗教化，一条路是真正的思想化。许多服膺三民主义的人无疑的是希望它走第一条路，他们希望中山先生可以成为教主，中山先生学说成为一成不变，万古不磨的经典，并且希望人人可以成为信徒（公展先生文中即一再用到信仰与信徒等字样），人人可以布道。从这个立场，无疑的大学教师是十有九个不合格的了。公展先生所暗示的责任问题大概就在这里了。不过，大学教师似乎根本不感觉到有这样一种责任。他们中间，有少数是已经入党的，但入党是一回事，宣传主义往往又是一回事，好比西洋的基督教徒不必让人要负起宣教的责任一样；至于大多数未入党的自更无从了解这种责任。不过这些未入党的教师，据作者的观察，对党与主义却也并不存什么成见，他们中间更有不少的人对主义抱着一个积极的希望，就是希望它走第二条路，就是思想化。他们认为宗教化是一条绝路，而思想化才是一条活路，三民主义的理论也许已经是相当成熟，但总还不能说已经到一个十全十美无可增损的程度。中山先生是一位虚怀若谷的思想家，九原可作，自己一定也有这样的一个观感。既可增损，则此种增损的责任便应公诸国内以至于国外的一切有学术思想的人，而最责无旁贷，而作者以为也最乐于承受的人，应该就是这一班大学的教师。不过就目前在歧路口的形势论，这样一个责任是几乎不可思议的，中山先生的学说应该如何解释，归谁解释，目前已有严格的限制，又何况增损呢？不过我们希望服膺三民主义的人要了解，这终究是一个孔子所说的"自画"的政策。自画是进展的反面。

有人说，宗教化的一条路对目前抗战的局势特别的有利。教师是领导青年的人，他们处的是一个提纲挈领的地位，所以假若他们能扫数入党，成为主义的信徒，则全国青年必风靡景从，而抗战建国的壁垒必可以十百倍的更加坚固。无疑的，公展先生的立场就是这样的一个立场。不过这是无须的，而也是不一定有效的。爱国家，爱民族，拥护国民政府，支持抗战建国的国策，时至今日，早已成为全国人共通的意志，初不问一个人是不是党员，信仰不信仰三民主义。国民参政会的组织是谁都晓得的，参政员中间有不少是国民党以外的别党别派与无党无派的人；而参政会的历史是和抗战的历史同时开始的。若说无党籍与不信主义的人不免削弱抗战的力量，则参政会便是一个最大的反证。目前直接间接参加抗战工作的人中间，究属有多少是党员，多少是非党员，我们没有统计，怕谁也没有统计过，但我们相信非党员是要比党员多得多。抗战与入党与否没有不可须臾离的关系，好比做人与信教与否没有不可须臾离的关系一样。这是无须的说法。目前反对抗战国策与夫认贼作父的人中间，非党员固然不少，党员也不乏其人。汪精卫如何了？周佛海如何了？周佛海不还写过一本《三民主义的理论的体系》么？这是未必有效的说法。

先贤告诉我们：师克在和。又告诉我们，君子和而不同。抗战的目的是最后胜利，是克。克的条件在和，而不在分子的完全相同。真正有见识的人，虽不同无害于和，否则，虽同亦无补于和。目前整个的青年思想问题，以及对于这个问题教师所负的责任问题，以及这类问题对于抗战建国的关系，我们诚能用这种眼光来看，当可省却无限的精力。

上文云云完全是作者个人的一些观感。其它做教师的人是否有同样的观感，作者不敢断定。作者不是国民党党员，但记得中山先生逝世的那一年，中国学生在纽约开追悼会，需用遗嘱和国民党第一次全国代表大会宣言的英文本，当时遗嘱是作者承乏翻译的，宣言是作者和一位朋友合译的，至今美国人所著关于中国的书里,间或还沿用着这些最早的译本。作者追提到这一点,无非要表示他对国民党和党义并无成见,以前如此,现在还是如此,也因为没有成见,才有兴趣提出这样一篇稿件来。

评定价格的原则

伍启元

一、三个基本原则

在平衡物价时,平衡物价机关的一个重要工作就是对被统制的物品决定"适当的价格"。什么是一种物品的"适当价格"?什么是在决定"适当价格"时所应遵守的原则?

我们认为在评定战时适当物价时,应该循下列的三个原则:

第一,评定的价格应该符合于消费者的购买能力。在战争时期,有两种消费者的利益应该特别顾及。一种是军需物品的消费者,一种是日用必需品的消费者。前一种消费者是政府和军队,后一种消费者是一般的人民。在评定军需物品的公定价格时,统制机关应该使它符合于政府的财政收入和支付力量;在评定日用必需物品的公定价格时,统制机关应该使它符合于人民的一般岁入和购买能力。

第二,评定的价格应该使生产者和使商人能够取得合理的收入和利润,使生产者愿意继续生产,和使商人愿意继续经营。对于军需物品,日用必需物品,和出口物品,评定的价格并且应该能够鼓励生产者增加生产。

第三,平衡物价机关在评定一种商品的价格时,应该使这种物价与其他商品的价格相调和。平衡物价机关应该一方面使农产品价格和工业品价格均衡,使原料价格和制成品价格均衡,而另一方面使统制的物品价格与不被统制的物品的价格维持均衡。

二、最高价格

为着要使消费者能够继续购买和消费一种物品，平衡物价机关可以对那种物品规定"最高价格"，使消费者在购买这些物品时用不着支付这个"最高价格"以上的代价。

这个最高价格可以是"一致的"，但也可以是"不一致的"。所谓一致的最高价格是指不分地域，不分季节，不分购买者，而全国一律的或相同的最高价格。对于生活上所决不可缺少的几种必需物品，我们认为政府应该设法维持一致的最高价格。这种办法虽然会增加统制机关的工作并且有时会增加政府的财政负担，但因它能使各地的消费者得到相同的待遇，所以也是一种良好的办法。此外政府在征用军需物品时，通常所定的"征发价格"大都是一种全国一律的价格。

但大部分的最高价格是"不一致的"，是因地域，季节，和购买者的不同而不同的。（一）通常在不同的地方，同一种物品的公定最高价格会发生很大的差别。在消费地的最高价格，会较生产地的最高价格为低；在离生产地较远的消费地的最高价格，又会较离生产地较近的最高价格为低。在现在中国情形之下，因为战区和非战区情形不同，所以在战区内的最高价格，也可以与在非战区内的最高价格不同。（二）通常在不同的季节中，若干物品的价格会发生季节性的变动。因为这种原故，统制机关也可以让公定的最高价格依照其自然的趋向作一种季节性的变动。（三）就是在同一地区和同一季节中，一种物品也可以有一个以上的公定最高价格。例如政府的"征发价格"可以较一般消费者的最高价格为低。又如对于粮食或其他物品的购买，统制机关可以依照购买者经济能力的差异而给予不同的待遇。消费者的岁入较多的人，统制机关可以令他们出较高的价钱；消费者的购买能力较小的人，统制机关可以允许他们出较低的价格。

在上述的三种情形中，第一和第二种是比较普遍的，而第三种是比较例外的。因此我们可以说，通常在同一时间和同一空间中，最高价格是一致的。

无论最高价格是一致的或不是一致的，统制机关在决定最高价格时，主要应该根据消费者的岁入情形。换句话说，消费者的岁入愈大则消费者购买能力愈大，最高价格可以定得愈高。在最高价格决定以后，除了因消费者的岁入发生变动外，不应随意加以变更。倘使消费者的岁入发生增减，则最高价格也可以随之而增减。

三、最低价格

为着要使生产者愿意继续生产一种物品和使商人愿意继续经营一种物品，平衡物价机关可以对那种物品规定"最低价格"，使生产者和商人在出售这些物品时至少可以得到这"最低价格"所保证的收入。

这个最低价格可以是"一致的"但也可以是"不一致的"。无论最低价格是一致的或不是一致的，通常统制机关决定最低价格，应该以"成本"为主要根据。具体地说，最低价格应该等于成本加上相当的利润。根据我国政府所颁布的评定物价法规，在规定公定价格时，主要也是以"成本再加相当之利润为标准"。但用"成本"来做评价的标准也不是没有困难的。首先，计算一种物品的成本，并不是一件很容易的事情。在西洋的国家，成本会计已经相当发达，调查一种物品的准确成本还是一件不容易的事情；在成本会计不发达的中国，就更不用说了。但我们也不能像有些作者所说，物品的实在成本是无法估价的。我们以为对于新式的生产事业，我们可以利用成本会计所给予我们的技术，来计算比较精确的成本。至于不能采用成本会计的生产事业，我们可以先计算每一单位产品所需用的原料和劳动的成本，然后再增上一个估计的数目，来代替其他一般费用。用这种估计的方法是比较简易的：因为原料的价格是容易调查的，劳动者的工资是容易知道的，而其他一般费用也可以根据以往的数目而加以约略的估计。这种估计虽然不很精确，但也可以做规定最低价格的根据。倘使这种估计也不可能，统制机关也可以利用以往数年的平均价格和平均利润来推算出以往的成本，而再按照最近变迁的情形来估计最近的成本。例如一种物品在以往数年中的平均价格是每单位一百元，而在那几年中它的生产者的平均利润是百分之二十，则它在以往几年中的平均成本可以估算每单位八十元。假定最近这种物品的生产成本约较以往增加百分之十，则这种物品在现在的成本可以估计为每单位八十八元。

即使我们能够根据上面所提出的方法来估计一个生产者的生产成本，我们也不容易立即决定什么是适当的"最低价格"。因为成本本身是不一致的。第一，成本本身是会常常变动的，而最低价格是不应该常常变动的。因此倘使统制机关根据现在的成本来规定"最低价格"，则统制机关一方面应该设法保障原料价格,工资,地租,和其他原费的稳定,使它们不往上增加,而另一方面应保障公定价格不会往下跌落。否则成本增加了或官价下降了都会使生产者遭受损失,因而对生产会发生不利的影响。有时统制机关会不明白规定最低价格的数目,而只笼统地担保生产者能够取得他的实在的原费或成本。第二,在任何物品的生产中,各生产者的成本状况大抵是不相同的。那么在规定"最低价格"时,统制机关究竟应该根据最高的成本呢?最低的成本呢?还是平均的成本呢?倘使根据最低的成本(即生产效率最高的生产者的成本)来规定最低价格,则效率较差的生产者便无法继续生产,因此会引来生产减少的现象。倘使根据最高的成本(即生产效率最低的生产者的成本)来规定最低价格,则虽然可以维持所有生产者使他们继续生产,但无法鼓励生产效能的改进,也是一种缺点。倘使根据平均成本来规定最低价格,则成本在平均成本以上的生产者也无法继续生产,生产也会减少。因此在规定最低价格时,是很不容易找出一种适用的成本来做标准的。我们的意见,以为最好能够选择可以代表大多数生产者的成本来做决定最低价格的标准。通常大多数生产者的成本都是相去不远的,因此用这些大多数生产者的成本来做评价的标准,可以使大部分的生产者都能够继续生产。至于少数生产成本较高的生产者,如政府感觉到有使他们继续存在的必要,则政府可以用津贴的方法,补助他们,使他们照旧生产。

  有时因为生产成本的不同,统制机关在同一时间和同一空间中,也会采取不一致的评价办法。例如统制机关对于同一物品的生产者,可以因他们生产状况和成本高下的不同,分为若干种类,对每类规定一个最低价格。又如在若干场合之下,统制机关可以采取"个别评价"的办法。统制机关保证每一个生产者都能够得到合理的价格,因此每一个生产者的售价,都应按照他的个别的生产情形和成本状况来单独决定。我们认为这种"分类评价"或"个别评价"的办法都是不甚妥善的办法。一方面这种办法增加了估计成本的工作和费用,而另一方面对同一种物品竟有许多不同的官价,必然地会引起许多的不便。因此除了不得已的情形下,我们认为在同一时间和同一空间中,对每一种物品应该只有一个最低价格。

  上面说明了成本在评定最低价格时所占的地位。但除了成本之外,还有一个重要的因素,就是合理的利润。适当的最低价格,应该等于成本加上合理的利润。因此在决定最低价格以前,统制机关应先评定"合理的利润"。

评定利润可以有两个不同的办法，一是以过去若干年间的平均利润来做合理的利润，一是根据当时一般经济情形来决定的平均利润。

计算"合理的利润"时，可以有两个不同的标准。一是按照资本的数目投资的数目来计算利润与资本（或投资）的比率，一是按照出售数量来计算利润与出售数值的比率。大抵前者适合于评定生产者的价格，而后者适合评定商人的价格。

在评定公定价格时，我们认为应该分别生产者的合理价格，趸售的合理价格，和零售商的合理价格。生产者的合理价格，应该等于生产成本加上合理的利润。我们认为在中国现在情形之下，生产者的合理利润，可以因投资情形不同，分别规定每年不得超过资本额百分之十至百分之三十。趸售商的合理价格，应该等于生产者的售价加上趸售商的成本费用再加上趸售商的合理利润。对于趸售商的合理利润，我们以为可以依照《日用必需品平价购销办法》的规定，定为成本百分之五。趸售商的合理价格，应该等于批发价格加上零售商的成本或费用再加上零售商的合理利润。对于零售商的合理利润，我们以为可以依照上述购销办法的规定，定为批发成本百分之二十。

四、价格的均衡

统制机关不只要为消费者规定最高价格和为生产者规定最低价格，并且应该维持价格间的均衡。

首先，统制机关应该使消费者的购买价格与生产者的出售价格维持均衡的关系。在自由竞争的假定下，消费者的购买价格应该与生产者的出售价格相等。在物价统制的场合下，我们认为在可能范围之内，统制机关也应该设法使这二者相等。因此为消费者规定的最高价格，应该等于为生产者规定的最低价格。通常物价统制机关所评定的"官价"，就同时是最高价格和最低价格。

在通常情形之下，官价不会完全符合于消费者和生产者双方的要求，但统制机关可以用统制需要和统制供给的办法来使"最高价格"与"最低价格"相等。政府并且可以直接用财政的方式，使这两个价格一致，倘使适合于消费者的最高价格是较适合于生产者的最低价格为高，则政府可以用租税的方式减低消费者的购买能力，使"最高价格"降至与"最低价格"相等，倘使适合于消费者的最高价格是较适合于生产者的最低价格为低，则政府可以津贴生产者的方式减低生产者的成本，使"最低价格"降至与"最高价格"相等。用这些办法我们可以使在同一时间和同一空间中，对一种物品通常只有一个官价———一个同时适合于消费者和生产者的官价。

统制机关不只应该维持一种物品的官价之本身的均衡，它并且应该特别维持这种商品价格与他种价格间的均衡。倘使这种物品是一种工业制成品，则统制机关在决定它的价格时同时应该顾及它的原料（或半制品）的价格、劳动者的工资，土地的租金，资金的利息，和其他构成它的价格的要素的价格。必要使它的价格能够与这些生产要素的价格能够调和，然后物价统制才能有效。

在各种生产要素的价格中，劳动者的工资最为重要。关于评定适当工资的原则，我们以为大体上与评定其他官价相同。一方面公定的工资应该符合于工资雇佣者的情况，一方面公定的工资应该符合于劳动的生活情形；而特别应该注重于后者。换句话说，劳动者的价格至少等于劳动的"成本"，而劳动的成本可以根据生活费指数和家庭预算来加以决定。

患土地饥饿症者

费孝通

一、有钱人买田是末计

念过赛珍珠所写那本《大地》的人，很容易得到一个印象：中国农民真是视土如命的。他们好像是患着永远不会吃饱的土地饥饿症。是的，农村中有多少人在做着拥有土地的梦想；可是，若说土地本身具有特殊的魔力，会颠倒一切农民，则又言之过甚了。土地能吸引人的究竟不过是它的经济价值。土地的经济价值是有限的，在这限度之外，它就没有魔力了。因之，它时常不能颠倒农村中有钱的人。他们并没有亟亟要买的冲动。他们买田常是无可奈何时的末计。

有钱的人不亟亟于买田是因为农田的利润比了放债的利息为低。有钱买田不如有钱散债。我在禄村调查时，曾计算过经营农田的利润。二十七年时，一个雇工经营农田的地主，在一工上等田上，可以得到六元国币的利润；而这工田当时价值国币八十元，加上经营时所需流动资本约四元，他经营一年所得利润不到一分。若是他把田租给人种，每年收租谷收百分之六十约六斗，当时值四元八角，所得利润更少。农田的利润在一分左右是禄村农民所默认的，我在路南调查时，村里人也是这样说。

放债的利息多少呢？二十七年时普通都是用谷息计算的，借十元国币，每年付息四斗谷子，价值三元二角，合年利三分二，以三分二的放债利息和一分上下的农田利润比较，相差得很显明。"借钱来盘田，愈盘愈穷"！资本是向着利息高的路上走，有钱人愿意放债，不愿意买田。

也许有人会发生疑问：农村中既以经营农田为主要生产事业，这主要生产事业只有一分利润，债款利息如何能提高到三分以上呢？这疑问是发生得有道理的。在现代工业金融中，债款的利息不能超过一般的工业利润，因为若是超过了，就没有人愿意投资在这项工业上去了，可是在农村中，借款根本很少是用来作生产资本的。农民们只在生活不能维持时，才要借钱。他们是为了消费而举债。为消费而举的债，利息的高低是以需款的急迫程度来决定的，三分二的借款在农村中是最客气也没有的了。

借钱给人消费，这笔债款能不能收回，就没有多大保障。虽则农民重情，要面子，个人人格担保的力量也许比城里人靠得住些，可是所借的钱既不用在生产事业上，很可能到应回款的时候，心有余而力不足，拿不出钱来。债主要预防这一着，不能不要债户把田契交出来抵押，用农田来抵押并不是说借款的用途限于作农田资本，而是债主预防债户回不出款，到没有办法时，还可以把债户的田出卖，有钱的人目的在放款，放款的结果却时常会到非收买农田不可的境地。这是放债者的末计，因为从此他将接受一分左右的利润而丧失三分利息的机会了。

二、土地是劳工的保障

农田不是个最有利的投资对象，所以有资本的人对它并不发生太大兴趣；可是农田却是个吸收劳力的地方，有土地，工作的机会就得到了保障。农民们有着劳力要找寻利用的机会，在工业没有发展的地方，除了土地之外很少有可以利用劳力的事业，劳力不比资本，资本可以储藏起来，等有利的时候再使用。劳力却储藏不起的。一天没有工作做，人还是要吃饭，不做工，热力一样的消耗。在这辈需要以劳力来换饭吃的人才是患着土地饥饿症的人。

有能力买田的，并不亟亟于想买田；想买田却没有能力买田，这是农村经济中的一个矛盾。一个靠劳力来求生活的人，要积蓄到能买田的资本，差不多是不很可能的，二十七年工资是：男工一天一角国币，女工减半；二十八年十月，男工涨到三角一天，女工减半（做工那天膳食都由雇主供给）。若用当时的米价来折合：二十七年男工每天得米一·四公升，二十八年十月每天得米一·七公升，女工减半。一年农作期约二百天，若是一个男子在这期内，天天有工做，可以得米约三公石。可是农闲期，他要自己开膳食，每天两餐至少需米〇·六公升，一六五天共需米约一公石，因之，他约有三分之二的收入可以用来买菜下饭，买酒自酌，添补些衣服，进进茶馆。至于他能有多少储蓄则很难说了。我在禄村认识一个单身卖工的男子，十多年来只积了七八十元，七八十元的储蓄不够买一工上等田。而且这辈单身男子有了一些储蓄，第一要事还不是在买田，而是在娶老婆。一有家眷，情形就不同，靠卖工挣来的钱能够开销已经算是好的了。积蓄买田实在太不容易了。

上节里所计算卖工者的收入是假定他在农作时期天天有工做，没有"失业"的时候。事实上，即使不说个人的病痛或是天灾人祸，就是在太平时代，这也是不太有把握的事。要自由支配劳作，以充分利用自有的劳力却不是一个被雇的佣工所能希望的。在工业社会中，自从劳工和生产工具的所有权分了家之后，失业问题总是无法解决；在农村社会中没有土地的劳工，也是永远脱不了零星失业和旷费劳力的威胁。他们为了要保障工作的机会，土地所有权成了他们急需的东西。

三、土地的封锁

在村子里没有田，靠卖工度日的人，很多是从别地方徙入的"新户"。以禄村说，三十八家没有田的人家中，有十九家是新户。所有的新户中，还没有一家获得土地所有权，只有一家典得了十工田，有十一家连租田都弄不到，有八家是佃户。

我在江村也见过相似的情形。外乡人不能经营本村的农田。这种土地封锁也许是一种很普遍的现象。凡是在一种以家庭或个人为单位的移民，进入一人口已很稠密的地方，土地已经被该地人民占有了的时候，外来者常是只能接受佃户和佣工的地位。我在广西象县瑶山中曾见过这种现象最清楚的表示：

> 在大藤瑶山中的诸族团，入山的时间有先后的不同，先入山的占据了这区域，成了这瑶山的地主；后入山的，因为该地已经被人占据，又没有力量来分割，于是成了租地生活的佃户，我们不知道瑶山的详细历史，尤其关于诸族团移殖时的情形，但是依据现在汉人个别入山租田的情形，使我们猜想这辈现在瑶山中作佃户的诸族

团,当他们移入时,是出于很少的单位,所以他们不能和已有组织的地主族团争瑶山的地权。(《花蓝瑶社会组织》四五页)

土地封锁有疏严之别,在瑶山中除了地主阶级的长毛瑶之外,任何人不准在瑶山中有地。他们是不惜以武力来对付侵占的人。我在山里时候,正逢着瑶汉争地的一个案子。所争地的村落,房子都烧了,只剩一个老太婆在破屋中住着。江村土地权已大量的流出村外,可是他们却保持着永佃权,而且排斥外村人经营本村农田。排斥的方法各地不同。我听说云南有个村子,并不禁止外村人来买田,可是买主若想自己到村里来耕种时,他得遭着种种麻烦。其中之一是不给外村人得到水利的自由,要他出大的价钱来买水。这样使地主觉得不值得自己经营,不如把所有田租给当地人去经营就算了。

在禄村,不但外村人不容易买田,连外姓都不容易,他们的规则是农田在可能范围之内,不准流出宗亲团体的。凡是有人需要钱不能不出卖农田时,应当先和同族的人商量,有没有人愿意收买。若是同族人都不买时,他才可以卖给族外的人。我们知道有家姓刘的,有个小兄弟要卖田,而且已经说好了一个买主,后来给他的哥哥知道了,提出异议,这项交易至今搁置,没有成交。买主得不到卖者同族们的签字,契约是不能成立的。农田买卖并没有自由市场。一层一层的封锁线,使外村来的新户极不易得到买田的机会。

四、上门的姑爷

一个外来的单身卖工的男子,想得到农田最简捷的办法就是上门。上门是入赘的意思。入赘本是我国农村中常见的,可是在很多地方,这是只发生在没有儿子的人家。可是在禄村(其他云南农村很多和禄村相同的)有儿子的人家也有为女儿招姑爷的。招婿的女儿和她的兄弟一般有继承农田的权利。因之,上门的姑爷托他太太的福,也有了农田了,而且他若是带有钱来,或是积得相当的钱,要在本村买田就不受上述封锁线的限制了。

上门的姑爷其实只是靠他太太的田产获得生活的保障罢了,他并不是农田的主人,太太死了,他家里人可以把田产收回去。甚至他的儿子也不一定能享母系的财产,依禄村的习惯上门姑爷的儿子可以分姓父母两姓。姓父的没有资格继承母系财产,姓母的有继承的可能。若是母亲的兄弟辈心眼凶狠,等母亲死了，田产也可以被收回去的。在这时候，得不到田产的孩子，可以恢复父姓。可是上门姑爷自己买来的田产，他太太的家里人却不能过问了。

上门姑爷在社会上地位较低，连他的儿子们都不易做村子里的首领，他愿意接受这地位的原因（那些姑爷自己也承认的），是为了要得到农田。禄村所有上门的姑爷，其中只有一个是本村的，其他全是外村来的，外村人靠了这种婚姻关系，进入本村社区，获得了妻方的田产，而且有了收买本村农田的权利。为了这经济利益，他们就是给别人看不起一些也是值得的。可是，在我们局外人看来，那辈患土地饥饿症者，要用这种方法来穿破土地封锁线，也是怪可怜的了。

生　活

木　枫

天黑刮风。

风从南边吹来，刷着房顶上的瓦片轧轧响；街巷间时时飘扬起一卷纸屑尘粒，看去像在模糊的夏天黄昏，屋檐口混淆飞着几只蝙蝠，一群蚊子。

几盏路灯亮得有气无力，——照射着两排乌黄的铺房板壁，将这条破旧的街头，显得更为残败。

街头巷尾全冷落得怕人。时或有二三褴褛家伙，从两头转角处溜进来，脚步踉跄，互相嘟哝着一串难于被旁人了解的话。走到某个屋前或巷口，停下来，提起一只裤管，毫不介意的当街冲了一泡尿，然后举手在一扇陈朽的板门上敲击，门扇即应声移开一个缝，把人吞了进去。

一个屋门里，有个瘦女人从黄昏时候站到深夜。她不时从腰门旁探出头来，向街巷两端张望。这女人容颜憔悴，脸庞上厚厚擦抹着一层贱价脂粉。风从屋檐下掠过，把她的一束枯黄头发吹乱了。她打了个冷噤，从袖管里抽出双手，蒙住嘴呛咳；把另一只附在胸口上，吐出两口浓痰。

从街巷北边，迎风走来一个卖笛子的，左肩上挂有两串长短竹笛，吹着一支。手按着笛孔，吐出各种不同音节，合成一首生疏的曲子。

吹笛人偏着头，两片嘴唇搭在一个笛孔上，六个指尖起落自如。脚步拉动得慢吞吞的。

"讨厌鬼！你走快些不好？"那女人还站在屋门口。她望着吹笛人翻个白眼，肚子里生气的说。

吹笛人轻轻的说"臭婊子！"走到街尽头处，转过弯角消失了，笛声依然被风传送过来。

女人轻微叹息一声，低下头，用牙齿咬着一个指甲。风顺屋檐下掠过，又吹乱了她一束枯黄的头发，披散在瘦小的脸颊上。

那女人呆了，心里想着一件往事，——实在陈旧而且平凡，但是它偏偏还咬住她的心子。

八年前住县里，她在一个"老爷"家作帮工，老爷是读书人，在衙门做科员。一个夜晚，光景也如同这个夜里一样。太太打牌去了，男主人说欢喜她，简直害了"相思病"！把她带到柴房里，去做了许多新鲜事情，事后在她手里塞给二十块银洋，把一张毛胡胡的嘴巴凑近她的耳根说："莫乱说话！收下这点钱，到别处做事去罢！我本来舍不得放你走，只因那母夜叉她又凶，容不下你，知道了会杀死你。"她听着呆了片刻，停停就哭了。她想："你是不是不要我了？"男的生了气："你不怕死吗？"教她趁早走路。她才止住了哭，恨恨的说："你是一个没良心的人！"可是她实在怕太太真的会害死她，就挟上几件旧衣服，流着热泪，迎着寒风，离去了主人的家屋。当晚无处去，只好到附近钟楼下，一个人呆坐了一整夜，起过跳河寻死的念头。好容易挨到第二天东方发白，望着太阳出了山。心中转了念头："被狗咬了一口。"县里住不下去，打定主意投奔到省里去，到了这个地方以后，先是做女佣，混过不少日子。手脚笨，事做不好，换了好几处地方，还是受主人家的嫌弃。加之自己性格也好像爱繁华，年纪又青，不可免被同伴女人拜干姐妹，带她看了许多城里丑事，城里一切坏风俗看顺眼后，结果就被环境和性格带上错路。有一次主人家一个车夫又说为她害了"相思病"，做的事被主人知道后，开除了，那车夫带她出来，把她抵押了八十块钱，拿了钱溜走了。她于是作了"半开门"。她在城市上已经活下来八个年头，精神肉体饱受到磨折摧残。这份生活已够受了。可是你够"命"不够，八十元押账一辈子也还不清。她在还账，她心想："这是前世欠下来的。真还够了本，就死了。"所以挨打，她忍受，害病，她忍受。月经中用明矾水洗，好照样接客，一切都看为自然，不知痛苦更不知羞耻。

女人数数过去，心里有点难过。她想起第一个老爷，抵押她的车夫，觉得男人都少良心。但是没有男人，就活不下了！她现在等待的不正是"男人"？

人在痛心时候，新旧失意事就像几粒珠子，被一根回忆的线连贯着穿在一起。

　　市面不好，什么生意都不好，也影响到这方面。她已有两天得不到主顾上门。今天吹笛人未来以前，曾有一个长衫子客人打这条街走过身，对她腰门里很有意思的望着。那女人见了，像一只冬天的狼，在荒凉山野中发现一匹兔子，不轻易放走他。跑出来一把拉住那个过路人，说："先生，玩姑娘吗？你到我家坐坐，我陪你玩玩好不好。"长衫客停住脚，看了一看，干瘪瘪的货，不中吃，装作正经人神气，甩甩手，鼓着眼睛，吐给女人满脸皮碎唾沫，"呸！臭婊子，不识羞耻，这时候也拉人，我要叫警察来抓你送感化院，还不跟老子滚！"一掌把她推到街沟边，挺着胸脯走了。她当时并不伤心，只惆怅地呆望着那男人的背影，心想，"你骂我臭婊子，你们男子都是香的！都有良心！"

　　女人反复嚼着两句话，"婊子是臭的，你男人都是香的。"继续等待下去。又唱了会《四季相思》，也唱不下去。

　　可是又等了一会，她觉得身体实在很疲倦，有点招架不来了。她深深地嘘了一口气，揉揉眼睛，模糊地怅望街巷两头，转过身去推开门，走进屋子里面去了。

　　风吹着电线丝发出尖细响声。

　　"哆……哆，……哆！……"

　　更声将夜序拖向更深的段落去。

　　疲倦常常会被一种更密切于生活的欲求逼走。过了一会，那女人又拉开门板探身出来，吸着一支美丽牌香烟，仍然站在屋门口。她不能不等待，——也许会碰到个夜游浪子，怀着半醉心情，带了些银钞，来买笑寻欢。

　　一阵风吹袭在她身上，她微微颤抖着。把小半截烟蒂掷在地上，踏熄了又用手掌心盖住嘴呛咳不止。

　　"难道香男人都死绝了不成？……男人都是香的。今夜格外香。"

　　街尾转角处走来几条人影，还隐隐听得他们说话的声音。她盯住他们，如一只鹰鹭盯视着一群雏鸡。

　　待那几条人影走得近了，才看个清楚，原来是几位褴褛的邻居。

　　"四姐！深更半夜，你还站在门外边不冷？等那个舅子，安心去睡罢。"那几个人当中的一个说。

"做婊子，等老子，老子不来吃饺子……"她随口答应着，咕咕笑着，因为远处正有卖饺面的竹片子声音。

几个人拥进一间破败的大板屋中去了。那女人依然站在屋口，将身子靠贴门柱，睁开两只酸涩的眼睛，望望几盏黄惨惨的路灯；灯光下的尘粒，在风中打着旋。

"答答叨……，答答叨……"一根小铁棍敲着一块厚竹片的响声。

那女人静静的听着，想辨认出这个响声会不会走进这条街巷来，她移动脚步，站到街沟边去。

她看见街头亮着一盏红灯笼。

红灯笼临空飘动着，近了！那小生意人挑两只高木箱，扁担头挂住个红灯笼，小铁棍和厚竹片捏在手上，边走，边敲，招邀主顾。

在小巷口停止了放下担子。

吹过风，一只木箱口吐出一串红火星。

女人走到木箱旁来站着。

"要吃面吃饺子？"

"吃一碗饺，后来面，多放辣椒酱油。"

那男人从汤锅里捞起两份面食，放好各色香料（照盼咐多加辣椒酱油），递给她。

女人捧着手吃着，边向那男人问长问短：

"大哥！你有家小吗？"

"没有，这年头！自个儿也保不了，要养活老婆娃娃们容易？……"他说着，把手掌在围腰布上揩擦，心里想，"干什么来盘问我这些事，你要找个汉子不成？"

又吹过一阵风，一串火星子打木箱口飞出。那男子扯扯他头上戴着的那顶破旧的黑呢帽。

女人一连吃下三碗。

"还要不要？"男的问她。

女人摇摇头。从衣袋内掏出一条脏手帕来，揩揩嘴，皱了皱眉头，说："大哥，我忘了带钱，你等着，回头拿来开你。"话不说完，她转身就想走。

"喂喂，不成的！天晓得你的家在哪？身上不带钱来吃东西？你不能走！"那男人看女的形色不好，抢前来拦住她。

"不是你就明天来取，何必这样认真，总少不了你三碗饺面钱。"她闪过一边还想趁空溜开。

"不成，小生意，亲娘舅也要现钱。你就地开清给我。"那男人一把抓住了她的衣襟。

"不放心你跟我去拿，好稀奇豆八个钱！"她扭扭身子，色情地望着那男人媚笑了一个，强拉着他走。

"稀奇不稀奇开了完事。"男的说。

两条人影倒射在街面上溜过，前一条粗大的伴着后一条弱小的。

"大哥！你这样大年纪没有家小，身子不困疼？今晚我陪你松松腰，舒服舒服，哪些不好？"她柔声的说着，拉起那男人的一只手来，把它按在自己的乳房上。

那男人不做声，心中打量着。"你个狐狸精，原来如此。"

一对人影闪进那间铺房里面去了。街心里，只留下一盏红灯笼，守住一个熟食担子。

不久之后，那男人走出来。女的追在后面说：

"大哥！你得给我点钱。"

"还要给钱！……你白吃了我的饺面，我得着你一次……不是两除消？"男的回头说。

"你三碗饺面卖几文？值不得胭脂水粉钱，我平常陪旁人打个干茶围，也要进五六块。"

女人紧紧追在后面，拉着他。

"真倒霉，见鬼！生拉活扯着你钓上了……"他埋怨着说。从怀窝里掏出几张零票子，扔给她。顺手在她的屁股上重重的拧了一把。

女人接过钱，也就不再为数目的多寡做争论，还放低声音软软和和的说：

"明晚上再来，我等你。"

"天天来供应你上下两张嘴，我做狗在地下爬？不干！"

那男人气狠狠地说着，挑起面食担子走了；把小铁棍和厚竹片拿上手敲着：

"答答叨……答答叨……"

一盏红灯笼飘摇在扁担头,一串火星子随风向往后飞。

本期撰者:

本期作者几乎都是读者所熟识的。《今后的外交》一文是钱端升先生近撰关于中国当前问题数篇之一。潘光旦先生讨论教师的思想问题,是根据多年教学的经验和心得。我们希望关心这个问题的人参加讨论。

伍启元与费孝通二先生均在撰写有系统的多篇文章,嗣后仍当继续刊登。

第三卷第二十一期（1940年5月26日）

时评

欧战日趋严重

德军于本月十日侵入荷比卢以来，至今（二十二日）为时方逾一旬，除了占领三小国之外，且已深入法境，距巴黎不远，距英吉利海峡更近。英法震动，德则扬扬得意。

考此次德国进军，其计至密，其心至狠。德与英法交绥，利在速战，但马其诺不易过，故进攻势须另觅路径，非假道荷比卢，便假道瑞士。瑞士固不易入，即荷比亦有备。英法统帅甘末林之所以按兵不动，以守代攻，即预料德无进攻之力，即进攻亦必牺牲大而收获小。德国亦知进攻的不易，故一意预备，毫不轻动。德方所预备者是什么呢？第一是第五纵队，有了第五纵队，进军便可有内应。第二是降落伞队，有了降落伞队，可以实取敌后方若干重要据点，以破坏敌之行军及守卫。第三是七十吨重坦克车，有了重坦克车，即遇大队敌军亦难当其锐气。德国知道马其诺难攻，故不攻马其诺。又知道侵荷比卢则英法必援助，如历久无成，则比法边界亦难侵入，故攻荷比必须有迅速的成功。德国今固然成功了，于是德国可以不由马其诺，而由比法交界处长驱入法。德军现正在索姆及爱斯纳两河间北攻西向。德军之所以有此成功，一固由英法方面太重视了荷比的抵抗力，二也由英法方面未料及德军进攻力有如是之大。

现在德军的策略似乎将一面夺取巴黎，以击破法国的军事政治及经济的主力，一面占领自荷比至英海峡一带的沿海港湾，以阻断英国的援军，并以威胁英国本部。这两个目的有一个达到，则英法便将遭遇空前的威胁。万一意大利认定德国最后胜利已有把握，而毅然参战，则英法方面势更难支。

英法在此大难当前的关头，自然一方应以全力稳定目前的战局，一方更联美睦苏，以防止战局的扩大。如联美成功，则意大利必取观望态度。如睦苏成功，则德因汽油缺乏必不敢侈言进攻。但英法较少与日本拉拉扯扯。就正义言，日本是世界大乱的罪魁祸首，与之言好，便失了反侵略的立场。就利害言，日本进攻敢越南洋与否是实力问题及美国牵制力存在与否的问题，却与英法与之言好与否无关。而且与日本言好必失却中国及美国的同情。这是英法当局固不可不知者。（都）

豫鄂大捷

敌自本年四月间即开始调集鄂省，湘北，赣北等寇军，企图进攻襄樊，消灭我华中主力部队，巩固武汉外围据点，确保平汉南段交通线，因此发生敌我的豫鄂大会战。本月一日起寇军以七师团十余万大军，分五路进犯，梦想采取分进合击战术，包围灭我军于南阳南及襄河以东地区。但两旬以来，敌寇不但没能达到包围我军的梦想，反被我军用反包围政策，诱敌深入，各路突击，敌寇豕突狼奔，溃不成军。据确实报告，迄今现时止，敌人损失约在四万以上，目前战事虽尚未完全告一段落，但残敌如瓮中之鳖，消灭不过时间问题。此次会战对于中日战争之前途，意义至为重大，爰述数语，与国人同庆！敌寇自陷我广州武汉后，即政略军事并重，政略方面积极谋组伪中央政权，企图实现"以华制华""以战养战"的诡谋，始则多方诱胁吴子玉将军出山，吴氏一再拒绝，终至逝世。于是被弃数月之汪逆精卫乃得复获垂青，召集伪六全大会，企图分化国民党及重庆政府内部，淆惑国民视听，本年三月三十日复于南京成立伪中央组织。军事方面则着重于肃清占领区域，巩固重要据点，打通主要交通线，与政略配合运用，企图确立对华控制权。所以各地都发生战事，敌寇不但未能达到目的反遭我正规军及游击队的痛击。中条山历次进攻的惨败及长沙会战的溃退尤其暴露敌军的狼狈无能。这次豫鄂会战的大败证明敌军的攻势已日暮途穷，战略既完全失败，政略亦决无成功之望，益将增加敌国人民的失望，加速内外危机的爆发！

再就我国而言，在广州武汉陷落之前，我们的军事无疑地处处居于被动地位，虽也屡度予敌重创终未能阻止敌军的进攻。反观武汉陷落后我们的军事配合运动与阵地战，处处牵制打击，使敌疲于奔命，而尤难能可贵是在被动的情形下，能作主动的反攻，以致敌寇欲实行包围战略而反被包围，欲采取歼灭战术而反被歼灭。我们的士气不但未因失地而颓伤，反而更形振兴，我们抗战力量不但未因欧战后外援之减低而削弱，反而益趋坚强。豫鄂大捷更使我们对于抗战的前途，益增坚强的信心！（中）

教部注意文法理工人才的分配

最近教育部部长陈立夫先生对中央社记者发表谈话，认为中国教育政策虽然仍应着重理工人才，但理工人才与文法人才之间，也应有合理的分配。这个谈话出于陈立夫先生的口里，是值得特别注意的。陈先生是近年"提倡理工轻视文法"运动中的一员健将；中国教育许多短视的和不合理的设施，许多无理的和轻视文法的举措，陈先生和其他提倡理工的人们实要负很大部分的责任。一个国家建国大业的完成，学术思想的树立，是要各方面同时并进，才能成功的。试举一个例来说：比方我们要发展我们的工业，我们就绝不是只靠若干工程师或技术人员便能成功的。我们必要有专门的工业管理者和有良好的会计师，然后各工厂才能顺利地进行。同时工业的成败，一方面与金融机构有密切的关联，一方面与政治环境有很大的关系。金融事业不能与工业的发展相适应，则工业是无法顺利进行的。同样地，倘使政治的环境不良，法律的规定不完备，则工业的发展也必大受阻碍。因此要使工业能够发展，商业，金融，政治，法律种种人才都是不可缺少的。世界上没有一个政治腐败，社会黑暗，经济破产的国家而能单独发展工业的。清末有志之士已经提倡过制造洋枪洋炮，已经提倡过"西学为用"了，为什么他们会失败？提倡理工再加上了"中国文化本位"运动，不就是一种十足的"中学为体西学为用"的理论吗？现在这种运动的代表者陈立夫先生竟能公开承认文法人才也有它的地位，竟能公开承认各种人才应有合理的分配，这不独是陈先生个人的一个伟大的进步，这也是代表新中国的一切都正在因战争圣水的洗礼而得到新的进步。倘使陈先生能够用这种新的认识去办理中国的教育，则中国的教育是有前途的。（沅）

论公开政权

罗隆基

公开政权这句话，在我个人的了解中，可以有两种意义。第一，从党治到民治，从政权在党到主权在民，这是一种意义。这是中国近十余年来普遍了解的一种意义。第二，政府行政上的用人，行政上的登用官吏，从分赃制度到选贤与能，这可说亦是公开政权的一种意义。第二点是公开政权狭义的解释。国家行政上真能做到选贤与能，那末，政权姑无论在个人，在一党，或在全民，而实际政治却有了"天下为公"的意义。政权应属谁，应属于个人，或一党，或全民，这固然是很重要的问题。但政权是抽象名词。政治实质的优劣良腐，毕竟还要问谁是在位在职者。果真能做到"贤者在位，能者在职"，即令形式上是君主制度，是主权在皇帝，精神上还是"天下为公"。这还是众人之事，众人来管。这还是政权公开。本文讨论的内容包括上面两种意义而言。

在今日中国谈公开政权，最少我个人以为应当两义并重。从党治到民治，大家都知道这变更为期不远。政府已明令规定本年十一月十二日召集国民大会，制定宪法，决定实施宪政日期。依常理推测，国民大会决定的实施宪政日期必不遥远。实施宪政，在今日是全国国民一致的要求，亦是蒋委员长的主张，因此，实施宪政的日期必不至过分延缓。这种意义的公开政权，今后或者用不着人民特别努力争取。宪法公布以后，宪政实施以后，有了"中华民国主权属于国民全体"这个纸上条文以后，国家政治上的任用官吏，果然能做到"贤者在位，能者在职"，果然能做到天下为公？这倒是个政治的实际问题。这实际问题的改善，恐怕国人需要努力之处尚多。

在我个人看来，在当前这环境中，国家行政上的选贤与能，这意义的政权公开，实比"主权在民"这句话还急切重要。从九一八起，公开政权的呼声，一天比一天高。与其说这是人民争取政权的欲望，毋宁说这是人民对行政现状不满的反响，毋宁说这是人民改革行政的殷切要求。有了九一八的变故，人民就想像到对日抗战那一天。人民就想像到，在国难严重关头，怎样得到一个强有力的政府来支撑这个危局，来渡过这个难关。所谓强有力的政府，不止要有一个特出的领袖，这领袖还要能集中全国人才，得到大批贤与能的帮手。当年"民主"与"抗战"两口号相提并论，老实说，民主呼声中，固然有全民参加政治的意义，其中包含唤醒政府在行政上选贤与能的成分亦不少。其后到了"七七"事变，到了抗战正式发动，人民要求公开政权的呼声更高。这时候与公开政权同时并起的口号，却是"战时政府"，"战时内阁"，"调整机构"这一套。这很明显，人民的希望与要求，不是投票权选举权等等，主要还是一个强有力的战时政府。所谓战时政府，这更不是民权或民治的问题。于此更可看出，当时公开政权的呼声，着重点却在集中人才，应付抗战。中国的行政机构固然应大事刷新调整，然而调整机构呼声中，绝对包含着调整人事的意义在内。这时候，"公开政权"的呼声，要求政府在行政上选贤与能，集中人才，却占了更重要的成分。彼时人民没有把"调整人事"的口号喊出来，完全是"对事不对人"的一点苦衷。国民参政会第一第二第三届会后，通过了许多调整机构的议案，会内同时却酝酿着热烈积极的调整人事运动。人民的要求与希望可以概见一斑了。国民参政会第四届会议，公开政权竟成了正式决议。所以公开政权有治本治标两项办法。治本办法即为制定宪法，实施宪法。治标办法，则为"集中人才，充实各级政府组织"。到这时候，参政会总算推开天窗说亮话了。这里，我并非说要求实施宪政是参政会对人的幌子。我却知道，当时参政会对治本治标两项办法是同样重视。换句话说，参政会要求公开政权，是两种意义相提并论。一方面希望政治从党治渐渐走上民治的轨道；另一方面，更希望政府在行政上立即选贤与能，集中人才。据我个人事后的推想，假使行政上选贤与能，集中人才这种公开政权果早期实现了，则实施宪政的提案在四届参政会暂不出现，亦或可能。这一段话，只在说明目前人民要求公开政权目标之所在。

　　的确，当国家危难之时，行政上人事进退，做到选贤与能，天下为公，这种公开政权的方式，比扩充人民的投票权，增加人民的参政权还重要。这是挽救国难最有效力的方法。无论中国政治或西洋政治，应付国难的方法是要集中全民的力量。这是现代语所谓的发挥国力。要发挥国力，主要条件是要人民对政府有信心。这就要"贤者在位，能者在职"。国事危急的时候，政治上最低限度要做到这两点：第一，在消极方面，清明廉洁；第二，在积极方面，效率优良。惟贤者在位才能清明廉洁；惟能者在职才能效率优良。政治若能有此成绩，则人民即令暂时没有参政权，人民对政府依然有一心一德的拥戴。其实人民争取选举权及参政权等等，其重要目的之一还是监督政府。在上者诚能天下为公，诚能使贤者在位，能者在职，则人民对政府信心既生，自可放松监督的要求。这里并非说民主政治不重要。这里只是说明，在国家危难紧急之际，当权在位者，果能选贤与能，果能天下为公，虽无民主政治的形式，却已得公开政权之实矣。

到此，不能不谈谈中国过去的政治历史。中国旧时谈政治，言必称尧舜。《礼记》上所说"大道之行也，天下为公，选贤与能"。这个"公"字后人认是传贤不传子之意。其实"天下为公"这句话，其范围并不限于皇位的禅授。传贤不传子，固为天下为公，而古人之载采九德，古人之"敷纳以言，明试以功"，古人之"三年一考功，三考绌陟"，这一切制度，都是选贤与能，天下为公的意义。中国几千年来的政治并无所谓主权及政权这些名词。但选士举官制度，是安危治乱的关键。最可注意的一点，即历朝每遇危难关头，皇帝必颁《罪己书》，下求贤诏。不止如此，古时即遇日蚀地震，皇帝必下诏举贤良方正，求直言极谏。这种实例，举不胜举。汉文帝二年，诏曰，"十一月晦日有食之，二三执政举贤良方正，能直言极谏者，以正朕之不逮。"汉宣帝本始四年，郡国地震，诏令举贤良方正，茂才异等。章帝建初元年三月又有这样一道诏书：

> "朕以无德，奉承大业，宿夜凛凛，不敢荒宁，而灾异仍见，与政相应。朕既不明，涉道日寡，又选举乖实，俗吏伤人，官职耗乱，刑罚不中，可不忧欤？昔仲弓季氏之家臣，子游武城之小宰，孔子犹诲以贤才，问以得人。明政无大小，以得人为本……其令太傅三公中二千石二千石郡国守相举贤良方正直言极谏之士。"

日蚀地震这些变故的原因，古人归咎于政治上人事失当，从科学眼光看来，这是迷信。然而因灾异而立即反省到"选举乖实，俗吏伤人，官职耗乱，刑罚不中"，又足见在家天下的时代，为人上者对选士举官如何重视。又足见在中国政治上，"选贤与能，天下为公"这类教训，占怎样重要的地位。历朝纷扰变乱之际，忠诚耿直的大臣一切谏议奏章，总以亲贤远佞。用才去庸为言。而得人者昌，失人者亡，又成中国政治的定例。中国几千年来的政治是人治。人治则注重选士举官。中国以往政治，所谓主权，所谓政权，从来无人措意，亦无人加以研究讨论。"主权""政权"均为西洋名词。但选士举官却为中国政治上有悠久历史之制度。在我个人看来，以往中国选士举官制度较世界任何国家为完整，为进步。中国以往政制虽是君主，而选士举官制度却有真正民主的精神。近世西方民主政治，投票权，选举权，其作用亦在选士举官。以往中国则选士举官权操诸皇帝。实际则皇帝选士举官必谨守制度，必遵从民意。"众人之事，众人来管理"，中国选士举官制度，早已涵此意义。从选士举官制度上来说，中国政权从来即是公开。所以，我以为今日国人公开政权的呼声，绝不限于实施宪政，实际政治上用人"天下为公，选贤与能"的要求，亦是此意。

这里，我又要谈到西方的民主政治。民主政治的运用有两个要素。一是选举，一是政党。由政党来组织选举；由选举来产生政府。谁是多数党，谁即掌握政权。此即所谓政权在民，此即所谓政权公开。然此亦不过守经处常之道而已矣。国家真到紧急危难关头，民主国家依然要成立举国一致的政府。当权在位的多数党，依然要邀集在野小党及无党派者参加政治。到此，则党派界限打销，而政府人选的标准，还是中国两句老话："天下为公，选贤与能"。远例不必提，就拿这次欧战时英法的近事来说。德国侵犯丹，挪，荷，比以后，欧洲形势，突然紧张。英法感觉国家已到危难关头，英法政府即同时自动改组。英法原来握权之多数党，讵不知权位之可宝贵？然必自动改组政府，自动邀集他党他派参加政府，其用意还是"天下为公，选贤与能"以应付国难。英国张伯伦当国数年，其政策与政绩，固多可议之点。但他这次自动改组内阁，他这次激流勇退，让贤能者的态度，的确可以相当敬佩。他这次改组政府时对同党，对异党，对国家，很坦白，很忠诚。在应付国难上，绝对有了"天下为公，选贤与能"的风度。张伯伦的下台，并没有解散国会，并没有经过选举。换句话说，英国虽然主权在民，但英国国难政府的选贤与能，并不等待人民行使他们的政权已做到了。诚然如此，政权实际已公开，则人民又何必多此投票选举之举动？所以说，政权公开，并不着重"主权在民"的纸上条文，并不着重人民投票与选举的形式。一个国家的政治，果真能做到天下为公，选贤与能，果真有"贤者在位，能者在职"，那已有政权公开的实质了。

上面这些话或者过于迂回窘晦。如今我要再事推开窗户说亮话。今日中国公开政权的呼声，的确十分强硬。社会尚有少数人不明公开政权呼声的真意。有人还这样怀疑："今日中国有了一纸宪法，中国人民有了投票权及参政权，难道就能挽救目前严重的国难？"我的回答很简单。国民党的民权主义，迟早要走上宪政的正轨。宪政实施愈早，则国基奠定愈早。这是一种见解。同时，国人更不要忽略，公开政权还有另一个涵义。国民如今有个重大的忧虑，即中国今日的政治，在人事上倘不能改弦更张，倘不能选贤举能，则抗战胜利，建国成功，未必有充分把握。目前形势十分清楚。长期抗战靠军事政治经济三种力量来支持。军事日趋好转，固为事实，但政治经济上险象重重，隐忧万端，绝对无可讳言。政治经济之病根，依然为人事之失当。古人选士举官，三科为本，德也、才也、劳也。度德居位，量才授职，计劳升叙。用考试为权衡，顺民意为取舍，然此仍有"得人之难"之叹。今日则选士举官制度固无从谈起。公家人事进退，绝无标准轨道可循。昔魏明帝时官吏进退无准则，刘实著论议之，谓"先用之人，非势家之子，必为有势者之所念也"。言之痛矣！今日果能尽去此弊？宋朝文文山公上皇帝书，以为朝廷人才缺乏，乃由于"荛引之法，浸弊于私，而改官之格，率为势要者所据"，于是"天下有变，不肖者当之，而有才者拱手熟视，夫是以常遗国家之忧也。"文文山公又说："今天下事变，溃决已甚，一有蹉跌，事关存亡。百夫不可轻择将，一垒不可轻弃守，况其重者乎……宗社安危之机，不可轻决于庸人而有资格者之手。"因此，文文山公说，"至于今日，事变丛生，人物落落，奈何不少变之哉。"这是文文山公在国难严重中请皇帝破格用人，选贤与能的文章。今日国民公开政权之呼声，得毋有斯意存其中欤？"天下事变，溃决已甚，一有蹉跌，事关存亡"，今日之局，何以异于南宋？果尔，则公开政权的意义，果限于实施宪政，争取"主权在民"之条文而已哉！

制宪与行宪

钱端升

宪法在抗战期内本不应成为问题。但七八月来既因各党派之活动而成为问题，则我们自应谋一合理的解决。

中华民国既以"民国"称，各党又无不主张民治，是则中华民国之应有宪法，应为立宪国家，绝无问题。故此点可置不论。问题在如何入手立宪？宪法应于何时实施？应不应有先决条件？何种先决条件？

依孙中山先生的主张，实行宪政开始以前应有训政这个时期。训政的意义，简单地说，即实行地方自治以训练人民使用民权之意。又按《建国大纲》，某一省完成自治时，即在该一省开始宪政；过半数省份完成自治时，即制定宪法，全国实行宪政，换言之，宪政在此省开始时，训政或仍在他省进行中；即宪法颁布，国民大会行使统治权后，少数的省份或仍在完成训政的过程中。

《建国大纲》中关于训政宪政的交替颇含有弹性，所以国民党对于何时立宪这个问题因此往昔亦有两种主张。其一主张先训政后宪政，训政未成不谈宪政。其二主张训政与宪政同时并进。更有许多人起先持第一种主张，而后来改采第二种主张者。依我个人的意思，《建国大纲》中关于宪政两时期接替的条文既具弹性，而全国同时训政全国同时实行宪政的试验——无论在原则上若何爽捷合理——又未成功，则一面于中央试行宪政一面于各省积极训练人民行使民权，不但在文字上不能认为违背《建国大纲》，且在精神上容许是奉行《建国大纲》的不二办法。

从国民党的立场言，一面行宪一面训政早已成了唯一的合理办法。在事实上，国民政府自民国二十一年年底以来的措施，如草拟宪法，如办理国民代表大会的选举等等，亦是执行这个办法的表现。

非国民党党员及与国民党处于反对地位者，在数年前颇有不以国民党的一党训政为然者。但国民党自二十一年以来既承认宪政训政同时并进的原则，则这种政治上的歧异点亦早不存在。

我们再重复说一次，在七七事变以前的四五年中，国内绝大多数人民，对于宪政问题，俱已同意于一面立宪一面训政的办法，政府也正在实施此项办法。

不幸国民代表大会未召集，宪法未颁布，而七七事变突起，抗战军兴，一切情势大变。宪政问题的解决于是亦不能不有一番新的考虑。

一个国家在对外作战时期内，当然是胜利第一，一切第二。一个独裁的国家如果更独裁可以获胜较易，他当然须更独裁；如果改采民治可以获胜较易，他自然须放弃独裁，改采民治。一个民治的国家，如果继续维持民治可以获胜较易，他自然须维持民治；如果稍偏独裁可以获胜较易，他自然须稍偏独裁。举例言之，英法本为民治国家，如因作战而停止议会职权，由内阁独裁，则必失民心，必致败绩，故英法即使作战，仍须维持民治，上次大战如此，今番大战也是如此。但为作战易于成功起见，政府指挥人民以及管理工商业的权力势须增加，故在作战期间，即人民的自由即在英法也须受重大限制。又德俄在上次大战时均为专制国家。德国政府因为能早日尊重社会民主党的地位并采纳其主张，故德国的作战极为顺利。俄国政府因为一意孤行，人心涣散，遂致革命突起，不可收拾。这可为专制或独裁政府，因稍倾民治而成因不重民意而败的例证。

我国在抗战开始之时究为独裁国家与否可置不论。我们所应问，即如何而可以获胜较易。往独裁的方向走呢？抑往民治的方向走呢？不但我们的答案是往民治的方向走，政府的答案也是往民治的方向走。国民政府在民国二十六及二十七年的各种措施，如废除危害民国紧急治罪法，如罗致异党及无党人员，如设立国防参议会，如设立国民参政会，盖均是偏向民治的表现。何以要偏向民治呢？为的是增厚抗战力量，减少无谓摩擦，并发动友邦同情。

决定了偏向民治为正确的方向后，我们便要问何者是正确的步骤，继续七七事变前的制宪工作是否有其必要。我们的答复是：第一，继续制宪工作不但无必要而且有害；第二，正确的步骤应以树立制度精神，加强民意机关，有如国民参政会第三次大会周览等五十一人提案所示。

何以继续制宪工作是有害而无必要呢？有害者，因为立宪免不了总选，总选必多纠纷。盖要立宪必须颁宪，要颁宪必先召集国民代表大会。如沿用四五年前由操纵舞弊中选出的国民代表，实在不经。如另选则纷扰太烈，足以妨碍抗战大业。即使四五年前的国民代表可以沿用，但宪法颁布后的国民大会仍非选举不可。一面作战一面选举亦为不经之事，即英法两国亦总予避免，加拿大今岁三月举行总选，但加拿大虽参战而远隔重洋，固不能与英法或我国相比。

如云，宪法可由多年前选出的国民代表大会颁布，颁布后可不即实行，故总选可不举行。诚然，又何必有此宪法？如云颁布宪法可以使人民深信政府对于立宪的决心，则周览等所提办法实行后亦可取信于人民。继续七七前制宪工作的无益即在于此。

周览等所提之案，其注重点为：（一）政府行动应有法律的根据，庶几可养成法治之风；（二）政府设施应以制度为基础，而不仰赖于一二人的大力，庶几政府得成为一个健全的组织；（三）民意机关的权力应逐渐扩大，民意的成分也应逐渐增加，庶几政府可向人民负责。如果周览等所提案能付诸实施，则全国的团结，友邦的信赖，可以有进步，贤能的举任，贪污的清除，可不难实现；而且抗战功成，真正立宪政治也不难即刻实现。只可惜当时党既对之无好感（党报且议周等为不谙党义及政治情势，揶揄备至），而政府亦未作诚意的接受（国防最高委员会决议仅云原则可接受，但对所提办法则卸责于中央执行委员会，而不置可否）。

依常理，周览等无多要求的提案，尚且不能被采纳，则立宪的要求当然更不能被采纳。宁知二十八年九月国民参政会第四次大会各小党提出立宪要求后，国民党继之以"定期召集国民代表大会，制定宪法，开始宪政"的提案（孔庚案）。这些案子居然迅速地通过了国民参政会。同年十一月国民党开六中全会，更有二十九年十一月十二日召集国民代表大会的决议，于是七七以前的制宪工作的继续更迫切而不可须臾缓了。

党与政府的机关既均决定早日颁布宪法，我们既无可反对，则我们惟有在既成事实之下找寻一条比较走得通的路径。立宪问题在今日已不是要不要宪法的问题，因为政府已决定要，决不能又说不要；也不是何时要宪法的问题，因为十一月十二日这个日期既经决定，最好不再变更；也不是由何人制定宪法的问题,因为政府已决定以多年前选出的国民代表为宪法会的会员,即使反对也少实效,而且此时举行总选也不相宜;而是何时实施宪法,及何种宪法最为相宜的问题。这两个问题当然是连贯的。

先决的问题是实施的日期。关于这点,我以为与其名义上实施而实际上不能实施,毋宁不实施;与其早日实施而实施不了,毋宁缓日实施。上面说过,真正行宪,必有总选。我是反对在作战期内举行总选的;而且即举行总选,在事实上也"总"不起来。即此一端,已可打破一切即日实施宪法的论调。故实施宪法应在抗战功成之后。

宪法既不能即付实施,则本年十一月所颁的宪法便可有两种:一将今日所认为合理的需要的决定——用条文明白载入,不厌繁详。这样一个宪法本具硬性,即在平时亦时需更改;所以到了抗战终结,宪法实施之时,或已不甚适合,而需要修改。先期颁布这样一个宪法,自然不妥,且类滑稽。再则条文务求简单,凡若干年后,不能无变之事,均不作明文的规定。例如中国行省今有二十八,但最近数年内或会缩小省区,故行省在宪法中不列举。再例如依现时思潮,省应有中央任命的省长及县市议会选举的省参议会,但若干年后人民政治能力增加,或可直接选举省长及省代表会,故省制在宪法中亦不规定。更例如所谓中央地方权限的划分,现时多数人固指中央级行省间的分权,但若干年后省区缩小,则分权办法势须大变,故分权办法亦不载于宪法。这样一个简略的宪法到了实施时当可尚无不适之处,但先期颁布一个须待详细填补的宪法在政治上又能有多大意义呢?

由以上观,宪法既不宜即时实施,则先期颁布的宪法总难策万全。因此,现时国内关于宪法草案内容的争论,不免成了枝节问题。

我以为为示信于人民,为示信于各党,为加强抗战的团结,为避免无谓的纠纷,为解决政府及各党目前所处逻辑上的困难,莫若暂不谈百年大计的正常宪法,而由依期召集的国民代表大会制定几个与法国一七八五年三大宪律的相似的大法,而即予实行。第一个宪律应规定制宪国民代表大会应于抗战结束后一年内召集,以决定永久宪法。第二个宪律之规定以国民政治会议(名称可另择更宜者)为最高统治机关,兼有国防最高委员会及国民参政会现有的权力,其人数不逾一百,由蒋先生选定之。第三个宪律应规定国民政府及五院的组织及职权。组织应大致仍旧,以省变更之繁,但行政院应采取战时内阁式的组织,负责分子令皆为政治会议委员。立法程序从新规定,以简捷为原则。上述三个宪律成立后,互相冲突的训政时期约法及国民政府组织法均应废除。宪律则俟永久宪法颁布后废除。宪律应以不修改为原则,如有修正必要,则可以国民政治会全体委员过半数的决议行之。

上述三种宪律含有种种优点而无颁布永久宪法时所定须引起的种种难题。有一最高统治机关后,向日党国间系统之缺乏分明可以免除,由蒋先生以全国领袖的资格选定政治会议委员,则一方可以顾及全国的利益,他方又可避免各党各派之争。政制大体不变,则施行较易,而纷扰较少。战时内阁为政治会议中人,则政治会议信任内阁时,内阁之权可大而且专,但同时又不至毫不负责,一如国民参政会过去之恶恶而不能去。

我以为上述宪律的实行,不特将大有助于抗战,且对永久宪法的形成及总选举的举行也可作一番有效的准备工作。同时,政府立宪的诺言亦可得着相当的实践。

从心理的观点谈第二次欧洲大战

陈雪屏

自有人类以来便有战争。人人知道战争是残酷的，破坏的；人人想避免战争，消灭战争。但它在历史中始终像是一种周期的流行病，经过相当的时间便爆发一次，随着人类知识进步，它的程度愈加重，范围愈扩大。

第一次欧洲大战的印象还活跃地保存于我们的脑中，现在第二次又开始了。一部分曾参加第一次战争的人，侥幸逃得活命或未致成为残废，在这二十年中荷负沉重的回忆，已慢慢度过壮年，走近老境。遭受空前的大劫，他们身体上的刀痕与弹孔早已平复，心头的创伤却再也无法弥缝。他们沉郁而暗淡的生活着。但眼看健全的子女在另一个时代中滋长起来——能够昂首向前迈进，眼望着辽远的天际，能够将充实的生力用之于读书，运动，或恋爱——他们觉得噩梦似已过去，世界上毕竟尚有理性存在。想不到晴空中又渐渐积聚了密云，一声霹雳带来更狂暴的大风大雨。子女们再度被逼迫踏上二十余年前他们所已走过的趋向于毁灭的途径。

第二次大战与第一次显然是不同的：无所谓侵略者或抵抗者，无所谓战斗员或平民，无所谓前方后方；任何人的生命没有丝毫的保障，与世无争的国家过了一夜便不再存在；正义与公道，条约与信用同时有几种彼此相矛盾的解释；友与敌在最后一刹那间整个改变了原有的关系。为国家的生存而战，有一个崇高的理想在前领导，现在宣传替代了理想，多数人不知道究竟是为着什么而牺牲一切，甚至于国破家亡的人要被驱遣替他们的敌国作战。

这一次战争，对于今后一般人，将发生何种心理的影响，在目前似乎还不易判断。但我们不妨武断地说，影响之大是一定远超过第一次的。

在第一次大战中，许多心理学家，除开为政府编制测验确定选择士兵官佐的标准，并亲自到前线去服务。由于他们的报告，我们知道若干值得注意的事实，很可以用来作为推测未来的根据。他们发现军队中神经病患者的数量极多，而且随着战争的延长而增加。所谓神经病（指Uncotlonal Neurosts）包括好几种不同的类别，其中最有趣味的一种，称为弹震狂（Shell Shock）。患此病者，在前线作战时，一部分肢体突然麻木失去感觉，不能运用，但等到被送入后方病院后，便立刻恢复作用。大抵普通的商人，工匠，大学生，以及从事于其他职业的人，一旦抛弃日常生活，长期伏处于战壕之中，耳听炮弹的爆炸，伤者的呼号，死者最后的呻吟，目击种种凄绝悲惨的景象，有时几天吃不着一顿饱饭，泥泞满身，雨雪浸透，更不能作有规律的休息与睡眠，情绪紧张到极点，身体疲乏到极点。平时他们物质的享受已达相当水准，突然降落到原始的生活状态，适应自然脱了关节。他们从小养成坚强的社会意识，不愿而且也不许随意逃亡，于是只能从精神方面另外觅取一条出路。他们希望成为一个残废者，企图及早脱离这样可厌可怕的环境、不断的"自我暗示"竟产生精神的残废。这是一种心理的逃避 mental escape。有一个患者，在后方病院中已豁然大愈，当他正静卧在廊下读小说时，街上一群儿童在游戏，其中一个吹起喇叭，立刻就使他发了旧病。因为从喇叭声联想到战场中冲锋的号角声，仅此一点，便足以破坏正在恢复的心理平衡。又譬如当一九一八年冬季最后的和平消息传出，无论在前线或后方，有无数肢体麻木的患者都能够欢然跳起，鼓掌狂喊。奇迹又重现于现代！军官们的智慧较高，虽然同样不能忍受战场中的苦痛，却不愿由"装病"而取得暂时的松减。他们另有一种逃避的方式，索性冒不必需的危险藉以发泄蕴积的情感，或者竟把生命付于一掷早早谋求最后的解脱。若干可歌可泣的英雄事迹便是这样造成的。

　　大战停止以后，这千余万从战场中归来的军人，有的缺臂断腿自此受国家的豢养，有的幸而能重理故业，心理上都经过一番彻底的改变。他们往往从睡梦中惊叫起来，醒后还不愿相信确已离开了战场。四年的磨折使他们削减向前挣扎的勇气，使他们固有的理想发生动摇，使他们厌倦稳定而宁静的生活；他们会无缘无故觉得焦急烦恼，同时具有青年人的不安与老年人的枯寂。这一种心理上变态的表现，在艺术的各方面都反映得极其清楚。艺术中所崇尚的"调和""节制""醇厚""纯粹"与"雅秀"等传统的品质几乎被扫除尽净。现代派的画幅上堆着浓浊的颜色与不合比例的人体；爵士音乐激动人类最原始的情与欲，慓悍而不可抑制的动力即使在静物雕刻中也暴露出来；建筑物的轮廓变为严悚而突兀；我们读一篇文学作品往往找不到时间的贯序与空间的排比。更可注意的是生活秩序的紊乱，特别在两性关系方面，或离或合，采取极随便的态度。无论战胜或战败的国家一概免不了这一种影响。

经过二十余年的修养，那些身经第一次大战的人渐由悲观中透出一点新的希望。各国的大思想家，如 Russell，Wells，R.Rollaud, Barbusse，都想从启发人性入手，根本铲除"战争"。效果一时虽未显出，也许每一个人已不自觉地同具此感。前一次的创痛应该永远不能再忘的了。大众倾向于和平，不幸仍旧敌不住少数野心家的鼓动。恰好等待在第一次战争前后所降生的婴孩达到成年的时候，再来一度更巨大的摧毁！

由于近年科学的发明，添了不少新的杀人武器；由于现代战争的消耗量增加，不易持久，采取速战速决的闪电战术；于是一切正义人道全可不顾。但求能得到致命的打击，毁坏要毁坏得彻底，伤害要伤害得剧烈。中立国的人民迷信条约神圣，一觉醒来，强敌已深入堂奥，从此成为亡国之人！后方的妇孺方在静候战争捷报，"第五纵队"已从天而降，转眼之间房舍化为灰烬，老父弱女的尸身便横陈在身旁，飞机像是波浪，更番交叠，自朝至暮轰炸不已，使人无法躲避；孤苦伶仃的难民即使已远离战区，也时刻不免要受意外的袭击。至于前方的军士，以渺小的身体来和庞大凶恶的机器格斗，他本身也变为机器的一部分，没有个性，丧失了灵感。大炮与炸弹的声响密密织成一片，在这背景中蠢动，真逼得人要发狂！这便是科学化的战争！

这一次战争如果也像上一次一样拖延到数年之久，它的恶影响一定流播得更广更久。不但身历其境者对于人生的意义将发生幻灭的感想，任何人只要间接觉察到这样漫无限制的破坏，都会怀疑于未来，相杀相砍的局面愈演愈烈，究竟有无止境？人类世代相承所建立的行为规律，道德观念，与法制系统，在今日已不为强有力者所重视，是否还有继续执行与遵守的必要？由儿童期至青年期，辛勤艰苦了十余年教育，讲究做人的道理，养成自立的技能，结果徒然供给野心者驱使，大量葬送于战场。教育的目的究竟是什么？人类与其他动物相比较，更善于利用过去的经验，然而前一次创痛未愈，又再来一度更深重的厮杀。经验的价值何在？科学是人类文明最后的产物，人人相信科学足以增进生活，改善生活。我们凭藉科学造成了机器，谁知反而被机器所压制。第一次大战使战胜者与战败者同受长期的苦痛，至今喘息未定，现在第二次的恶因又已播散，不知道人类能否经受得起这一个严重的打击？

一种典型

江 篱

在拔海千仞的云贵高原，南北纵列的印度支那山系中，有一条走入红河的云岭支系。每天都有一列火车沿着山脉从东京湾走向高原的心脏，输送货物和一批批各种各样的人。车路边，距离滇南大都市约百余里，有一土城矗立于山之壑谷。其中良田千顷，除了秋收后青黄不接的十余天，原野皆常年青绿。在往昔称为蛮荒瘴疠之地，土人都是在素朴的古梦中过着日出而作日入而息的生活。七天有一场市集，四乡的人齐聚，才宰一只猪，遇到节日才杀一条牛。物产富饶，人民不愁衣食。可是战争改造一切，自从南方一个有名的大学搬来这里后，教授学生云集数千。除了大多数穷苦的，怀着一颗复兴祖国的热心，还有不少是南国富有的子弟，到这里来自必依然过着悠哉游哉的生活。既有一部分人奢侈享乐，百物随即上涨不已，穷苦的叫苦连天，有钱的还是安乐享受，新近一条通省会的公路完成，加以不少奸商操纵，米价更突涨，差不多和都市的价格一样。有外汇供给的人，还不感到什么，那些光是靠一份月薪养活数口之家的教授职员，和靠贷金度日的穷学生，不免感到生活压迫的严重。于是各自想方设法去解决他本身问题。那些不善交接显贵的人，或不屑这样，只晓得埋头书案安分攻读的人，才感到真正严重的饥饿的困逼。或许得不到贷金，凭一些朋友间歇的帮忙，日中只有吃稀饭和大豆杂粮度日。他们明白民族的忧患生活的刻苦是应该的，毫无怨言依然勉强支持下去。

在地理书中，这个小小山城给这样盛称着："北包阳宗海，南临抚仙湖，气候和煦，景物优美，为滇境之乐土。"话虽这样说，可是对于这批不惯高原气候的平原人，自不免感到风沙的困乏，枯燥和寂寞。城中的男女，既需物质的满足，更有恋爱的渴求，因此偶一相爱，女子很容易以身相许，颇有故事里盛称着原始爱恋的天真。或许是在大患难之下，男女因身世飘零，易于了解，都市的女子融合在如此朴素而美丽的乐土中，自然揩除一身浮俗的尘嚣，去掉一点不必要的骄傲，变得简单和易与。所以，城中的古老宅第中，也变得年轻起来，寄居着许多不曾经过合法手续同居的男女。其始十分秘密，过后这些例子多了，便成为公开的秘密。学法律的人，给它一种称号，叫做"伪组织"。城中便盛传着这些伪组织与日俱增。

秋天是收获的季节。一切生物皆有结果，人事有相同处，街上有不少大腹便便的女人，早晚出现在市场里，携筐挽篮，籴米，买肉，买炭柴酱油……女人对于家务，当然十分关心，但男人更多远虑。有妻子的人节制生育，伪组织的家庭也要谨慎，因此一间小小药房中"文明人"用的玩意儿生意最好。

一天生活最热闹是黄昏。天气晴朗，博士和准学士都从西郊区散一回步便回来，到小食店买点糖果，去茶馆聊聊天，或买点应用的东西，回到家里。闲谈高涨的物价，伸个舌头或做个鬼脸，讨论着城中一天里发生的新闻。东城楼上有示众的贼头，去看人头也是一种悠闲的生活。×学院××系驱逐主任，或×学院发生风潮，是是非非，都是人们闲谈的资料。不论在茶馆中，家庭内，一局麻将里，或耶稣堂的跳舞会中，话题不外这些。然而图书馆点着涨到八十元一罐燃料的火油灯，亮着发出可怕的青光，非到考试期间，却并不显得如何拥挤。

就是这样一种黄昏后，准学士毛凌云则从城南一间××百货商店出来。有点畏怯的表情，似乎恐怕谁会发现他的秘密的样子，向准学士路走去。

准学士路并不算本城一条挺繁盛的街，但也不僻静。附近不少青年男女卜居其间，过着美满的生活。毛凌云不能免俗，无法按捺自己野马一样的心，他的梦想也快要从终日的启思中实现了。计日程他的爱人明晚会到渡口，已决定明天赶去接车。近日来他忙着准备一切。他的准备是在学校多弄两块床板，把卧处扩展了，至于别的呢，因手头拮据什么东西要等爱人来了才有办法。

"……这次换了国币二千块现款来，替你缝了两套西衣绒西装，缝一张大绉纱丝棉被和一张大垫褥，自己置点衣物，和买点家常用具，这些东西算起来不觉也要国币千块……"毛凌云把钥匙开了门，看见房子的单调想起爱人来信所说的东东西西心里快活起来。

　　三层楼的房子是城里最新的建筑。毛凌云住的有两层楼，住处在楼上，楼下是另一家，每晚夜深失眠时，他的耳朵贴紧枕面，楼下男女的欢乐声，有时刺激着他，诱起他荒唐的想像，使他感到十分难堪。

　　他的房子里布置简陋，一个从学校弄出来的书架，拿学校的床板加上木匠工做成的书案。书架上，有几本装潢性的社会学书。书案上还有几本心理学，统计学和字典。墙壁上是明星玉照，全裸或半裸的女体……他学的是社会学，学以致用，他自承是一个最通情达理的"社会人"，待人接物另有一个令人欢喜的脸孔，凡事皆得把自己的目的或主见掩饰起来，做出十分和易愿意帮忙你的样子。如你对他有好处，或是和显贵有关的人，他必得奉承你，称兄道弟。假如你一切都比不上他，至少他自己这样感到，看到你时，双眼必生在额上。所以如此，渐由习惯养成，并非流亡后方这样。他对人说，我不愿做汉奸才不远千里而来读书。留在沦陷区里会有好处。我从小生长在礼拜堂附近，因此颇能占一点教育好处，即油滑与做作的谦虚。他看惯了传教士的为人和工作，邻家的牧师很看重他，说他异常聪慧，教他传道讲经。并引诱他，只要信教，将来可送他到美国去学神道。因此他入了教，在教会中学会了如何召集开会，学会了如何对人很有礼貌的微笑或表示同情的苦起脸来。年前侥幸入了大学，欲望随着飞升。以他逢迎和善的态度，毕业后至少是一个助教，趁个好机会，出国几年，回来是教授……他曾如是很有自信的告诉他远在岛上教书生活的爱人。女人是虚荣的动物，在他甜蜜的说词下，哪有个不动心？只要忍耐几年寒酸味，将来定有出头的日子。并告诉那爱人生活实在孤苦难堪，难熬日子，希望她来。爱人起初不大愿意。焦急了几个月，用尽了办法，为爱人活动了一个小学教员位置，促她赶快来，并说来了一切都有办法，×学院的主任和他要好如把兄弟……女人心活动了，便决定来。爱人的家世很可怜，无父无母，寄养在一个教徒义母家，幸义父在美经商，还有点钱。中学毕业后，认识了毛凌云，现在把事情同义母商量妥了；义父给她金纸一百元，义母痛爱她，暗里又给她一点私蓄，收拾了细软，搭滇越车来结婚。

　　毛凌云觉得女人很可爱，尤爱她这份意外的财产。日来都为这件事使他感到不可言说的欢跃。老早便告诉朋友，他的太太快来了。朋友晓得他脾气的，必说："毛太太来了，我们准备盛大欢迎。"他便装着很客气的说：

"哪里，哪里，不敢当！"其实，他心里却很怀疑朋友的话是真是假，以为话中有一根刺。

回到房里，毛凌云便躺到床上闭目作幸福的遐想，觉得这寂寞的房子，后天就将很有生气了。以后，一个美满的生活，将在这幸福的房里展开。想到明天，后天，将来的一串串甜蜜的日子，他不能按捺自己的欢快，心里忐忑地跳起来。

楼下传来一串女人的笑声。

"你个小婊子又叫了！"毛凌云轻轻地下意识的骂了一句，便像有了自□的说："你叫，猴子一般叫，明天我就不怕你来了！"因为算日子，再过两天爱人就到了。

夜色流入小楼中，渐渐浓重起来。他觉得时间走得太慢，起来把灯摇摇，火油快罄了，记起火油价钱的昂贵，想起袋里的钱，才记得明天的经费还没有拿过来，心里感到有点焦急，便锁上门往外走。

没有月亮，但二月的繁星点点，十分明亮。夜空沉静，星星在头上好像爱人的眸子，伶俐而纯驯的，毛凌云望着，心里感到轻快。带着一种放松惬意情趣跑向主任家里去，首先便抱起主任的孩子，放在膝上，很亲热地一吻，和主任太太说点女人喜欢听的琐琐屑屑闲话，然后转向主任先拉些新奇的见闻。有的时候他可以很从容的说些话，使主任很喜欢听，没有话说，他还有很多方法使主任一样动听。他心里的不快，或日常挟着的一点怨隙，也可在这时发泄一点，以求报复。或把一个不惬意的同学提出来，当作一个话柄。可以说这人的闲话或捏造一点引人发噱的秘密或是非，这人怎样学而无友则孤陋寡闻啦，这人在班中又怎样不能取得一般的同情啦，在主任面前攻击别人的话也不能太多，多了没效力，所以他考虑过藏住心里这点不快，还是决定不说好。然而又说什么好呢？记起今天院里出了一个"社会科学研究"的壁报，他才有话题：

"主任！你可见今天院里张贴的壁报？"

"什么壁报？"

毛凌云先忖度主任会这样问。可是，这次他却不对了。主任并不作声，点了点头，表示看见。

"就是社会科学研究，我觉得很激烈！"

他说的"激烈"意思是说危险思想。因为壁报有一篇文章似乎是暗讽他的，里面说有人专以前进做招牌，去进行恋爱；暗里却又看张恨水张资平三角恋小说。毛凌云疑心是骂他，心里很忿恨，随时想找机会发泄，现在恰好是个机会。

"怎见得激烈呢？"主任问。

"这……这……"主任问得出他意料之外，他有点难为情的样子。但随即便变得从容起来。"这很难一句话说出来。不过，目前有言论激烈的思想发现，很不利于抗战前途。而且，给当局知道了，必定会……"

壁报是主任这一系学生弄出来的。这句话果然煽动了主任这稳健的心。于是问：

"唔！那怎样办好呢！"

"稿子没有先送给主任这边审查才发表吗？"毛凌云故意不直接回答主任的问题，他的意见在暗示里表现还更有力。

"这一次我因为没有空，而且当初未有考虑过这个问题……"主任显得有点失策的慌张，毛凌云在说话里听得出来。于是趁势说一句安慰主任的话：

"现在还不怕！"他意思就是快点撕掉还不致弄出乱子来，"最怕是有人把这个报寄上××，问题一定严重。最近听朋友说，我们学校正闹思想问题……"

一番话很有力地打进主任的心坎，主任笑了笑，觉得毛同学很有见地。毛凌云在主任这一笑下，觉得十分满意，毕业后做助教的希望，已有了把握。过了一会，他便转到正当的目的上。

"主任！明天有点事，我要到渡口去，差点旅费，想……"主任明白一切，因为这件事前天已对他说过了。

"是去渡口接你的女朋友吧？"主任说了笑了笑，他明白这个青年的需要。

"我已通知梁先生，你到他这边就可以拿。"主任说，"你带图章？"

毛凌云笑着点了点头，逗逗小孩子。小孩子缠着他，要他说故事。他胡乱的拉扯了一个故事，便走了。

第二天早晨，天气阴。春雷震耳地响了几声。时有一阵微雨。毛凌云感到十分扫兴。冒着雨，骑马向渡口出发时幸好雨不大，途中便放晴起来。到场时天气已变得十分晴朗。把小提箱放在一间狭隘而湿的小栈内，便怀着一颗热烈的心，到车站去。

铁路边两列修长的杨树，嫩绿的枝条迎风摇摆，跳着二月的狂放舞。雪花唱着婉转而愉快的歌。日影已西斜，树影倒卧在东面青绿的豆田里，显得疲倦的瘦长。坐在树荫下，凝视着一只在枝头振翅的画眉鸟，心里感到焦灼。

四时，四时半，五时，日头快要没落了。湖水色的天空浮着的晚云金黄，淡紫，绛红，时时变幻着。翘首望着天空，焦急的等候着，心里的希望也在变幻着。事情好像故意难为他，火车早该到，远望不见影子。同着在站候车的人，有些是校里的职员，同学，和他是认识的，便互相搭讪起来。有人很敏感的怀疑火车出了事，便去问站员，站员说：因为有警报，火车误点。

毛凌云按捺着自己过于焦急的心，等候着，这时，天空中绚烂的浮云已为暮色染黑了。心里盘算着的国币二千元，两套西服，爱人的衣饰……似乎和暮色一样的暗淡。心里愈焦灼愈容易想到幸灾乐祸这方面。天黑了，候车的人都等得不耐烦起来。再去问站员，站员说：刚打电话去问，原来不通，想是炸毁了电杆，修理好了，一会儿会有消息……

大家心里开始因为忧虑而不安起来。毛凌云心里的希望，差不多好像是夜一般的黑了。一会儿，果然来了不好的消息。站员公布：敌机在××处炸了辆卡车……

"死伤多少人？"

"死伤未详。"

"明天有车开往失事地点吗？"

"说不定！"

候车的人皆十分忧戚。互相问询着接什么人？有多少？何日在××启程。无人不希望自己的人赶不到这辆车，就是赶及，也希望被炸的车辆绝没有自己人……

毛凌云感到万分失望。心里怔忡，摸摸袋里的钱，只够去××处看看，却不够钱回来。便转到黑森森的夜店里倒到床上去。跳蚤偏又喜欢他，咬得他在床上跳起来。夜深了，没法睡，思潮起伏着，整夜焦急不宁，辗转反侧，如跌下一个黑地狱里，受着种种幻想的折磨……

好容易等到天明，方垂头丧气的回城。

几天后，消息大白。学校布告处公布××日××处被炸火车大学亲友的死伤人名统计表。其中有一行写着：

"梁玉贞　女　寻×学院毛凌云。"

给毛凌云看见了，伤心痛哭，行为有点变态。这一天，因为酗酒，在饭馆里把酒杯乱掷，几乎出了大事，四处还问人借手枪说要自杀，末了当然并不自杀。

过四天后事实上他却得到了一千来块钱，意外横财，……因为死者那些行李已清出，被毛凌云托人领来了。那两套西洋服很合身。

湖上暮春浓重得像南国的初夏。湖心的云影绚烂，时有低飞的鹳鹰掠过。田野的斑鸠咕咕地叫着。赤脚在沙汀上，会感到沙砾有热力。在湖滨出现的几双俪影中，有人认识一双是新近才以十分亲密的姿态出现的，男的穿崭新浅灰洋服，鼎鼎大名的毛凌云。女的眉梢上有个大疤子，是一个权贵的女公子。同学都知道她的父亲是西南政府时代的要人吴知四，毛凌云自己却装作不知道。

本期撰者：

关于宪政问题，本刊先后已发表过不少文章，本期罗隆基与钱端升二先生又来详加讨论。罗先生是政论家，常为本刊撰文。

西南联大教授陈雪屏先生，从心理学的立场，讨论欧战的原因与影响，这确是国人亟欲一读为快的一篇文章。